KB216883

건지 감자껍질파이 북클럽

이 책
비엔피
전체와

N

건지 감자껍질파이 북클럽

The Guernsey Literary and Potato Peel Pie Society

메리 앤 섀퍼 · 애니 배로스 지음 — 신선해 옮김

이덴슬리벨

지은이의 말

이 책은 아주 우연한 계기로 탄생했다. 다른 책을 조사하러 영국을 여행하던 중에 독일군이 채널제도를 점령한 시기에 대해 알게 되었다. 나는 어떤 충동에 이끌려 계획에 없던 건지섬으로 날아갔고, 섬의 역사와 아름다움에 한눈에 반해버렸다. 이 책은 그 여행으로 세상에 나올 수 있었다. 그 후로도 오랜 세월이 흘러야 했지만.

불행한 일이지만 책은 저자의 머릿속에서 완성품이 되어 튀어나오는 게 아니다. 이 책은 조사와 집필에만 몇 년이 걸렸다. 무엇보다도 이 책이 나오기까지 우리 가족의 인내와 지지가 필요했다. 나는 책을 완성할 수 있을지 끊임없이 의심했지만 남편 딕 섀퍼와 딸 리즈와 모건은 단 한 순간도 그런 의심을 품지 않았다. 그들은 나의 든든한 후원자이자, 부단히 나를 컴퓨터와 키보드 앞에 앉혀놓은 일등 공신이다. 일개 아이디어가 한 권의 책으로 존재하게 이끌어준 것은 내 등 뒤에서 팔짱을 끼고 나를 감시하던 쌍둥이 딸의 공이다.

집안에 든든한 후원자가 셋 있었다면, 바깥세상에는 훨씬 많은 후원자가 있었다. 가장 먼저 고마움을 전할 사람들은 내 친구이자 동료 작가인 사라 로이스터와 줄리아 포피다. 나를 협박하고 어르고 달래어 글을 쓰게 했고, 처음 다섯 번의 초고를 한 단어도 놓치지 않고 꼼꼼히 읽어주었다. 이 친구들이 없었다면 정말 이 책을 쓸 엄두도 내지 못했으리라. 팻 애리고니의 열정과 편집 능력 역시 집필 초기에 큰 도움이 되었다. 내 여동생 사이니는 평생 나더러 "일단 쓰기나 해!"라며 스트레스를 주더니만, 고맙게도 이번엔 그녀의 잔소리가 한몫을 했다.

원고를 에이전트 리자 도슨에게 보내준 리사 드루에게도 감사한다. 친절과 인내, 편집자의 지혜와 출판 노하우를 갖춘 리자 도슨은 내 원고를 나 혼자 힘으로는 불가능했을 수준까지 끌어올려주었다. 리자 도슨의 동료인 안나 올스방거 역시 수많은 눈부신 아이디어를 제공해주었다. 이들에게 진 마음의 빚을 어떻게 갚아야 할지 모르겠다. 덕분에 내 원고는 지적으로나 인간적으로나 대단히 뛰어난 편집자 수전 커밀의 책상 위에 놓일 수 있었다. 또한 챈들러 크로퍼드는 내 책을 처음엔 영국 블룸스베리 출판사에 소개해주었고, 그다음엔 10개국에 번역 출간되어 전 세계인의 사랑을 받게 해주었다.

조카 애니에게 특별히 고마운 마음을 전한다. 원고를 계약하자마자 나는 예기치 못한 건강 악화로 더는 집필하기 어려웠는데, 애니 덕분에 무사히 탈고할 수 있었다. 자신이 쓰던 책이 있었음에도 애니는 조금도 주저하지 않고 두 팔을 걷어붙이더니 내 원고 작업에 돌입했다. 애니 같은 작가가 내 가족이라니, 나는 엄청 행운아다. 그녀가 없었으면 이 책은 완성할 수 없었으리라.

이 책 속의 인물들과 그들의 이야기가 독일군 점령기를 겪은 채널제도 사람들의 고통을 어루만지고 그들의 강인함을 더욱 빛내줄 수 있다면 더 바랄 것이 없겠다. 또한 나는 시, 소설, 그림, 조각, 음악, 그 무엇이건 간에 '예술을 사랑하는 마음'이 인간이 고안해낸 그 어떤 장벽도 초월한다는 믿음으로 이 책을 썼다. 독자들에게도 이러한 믿음이 전해지길 간절히 희망한다.

2007년 12월

메리 앤 섀퍼

메리 앤 이모님이 남긴 필생의 역작과 편집자 수전 커밀의 날카로운 통찰력으로 무장한 이 작업에 동참할 수 있어 행운이었다. 수전의 확고한 비전이 있었기에 이 책은 원래 의도대로 완성할 수 있었다. 그녀와 함께 일한 것은 나에게 더할 나위 없이 훌륭한 특권이었다. 보이지 않는 곳에서 물심양면 애써준 수전의 보조 편집자 노아 이커에게도 경의를 표한다.

블룸스베리 출판사 식구들에게도 고마움을 전하고 싶다. 뛰어난 인내심과 유머 감각의 표본인 알렉산드라 프링글은 전쟁이 남긴 상흔을 표현하는 데 필요한 정보를 끊임없이 제공해주었다. 특히 작가의 변덕을 우아하게 받아준 메리 모리스, 영국인을 묘사하는 데 큰 도움을 준 안토니아 틸에게 감사한다. 안토니아 틸이 없었다면 이 책에 등장하는 영국인은 바지를 입고 짐마차를 끌며 사탕을 빠는 사람들로만 그려졌을 것이다. 건지섬에도 감사를 표하고 싶은 사람들이 많다. 특히 건지 박물관 및 미술관의 린 애슈턴, 클레어 오기어에게 많은 도움을 받았다.

마지막으로, 이 모든 작업을 가능하게 해준 리자 도슨에게 특별한 감사를 전한다.

2007년 12월

애니 배로스

제1부

1946년 1월 8일~5월 20일

런던에서

시드니 오빠,

수전 스콧은 진짜 대단해요. 우린 그 자리에서 책을 40권도 넘게 팔아치웠답니다. 그것도 엄청 신났지만, 나한테는 수전이 준비한 다과가 훨씬 감동적이었어요. 용케도 가루설탕과 '진짜 달걀' 배급표를 구해서 머랭을 만들었지 뭐예요! 그녀가 준비하는 문학 오찬이 늘 이 정도 수준이라면 나는 전국 일주라도 마다하지 않겠어요. 오빠한테 상여금을 듬뿍 받으면 버터도 구할 수 있지 않을까요? 한번 시험해봐요, 돈은 내 인세에서 빼도 좋아요.

이번에는 좀 안 좋은 소식. 새 원고는 어떻게 돼가느냐고 물었죠? 미안해요, 오빠. 전혀 진행하지 못하고 있어요.

처음엔 '영국인의 괴상한 취미'를 주제로 글을 쓰려고 했어요. 괜찮을 것 같더라고요. 그런데 그러다 보면 결국, '영국 토끼의 우상화에 반대하는 모임'에 대해서만 족히 몇 권 분량을 쓸 수 있어야 하는 거예요. 일단 '해충 구제업자 노조'가 옥스퍼드 거리에서 '비어트릭스 포터(1866~1943. 토끼가 주인공인 '피터

래빗' 시리즈로 유명한 영국의 동화 작가)를 타도하라!'라고 적힌 현수막을 들고 시위하는 모습을 담은 사진을 찾아내긴 했지만 사진 밑에 설명글을 한 줄 붙인 다음에 뭘 더 쓸 수 있겠어요? 쓸게 없어요, 그게 문제라고요.

더는 이 책을 쓰고 싶지 않아요. 내 머리와 가슴이 도통 원치 않는단 말이에요. 물론 예전이나 지금이나 '이지 비커스태프'는 나에게 소중하지만, 이 필명으로 다른 글을 쓸 마음은 없어요. 더는 속 편한 기고가로 알려지고 싶지 않다고요. 알아요, 전쟁 중에 독자들을 웃게 한 것, 최소한 낄낄거리게 한 것이 하찮은 일은 아니란 거. 그래도 이제는 싫어요. 요즈음 나는 균형 감각을 잃어버린 것 같아요. 신에게 맹세컨대, 균형 감각이 없으면 해학적인 글도 쓸 수 없어요.

그건 그렇고,《이지 비커스태프, 전장에 가다》로 스티븐스&스타크 출판사가 수익을 내서 정말 다행이에요. 전에 쓴 앤 브론테 (1820~1849. 모두 작가로 활동한 영국의 브론테 자매 중 막내)전기가 쫄딱 망해서 늘 미안했는데, 이제 양심의 가책은 덜었네요.

모든 것에 고마워하며 사랑을 담아, 줄리엣

추신. 몬터규 부인(1773~1856. 토머스 칼라일이 런던의 많은 예술계 인맥을 쌓게 연결해주었고, 제인을 부추겨 토머스와 결혼하게 할 정도로 칼라일부부와 인연이 깊었으나 훗날 재정적인 어려움을 겪으며 사이가 소원해졌다)의 서간집을 읽고 있어요. 이 음침한 여자가 제인 칼라일 (1801~1866. 영국의 사상가이자 역사가인 토머스 칼라일의 아내로, 지적이고 현명했으며 훌륭한 내조로 남편의 성공에 결정적인 역할을 했다. 생전에 남긴 수많은 편지가 사후에 서간집으로 출간되기도 했다)에게 뭐라고 썼는지 아세요? '사랑하는 제인, 누구에게나 천직이 있기 마련이야. 자기는 재미있는 잡글을 쓰는 게 천직이라고.'

제인이 몬터규 부인에게 침이라도 뱉었기를.

시드니가 줄리엣에게

From Sidney to Juliet

1월 10일

런던 SW3, 첼시, 글리브 플레이스 23번지

줄리엣 애슈턴 귀하

사랑하는 줄리엣,

축하한다! 수전 스콧한테 얘기 들었어. 네가 술고래에게 럼주를 대령하듯 오찬회 청중을 천국으로 인도했다며? 그들도 너를 천국으로 데려갔고 말이야. 그러니 다음 주에 떠날 순회 강연은 걱정하지 마라. 나는 단 한 순간도 네 성공을 의심한 적이 없다. 이미 18년 전 네가 '양치기 소년의 노래(존 버니언의《천로역정》에 나오는 시)'를 멋들어지게 낭독하는 걸 보면서, 손가락만 까딱해도 순식간에 청중을 휘어잡을 녀석이란 걸 알았지. 웬 손가락 얘기냐고? 하하, 이번에는 마지막에 청중에게 책을 던지는 행동만은 참아달라는 얘기지. 수전은 너와 함께 바스에서 요크셔까지 서점을 돌며 강연회를 열 기대에 부풀어 있단다. 물론 소피는 스코틀랜드까지 와야 한다며 호들갑이고. 난 아주 엄격한 사장 말투로 "그건 추후에 결정할 사항이다"라고 얘기했지. 소피는 네가 보고 싶어서 아주 난리다. 그래도 스티븐스&스타크가 그런 개인적인 사정까지 일일이 봐줄 수는 없지. 방금 런던과 런던 근교의《이지 비커스태프, 전장에 가다》판매 현황 보고를 받았다. 굉장하구나. 다시 한번 축하한다!

'영국인의 괴상한 취미'는 신경 쓰지 마라. 6개월을 꼬박 토끼 얘기를 쓴 다음에 관심이 없어지는 것보다는 훨씬 낫잖니. 상업적으로는 꽤 매력 있는 주제다만, 어차피 내 생각에도 반짝하고는 금세 사라져버릴 이야깃거리인 것 같다. 네 마음에 쏙 드는 다른 주제가 떠오를 거야.

떠나기 전에 저녁이나 같이 먹을까? 언제가 좋은지 알려줘.

사랑을 담아, 시드니

추신. 너도 재미있는 잡글을 쓰잖아.

줄리엣이 시드니에게

From Juliet to Sidney

1월 11일

시드니 오빠,

네, 좋아요! 템스강 근처에서 먹을까요? 굴 요리와 샴페인, 로스트비프를 먹고 싶어요. 물론 그런 재료를 갖춘 식당을 찾을 수만 있다면 말이죠. 아님 닭 요리도 괜찮아요. 《이지 비커스태프, 전장에 가다》가 잘 팔린다니 정말 기분 좋네요. 그럼 나는 짐 싸서 런던을 떠나지 않아도 되는 거죠?

오빠랑 출판사 덕분에 나도 꽤 잘나가는 작가가 됐으니, 저녁은 당연히 내가 사는 거예요!

사랑을 담아, 줄리엣

추신. 청중에게 '양치기 소년의 노래'를 집어 던진 게 아니에요. 발성법 선생한테 던졌다고요. 정확히 그녀의 발을 조준한 건데 그만 빗나갔지 뭐예요.

14

줄리엣이 소피 스트라칸에게

From Juliet to Strachan

1월 12일

스코틀랜드 아가일, 오반 옆 피오칸 농장

알렉산더 스트라칸 부인 앞

사랑하는 소피,

물론 나도 네가 보고 싶어 죽겠어. 하지만 나는 영혼도 의지도 없는 로봇이잖니. 시드니 오빠가 시키는 대로 바스, 콜체스터, 리즈, 그리고 잘 기억도 나지 않는 별의별 장소에 끌려 다니는 중인데 거기서 빠져나와 스코틀랜드로 갈 수는 없어. 그랬다간 시드니 오빠가 눈썹을 한껏 끌어내리고 실눈이 된 채로 집요하게 우리 뒤를 졸졸 따라다닐 거야. 오빠가 그럴 때면 완전 고문인 거, 너도 알지? 나도 너희 농장으로 몰래 도망쳐서 너한테 마음껏 어리광 피우고 싶어. 내가 소파 위에 발을 올려도 넌 아무 말 안 할 거야, 그치? 오히려 나한테 담요를 둘러주고 따끈한 차를 가져다주겠지? 내가 너희 집 소파에서 영원히 살겠다고 하면 네 남편이 싫어할까? 참을성이 많은 사람이라는 건 알지만, 그래도 귀찮아할 것 같아.

나, 왜 이렇게 우울하니? 내 작품에 매료된 청중 앞에서《이지 비커스태프, 전장에 가다》에 대해 이야기할 생각을 하면 기

15

뻐서 날뛰어야 할 텐데. 너도 알지? 내가 책 얘기하는 걸 얼마나 좋아하는지, 칭찬받는 건 또 얼마나 좋아하는지! 그러니까 즐거워야 정상이야. 하지만 솔직히, 난 우울해. 전쟁 때보다 더 우울하다고. 모든 게 망가져버렸어, 소피. 도로, 건물, 사람들까지도. 사람들은 특히 더하지.

아마도 어젯밤 만찬회의 후유증 때문인가 봐. 끔찍했거든. 형편없는 음식이야 예상한 거고, 사실 참석한 사람들 때문에 힘이 쭉 빠졌어. 지금껏 내가 만난 사람들 중에서 가장 기운 빼는 족속들만 모인 것 같았다니까. 하나같이 폭탄과 굶주림 얘기만 하더라. 세라 모어크로프트 기억하지? 걔도 왔어. 뼈만 남은 소름 끼치는 모습에 새빨갛게 칠한 입술이라니! 걔 옛날엔 예쁘지 않았니? 케임브리지로 간 승마 선수한테 홀딱 빠져 있었잖아. 그 남자는 온데간데없고, 납빛 피부에 말할 때마다 혀를 쯧쯧거리는 의사의 아내가 됐더라고. 하지만 그 의사도 내 파트너에 비하면 백마 탄 왕자님이었지. 내 파트너? 어쨌든 미혼이긴 했는데, 아마 지구상에 마지막 남은 총각이 아니었을까…… 맙소사, 나 왜 이렇게 불쌍하니!

맹세하는데, 소피, 나한테 문제가 있는 모양이야. 어떤 남자를 만나도 견딜 수가 없으니. 아무래도 눈을 좀 낮춰야 할까 봐. 쯧쯧대는 납빛 피부의 의사까지는 심하고, 조금만 낮추려고. 이걸 전쟁 탓으로만 돌릴 수도 없잖아. 난 남자 문제는 늘

젬병이었어, 알지?

세인트스위딘 학교의 보일러공이 내 유일한 사랑이었을까? 그 사람이랑은 말 한마디 나눈 적 없으니 진실한 사랑이랄 순 없지만, 적어도 실망으로 상처 입을 일은 없는 감정이었어. 게 다가 그 사람 머리는 근사한 흑발이었다고. 그다음에는, 너도 알겠지만 '시인들의 시대'였지. 시드니 오빠는 그 시인들을 상 당히 싫어했는데 난 그 이유를 모르겠더라. 그렇잖아, 본인이 소개했으면서. 그다음이 가여운 에이드리언. 아아, 이 비루한 과거사를 너한테 다시 들려줄 필요는 없는데. 하지만 소피, 도 대체 나는 뭐가 문제인 걸까? 내가 너무 까다롭니? 난 그저 결 혼을 위한 결혼은 하기 싫어. 대화를 나눌 수 없는 사람, 더 심 하게는 침묵을 나눌 수 없는 사람과 여생을 함께 보내는 것보 다 더 외로운 일은 없다고 생각해.

으, 신세 한탄에 불평만 늘어놨구나. 이제 알겠지? 내가 스코 틀랜드에 들를 수 없는 게 너한텐 차라리 다행이라고. 그렇지만 혹시 또 모르지. 내 운명은 시드니 오빠한테 달려 있으니까.

나 대신 도미닉에게 뽀뽀를 날려주렴. 참, 얼마 전에 내가 테 리어만큼 커다란 쥐를 봤다고 얘기해줄래?

알렉산더에게 애정을,
너에게는 더 큰 애정을 보내며, 줄리엣

채널제도 건지섬의 도시 애덤스가 줄리엣에게

From Dawsey Adams, Guernsey, Channel Islands, to Juliet

1월 12일

런던 SW3, 첼시, 오클리 스트리트 81번지

줄리엣 애슈턴 귀하

친애하는 애슈턴 양,

제 이름은 도시 애덤스입니다. 건지섬 세인트마틴스 교구에서 농장을 운영하고 있지요. 제가 당신을 어떻게 아는지 궁금하실 겁니다. 예전에 당신이 갖고 있던 찰스 램의 《엘리아 수필 선집》이 지금 저한테 있습니다. 앞표지 안쪽에 당신의 이름과 주소가 적혀 있더군요.

돌려 말하지 않고 바로 본론으로 들어가겠습니다. 전 찰스 램의 열렬한 팬입니다. 제가 가지고 있는 책 제목이 '선집'인 걸로 짐작건대 작가의 다른 글들도 나와 있다는 얘기 같아서요. 다른 작품이 있다면 당연히 읽고 싶은데, 독일군은 건지섬을 떠났지만 남아 있는 서점이 하나도 없습니다.

그래서 당신에게 부탁드립니다. 런던에 있는 서점 이름과 주소를 좀 보내주시겠습니까? 찰스 램의 작품을 우편으로 주문하려 합니다. 그리고 혹시 그의 전기가 있는지 궁금합니다. 있다면 서점에 한 권 구해달라고 얘기해주시겠습니까? 그의 유

쾌하고 기지 넘치는 글을 읽다 보니 찰스 램이 인생에서 엄청
난 슬픔을 겪었을 것 같다는 생각이 들었습니다.

독일군 점령하에서도 저는 찰스 램 덕분에 웃을 수 있었습
니다. 특히 돼지구이에 관한 글이 압권이지요. 우리 '건지 감자
껍질파이 북클럽'도 독일군에게는 비밀로 해야 했던 돼지구이
때문에 탄생했습니다. 그래서인지 찰스 램이 더 친근하게 느
껴지기도 합니다.

성가시게 해서 죄송합니다. 하지만 찰스 램에 대해 알지 못
하는 것보다는 실례를 무릅쓰는 편이 나을 것 같았습니다. 그
의 글을 읽다 보니 찰스 램과 친구가 된 것 같거든요.

폐가 되지 않기를 희망하며, 도시 애덤스

추신. 제 친구 모저리 부인도 한때 당신의 것이던 소책자를 구입했답
니다. 제목은 《불타는 떨기나무는 과연 존재했을까? 모세와 십
계명을 위한 변론》이죠. 모저리 부인은 당신이 여백에 남긴 메
모가 마음에 든다고 합니다. '신의 말씀? 아니면 군중통제의 수
단?' 어느 쪽인지 결론이 났습니까?

줄리엣이 도시에게

From Juliet to Dawsey

1월 15일

건지섬 세인트마틴스 교구, 라부베, 레볼레랑스

도시 애덤스 귀하

친애하는 애덤스 씨,

저는 이제 오클리 스트리트에서 살지 않지만, 다행히 당신의 편지가 절 찾아왔네요. 제 책도 당신을 찾아갔다니 무척 기쁩니다.

《엘리아 수필 선집》과 헤어지는 건 참으로 슬프고 아픈 일이었어요. 물론 같은 책을 두 권 가지고 있었고 책꽂이에 둘 공간도 없었지만, 그 책을 팔 때는 마치 배신자가 된 기분이었죠. 당신의 편지를 받고 나니 마음이 조금 편안해지는군요.

제 책이 어쩌다 건지섬까지 갔을까요? 아마도 책들은 저마다 일종의 은밀한 귀소본능이 있어서 자기한테 어울리는 독자를 찾아가는 모양이에요. 그게 사실이라면 얼마나 즐거운 일인지요.

제가 할 수 있는 일이라곤 서점을 뒤지는 것뿐이라서, 편지를 받자마자 곧장 헤이스팅스 서점으로 갔어요. 몇 년째 단골인 서점이죠. 제가 원하는 책은 물론이고 미처 원하는 줄 몰랐던 책까지 서너 권은 찾을 수 있는 곳이랍니다.

주인인 헤이스팅스 씨한테 당신 얘기를 하면서, 상태 좋고 깨끗한 (그러나 희귀본은 아닌) 《엘리아 수필집 후편》을 한 권 구해 달라고 부탁했어요. 그분이 우편으로 책과 청구서를 보낼 거예요. 찰스 램의 열혈 팬이 또 있다는 사실에 무척 기뻐하셨답니다. 그분이 말씀하시길, E. V. 루커스가 쓴 찰스 램 전기가 최고라더군요. 시간은 좀 걸리겠지만 그 책도 구해서 보내주시겠대요.

책이 도착하길 기다리는 동안 제가 드리는 작은 선물을 받아주시겠어요? 《찰스 램 서간집》이에요. 웬만한 전기보다 그에 대해 더 많은 걸 알 수 있을 거예요. E. V. 루커스는 워낙 고상한 사람이라 찰스 램의 글 중에서 제가 특히 좋아하는 구절은 빼버렸을 것 같아요. 바로 이거예요.

'술, 술, 술, 짠, 짠, 짠, 벌컥, 벌컥, 벌컥, 팽, 팽, 팽, 어질, 어질, 어질, 쾅! 난 결국 구제 불능이 되고야 말겠지. 이틀을 내리 술만 들이켜고 있으니. 내 도덕관념은 나락으로 떨어지고, 신앙심도 희미해져 가.'

《서간집》 244쪽에 있답니다. 제가 처음 읽은 찰스 램의 작품이 이 책이에요. 이런 말 하기 부끄럽지만, 이 책을 산 건 리 헌트(1784~1859. 당대의 문예 흐름을 주도한 영국 문예지 〈이그재미너〉 창간자이자 평론가 겸 시인)가 황태자를 비판한 죄로 감옥에 있을 때 찰스 램이라는 친구가 면회를 갔다는 기사를 읽었기 때문이에요.

그곳에서 찰스 램은 리 헌트를 도와 감방 천장에 푸른 하늘과 흰 구름을 그려 넣었다고 해요. 그다음에는 벽을 타고 오르는 장미 덩굴을 그렸고요. 나중에 안 사실인데요, 찰스 램은 친구가 감옥에 있는 동안 리 헌트의 가족에게 돈을 주기도 했대요. 정작 자신은 지독하게 가난했으면서 말이죠. 그리고 헌트의 막내딸에게 주기도문을 거꾸로 읊는 법도 가르쳐줬다네요. 그런 사람에 대해서라면 모든 걸 알고 싶어지는 것도 당연해요.

그래서 제가 독서를 좋아하는 거예요. 책 속의 작은 것 하나가 관심을 끌고, 그 작은 것이 다른 책으로 이어지고, 거기서 발견한 또 하나의 단편으로 다시 새로운 책을 찾는 거죠. 실로 기하급수적인 진행이랄까요. 여기엔 가시적인 한계도 없고, 순수한 즐거움 외에는 다른 목적도 없어요.

책 표지에 피처럼 보이는 붉은 얼룩은 핏자국이 맞아요. 종이칼을 다루다가 그만 방심했어요. 동봉한 엽서의 찰스 램 초상화는 그의 친구인 윌리엄 해즐릿(1778~1830. 영국의 평론가 겸 수필가)이 그린 거예요.

시간이 괜찮으시다면 몇 가지 질문에 답해주실 수 있나요? 정확히 세 가지 질문이에요. 돼지구이 만찬은 왜 비밀에 부쳐야 했나요? 돼지구이가 어쩌다 북클럽 창단으로 이어졌죠? 마지막으로 가장 궁금한 건데, 대체 감자껍질파이가 무엇이고 그 게 왜 북클럽 이름에 들어갔나요?

현재 저는 런던 첼시의 글리브 플레이스 23번지에 세를 들 어 살고 있어요. 전에 살던 오클리 스트리트의 집은 1945년에 폭격으로 무너졌거든요. 아직도 그 집이 그립네요. 오클리 거 리 풍경이 정말 근사했거든요. 제 방에 있던 세 칸 창문 너머로 템스강이 내려다보였답니다.

물론 지금은 런던 어딘가에 지낼 곳이 있다는 사실만으로도 행운인 걸 알지만, 저는 제가 받은 은혜를 헤아리기보다는 불 평을 늘어놓는 편이 훨씬 맘 편하거든요. 당신이 '엘리아' 수배 작업에 앞서 저를 떠올려주셔서 기뻐요.

당신의 진실한 벗, 줄리엣 애슈턴

추신. 모세에 관한 건 도무지 결론이 나질 않네요. 아직도 고민 중 이랍니다.

줄리엣이 시드니에게

From Juliet to Sidney

1월 18일

시드니 오빠,

이건 편지가 아니라 사과문이에요. 《이지 비커스태프, 전장에 가다》 기념 오찬회에 대해 불평한 거, 죄송해요. 내가 오빠를 폭군이라고 불렀나요? 그 말 취소할게요. 스티븐스&스타크에서 날 런던 밖으로 보내줘서 얼마나 좋은지 몰라요.

바스는 정말 아름다운 곳이에요. 런던에는 시커멓고 침울한 건물밖에 없잖아요. 더 심하게는 한때 건물이란 사실만 알려주는 돌 더미밖에 없죠. 그런데 여긴 멀쩡한 흰색 집들이 초승달 모양으로 예쁘게 늘어서 있네요. 석탄 냄새나 먼지가 없는 깨끗하고 신선한 공기를 마실 수 있다는 건 축복이에요. 날씨는 춥지만 런던의 축축한 냉기와는 달라요. 거리의 사람들까지 달라 보인다니까요. 모두 자신들이 사는 집처럼 당당하게 서 있죠. 우중충하고 구부정한 런던 사람들하고는 달라요.

애벗 서점에서 열린 다과회에 온 사람들이 아주 즐거워했다고 수전이 말해줬어요. 물론 나도 즐거웠어요. 처음엔 입도 뻥끗 못 하다가 딱 2분이 지나니까 말문이 트이던데요? 그다음부턴 일사천리, 정말 즐거운 시간을 보냈답니다.

우리는 내일 콜체스터, 노리치, 킹스린, 브래드포드, 리즈를 향해 떠나요.

사랑과 감사를 전하며, 줄리엣

줄리엣이 시드니에게

From Juliet to Sidney

1월 21일

시드니 오빠,

밤기차 여행은 역시 멋져요! 몇 시간을 통로에 서 있을 필요도 없고, 군 수송 열차가 지나갈 때까지 한참을 기다릴 필요도 없고, 무엇보다 창문을 가릴 필요가 없죠. 지나치는 창문마다 불이 켜 있어서 그 안쪽을 훔쳐볼 수도 있어요. 전쟁 중엔 이런 짓이 얼마나 그리웠던지. 그때는 우리 모두 각자 파놓은 굴로 뿔뿔이 흩어지기 바쁜 두더지가 된 것 같았죠. 그렇다고 날 무슨 관음증 환자쯤으로 생각하진 말아요. 그러면 침실을 엿봤겠죠. 하지만 내 가슴을 떨리게 하는 건 거실이나 주방에 앉아 있는 식구들 모습이라고요. 그들의 책장이나 책상, 불 켜진 초, 또는 밝은 색 소파 쿠션을 흘깃 보는 것만으로도 난 그들의 삶

25

전체를 상상할 수 있어요.

오늘 틸먼 서점 모임에는 심술궂고 잘난 척하는 남자가 참석했어요. 내가 《이지 비커스태프, 전장에 가다》에 대해 이야기하고 나서 질문이 있느냐고 물었거든요? 그런데 그 남자가 말 그대로 자리에서 튀어나오더니 나한테 얼굴을 바짝 들이대고는 막 다그치는 거 있죠! 어떻게 한갓 여자 주제에 감히 아이작 비커스태프의 이름에 먹칠할 수 있느냐는 거죠.

"진짜 아이작 비커스태프는 저명한 언론인이자 18세기 문학의 성인이었소. 당신이 고인의 이름을 더럽히는군."

내가 뭐라고 답하기도 전에, 뒷줄에 앉은 한 여자가 벌떡 일어났어요.

"허, 자리에 앉아요! 존재하지도 않은 사람 이름을 어떻게 더럽힌단 말인가요? 그는 죽지 않았어요. 산 적도 없으니까요! 아이작 비커스태프는 조지프 애디슨이 〈스펙테이터〉에 칼럼을 쓸 때 사용한 필명이에요! 애슈턴 양이 원하면 어떤 이름이든 쓸 수 있는 거 아닌가요? 그러니까 닥치고 앉아요!"

정말 엄청난 변호인이죠? 그 남자는 허겁지겁 서점을 빠져나갔답니다.

그런데 오빠, '마컴 V. 레이놀즈 2세'라는 사람이 누군지 아세요? 모른다면 좀 알아봐 줄래요? 《후즈후Who's Who(현존하는 세계 유명인을 담은 인명사전)》를 찾든 《둠즈데이북(1086년 영국의 왕 윌리엄 1세가 작성한 토지 대장)》을 뒤지든, 아니면 런던 경찰청에 물어보든지 해서 말이에요. 하다못해 전화번호부에는 이름이 있지 않을까요? 그 남자가 나한테 꽃을 보내고 있어요. 바스의 호텔로는 아름다운 봄꽃 다발을, 기차로는 흰 장미 열두 송이를, 노리치로는 붉은 장미 다발을 보냈어요. 그런데 카드도 없이 명함만 꽂혀 있더라고요.

그나저나 그 남자는 수전과 내가 어디 묵는지 어떻게 알았을까요? 우리가 어떤 기차를 타는지도……? 꽃다발은 모두 도착하는 시간에 딱 맞춰 배달되거든요. 좋아해야 할지 무서워해야 할지 모르겠네요.

사랑을 담아, 줄리엣

줄리엣이 시드니에게

From Juliet to Sidney

1월 23일

시드니 오빠,

방금 수전한테《이지 비커스태프, 전장에 가다》판매 보고서를 받았어요. 이거, 믿어도 되나요? 솔직히 모든 사람이 전쟁은 지긋지긋해서 다시는 떠올리고 싶어 하지 않는 줄 알았어요. 하물며 책 속에서 전쟁을 다시 만나고 싶을 리가 없죠. 하지만 다행히 '이번에도' 오빠가 맞고 내가 틀렸네요(이렇게 인정하려니 정말 죽을 맛이군요).

여행을 하고, 내 책에 푹 빠진 사람들 앞에서 강연을 하고 책에 사인을 하고, 낯선 이들을 만나는 건 정말 짜릿한 일이에요. 강연회에서 만난 여성분들이 직접 겪은 전쟁 이야기를 들려줬는데, 칼럼을 다시 쓰고 싶다는 생각마저 들었다니까요. 어제는 노리치 출신의 어느 부인과 신나게 수다를 떨었어요. 그분에겐 십대 딸이 넷이나 있는데, 큰딸이 지난주에 사관학교 다과회에 초대를 받았대요. 소녀는 가장 좋은 드레스를 차려입고 깨끗한 흰 장갑을 낀 채 파티장으로 향했죠. 입구에 들어서자마자 소녀의 눈에 들어온 건 내부를 가득 메운 사관생도들의 빛나는 얼굴이었어요. 그녀는 그대로 기절했답니다! 불쌍한 소녀는 그렇게 많은 남자가 한자리에 모인 광경을 태어나서 처음 본 거예요. 생각해봐요, 한 세대 전체가 무도회나 다과회나 연애 같은 걸 전혀 모르고 자란 거예요.

나는 서점을 둘러보고 그곳에서 일하는 사람들을 만나는 게 정말 좋아요. 그들은 실로 특이한 존재들이에요. 제정신이 박힌 사람이라면 박봉인 서점에서 일할 리가 없고, 제정신이 박힌 주인이라면 서점을 운영할 리가 없죠. 별로 남는 장사가 아니잖아요. 그러니까 그런 일을 하는 이유는 분명 책과 책 읽는 이들을 사랑하기 때문일 거예요. 신간을 먼저 볼 수 있다는 작은 특권도 있고요.

나하고 소피가 런던 어디에서 처음 일했는지 기억하죠? 괴팍한 호크 씨의 헌책방 말이에요. 그래도 난 호크 씨가 좋았어요. 그분은 책 상자를 열고는 한두 권을 꺼내 우리에게 건네주면서 이렇게 말했죠.

"담뱃재 떨어뜨리지 말고, 깨끗한 손으로 봐. 그리고 제발 부탁인데 줄리엣, 여백에 뭐 쓰지 좀 마! 우리 소피 양, 줄리엣이 책 읽을 때는 커피 못 마시게 해줘."

그 말이 떨어지기 무섭게 우리는 새로 들어온 책들을 집어들고 읽기 시작했죠. 그때도 놀라웠고 지금도 여전히 놀라운 점은, 서점에 들어와 어슬렁대는 숱한 사람 중에 자기가 진정 뭘 찾는지 아는 이가 별로 없다는 사실이에요. 그냥 슬렁슬렁 둘러보다가 취향에 딱 맞는 책이 눈에 들어오길 바라는 거죠. 어쩌다 그런 책을 찾으면, 출판사의 선전 문구를 믿지 않을 만큼 똑똑한 사람이라면 점원에게 가서 세 가지를 묻겠죠. 무엇에 관한 책인가, 당신은 읽어봤는가, 읽으니까 괜찮던가?

나나 소피처럼 뼛속까지 책을 사랑하는 점원들은 거짓말을 못 해요. 표정이 모든 걸 말해주죠. 눈썹이 올라간다든지 입술이 삐죽거린다든지 하면 별 볼일 없는 책이라는 뜻이에요. 현명한 손님들은 그런 표정을 보고는 다른 책을 추천해달라고 해요. 점원은 자기가 좋아하는 책 앞으로 손님을 이끌고 가서는 이걸 꼭 읽어야 한다고 우겨요. 손님이 그 책을 읽고 마음에 들지 않으면 다시는 그 서점에 오지 않겠죠. 하지만 마음에 들면 평생 단골이 되는 거예요.

제대로 받아 적고 있어요? 오빠는 이 점을 명심해야 해요. 출판사는 서점에 견본용 책을 한 권만 보낼 게 아니라 여러 권 보내야 한다고요. 모든 점원이 읽을 수 있게요.

시턴 씨한테 들었는데요, 《이지 비커스태프, 전장에 가다》는 선물용으로 완벽한 책이래요. 좋아하는 사람에게 줄 때는 물론이고, 싫어하지만 그래도 선물을 해야 하는 사람에게 줄 때도 말이에요. 모든 책의 30퍼센트는 선물용으로 팔린다고도 했어요. 30퍼센트나? 정말인가요?

혹시 수전이 이번 순회강연 말고 뭘 또 관리했는지 얘기하던가요? 바로 나예요. 나랑 처음 만난 지 30분도 채 지나지 않았는데 수전이 그러더군요.

"화장, 옷차림, 머리 모양, 구두…… 칙칙해요, 몽땅 칙칙해. 전쟁은 끝났어요, 아직 소식 못 들었어요?"

수전은 나를 마담 헬레나 미용실로 데려갔어요. 길고 부스스한 내 머리가 짧고 곱슬곱슬해졌죠. 밝게 부분 염색도 했어요. 수전과 미용사의 말에 따르면, 그 덕분에 내 '아름다운 밤

색 컬'에 황금색 하이라이트가 생겼대요. 하지만 난 진실을 알아요. 갓 돋아나기 시작한 새치(내가 센 건 네 가닥이었어요)를 감추려는 거겠죠. 영양 크림, 향이 좋은 핸드 로션, 립스틱, 속눈썹 뷰러도 샀어요. 그걸 쓸 때마다 난 사팔눈이 되죠.

그다음 순서는 새 옷 사기였어요. 나는 "여왕도 1939년산 드레스를 기꺼이 입는데 나는 왜 안 되죠?"라고 우겼지만 수전은 "여왕은 낯선 사람들에게 깊은 인상을 심어줄 필요가 없잖아요"라고 대꾸하더군요. 나는 그럴 필요가 있다는 거죠. 솔직히 난 왕실과 국가에게 반역자가 된 기분이었어요. 생각 있는 여자라면 지금 같은 때 새 옷을 사지는 않을 거예요. 하지만 옷을 갈아입고 거울을 보는 순간, 그런 생각은 모두 사라졌어요. 4년 만에 처음 산 정장인 데다가 얼마나 근사하던지! 잘 익은 복숭아 색에, 움직일 때마다 예쁘게 주름이 잡힌다고요. 점원 말로는 이 옷이 '프렌치 시크' 스타일이래요. 그 옷을 입으면 나도 프렌치 시크 스타일이 된다는 거예요. 그래서 샀죠, 뭐. 새 구두 쇼핑은 뒤로 미뤄야 했어요. 그 옷을 사느라고 1년치 의류 배급표를 거의 써버렸거든요.

수전 그리고 새로운 머리 모양, 새 화장품으로 꾸민 얼굴, 새 옷이 생긴 이상 나는 더는 후줄근하고 추레한 서른두 살 촌닭이 아니에요. 발랄하고 세련된 오트쿠튀르(프랑스에서는 최신 고급 의상을 이렇게 부른대요)로 쫙 뺀 서른 살처럼 보인다고요.

새 옷과 구두 얘기가 나와서 말인데, 전쟁 중일 때보다 전쟁이 끝난 지금 배급제가 더 엄격한 게 놀랍지 않아요? 유럽 전역의 수십만 인구가 음식과 집과 옷이 필요하다는 건 알지만, 그중 상당수가 독일인이라고 생각하면 사실 좀 분해요.

여전히 어떤 책을 쓰고 싶은지 모르겠어요. 그래서 우울해지기 시작했어요. 혹시 뭐 좋은 아이디어 없어요?

지금 내 기준으로는 꽤 북쪽에 있으니까 오늘 밤 소피에게 장거리전화를 하려고 해요. 동생에게 전할 말 있어요? 매제에게 할 말은요? 조카에게는?

이렇게 긴 편지는 처음 써봐요. 답장은 이렇게 길게 하지 않아도 돼요.

사랑을 담아, 줄리엣

수전 스콧이 시드니에게

From Susan Scott to Sidney

1월 25일

사장님,

신문기사는 믿지 마세요. 줄리엣은 체포되지 않았고 수갑을 차지도 않았어요. 브래드포드시 경찰관에게 잔소리를 좀 들었을 뿐이에요. 경찰도 웃음을 참느라 애쓰는 게 보일 정도였다고요.

줄리엣이 길리 길버트의 머리에 찻주전자를 집어 던진 건 사실이지만, 그의 주장처럼 화상을 입힌 건 아니에요. 차는 이미 식어 있었으니까요. 게다가 주전자에 정통으로 맞은 게 아니라 살짝 스친 정도였다고요. 오죽하면 호텔 지배인이 우리가 주전자 값을 물겠다는데도 괜찮다고 했겠어요? 약간 찌그러졌을 뿐이거든요. 그래도 길리 길버트가 하도 소리를 지르며 난리를 쳐서 어쩔 수 없이 관할 경찰에 연락한 거예요.

책임은 전적으로 저한테 있어요. 길리의 인터뷰 요청을 거절했어야 하는데. 그는 〈런던 휴 앤드 크라이〉라는 잡지사 기자예요. 번지르르한 헛소리만 지껄이는, 벌레처럼 징그러운 인간이죠.

그 인간과 그 잡지사는 〈스펙테이터〉와 '이지 비커스태프' 칼럼 그리고 줄리엣의 성공을 지독하게 질투해요. 그걸 다 알면서도 인터뷰 요청을 거절하지 못한 제 잘못이죠 뭐.

자초지종은 이래요. 우리는 브래디 서점에서 열린 출판업자 파티에서 호텔로 막 돌아온 참이었어요. 줄리엣을 위한 자리였죠. 둘 다 꽤 피곤했지만 뿌듯한 마음으로 라운지에 들어서는데 길리 그 인간이 의자에서 벌떡 일어나 다가오더라고요. 그러더니 잠깐만 시간을 내서 인터뷰를 해달라고 조르잖아요. "우리의 자랑 애슈턴 양, 아니 영국의 자랑 '이지 비커스태프'라 불러야 하나요?"라면서 알랑방귀를 뀌어대는 게, 그때 불길한 예감이 딱 왔어야 하는데 미처 눈치 채지 못했어요. 그땐 그저 어디든 앉아서 따끈한 크림티 한 잔과 함께 줄리엣의 성공을 축하하고 싶었거든요.

그래서 인터뷰에 응했어요. 처음에는 순조롭게 잘 나가나 했는데, 길리가 이상한 질문을 하면서부터 꼬이기 시작했어요.

"……당신도 말하자면 전쟁 과부인 셈이잖아요? 아니면 전쟁 과부가 될 뻔했다는 게 더 정확하겠네요. 원래 롭 다트리 중위와 결혼하기로 돼 있었죠? 결혼식 준비도 마친 상태였다던데, 맞죠?"

줄리엣은 "죄송하지만 길버트 씨, 무슨 말씀이신지……?"라고 말했어요. 줄리엣이 얼마나 예의 바른지 사장님도 아시죠?

"내 말이 틀렸다는 건가요? 당신과 다트리 중위는 결혼허가서를 신청했어요. 당신이 직접 첼시 등기소에 결혼식 예약도 했고. 1942년 12월 13일 오전 11시로 말이죠. 리츠 호텔에 피로연 예약도 했죠? 그런데 결혼식 당일, 당신은 나타나지 않았어요. 이 모든 정황으로 볼 때 당신은 결혼식장에서 다트리 중위를 차버렸고, 그 불쌍한 친구는 하객들 앞에서 온갖 창피를 당하고 실연의 상처를 안은 채 버마로 파견되어 석 달 뒤 전사한 거죠."

저는 일어섰어요. 입이 다물어지지 않더라고요. 속수무책으로 멍하니 줄리엣을 바라봤죠. 그래도 줄리엣은 이성을 잃지 않으려 애쓰더군요.

"결혼식장에서 차버린 게 아네요. 하루 전날 얘기했어요. 그리고 그는 창피를 당하지 않았어요. 오히려 해방된 거죠. 전 결혼 자체를 원하지 않는다고 담백하게 얘기했어요. 길버트 씨, 제 말은 사실입니다. 그 사람은 나를 잊고 행복한 상태로 떠났어요. 홀로 배반의 상처를 안고 배에 올라탄 것도 아니에요. 곧바로 CCB 클럽으로 가서 벌린다 트와이닝과 밤새 춤을 쳤다고요."

길리도 놀란 것 같긴 한데, 그렇다고 물러서지는 않더군요. 길리 같은 쥐새끼 부류는 결코 그냥 물러서는 법이 없죠. 그는 재빨리 머리를 굴리더니 한층 선정적인 기삿거리를 꾸며냈어요. "오호라!" 하고 능글맞게 웃더니 그 인간은 이렇게 캐물었어요.

"그럼 뭐가 문제였나요? 술? 다른 여자? 아니면 오스카 와일드 같은 동성애 취향?"

바로 그때 줄리엣이 찻주전자를 집어 던진 거예요. 뒤이어 일어난 소동은 짐작하시는 그대로일 거예요. 라운지는 차를 마시는 사람들로 가득했거든요. 틀림없이 그래서 신문사로 제보가 들어갔을 거예요.

그 인간이 쓴 머리기사 중에 '이지 비커스태프 '또다시' 전장에 가다! 호텔 인터뷰 중 기자에게 폭력 휘둘러' 정도는 좀 거칠긴 해도 나쁘진 않다고 생각해요. 하지만 '줄리엣에게 버림받은 로미오, 버마에서 전사하다'는, 길리 길버트 자신은 물론이고 〈런던 휴 앤드 크라이〉 관계자들조차도 구역질이 났을 거예요.

줄리엣은 자기 때문에 우리 출판사가 해를 입을까 봐 걱정이 태산이에요.

하지만 아직도 이런 식으로 롭 다트리의 이름이 거론되는 걸 보면서 진저리를 치네요. 롭 다트리는 좋은 남자였다, 그는 잘못이 없다, 그러니 이렇게 부당한 대우를 받을 이유가 없다는 게 줄리엣이 저에게 털어놓은 전부예요.

사장님은 예전에 롭 다트리를 아셨나요?

물론 술이니 오스카 와일드식 취향이니 모두 당치 않은 소리겠지만, 줄리엣은 왜 파혼했을까요? 그 이유를 아세요? 안다면 말씀해주실 수 있으세요? 물론 모르시겠죠. 저도 왜 캐묻는지 모르겠네요.

뜬소문이야 당연히 사라지겠지만, 당장은 이런저런 말들이 많으니 줄리엣이 런던으로 돌아가는 게 옳을까요? 순회강연을 굳이 스코틀랜드까지 연장할 필요가 있을까요? 사실 제 마음은 반반이에요. 그 지역의 판매 부수가 엄청나긴 한데, 지금까지 다과회며 오찬회며 줄리엣이 너무 고생했거든요. 방 안을 가득 채운 낯선 사람들 앞에 서서 자신과 자신의 책에 대해 자화자찬을 늘어놓는 게 쉬운 일은 아니죠. 줄리엣은 저처럼 이런 홍보 일에 익숙하지 않아서 아마 굉장히 피곤할 거예요.

일요일에는 리즈에 있을 거예요. 그때 스코틀랜드 건에 대해 지시를 내려주세요.

물론 길리 길버트처럼 비열하고 저급한 인간말종은 끝이 안 좋아야 한다는 게 제 지론이지만, 그가 《이지 비커스태프, 전장에 가다》를 베스트셀러의 반열에 올리는 데 일조한 것도 사실이죠. 왠지 그에게 감사 카드를 쓰고 싶다는 생각도 드네요.

마음이 조급한 직원, 수전

추신. 마컴 V. 레이놀즈가 누군지 알아내셨어요? 오늘은 줄리엣에게 동백꽃을 한 아름 보냈어요.

줄리엣이 시드니에게 보낸 전보

Telegram from Juliet to Sidney

*

오빠와 출판사에 피해를 끼쳐서 정말 죄송해요.

애정을 담아, 줄리엣

시드니가 줄리엣에게

From Sidney to Juliet

1월 26일

리즈, 시티스퀘어, 퀸스호텔

줄리엣 애슈턴 귀하

사랑하는 줄리엣,

길리 일은 걱정하지 마라. 출판사가 피해 입을 일도 없다. 솔직히 나는, 차가 뜨겁지 않았고 네가 좀 더 아래를 조준하지 않았다는 사실이 유감일 뿐이야. 언론에서 길리의 만행에 대해 입장을 표명하라고 하도 난리라서 한마디 하려 한다. 걱정할 것 없다. 롭 다트리나 네 얘기가 아니라 이 부패한 시대의 언론에 대해 얘기하려는 거니까.

방금 수전과 통화하면서 스코틀랜드 건을 논의했다. 소피가

38

날 죽이려 들겠지만, 가지 않는 게 좋겠다고 결론 내렸다.《이지 비커스태프, 전장에 가다》판매 부수는 계속 늘고 있다. 쭉쭉 올라가는 중이지. 나는 네가 런던으로 돌아와야 한다고 생각한다.

〈타임스〉가 특별판에 네 원고를 싣고 싶다더구나. 3부작 연속 특집 중 하나를 맡아달래. 주제는 그쪽에서 너한테 직접 알려주겠지만 세 가지 사항은 지금 알려줄 수 있다. 첫째, 그들은 '이지 비커스태프'가 아닌 줄리엣 애슈턴이 쓴 글을 원한다. 둘째, 주제는 진지한 거야. 마지막으로 원고료 말인데, 1년 내내 매일 싱싱한 꽃으로 아파트를 장식하고 새틴 퀼트 침대 커버도 사고(울턴 경 말이, 새 커버는 집이 폭파되었을 때만 사는 게 아니라더구나) 진짜 가죽 구두도 한 켤레 살 만한 액수다. 물론 구할 수 있다면 말이지만. 배급표가 필요하면 내 것을 써도 돼.

〈타임스〉원고 마감은 늦봄까지라니까 새로 쓸 책을 구상할 시간도 충분할 거야. 이런저런 이유로 너는 속히 런던으로 돌아와야 해. 사실 가장 큰 이유는 내가 너를 보고 싶어 한다는 거지만.

이제 마컴 V. 레이놀즈 2세 얘기를 해볼까? 그 사람이라면 내가 잘 안다. 그리고《둠즈데이북》은 도움이 안 돼. 그는 미국인이거든. 한때 미국의 제지 공장을 독점했고 지금은 대부분을 소유한 마컴 V. 레이놀즈 1세의 아들이자 상속인이지. 레이놀즈 2세는 예술가 기질이 다분해서, 손을 더럽혀가면서 종이 만드는 일을 하지는 않아. 대신 종이 위에 인쇄를 하지. 그는 출판업자야. 〈뉴욕 저널〉〈워드〉〈뷰〉 등의 잡지사가 다 그의 소유이고, 규모가 작은 잡지사들도 여럿 가지고 있어. 공식적으로는 〈뷰〉 런던 지사를 열기 위해 여기 왔다지만 들리는 소문으로는 단행본 사업에도 뛰어들 계획이라더군. 미국 시장의 밝은 전망과 부를 미끼로 영국 최고 저자들을 낚아보려고 온 거지. 그의 술책에 장미니 동백꽃이니 하는 게 포함된 줄은 몰랐다만, 딱히 놀랍지도 않다.

그 남자는 우리가 '뻔뻔함'이라 부르고 미국인들은 '진취적 기상'이라 부르는 특성이 넘쳐나는 사람이야. 직접 만날 때까지 두고 보렴. 너보다 강한 여성들도 굴복시키는 재주가 있는 사람이다. 내 비서를 포함해서 말이야. 실은 그에게 네 일정과 주소를 가르쳐준 게 내 비서였다. 그 멍청한 여자는 레이놀즈를 "엄청 근사한 정장을 입고 수제화를 신은" 로맨틱한 신사로 봤다는구나. 맙소사! 기밀 누설이 뭔지도 모르는 여자를 비서로 앉혔다니. 그래서 해고해버렸다.

줄리엣, 레이놀즈 2세가 너를 노리고 있다. 내가 그 남자랑 결투를 해야 하는 거냐? 분명 내가 죽을 테니 결투 따윈 단념하련다. 우리 소중한 줄리엣, 나는 밝은 전망과 부는커녕 버터 조각 하나 보장해줄 수 없다. 하지만 너는 스티븐스&스타크 출판사, 특히 시드니 스타크가 가장 아끼는 작가야. 너도 알지?

돌아오는 날에 저녁 같이 먹을까?

애정을 담아, 시드니

줄리엣이 시드니에게
From Juliet to Sidney

1월 28일

시드니 오빠,

네, 우리 맛있는 거 먹어요. 새 정장을 떨쳐입고 돼지처럼 먹어주겠어요.

길리 일로 출판사가 곤욕을 치르지 않았다니 정말 다행이에요. 엄청 걱정했거든요. 수전이 나도 롭 다트리에 대해, 그리고 우리가 파혼한 이유에 대해 '품위 있는 입장 표명'을 해야 한대요. 하지만 그렇게는 못 할 것 같아요. 내가 비웃음을 사는 건 정말 아무렇지도 않아요. 그렇게 해서 롭에게 도움이 된다면…… 하지만 틀림없이 그 사람이 더 바보 취급을 받을 거예요. 그 사람은 결코 바보가 아닌데 말이죠. 그러니까 차라리 아무 말 않는 편이 나아요. 내가 무책임하고 변덕스럽고 무정

41

한 여자가 되는 게 낫다고요.

하지만 오빠만은 그 이유를 알아줬으면 해요. 진작 얘기할 수도 있었겠지만 1942년에 오빠는 해군에 있었고 롭을 만난 적이 없죠. 소피도 못 만난걸요. 그해 가을에 소피는 베드포드에 있었으니까요. 나중에 털어놓은 다음에는 비밀을 지켜달라고 맹세까지 시켰죠. 오빠한테 말하지 않은 건, 말하는 걸 미루면 미룰수록 굳이 말할 만큼 중요한 일도 아닌 게 되더라고요. 더구나 오빠가 날 어떻게 볼지 생각하면…… 다짜고짜 덜컥 약혼부터 했으니 얼마나 무분별하고 어리석어 보이겠어요.

난 사랑에 빠졌다고 생각했어요(사랑에 빠졌다는 생각, 이게 바로 비극이에요). 내 집에서 남편과 함께 살 준비를 하면서, 나는 그가 친척 집에 놀러 온 기분이 들지 않게 그 사람을 위한 공간을 마련했어요. 옷장 서랍, 옷걸이대, 구급상자, 책상의 절반을 모두 비웠다고요. 보호 패드를 댄 내 옷걸이를 치우고 그 자리에 무거운 나무 옷걸이를 채워 넣었어요. 침대 위에 있던 털실 인형은 다락방으로 옮겼고요. 그렇게 내 아파트는 한 명이 아닌 둘을 위한 공간으로 변신했죠.

결혼식을 며칠 앞둔 날 오후, '이지 비커스태프' 원고를 들고 〈스펙테이터〉 사무실로 간 사이에 롭이 마지막으로 남은 자기 옷가지랑 물건을 챙겨 우리 집으로 왔어요. 일을 마치고 집으로 돌아와 날듯이 층계를 올라 방문을 열었더니, 롭이 내 책장

앞 스툴에 앉아 있더군요. 주위엔 나무 상자가 마구잡이로 놓여 있었고요. 그는 마지막 상자를 테이프와 끈으로 봉하는 중이었어요. 모두 여덟 상자였어요. 내 책 여덟 상자가 창고로 쫓겨날 채비를 하는 중이었다고요!

그가 고개를 들고는 이렇게 말했어요.

"자기 왔어? 어지러운 건 신경 쓰지 마. 이거 창고로 옮길 때 짐꾼이 도와주기로 했으니까."

내 책장을 턱으로 가리키면서 "어때? 멋있지?"라고 묻기까지 했다니까요.

세상에, 난 할 말을 잃었어요! 기가 차서 말이 나오지 않더라고요. 오빠, 내 책들이 가지런히 꽂혀 있던 책장 선반에, 운동 경기 트로피가 빼곡 들어차 있었어요.

은색 트로피, 금색 트로피, 파란색 장미 모양 리본, 빨간색 리본…… 나무로 만든 물체로 하는 경기란 경기는 모두 휩쓸었다는 듯 크리켓 배트, 스쿼시 라켓, 테니스 라켓, 십자형으로 놓인 노 한 쌍, 골프 클럽, 탁구채, 활과 화살, 당구채, 라크로스 스틱, 하키 스틱, 폴로 스틱까지 온갖 부상도 있었죠. 남자가 스스로 뛰어넘거나 말을 타고 뛰어넘을 수 있는 모든 것을 형상화한 조각상들도 널려 있었고요. 그 옆에는 액자에 넣은 증명서들이 늘어서 있었어요. 어느어느 날짜에 가장 많은 새를 쏘아 맞혔다는 증명서, 경보에서 1등을 했다는 증명서, 스코틀랜드 팀과 접전을 이룬 줄다리기에서 마지막까지 넘어지지 않고 서 있었다는 증명서 등등.

나는 비명을 질렀어요.

"어떻게 감히! 도대체 무슨 짓을 한 거야? 당장 내 책을 제자리에 돌려놔!"

뭐, 이렇게 시작된 거예요. 결국 나는 코딱지만 한 공이나 쪼끄만 새를 때려 맞히는 데서 기쁨을 얻는 남자와는 결코 결혼할 수 없다는 말로 결정타를 날렸죠. 롭은 빌어먹을 블루스타킹(18세기 런던의 문예 애호가 여성들을 조롱하던 말로, 이후 여권 신장을 주장하는 지식층 여성을 가리키는 말로 쓰였다)이라느니 잔소리꾼이라느니 하는 말로 응수했고요. 거기서 모든 게 끝장났어요. 아마 그 당시 우리의 공통점이라곤 '어떻게 우리가 지난 넉 달간 대화라는 걸 할 수 있었지? 도대체 무엇에 관해서?'라는 생각뿐이었을 거예요. 그는 화가 나서 씩씩대고 콧김을 풍풍 내뿜더니 그냥 나가버렸어요. 나는 상자들을 다시 열어 내 책들을 꺼냈죠.

작년 어느 날 밤에 오빠가 기차역으로 마중 나와서 내가 살던 집이 폭격을 맞았다고 알려준 거 기억나죠? 내가 웃음을 터뜨린 이유가 잠깐 정신이 나가서 그런 줄 알았죠? 그게 아니에요. 이 무슨 운명의 장난인가 싶어서 그랬어요. 롭이 내 책들을 지하 창고에 처넣게 내버려뒀다면 그 책들은 모두 무사했겠죠. 지금도 멀쩡히 내 손 안에 있었을 거라고요.

시드니 오빠, 우리가 오래 알고 지낸 사이라는 이유로 이 일에 대해 뭔가 조언해줄 필요는 없어요. 정말이에요. 사실은, 그냥 아무 말 않고 넘어가주면 정말 고맙겠어요.

마컴 V. 레이놀즈 2세에 대해 알려줘서 고마워요. 지금까지는 그의 미끼가 꽃에 한정돼 있었고, 나 역시 오빠와 우리나라를 배반하지 않았어요. 그렇지만 그 비서 일은 정말 마음이 아프네요. 레이놀즈 씨가 그녀에게도 위로의 장미를 보냈길 바라요. 솔직히 나도 멋진 수제화를 신은 남자를 보면 홀라당 넘어갈 것 같거든요. 혹시라도 그를 만나거든 그의 발 쪽으로는 눈길도 주지 말아야겠어요. 아니면 오디세우스처럼 먼저 몸을 깃대에 묶은 다음에 살짝 엿보든지.

오빠는 복 받을 거예요. 나한테 런던으로 돌아오라고 해줬잖아요. 〈타임스〉가 제안한 특집 원고가 무척 기대돼요. 그런데 경박한 주제가 아니라는 거 소피의 목숨을 걸고 맹세할 수 있어요? 설마 윈저 공작 부인(1896~1986. 영국의 에드워드 8세가 사랑을 위해 왕위를 포기하고 윈저 공으로 돌아가게 한 주인공인 미국 여성)에 관한 자극적인 원고를 원하는 건 아니겠죠?

사랑을 담아, 줄리엣

줄리엣이 소피 스트라칸에게

From Juliet to Sophie Strachan

1월 31일

사랑하는 소피,

나를 만나러 리즈까지 날아와줘서 고마워. 내가 친근한 얼굴을 얼마나 그리워하던 중이었는지 말로는 다 설명 못 해. 진심으로 셰틀랜드로 도망가서 숨어 살 생각까지 했다니까. 네가 와줘서 얼마나 좋았는지 몰라.

〈런던 휴 앤드 크라이〉에 실린 그림은 과장된 거야. 내가 쇠사슬에 묶여 끌려가다니, 체포되지도 않은걸. 물론 도미닉은 자기 대모가 감옥에 있는 편을 훨씬 좋아할 테지만 이번에는 좀 덜 극적인 결말로 만족해야 할 거야.

시드니 오빠한테 길리의 어처구니없는 거짓 고발에 대응할 유일한 방법은 품위 있게 침묵을 지키는 것뿐이라고 얘기했어. 오빠는 나더러 원하는 대로 하랬어. 하지만 스티븐스&스타크는 그럴 수 없대!

오빠는 기자회견을 열어서 길리 길버트 같은 인간쓰레기에 대항해《이지 비커스태프, 전장에 가다》와 줄리엣 애슈턴 그리고 언론 자체를 변호했어. 스코틀랜드 신문에도 실렸니? 소식 못 들었다면 내가 간단히 요약해줄게. 오빠는 길리 길버트가 진실을 알아내기엔 너무 게으르고, 자신의 거짓말이 고귀한 언론 전통에 어떤 영향을 미칠지 알기엔 너무 멍청한 심성 꼬인 족제비(뭐, 정확히 이렇게 표현한 건 아니지만 그 의미는 분명했어)라고 비꼬았어. 속이 다 시원하더라.

소피, 세상에 너희 오빠처럼 훌륭한 투사를 자기편으로 둔 소녀(이제는 여자)가 우리 말고 또 있을까? 아마 없을걸. 이렇게 말하려니 좀 찔리지만, 오빠의 연설은 정말 멋졌어. 그나저나 풀숲에 숨은 뱀처럼 교활한 길리 길버트가 이대로 찍소리 없이 사라질까? 수전은 그 인간이 엄청 겁쟁이라서 감히 앙갚음할 생각도 못 할 거라더라. 수전 말이 맞으면 좋겠어.

너희 가족 모두에게 사랑을 보내며, 줄리엣

추신. 그 남자가 이번에도 난초 한 다발을 보냈어. 이제 그만 자기 정체를 드러냈으면 좋겠어. 이러다간 내가 신경과민에 걸릴 지경이라니까. 이게 그 사람 전략일까?

도시가 줄리엣에게

From Dawsey to Juliet

1월 31일

친애하는 애슈턴 양,

보내주신 책이 어제 도착했습니다! 참 친절한 분이군요. 진심으로 감사합니다.

저는 세인트피터포트 항구에서 일합니다. 배에서 짐을 내리는 일이지요. 그래서 휴식 시간에 책을 읽을 수 있어요. 버터 바른 빵과 진짜 차를 맛볼 수 있고 이제 당신에게 받은 책까지 있으니 이거야말로 축복입니다. 표지가 딱딱하지 않아서 어딜 가든 주머니에 넣고 다닐 수 있으니 더 좋습니다. 물론 너무 빨리 읽지 않게 조심할 겁니다. 찰스 램의 초상화도 생겼으니 이 또한 소중한 일입니다. 그는 머리숱이 많았군요, 그렇죠?

물론 당신에게 답장 쓸 시간은 충분합니다. 그럼 질문하신 내용에 최선을 다해 답해보겠습니다. 이야기를 재미있게 하는 재주가 그리 뛰어난 편은 아니지만요. 먼저 돼지구이 파티에 대해 말씀드리죠.

저에겐 아버지가 물려주신 농장과 집이 있습니다. 전쟁 전에는 돼지를 치고 채소를 길러서 세인트피터포트 시장에 팔고 런던 코번트가든에 꽃을 팔았죠. 목수 일과 지붕 고치는 일

48

도 가끔 했고요.

지금은 돼지를 치지 않습니다. 독일군이 유럽 대륙에 주둔한 군인들에게 먹이려고 다 가져갔어요. 저에겐 감자를 기르라더군요. 그들이 하라면 하고 말라면 말아야 하던 시절이었습니다. 처음에는, 그러니까 제가 독일군에 대해 잘 몰랐을 때는 돼지 몇 마리쯤은 혼자 몰래 기를 수 있을 거라고 생각했습니다. 그러나 농업 담당 장교한테 들켜서 다 몰수당했지요. 뭐, 꽤 타격을 입긴 했습니다만 저는 잘 해결할 수 있을 거라고 생각했습니다. 감자와 순무는 충분했고 그때까지는 밀가루도 있었으니까요. 하지만 이상하게도 사람 마음이 어찌나 음식에 휘둘리던지. 순무를 주식으로 먹고 이따금 별식이랍시고 연골 덩어리를 씹으며 6개월을 보내고 나니 머릿속에 오직 한 가지 생각만이 간절해지더군요. 제대로 갖춰진 식사 말입니다.

어느 날 오후, 이웃에 사는 모저리 부인이 저에게 쪽지를 보냈습니다. 빨리 오라고 적혀 있었어요. 그리고 푸줏간 칼을 가져오라고요. 저는 괜한 기대를 품지 않으려고 애쓰면서도 단숨에 그녀의 장원 저택으로 달려갔습니다. 그런데 괜한 기대가 아니었어요! 모저리 부인에게 남몰래 빼돌려둔 돼지가 있었고, 친구들과 함께할 돼지고기 파티에 절 초대한 겁니다!

어릴 때 저는 말수가 적은 편이었습니다. 말을 심하게 더듬었거든요. 게다가 파티 같은 데도 별로 참석한 적이 없었습니다. 진실을 말씀드리자면, 저를 파티에 초대한 사람은 모저리 부인이 처음이었습니다. 돼지구이를 맛볼 생각에 그 초대에 응했습니다만 실은 고깃덩이를 몇 조각 얻어 집에서 혼자 먹을 작정이었습니다.

그 계획대로 되지 않아서 얼마나 다행인지 모릅니다. 바로 그 파티가 건지섬의 감자껍질파이 문학회 첫 모임인 셈이었으니까요. 당시엔 아무도 그 사실을 몰랐지만 말입니다. 음식도 좀처럼 맛보기 힘든 진미였지만 사람들은 더더욱 훌륭했습니다. 신나게 먹고 이야기하느라 모두 시간 가는 줄 몰랐지요. 그러다 아멜리아(모저리 부인의 이름입니다)가 9시를 알리는 시계 종소리를 들었습니다. 야간 통금 시간에서 두 시간이나 지난 겁니다. 뭐, 배불리 먹고 배짱이 두둑해진 탓일까요, 엘리자베스 매케너가 밤새 아멜리아의 집에 숨어 있을 게 아니라 당당하게 나가서 각자 집으로 돌아가자고 했을 때 모두가 동의했습니다. 그러나 통금을 어기는 건 범죄 행위였어요. 실제로 수용소로 끌려간 사람들 얘기도 들었으니까요. 하물며 돼지를 숨기는 건 더 큰 범죄였기 때문에, 우리는 최대한 소리를 죽이며 들판을 살금살금 걸어갔습니다.

그런데 존 부커 때문에 그만 일이 틀어졌습니다. 파티에서 음식보다 술을 더 마시더니만 우리가 도로에 닿자마자 정신을 놓고 큰 소리로 노래를 부른 겁니다! 제가 즉시 그를 붙잡았지만 이미 때는 늦었습니다. 독일군 순찰 대원 여섯 명이 숲속에서 튀어나오더니 기관총을 겨누며 고함을 치기 시작했습니다. 통금 시간에 왜 나돌아다녀? 지금까지 어디에 있었지? 어디로 가는 중이야?

저는 뭘 어떻게 해야 할지 생각조차 할 수 없었습니다. 도망가면 그들이 저를 쐈을 겁니다. 그 정도는 분명히 알고 있었지요. 입이 분필처럼 바싹 마르고 머릿속은 텅 비어버렸습니다. 그저 부커를 붙잡은 채 헛된 희망에 기댈 수밖에요.

바로 그때 엘리자베스가 심호흡을 하더니 앞으로 나섰습니다. 엘리자베스는 키가 작아요. 그래서 총구가 그녀의 눈앞에 늘어서 있었는데도 그녀는 눈 한 번 깜빡이지 않았습니다. 마치 총을 전혀 보지 못한 듯 행동했습니다. 그녀는 순찰대 대장에게 다가가서 말을 하기 시작했습니다. 새빨간 거짓말이었지요. 통행금지령을 어겨서 정말 죄송합니다, 건지섬 문학회 모임이 있었어요, 오늘은《엘리자베스와 그녀의 독일식 정원》에 대해 토론했는데 정말 유쾌한 시간을 보내느라 시간 가는 줄 몰랐습니다, 참으로 훌륭한 책이죠, 혹시 읽어보셨나요?

우리 중 누구도 감히 그녀를 거들 엄두조차 내지 못했는데, 순찰대 대장에겐 그 정도로도 충분했습니다. 그는 그녀를 향해 미소를 지었답니다. 엘리자베스는 그런 사람입니다. 대장은 우리 이름을 적고는 다음 날 아침 사령부로 출두해달라고 아주

정중하게 요청했습니다. 그런 다음 우리에게 목례하며 잘 가라는 인사까지 했습니다. 엘리자베스가 최선을 다해 고개를 끄덕이는 동안 우리는 슬금슬금 뒷걸음질을 쳤습니다. 겁먹은 토끼가 도망치는 것처럼 보이지 않으려고 애쓰면서요. 저는 부커를 질질 끌다시피 하면서도 재빨리 집으로 돌아갔습니다.

이것이 우리의 돼지구이 파티 이야기입니다.

저도 당신에게 묻고 싶은 게 있습니다. 세인트피터포트 항구에는 물자를 실은 배가 매일 들어오지만 건지섬에는 아직도 필요한 게 많습니다. 식료품, 옷, 씨앗, 농기구, 동물 사료, 공구, 의약품, 그리고 무엇보다 중요한 게 바로 신발입니다. 그나마 이제 음식 걱정은 덜었으니까요. 전쟁이 끝날 즈음 이 섬에는 제대로 맞는 신발이라곤 한 켤레도 남지 않았을 겁니다.

섬으로 들어오는 물품 중에는 오래된 신문지와 잡지 낱장으로 싼 것들이 있습니다. 저와 제 친구 클로비스는 그런 신문지와 잡지를 잘 펴서 집으로 가져와 읽습니다. 다 읽은 다음에는 우리처럼 지난 5년간의 바깥세상 소식을 궁금해하는 이웃들에게 전해줍니다. 뉴스나 사진만이 아닙니다. 소시 부인은 요리법이 나온 부분을 읽고 싶어 합니다. 마담 르펠은 패션 기사를 원하고(재봉사거든요), 브루어드 씨는 부고란을 열심히 살핍니다(어떤 사람의 부고 소식을 기다리는 듯한데, 그게 누구인지는 절대 밝히지 않아요). 클로디아 레이니는 로널드 콜먼(1920년대부터 제2차 세계대전 후까지 활동한 미국 영화배우)의 사진을 애타게 찾습니다. 투텔 씨는 수영복 입은 미녀들 사진을, 제 친구 이솔라는 결혼식 기사를 좋아합니다.

전쟁 중에도 우리는 알고 싶은 것이 무척 많았지만, 영국 본토는 물론이고 세계 어느 곳에서도 신문이나 편지를 받을 수 없었습니다. 1942년에는 독일군이 무선 라디오도 모두 압수했습니다. 물론 몰래 숨겨두고 듣기도 했지만 만에 하나 발각되는 날엔 수용소로 보내질 수도 있었지요. 그래서 요즘 접하는 신문이나 잡지를 읽다 보면 이해할 수 없는 것이 너무도 많습니다.

저는 전쟁 당시의 만화를 즐겨 보는데, 그중 한 편이 도무지 이해되지 않습니다. 1944년에 〈펀치〉에 실린 만화로, 사람들 열 명 정도가 런던 거리를 걷는 장면이 나옵니다. 주인공은 서류 가방과 우산을 들고 중산모를 쓴 두 남자인데, 한 명이 다른 한 명에게 "두들버그가 어떤 식으로든 사람들에게 영향을 끼쳤다니, 웃기는 소리야"라고 말합니다. 몇 초 더 들여다보자니 만화 속 인물들이 하나같이 한쪽 귀는 정상인데 다른 쪽 귀는 굉장히 크게 그려져 있더군요. 당신이라면 이게 무슨 뜻인지 설명해주실 수 있겠지요.

진실한 마음을 담아, 도시 애덤스

줄리엣이 도시에게

From Juliet to Dawsey

2월 3일

애덤스 씨,

찰스 램의 서간집과 초상화 사본이 마음에 드신다니 다행이에요. 초상화의 얼굴은 그의 글을 읽으며 상상한 모습과 일치하더라고요. 당신도 그렇게 느꼈다니 기뻐요.

돼지구이에 얽힌 이야기를 들려줘서 정말 고마워요. 하지만 제 질문 중 하나에만 답하신 걸 눈치 채지 못했다고 생각하시는 건 아니겠죠? 전 건지섬의 감자껍질파이 문학회에 대해 더 많이 알고 싶어요. 이건 단지 개인적인 호기심을 채우려는 것만은 아니에요. 이제 직업상 꼬치꼬치 캐물어야 할 의무가 생겼답니다.

제가 작가라는 얘기를 했던가요? 전쟁 중에 〈스펙테이터〉에 매주 칼럼을 썼어요. 스티븐스&스타크 출판사가 그 칼럼들을 묶어 《이지 비커스태프, 전장에 가다》라는 책으로 출간했고요. '이지'는 잡지사가 저에게 붙여준 필명이에요. 이제는 끔찍한 전쟁도 완전히 끝났고(천만다행이죠) 저는 다시 제 이름으로 글을 쓸 수 있게 되었답니다. 이제 다음 책을 쓰고 싶은데, 몇 년간 행복하게 몰두할 만한 주제를 찾는 데 애를 먹고 있어요.

그런 와중에 〈타임스〉에서 저더러 문학 특별판에 실을 글을 써달라더군요. 독서의 실용적, 윤리적, 철학적 가치를 논하는 3부작 특집을 차례로 실을 예정이래요. 필자 세 명이 하나씩 맡아서 쓰는 거죠. 제가 맡은 주제는 '철학'인데 지금까지 생각해낸 거라곤 '독서는 망령이 나는 걸 막아준다'는 것뿐이에요. 보시다시피 저에겐 도움이 필요해요.

당신의 문학회 이야기를 칼럼에 넣으면 문학회 회원들이 싫어할까요? 문학회 설립에 얽힌 이야기는 분명 〈타임스〉 독자들을 매료시킬 거예요. 저는 진심으로 그 모임에 대해 더 알고 싶어요. 하지만 싫다고 해도 괜찮아요. 전혀 마음 쓰지 마세요. 어느 쪽이든 이해할 수 있어요. 그리고 어느 쪽이든, 다시 한번 당신의 편지를 받을 수 있잖아요.

당신이 말한 〈편치〉 만화는 아주 생생히 기억해요. 아마 '두들버그'라는 단어 때문에 어리둥절하셨을 거예요. '두들버그'는 영국 정보부에서 만들어낸 신조어예요. '히틀러의 V-1 로켓'이나 '무인폭탄'보단 덜 무시무시하게 들리게 한 거죠.

당시엔 누구나 야밤의 폭탄 공습과 그 이후의 광경에 익숙해 있었지만, 두들버그는 이전에 본 폭탄들과는 차원이 달랐어요.

그 폭탄은 낮에 날아왔고 공습경보를 발령하거나 대피할 시간도 없을 만큼 엄청 빨랐어요. 눈으로 볼 수도 있었죠. 날렵하고 새까만, 뾰족하게 깎은 연필처럼 생겼는데 연료가 떨어진 자동차처럼 둔탁하게 털털대는 소리를 내며 머리 위를 날아갔어요. 쿨럭쿨럭 털털털 하는 소리가 들리는 한은 안전했죠. '신이시여 감사합니다, 나를 지나쳐서 가버리는군요' 하고 생각해도 됐답니다.

하지만 그 소음이 멈추면, 30초 후면 그게 떨어진다는 징조였어요. 그러니까 그 소리에 귀를 기울여야 했죠. 모터 소리가 멈추는지 계속되는지 모두 귀를 쫑긋 세우고 들었어요. 딱 한 번 저도 두들버그가 떨어지는 걸 봤어요. 거리가 꽤 멀어서 대피까지는 하지 않았지만 재빨리 몸을 날려 인도 경계석에 납작 붙어 있었어요. 높은 빌딩 꼭대기 층에 있던 여자들 몇 명이 구경하려고 창가 쪽으로 몰려들었는데, 결국 폭발의 위력으로 모두 창문 밖으로 튕겨져 나가고 말았죠.

두들버그를 소재로 만화를 그렸다는 것도, 그런 만화를 보며 저를 포함해 모두가 웃을 수 있었다는 것도 지금 생각하면 있을 수 없는 일 같아요. 하지만 그때는 엄연한 현실이었죠. '견딜 수 없는 것을 견뎌내는 최선의 방법은 유머'라는 옛말이 역시 틀리지 않네요.

루커스가 쓴 찰스 램 전기는 받으셨나요? 헤이스팅스 씨가 구해서 보내셨는지 모르겠네요.

당신의 진실한 벗, 줄리엣 애슈턴

줄리엣이 마컴 레이놀즈에게

From Juliet to Markham Reynolds

2월 4일

런던 SW1, 홀킨 스트리트 63번지

마컴 레이놀즈 귀하

레이놀즈 씨,

당신이 보낸 배달부 소년을 만났습니다. 우리 집 현관에 분홍 카네이션 한 다발을 내려놓는 순간 저한테 딱 걸린 거죠. 소년을 붙잡아 다그쳐서 당신 주소를 알아냈습니다. 이제 아시겠죠, 레이놀즈 씨? 당신만 무고한 직원을 꼬드길 줄 아는 게 아니랍니다. 그 아이를 해고하진 마세요. 정말 선택의 여지가 없었을 거예요. 제가 《잃어버린 시간을 찾아서》를 들고 위협했거든요.

이제야 당신에게 감사 표시를 할 수 있게 되었군요. 보내주신 꽃들, 고맙습니다. 지난 몇 년간 그렇게 예쁜 장미와 동백꽃, 난초 다발은 구경도 못 했는데 그 꽃들 덕에 추운 겨울에 얼마나 기운이 나는지 모릅니다. 남들은 축축하고 앙상한 나무와 눈 녹은 진창에 만족해야 하는데 저만 꽃에 둘러싸여 호사를 누리는 이유를 모르겠지만, 여하튼 더없이 기쁘고 행복합니다.

진심을 담아, 줄리엣 애슈턴

마컴 레이놀즈가 줄리엣에게

From Markham Reynolds to Juliet

2월 5일

친애하는 애슈턴 양,

배달부는 해고하지 않았소. 오히려 승진을 시켰지요. 나 혼자서는 하지 못했을 일을 대신 해주었으니까. 당신에게 내 소개를 하는 일 말이오. 당신의 편지는 악수를 의미한다고 내 식대로 해석했소. 그러니 이제 사전 준비는 끝난 셈이오. 당신도 같은 생각이길 바라오. 그래야 내가 레이디 배스컴이 여는 다음번 만찬회에 당신도 참석하지 않을까 하는 희박한 가능성 하나로 초대장을 수소문해 구하는 수고를 덜 수 있지 않겠소? 당신 친구들은 의심이 너무 많아요. 특히 그 시드니 스타크라는 친구는 내가 〈뷰〉지 사무실에서 연 칵테일파티에 초대하면서 당신도 데려오라고 했더니 단칼에 거절하지 뭐요. '동맹국 무기 대여 조약(제2차 세계대전 중 미국이 영국과 구소련 등 동맹국들에게 일방적으로 군수물자를 공급한 조약)'의 방향을 역행할 수는 없다나.

신에게 맹세건대 내 의도는 순수해요. 최소한 돈 때문은 아니라오. 진실을 말하리다. 당신이 날 웃게 하는 유일한 여성 작가이기 때문이오. '이지 비커스태프' 칼럼은 전쟁을 소재로 삼은 글들 중 가장 기지 넘치는 작품이었고, 나는 그런 글을 쓴

58

여성을 만나보고 싶었을 뿐이오.

내가 당신을 납치하지 않겠다고 맹세한다면 다음 주에 함께 저녁 식사를 하는 영광을 허락해주겠소? 날짜는 당신이 정하시오. 나는 전적으로 당신 뜻에 따르리다.

당신의 친구, 마컴 레이놀즈

줄리엣이 마컴 레이놀즈에게

From Juliet to Markham Reynolds

2월 6일

친애하는 레이놀즈 씨,

저는 칭찬에 약합니다. 특히 제 글을 칭찬하는 데는 속수무책이죠. 기꺼이 저녁 식사 상대가 되어드리죠. 다음 주 목요일 괜찮으세요?

줄리엣 애슈턴

마컴 레이놀즈가 줄리엣에게

From Markham Reynolds to Juliet

2월 7일

친애하는 줄리엣,

목요일은 너무 멀어요. 월요일 어떻소? 클래리지에서 7시?

당신의 친구, 마크

추신. 당신에겐 전화가 없을 것 같은데, 혹시 있소?

줄리엣이 마컴 레이놀즈에게

From Juliet to Markham Reynolds

2월 7일

친애하는 레이놀즈 씨,

그래요. 월요일 7시, 클래리지. 물론 저에겐 전화기가 있어요. 한때는 제 집이었으나 지금은 무너져버린, 오클리 스트리트의 건물 잔해 아래에 깔려 있어요. 지금은 세를 들어 사는데, 건물을 통틀어 전화기가 딱 한 대뿐이에요. 집주인인 올리브

번스 부인의 것이죠. 번스 부인과 수다를 떨고 싶으시다면 전화번호를 알려드리죠.

진심을 담아, 줄리엣 애슈턴

도시가 줄리엣에게
From Dawsey to Juliet

2월 7일

친애하는 애슈턴 양,

〈타임스〉에 실릴 칼럼에 건지 감자껍질파이 문학회 이야기가 들어가면 모두 좋아할 겁니다. 당신에게 우리 모임에 대한 편지를 보내라고 모저리 부인에게 부탁했습니다. 그녀는 교육을 제대로 받았으니까 제 글보다는 기사에 더 어울릴 겁니다. 우리 문학회는 런던에 있는 문학회와 많이 다를 거라는 생각이 드는군요.

헤이스팅스 씨는 아직 루커스의 찰스 램 전기를 구하지 못하셨지만 대신 엽서를 보내셨습니다. '백방으로 찾아보고 있으니 포기하지 말아요'라면서요. 정말 친절한 분입니다, 그렇죠?

저는 요즘 크라운 호텔의 새 지붕으로 쓰일 슬레이트를 운반

합니다. 호텔 주인은 이번 여름에 관광객들이 다시 몰려들 거라고 기대하고 있습니다. 이 일을 하게 되어 기쁘지만 조만간 제 땅을 일굴 수 있다면 더 기쁘고 행복하겠지요.

저녁에 집으로 돌아와 당신이 보낸 편지를 발견하니 기분이 무척 좋습니다.

당신이 흥미를 느끼고 책으로 쓸 만한 주제를 찾는 행운을 맞이하길 빕니다.

당신의 진실한 벗, 도시 애덤스

아멜리아 모저리가 줄리엣에게

From Amelia Maugery to Juliet

2월 8일

친애하는 애슈턴 양,

방금 도시 애덤스에게 전화를 받았습니다. 당신이 보낸 선물과 편지를 무척 좋아하더군요. 그가 그렇게 기뻐하는 모습은 처음 봤답니다. 평소엔 꽤 과묵한 사람이에요. 저에게 다음번 우편 수송선 편으로 편지를 보내라고 재촉하느라 자기가 과묵하다는 사실도 잊은 모양이에요. 본인은 아마 모를 테지만 도시는 남을 설득하는 재주를 타고났어요. 자신을 위해서는 결코 부탁하는 법이 없어서 그가 다른 사람 일로 부탁하면 모두 나서서 도우려 한답니다.

그는 당신이 잡지에 실릴 원고를 청탁 받았다며 저더러 독일군 점령기에 생긴 (그리고 독일군에게 점령당했기 때문에 생긴) 문학회 이야기를 써서 당신에게 보내달라고 부탁하더군요. 기꺼이 그 부탁을 들어줄 작정이지만 한 가지 걸리는 점이 있습니다.

잉글랜드에 사는 친구가《이지 비커스태프, 전장에 가다》를 한 권 보내줬습니다. 지난 5년간 바깥세상 소식은 전혀 접할 수 없었기 때문에 영국이 그 세월을 어떻게 견뎌냈는지 알게 되어 얼마나 흡족했는지 짐작하실 수 있겠죠.

당신의 책은 많은 정보를 담은 동시에 유쾌하고 재미있기도 했어요. 하지만 제가 걸고넘어지려는 문제가 바로 이 '재미있는' 문체랍니다.

우리 '건지 감자껍질파이 북클럽'이라는 명칭이 좀 별나서 자칫하면 웃음거리가 될 수도 있겠단 생각이 들었어요. 그렇지 않을 거라고 약속해주실 수 있나요? 문학회 회원들은 저에겐 무척 소중한 사람들이에요. 그들이 독자들에게 웃음거리로 비치는 건 결단코 싫습니다.

그래서 말인데, 우리 이야기를 원고에 담으려는 의도가 무엇인지 좀 알려주시겠어요? 당신에 대해서도 더 알고 싶네요.

당신이 제 질문의 중요성을 이해하신다면 저도 기쁘게 문학회 이야기를 해드리겠습니다. 답장 기다리겠습니다.

아멜리아 모저리 드림

줄리엣이 아멜리아에게
From Juliet to Amelia

2월 10일

건지섬 세인트마틴스 교구, 라부베, 윈드크로스 장원 저택

아멜리아 모저리 귀하

친애하는 모저리 부인,

편지 보내주셔서 감사합니다. 기꺼이 질문에 대답하지요.

제가 전시 상황들을 재미있게 표현한 건 사실입니다. 어두운 소식을 다룰 때는 밝은 어조가 해독제 역할을 하고, 땅에 떨어진 런던의 사기를 올리는 데는 유머가 도움이 된다는 것이 〈스펙테이터〉의 생각이었어요.

개인적으로 '이지 비커스태프' 칼럼이 그런 목적에 부합해서 무척 만족스럽긴 하지만, 힘든 상황을 유머로 견뎌내야 하는 시절은 정말 고맙게도 이제 끝났습니다. 저는 독서를 사랑

하는 사람 그 누구도 우스갯거리로 만들지 않을 작정이에요. 물론 도시 애덤스 씨도 웃음거리가 될 일은 결코 없습니다. 제 책 중 한 권이 그런 분의 손에 들어갔다는 걸 알고 얼마나 기뻤는데요.

저에 대해 알고 싶다고 하셔서 서포크의 베리세인트에드먼즈 근처 세인트힐다 교회의 사이먼 심플리스 목사님께 추천서를 부탁해두었습니다. 제가 꼬마일 때부터 알던 분이고 절 좋아하세요. 레이디 벨라 톤턴에게도 추천서를 부탁했어요. 독일군 대공습 때 소방 감시원으로 같이 일한 동료인데, 진심으로 저를 싫어하죠. 이 두 분이 하는 말을 종합해보면 제가 어떤 사람인지 객관적인 그림을 그리실 수 있을 거예요.

제가 쓴 앤 브론테 전기를 함께 보냅니다. 제가 다른 종류의 글도 쓸 수 있다는 걸 보여드리고 싶어서요. 그리 잘 팔리진 않은 책입니다. 사실 전혀 안 팔렸죠. 그래도 저는 《이지 비커스태프, 전장에 가다》보다 이 책이 훨씬 자랑스러워요.

제 의도에 확신을 심어드리기 위해 제가 할 수 있는 일이 있다면 주저 말고 말씀해주세요. 기꺼이 그렇게 하겠습니다.

진심을 담아, 줄리엣 애슈턴

줄리엣이 소피에게

From Juliet to Sophie

2월 12일

사랑하는 소피,

마컴 V. 레이놀즈, 꽃을 보내던 그 남자가 드디어 정체를 드러냈어. 자기소개를 하고 나한테 찬사를 늘어놓더니 저녁 식사에 초대를 하지 뭐니. 그것도 클래리지 호텔에서! 나는 당당히 그 초대를 받아들였어. 클래리지 호텔? 아 그래요, 들어본 적 있어요, 하고 말이야. 그리고 그 후 사흘 동안 머리 모양을 고민했지. 다행히 예쁜 옷을 사두었기에 망정이지 안 그랬음 뭘 입을지 고민하느라 소중한 시간을 낭비했을 거야.

마담 헬레나 말처럼 내 머리는 '완전 재앙'이었어. 일단 머리를 곱슬곱슬하게 말아봤어. 실패했지. 둘둘 말아서 딱 붙게 위로 올렸어. 역시 실패. 결국 머리 꼭대기에 커다란 빨간색 리본을 달아보려고 하는데 마침 이웃에 사는 에번젤린 스미스가 와서 날 말려줬어. 그녀는 천부적인 재능으로 내 문제를 해결해줬어. 구불거리는 머리를 모두 잡아 올려서 뒤통수에 예쁘게 감아줬지. 단 2분 만에 나는 우아한 여성으로 다시 태어났어. 머리를 막 흔들어도 풀리지 않더라. 나는 아주 만족스러운 모습으로 약속 장소에 갔어. 으리으리한 대리석으로 치장한 클래리지 로비에서도 전혀 주눅 들지 않았다고.

드디어 마컴 V. 레이놀즈가 다가오는데, 머릿속에서 종이 뎅하고 울리는 것 같았어. 세상에, 눈이 부시더라니까. 정말 솔직히 말하는데 소피, 그런 느낌은 처음이었어. 보일러공은 비교도 안 돼. 적당히 그을린 피부, 타오르는 듯한 푸른 눈동자, 황홀한 가죽 구두, 우아한 모직 정장, 상의 윗주머니에 꽂힌 손수건은 눈이 멀 정도로 새하얗더라고. 물론 미국인답게 키도 크고, 다들 조심해야 한다고 하는 그 '미국인 미소'를 짓고 있었어. 하얗게 빛나는 치아에 훌륭한 유머 감각까지 겸비했지만, 사실 '상냥한 미국인'은 아니야. 퍽 강한 인상에 명령을 내리는 데 익숙한 사람이지. 그게 어찌나 자연스러운지 상대방도 자기가 명령을 받는다는 걸 알아채지 못한다니까. 그는 자기 생각이 옳다고 굳게 믿는 유형인데 그런 성격을 고치려 들지도 않아. 자기가 옳다는 확신이 워낙 강하니까 굳이 고칠 필요도 없다는 거지.

일단 자리에 앉았어. 움푹 들어간 자리에 벨벳을 드리워 공간을 분리한 곳이었지. 웨이터와 식당 지배인과 호텔 지배인까지 와서 요란하게 부산을 떨고 간 다음, 내가 그에게 단도직입적으로 물었어. 카드 한 장 없이 그토록 많은 꽃을 보낸 이유가 뭐냐고.

그는 웃었어.

"관심을 끌려고 그랬소. 만나달라는 카드를 함께 보냈다면 당신이 답장했을 것 같아요?"

맞아, 그랬다면 당연히 거절했겠지. 그가 나를 향해 한쪽 눈썹을 올리더라. "당신의 허를 찌른 게 어디 내 잘못이오?" 하면서.

속이 그렇게 빤히 보였다니 정말 수치스러웠지만 그는 계속 웃기만 했어. 그러더니 전쟁과 빅토리아시대의 문학(내가 앤 브론테 전기를 쓴 것도 알고 있었어)과 뉴욕과 배급 제도에 대해 이야기하기 시작했는데, 어느 순간엔가 나에 대한 이야기만 하고 있더라고. 나는 나도 모르게 그의 이야기에 홀딱 빠졌고 말이야.

지난번 리즈에서 마컴 V. 레이놀즈 2세가 정체를 드러내지 않는 이유에 대해 추측해본 거 생각나지? 실망스럽게도 우리 추측은 모두 빗나갔어. 그는 결혼하지 않았어. 결코 숫기 없는 남자도 아니고. 보기 싫은 흉터가 있어서 햇빛을 피해 다니는 것도 아니었어. 늑대인간도 아닌 것 같아(어쨌든 손가락이 털로 덮여 있진 않더라고). 도주 중인 나치 전범도 아니야(억양이 좀 강하긴 하더라).

지금 생각해보니 어쩌면 그는 정말 늑대인간인지도 모르겠다. 들판에서 먹이를 향해 맹렬히 달려드는 모습이 그려지는걸. 곁에서 구경하던 무고한 사람까지 주저 없이 먹어치울 게 분명해. 다음번 보름달이 뜰 때 그 남자를 주시해야겠어. 그가 나더러 내일 같이 춤추러 가자고 했어. 아무래도 깃이 높은 옷을 입어야겠지? 아, 그건 뱀파이어 얘기구나, 그치?

나 좀 들뜬 것 같아.

사랑을 담아, 줄리엣

레이디 벨라 톤턴이 아멜리아에게

From Lady Bella Taunton to Amelia

2월 12일

친애하는 모저리 부인,

줄리엣 애슈턴에게서 편지를 받았는데 내용을 보고 몹시 놀랐습니다. 나더러 자기 인물평을 써달라는 것 같은데 제대로 이해한 건지 모르겠네요. 까짓것, 못 할 것도 없지요! 저는 그녀의 성격을 비난할 수는 없습니다. 아는 건 그녀의 상식뿐이에요. 상식이 없죠, 전혀.

당신도 아시겠지만 전쟁 중에는 뜻밖의 사람들과 함께 일하기도 합니다. 줄리엣과 저는 런던 대공습 당시 소방 감시원으로 일하던 초기에 우연히 만났어요. 소방 감시원은 밤새 런던의 건물 옥상 위에서 소이탄이 떨어지는지 망을 봐야 했어요.

소이탄이 떨어지면 즉시 소화용 수동 펌프와 모래 양동이를 들고 달려가 불길이 크게 번지기 전에 진압했습니다. 줄리엣과 제가 한 조로 편성되어 일했지요. 우리는 생각 없는 여타 소방 감시원들처럼 수다를 떨며 시간을 보내진 않았어요. 저는 항상 경계를 게을리 해서는 안 된다는 주의였거든요. 그렇긴 해도 전쟁 전에 그녀가 어떻게 살았는지 약간은 알 수 있었어요.

줄리엣의 아버지는 서포크에서 명망 높은 농부였답니다. 어머니는 짐작건대 전형적인 농부의 아내였어요. 하지만 소젖을 짜고 닭털을 뽑는 일 외에도 베리세인트에드먼즈에서 서점을 운영했다는군요. 줄리엣이 열두 살 때 부모님이 교통사고로 돌아가시고 줄리엣은 저명한 고전 학자인 종조부님이 계시는 세인트존스우드로 갔어요. 그곳에서 줄리엣은 두 번이나 가출해서 종조부의 학문을 망치고 체면에 먹칠을 했지요.

낙담한 종조부는 그녀를 기숙학교로 보냈어요. 줄리엣은 학교를 졸업하자마자 대학에 진학하지 않고 런던으로 와서 소피 스타크라는 친구와 함께 원룸을 하나 빌려 살았어요.

낮에는 서점에서 일하고 밤에는 그 불행한 브론테 자매 중 한 명에 관한 책을 썼습니다. 그게 누군지는 잊어버렸네요. 제가 알기론 그 책이 소피의 오빠가 운영하는 출판사 스티븐스&스타크에서 출간되었어요. 인간적으로 말이 안 되는 일이지만, 일종의 '인맥 우선주의' 덕에 그 책이 출간되었다고 볼 수밖에 없네요.

어쨌든 줄리엣은 여러 잡지와 신문에 칼럼을 쓰고 인기를 얻기 시작했어요. 그녀의 가볍고 경박한 논조에 덜 지성적인 독자들이 크게 열광한 것이지요. 안타깝게도 그런 독자가 많더군요. 그녀는 남은 유산을 톡톡 털어 첼시에 아파트를 샀습니다. 첼시는 예술가, 모델, 자유사상가, 공산주의자들이 모여 사는 곳이죠. 그야말로 책임감이라곤 눈곱만큼도 없는 사람들이에요. 줄리엣이 소방 감시원으로서 보인 태도가 바로 그러했고요.

이제 우리 관계에 대해 자세히 말씀드리겠습니다.

줄리엣과 저는 법학원의 이너템플 건물 지붕을 담당하는 팀에 속해 있었어요. 우선 소방 감시원의 필수 자질을 짚고 넘어가야겠네요. 명확한 판단과 신속한 행동, 이 두 가지예요. 주변에서 일어나는 모든 일을 파악하고 있어야 하죠. 모든 일을요.

1941년 5월 어느 날 밤, 고성능 폭탄이 이너템플 지붕을 뚫고 도서관으로 떨어졌어요. 도서관 쪽 지붕은 줄리엣의 담당 구역에서 떨어져 있었지만 그녀는 소중한 책들이 파괴되는 데 놀라서 화염 속으로 뛰어들었어요. 마치 자기 혼자 도서관을 구해낼 수 있다는 듯 말이에요! 물론 그녀의 착각은 피해만 더 키운 꼴이 됐지요. 소방관들이 그녀를 구출하느라 귀중한 시간을 낭비해야 했으니까요.

그 일로 줄리엣은 경미한 화상을 입었을 뿐이지만 책 5만여 권이 저세상으로 날아갔어요. 줄리엣의 이름은 소방 감시원 명단에서 삭제되었습니다. 당연한 조치였지요. 그 후 그녀는 준소방대에 자원했어요. 폭격 다음 날 아침 구조대에 차와 필요한 것들을 조달하는 일을 했지요. 생존자들을 돌보는 것도 준소방대의 몫이었어요. 가족들을 찾아주고 임시 거처와 옷가지, 음식, 기금 등을 마련하는 일이요. 줄리엣에게는 그렇게 낮에 일하는 편이 더 나았을 거예요. 찻잔이나 나르는데 뭐 그리 큰 사고를 치겠어요.

그녀는 밤에는 자기가 하고 싶은 일을 할 수 있었습니다. 그중 하나가 가벼운 칼럼을 쓰는 것이었어요. 〈스펙테이터〉가 그녀에게 전시의 국가 상황에 대한 주간 칼럼을 청탁했거든요. '이지 비커스태프'라는 필명으로 말입니다.

저는 그녀의 칼럼을 한 편 보고는 정기 구독을 취소해버렸습니다. 그녀는 우리가 경애하는 (지금은 돌아가셨지만) 빅토리아 여왕의 훌륭한 취향을 비난했어요. 물론 당신도 빅토리아 여왕이 배우자 앨버트 공을 위해 세운 거대한 기념비를 아시겠지요. 그 기념비는 켄싱턴가든의 화룡정점이라 할 만하죠. 앨버트 공은 물론이고 여왕의 세련된 취향을 반영하는 기념비라고요. 줄리엣은 정부의 농수산식품부가 기념비 주변 땅에 콩을 심으라고 명한 데 찬사를 보냈습니다. 전 영국을 통틀어 앨버트 공보다 훌륭한 허수아비는 없다고 썼지요.

취향이나 판단력, 잘못된 우선순위, 부적절한 유머 감각 등 도통 마음에 드는 점을 찾기 힘들지만, 그녀에게도 딱 한 가지 좋은 면이 있습니다. 줄리엣은 정직합니다. 그녀가 당신들 문학회의 명예를 존중하겠다고 말했다면 그렇게 할 거예요. 더는 드릴 말씀이 없군요.

벨라 톤턴 드림

사이먼 심플리스 목사가 아멜리아에게

From the Reverend Simon Simpless to Amelia

2월 13일

친애하는 모저리 부인,

예, 당신은 줄리엣을 믿으셔도 됩니다. 이 점은 확실히 말씀드릴 수 있습니다. 그녀의 부모는 제가 맡은 세인트힐다의 교구민이자 저와는 좋은 친구 사이였습니다. 줄리엣이 태어나던 날 밤에도 그들 집에 초대받아 함께 저녁 식사를 했지요.

줄리엣은 고집이 세지만 또한 다정하고 남을 배려할 줄 알며 명랑한 아이였어요. 어린 나이임에도 정직해야 한다는 믿음을 강하게 품고 있었답니다.

줄리엣이 열 살 때의 일화를 말씀드리겠습니다. 성가대에서 '그의 눈이 참새를 지키시네'의 넷째 소절을 부르다 말고 줄리엣은 갑자기 성가집을 홱 덮더니 더는 노래하길 거부했습니다. 그러고는 성가대 지휘자에게 그 가사가 하느님의 성정을 깎아내린다고 말했어요. 그 노래를 부르면 안 된다고요. 그는(하느님 말고 성가대 지휘자 말입니다) 당황해서는 줄리엣을 제 방으로 데려와 저에게 설득을 맡겼습니다. 저도 별 뾰족한 수는 없었습니다.

줄리엣은 이렇게 말하더군요.

"'그의 눈이 참새를 지키시네'라는 가사는 쓰지 말았어야 해요. 그게 무슨 소용이에요? 그래서 하느님은 새가 떨어져 죽는 걸 막아주셨나요? 그냥 '아이쿠!' 하고 놀라시고는 끝 아니에요? 가사를 보면 하느님은 참새를 보러 가고 없잖아요, 정작 사람들은 하느님을 찾고 있는데."

이 문제에선 저도 줄리엣의 말에 동의할 수밖에 없었습니다. 왜 진작 그런 생각을 못 했을까요? 그 후 성가대는 '그의 눈이 참새를 지키시네'를 부르지 않았습니다.

줄리엣의 부모는 그녀가 열두 살 때 돌아가셨습니다. 줄리엣은 종조부인 로더릭 애슈턴 박사와 함께 런던에서 살게 되었지요. 다정하지 않은 분은 아니었지만 그리스-로마 연구에 몰두한 나머지 줄리엣에게 관심을 기울일 시간이 없었습니다.

그에겐 상상력도 없었어요. 아이를 키우는 데는 치명적인 단점이었지요.

줄리엣은 두 번 가출했습니다. 처음에는 킹스크로스역까지밖에 못 갔어요. 짐이 든 커다란 천 가방과 아버지의 낚싯대를 둘러메고 베리세인트에드먼즈로 가는 기차를 기다리는 걸 경찰이 발견했습니다. 당연히 애슈턴 박사에게 돌려보내졌지만 다시 도망쳤어요. 이번에는 애슈턴 박사가 저에게 전화를 걸어 아이를 찾게 도와달라더군요.

저는 어디로 가야 할지 정확히 알고 있었습니다. 예전에 부모와 함께 살던 농장이었지요. 농장 입구 맞은편, 나무로 뒤덮인 작은 언덕에서 줄리엣을 찾았습니다. 쏟아지는 비도 아랑곳하지 않고 흠뻑 젖은 채 앉아서 예전에 살던(지금은 남에게 팔린) 집을 하염없이 바라보고 있더군요.

저는 애슈턴 박사에게 전보를 치고 다음 날 줄리엣과 함께 기차를 타고 런던으로 갔습니다. 바로 다음 기차로 돌아오려 했지만 종조부라는 사람이 요리사를 마중 보낸 걸 보고는 저도 따라가겠다고 우겼습니다. 저는 연구 중인 그에게 다짜고짜 쳐들어가서 언성을 높였습니다. 격렬한 논쟁 끝에 그 사람도 줄리엣을 기숙학교에 보내는 게 최선이라는 데 동의했습니다. 이럴 때를 대비해 그녀의 부모가 남긴 유산이 꽤 있었답니다.

다행히 제가 아는 훌륭한 학교가 있었어요. 세인트스위딘 학교로 학문적으로도 괜찮고 여교장도 화강암 조각상처럼 완고하지 않았지요. 고맙게도 줄리엣은 그곳에서 잘 자라주었습니다. 공부에 재미를 붙인 이유도 있지만 그녀가 활기를 되찾은 진짜 이유는 소피 스타크라는 친구와 그 가족을 만나 우정을 쌓았기 때문입니다. 방학이면 종종 소피의 집에서 지냈고 소피와 함께 제가 여동생과 사는 목사관으로 온 적도 두 번 있습니다. 소풍을 가고 자전거를 타거나 낚시를 함께 즐겼지요. 무척 행복한 시간이었습니다. 한번은 소피의 오라비인 시드니 스타크도 같이 왔어요. 소녀들보다 열 살이나 많아서 대장 노릇을 하려 들긴 했지만 우리로서는 환영하지 않을 이유가 없었답니다.

줄리엣이 자라는 모습을 지켜보는 일은 보람 있었습니다. 이제 어엿한 성인이 된 걸 보니 역시 뿌듯하네요. 그녀가 저에게 자기 이야기를 당신에게 들려달라는 부탁을 해주어서 무척 기쁩니다.

줄리엣과 저의 관계에 대한 간단한 내력을 동봉했으니 제가 줄리엣을 잘 알고 하는 얘기라는 걸 이해하실 수 있을 겁니다. 줄리엣이 뭘 하겠다고 말한다면 그렇게 할 겁니다. 그녀가 뭘 하지 않겠다고 말한다면 하지 않을 것이고요.

사이먼 심플리스 드림

수전 스콧이 줄리엣에게

From Susan Scott to Juliet

2월 14일

줄리엣,

이번 주 〈태틀러〉지에서 제가 본 게 정녕 '당신'인가요? 마컴 레이놀즈 씨와 룸바를 추는 여자가? 정말 멋있는데요! 레이놀즈 씨 못지않게 멋져요. 그런데 사장님이 이걸 보기 전에 공습 대피소로 몸을 숨기는 게 좋지 않을까요? 그 뜨거운 내막을 얘기해준다면 입 다물어줄 수도 있어요.

당신의 친구, 수전

줄리엣이 수전 스콧에게

From Juliet to Susan Scott

2월 18일

친애하는 수전, 전 모든 걸 부인합니다.

애정을 담아, 줄리엣

아멜리아가 줄리엣에게

From Amelia to Juliet

2월 18일

친애하는 애슈턴 양,

저의 염려를 진지하게 받아들여줘서 고마워요. 어젯밤 문학회 모임에서 당신의 〈타임스〉 칼럼 이야기를 했어요. 칼럼에 찬성한다면 자신이 읽은 책과 독서에서 찾은 즐거움에 대해 편지를 써서 당신에게 보내라고 제안했고요.

반응은 폭발적이었어요. 문학회의 회장인 이솔라 프리비가 조용히 하라며 의사봉을 두드릴 정도였답니다(하긴 이솔라는 누가 부추기지 않아도 의사봉 두드리는 덴 선수죠). 곧 당신에게 편지가 많이 갈 거예요. 당신이 쓸 칼럼에 조금이나마 도움이 되었으면 좋겠어요.

우리 문학회의 설립 배경은 도시에게 들으셨죠? 돼지구이 파티에 참석한 사람들이 독일군에게 체포되지 않게 꾀를 쓴 거라고요. 우리 집에서 열린 파티에는 도시, 이솔라, 에번 램지, 존 부커, 윌 시스비, 그리고 우리의 사랑스러운 엘리자베스 매케너가 참석했어요. 독일군 코앞에서 즉석으로 이야기를 지어낸 그 아이 말이에요. 그녀의 재빠른 기지와 빛나는 말솜씨에 감사할 따름이랍니다.

당시에 저는 물론 그들이 곤경에 처했다는 사실을 까맣게 몰랐어요. 손님들이 떠나자마자 서둘러 지하 창고로 내려가서 저녁 식사 흔적들을 묻느라 바빴거든요. 문학회 이야기를 들은 건 다음 날 아침 7시였어요. 엘리자베스가 우리 집 주방으로 와서는 "집에 책이 몇 권이나 있어요?"라고 묻지 않겠어요?

우리 집엔 책이 꽤 많았지만 엘리자베스는 책장을 훑어보더니 고개를 가로저었어요.

"더 필요해요. 여기는 원예 서적만 너무 많잖아요."

당연히 그럴 수밖에요. 저는 훌륭한 원예 서적을 정말 좋아하거든요.

엘리자베스가 말했어요.

"이제부터 우리가 뭘 할 거냐면요, 사령부에서 조사가 끝나는 대로 폭스 서점에 가서 책을 살 거예요. 문학회 회원이 되려면 문학 애호가처럼 보여야죠."

저는 오전 내내 안절부절못했어요. 사령부 상황이 어떻게 돌아가는지 걱정이 되어 미칠 지경이었죠. 결국 그들 모두 건지 감옥에 갇히면 어쩌지? 또는 최악의 상황이 되어 유럽 대륙에 있는 포로수용소로 간다면? 독일군의 법 집행 기준은 항상 제멋대로라 어떤 판결을 내릴지 아무도 모르는 일이었어요. 그러나 그런 일은 일어나지 않았지요.

이상하게 들리겠지만 독일군은 채널제도 주민들에게 예술

과 문화 활동을 허락했을 뿐 아니라 장려하기까지 했어요. 그들의 목적은 독일군이 모범적으로 통치한다는 사실을 영국군에게 입증하는 것이었지요. 그런 뜻이 어떻게 외부 세계로 전달될 것인지는 아무런 설명도 없었어요. 건지섬과 런던을 잇는 전화와 전신은 1940년 6월 독일군이 상륙한 바로 그날 끊어졌는데 말이죠. 독일군의 속셈이야 어쨌건 간에 채널제도는 유럽의 다른 독일군 점령지에 비해 훨씬 관대한 통치를 받았어요. 최소한 초기에는 그랬어요.

사령부에서 친구들은 벌금을 조금 내고 문학회 이름과 회원 명단을 제출하라는 명령을 받았어요. 사령관은 자기도 문학 애호가라면서 언젠가 자기랑 뜻이 맞는 장교 몇몇과 함께 모임에 참석해도 되겠느냐고 물었대요.

엘리자베스는 무조건 환영이라고 대답했지요. 그다음 그녀와 에번과 저는 폭스 서점으로 뛰어가 새로 설립된 문학회에서 읽을 책을 한 아름 사들고 우리 집으로 돌아와 책장 선반에 꽂았어요. 그리고 최대한 자연스럽게 보이려 노력하며 이 집 저 집 돌아다니면서, 그날 저녁 우리 집에 와서 책을 한 권씩 골라 읽어야 한다고 일렀답니다. 마음은 급해 죽겠는데 여기저기 서서 잡담을 하며 천천히 걷기가 얼마나 힘들었는지요! 타이밍이 생명이었어요. 엘리자베스가 겨우 2주 후로 잡힌 다음번 모임에 사령관이 나타날지도 모른다고 겁을 줬거든요(그는 오지 않앉어요. 그 후 몇 년 동안 독일군 장교 몇몇이 참석하긴 했지만 다행히 뭐가 뭔지 모르겠다는 표정으로 돌아가더니 다시는 나타나지 않았지요).

그렇게 해서 시작된 거예요. 저는 회원 모두를 알았지만 그렇게 잘 아는 건 아니었어요. 도시와는 30년 넘게 옆집에 살면서도 날씨나 농장 일에 관한 것 말고는 딱히 대화를 나눈 적도 없었답니다. 이솔라나 에번과는 친하게 지냈지만 윌 시스비와는 안면만 튼 사이였죠. 존 부커는 거의 모르는 사람이나 다름없었어요. 그는 독일군이 오기 직전에 이사 왔거든요. 우리 모두가 잘 아는 사람은 엘리자베스뿐이었어요. 그녀가 부추기지 않았다면 저는 돼지구이 파티에 그들을 부르지도 않았을 거예요. 그랬다면 '건지 감자껍질파이 북클럽'도 탄생할 수 없었겠죠.

그날 저녁 문학회 회원들은 우리 집에 와서 읽을 책을 골랐어요. 성경이나 종자 안내 책자, 〈농업 신문〉 외에는 글을 거의 읽어본 적 없는 사람들이었죠. 도시가 찰스 램을 발견하고 이솔라가 《폭풍의 언덕》에 폭 빠진 것도 바로 이때 시작되었답니다. 저는 《픽윅 페이퍼스(찰스 디킨스의 첫 장편소설)》를 골랐어요. 읽으면 기분이 좋아질까 싶어 골랐는데 과연 잘 골랐더군요.

그리고 각자 집으로 돌아가 책을 읽었지요. 모임이 시작되었어요. 처음에는 사령관이 올 때를 대비한 것이었고, 그 후로는 우리가 즐거워서 모였답니다. 우리 중 누구도 문학회란 걸 경험한 적이 없었기 때문에 우리 나름의 규칙을 정했어요. 읽은 책에 대해 돌아가며 발표하기로 했지요. 시작할 때는 조용히 경청하고 객관성을 잃지 않으려 애썼지만, 곧 분위기가 바뀌고 발표자의 목적은 자기가 읽은 책을 다른 회원들도 읽고 싶게 부추기는 쪽으로 흘러갔어요. 한번은 두 명이 같은 책을 읽고 논쟁을 벌였는데 그러니까 굉장히 즐겁더라고요. 우리는 책을 읽고 책에 관해 이야기하고 책을 놓고 토론하면서 점점 더 가까워졌어요. 섬의 다른 주민들도 문학회에 가입하고 싶어 했고 우리 모임은 그야말로 활기차고 유쾌한 시간이 되었죠. 때때로 어두운 현실을 거의 망각할 정도로요. 요즘도 2주에 한 번씩 모인답니다.

우리 문학회 이름에 '감자껍질파이'가 들어간 건 윌 시스비 때문이에요. 그는 먹을 게 없는 모임에는 결코 가지 않아요. 독일군이 오라고 해도 거절할걸요! 그래서 우리 모임에 다과가 추가되었지요. 당시 건지섬에는 버터와 밀가루가 부족하고 설탕은 아예 없었기 때문에 윌이 감자껍질파이를 만들었어요. 으깬 감자를 소로 넣고 비트 즙으로 단맛을 내고, 감자껍질을 파이 껍질로 사용했지요. 윌의 조리법은 대개 미덥지 않지만 그 작품은 성공작이었어요. 답장 기다릴게요. 당신의 칼럼이 어떻게 진행되는지도 궁금하네요.

진실한 마음을 담아, 아멜리아 모저리

이솔라 프리비가 줄리엣에게

From Isola Pribby to Juliet

2월 19일

친애하는 애슈턴 양,

어머나 세상에, 당신이 앤 브론테의 전기를 쓰신 분이군요. 샬럿 브론테와 에밀리 브론테의 동생 말이에요. 아멜리아 모저리가 그 책을 빌려주겠다고 했어요. 제가 브론테 자매(가여운 아가씨들!)를 좋아하는 걸 알거든요. 다섯 자매가 모두 폐가 좋지 않아 너무 젊은 나이에 죽었잖아요! 생각해보면 얼마나 슬픈 일인지.

그들의 아버지는 이기적인 작자였어요. 그렇잖아요, 딸들을 완전히 무시하기나 하고. 항상 자기 서재에 앉아 숄을 가져오라고 고함만 치고. 자기 손으로 뭘 하는 법이 없었다죠? 자기 딸들이 파리처럼 죽어가는 동안에도 그는 그저 혼자 자기 방에 처박혀 있었잖아요.

그들의 남동생 브랜월이라고 더 나을 것도 없었죠. 항상 술에 취해 카펫에 토하기 바빴으니. 브론테 자매는 평생 남자 형제 뒤치다꺼리를 해야 했어요. 뛰어난 여성 작가들에게 가당키나 한 일이냐고요!

집에 있는 두 남자는 그 모양이고 다른 남자를 만날 기회도

83

없었는데, 에밀리 브론테는 히스클리프라는 인물을 만들어냈어요! 아마 전적으로 상상력에 의존해야 했을 거예요. 정말 대단하지 않아요? 현실 세계의 남자들보다 책 속 남자들이 더 매력적이잖아요.

아멜리아가 그러는데 당신이 우리 문학회에 대해 그리고 모임 때 우리가 무슨 얘기를 하는지에 대해 알고 싶어 한다면서요? 제가 발표한 날은 브론테 자매 얘기를 했어요. 샬럿과 에밀리에 대해 정리해둔 공책을 보내드리지 못해 미안해요. 집에 다른 종이가 없어서 요리할 때 불쏘시개로 써버렸거든요. 밀물과 썰물 시간이 적힌 시간표랑 성경 요한계시록, 욥기 부분까지 벌써 그렇게 태워버린 후였답니다.

제가 왜 브론테 자매를 높이 평가하는지 궁금하실 거예요. 전 열정적인 만남에 대한 이야기를 좋아해요. 저 자신은 한 번도 그런 경험을 해본 적 없지만 이제 상상할 수는 있어요. 《폭풍의 언덕》도 처음에는 별로였는데, 캐시의 유령이 뼈만 앙상한 손가락으로 창문 유리를 긁어대는 장면에서 멱살이 잡힌 것처럼 빠져나올 수가 없었어요. 그 소설을 다 읽은 후에는 히스클리프가 황무지에서 울부짖는 소리가 귀에서 맴돌더라고요. 에밀리 브론테처럼 훌륭한 작가의 책을 읽은 이상, 다시는 어맨다 길리플라워의 《촛불 아래 유린당하다》 따위를 즐겁게 읽을 수 없을 거예요. 좋은 책을 읽으면 나쁜 책을 즐길 수 없게 되는 법이죠.

이제 저에 대해 얘기할게요. 우리 집은 아멜리아 모저리의 장원 주택과 농장 바로 옆에 있는 농가예요. 두 집 모두 바닷가에 있어요. 저는 닭과 아리엘이라는 이름의 염소를 치고 농작물도 길러요. 앵무새도 한 마리 있는데요, 이름은 제노비아고 남자를 싫어해요.

저는 매주 열리는 시장에서 좌판을 펼쳐놓고 잼과 채소를 팔아요. 남자들 정력을 회복시키는 약도 만들어 판답니다. 약을 만들 때는 저의 소중한 친구 엘리자베스 매케너의 딸인 킷이 도와주죠. 킷은 이제 겨우 네 살이라 냄비를 휘저으려면 의자 위로 올라서야 하지만, 큰 거품이 보글보글 일어나는 물약을 아주 잘 저어요.

전 그리 예쁜 편이 아니에요. 안 그래도 큰 코인데 닭장 지붕에서 떨어지는 바람에 코뼈가 휘었어요. 한쪽 눈동자는 자꾸만 위쪽으로 넘어가고 부스스한 머릿결은 결코 차분해지지 않아요. 키도 크고 체격도 우람하죠.

당신이 원하신다면 저는 얼마든지 편지를 또 쓸 수 있어요. 책 읽기에 대해 그리고 독일군이 쳐들어왔을 때 독서가 얼마나 큰 힘이 되었는지에 대해 좀 더 자세히 얘기해줄게요.

딱 한 번, 독서조차 도움이 되지 않을 때가 있었어요. 독일군이 엘리자베스를 잡아간 후였죠. 폴란드 출신의 불쌍한 강제

노동자 한 명을 숨겨줬다는 이유로 엘리자베스를 체포해서는 프랑스의 감옥으로 보냈어요. 그 당시는 물론이고 그 후로도 오랫동안 어떤 책을 읽어도 기분이 전혀 나아지지 않더군요. 제가 할 수 있는 일이라곤 독일군이 눈에 띌 때마다 뺨을 갈기고 싶은 마음을 억누르는 것뿐이었어요. 킷을 위해 꾹 참았지요. 갓난아기인 킷에게는 우리가 필요했으니까요. 엘리자베스는 아직 돌아오지 않았어요. 우리 모두 걱정하고 있지만, 이건 알아두셔야 해요. 전쟁이 끝난 지 얼마 되지 않았으니 엘리자베스가 집으로 돌아올 가능성도 분명 있어요.

저는 그렇게 기도한답니다.

너무나 보고 싶거든요.

당신의 친구, 이솔라 프리비

줄리엣이 도시에게

From Juliet to Dawsey

2월 20일

친애하는 애덤스 씨,

제가 꽃 중에서도 흰색 라일락을 가장 좋아하는 걸 어떻게 아셨어요? 제가 늘 사랑한 그 꽃이 지금 제 책상 위에 근사하게 꽂혀 있네요. 정말 아름다워요. 꽃을 받으니 참 흐뭇해요. 저 모습, 달콤한 향기, 그리고 깜짝 선물이 주는 기분 좋은 놀라움. 처음에는 이렇게 생각했어요. 아니 2월인데 도대체 어떻게 라일락을 구했을까?

그런데 곧 기억해냈죠. 채널제도는 따뜻한 멕시코만류의 영향을 받는 축복받은 땅이라는 사실을요.

오늘 아침 일찍 딜윈 씨가 당신의 선물을 들고 우리 집 현관에 나타났어요. 은행 업무차 런던에 왔다더군요. 꽃을 전해주는 건 전혀 어려운 일이 아니라고 강조했어요. 당신이 전쟁 중에 딜윈 부인에게 비누를 준 걸 생각하면 이 정도는 아무것도 아니라고요. 딜윈 부인은 아직도 그때 생각만 하면 눈물을 흘리신대요. 딜윈 씨는 참 좋은 분이에요. 시간이 없다고 하셔서 커피 한잔 대접 못 한 게 아쉽네요.

당신의 친절한 호의 덕택에 모저리 부인과 이솔라 프리비에게서 애정이 담뿍 담긴 긴 편지를 받았어요. 독일군이 건지섬에 '외부 소식 차단령'을 내린 건 전혀 몰랐어요. 편지마저 막았다죠? 정말 엄청 놀랐어요. 그런 사실을 전혀 몰랐다니.

물론 채널제도가 점령당했다는 건 알고 있었지만 그래서 구체적으로 어떤 일이 뒤따랐는지는 전혀, 단 한 번도 생각조차 해본 적이 없어요. 의도적인 무지라고밖에 달리 표현할 길이 없네요.

그래서 런던 도서관으로 공부하러 가려고요. 폭격 때문에 끔찍하게 피해를 입었지만 이제 바닥은 걸어 다녀도 될 만큼 안전하고 온전히 살아남은 책들도 다시 서가에 꽂혀 있어요. 제가 알기로는 1900년부터 어제 날짜까지의 〈타임스〉도 런던 도서관에 모두 있답니다. 그러니까 저는 독일군 점령에 대해 공부할 수 있어요.

채널제도에 관한 여행서나 역사서도 찾아보려고요. 맑은 날이면 프랑스 해안도로 위를 달리는 자동차까지 보인다는 게 사실인가요? 제가 가진 백과사전에는 그렇게 나오거든요. 하지만 4실링에 산 헌책이라 딱히 신뢰하기 힘든 사전이죠. 아무튼 그 백과사전은 건지섬이 '길이는 약 11킬로미터, 너비는 약 8킬로미터고 인구는 4만 2천여 명'이라네요. 엄밀히 말하면 상당히 유익한 정보지만 저는 그보다 더 많은 것을 알고 싶단 말이죠.

프리비 양이 당신들의 친구 엘리자베스 매케너 얘기를 해주었어요. 유럽 대륙의 포로수용소로 보내져 아직 돌아오지 않았다고요. 그 얘기를 읽는데 그만 숨이 턱 막히더군요. 돼지구이 파티 얘기를 담은 당신의 편지를 받은 후로 저는 그녀도 당신들과 함께 건지섬에 있다고 여겼거든요. 너무도 당연히 그렇게 여겼기에 언젠가는 그녀가 보낼 편지도 기대했답니다. 정말 안됐군요. 그녀가 빨리 돌아오기를 기원합니다.

보내주신 꽃, 다시 한번 고마워요.

정말 아름답네요.

당신의 영원한 벗, 줄리엣 애슈턴

추신. 이건 쓸데없는 질문이라 여기셔도 되는데요, 도대체 딜윈 부인

이 비누 하나에 눈물을 흘린 까닭은 무엇인가요?

줄리엣이 시드니에게

From Juliet to Sidney

2월 21일

사랑하는 시드니 오빠,

오빠 연락 못 받은 지 너무 오래됐어요. 오빠의 싸늘한 침묵

이 혹시 마크 레이놀즈와 조금이라도 관련이 있나요? 새 책에

대한 구상이 떠올랐어요. 아름답지만 마음 여린 작가가 편집자

의 횡포로 억장이 무너지는 소설이에요. 마음에 들어요?

변함없는 사랑을 담아, 줄리엣

줄리엣이 시드니에게

From Juliet to Sidney

2월 23일

시드니 오빠,

그냥 농담해본 거예요.

사랑을 담아, 줄리엣

줄리엣이 시드니에게

From Juliet to Sidney

2월 25일

오빠?

사랑을 담아, 줄리엣

줄리엣이 시드니에게

From Juliet to Sidney

사랑하는 시드니 오빠,

오빠가 가버렸다는 걸 내가 모를 줄 알았어요? 모를 리 없잖아요. 세 번이나 편지를 보냈는데 답장이 없기에 내가 직접 세인트제임스 플레이스로 갔다고요. 거기서 강철 같은 비서 틸리 양을 만났는데, 오빠는 런던에 없다고 하더라고요. 딱 걸렸어요. 꼬치꼬치 캐물어서 오빠가 오스트레일리아로 갔다는 사실을 알아냈어요! 내가 놀라서 비명을 지르는데도 틸리 양은 아무렇지 않게 듣고만 있더군요. 오빠가 정확히 오스트레일리아 어디로 갔는지는 알려주지 않을 태세였죠. 그저 스티븐스&스타크의 작가 목록에 올릴 새 얼굴을 찾으러 오스트레일리아 여기저기를 돌아다닌다고 둘러대던데요. 우편물들은 자기 재량껏 선별해서 오빠한테 전달한대요.

오빠의 충직한 직원 틸리 양도 날 속이진 못해요. 그건 오빠도 마찬가지예요. 난 오빠가 어디서 뭘 하는지 정확히 안다고요. 피어스 랭글리를 찾으러 간 거잖아요. 지금쯤 그분 손을 잡고 그가 술에서 깨길 기다리겠죠. 최소한 나는 오빠가 그러고 있기를 바라요. 피어스는 정말 소중한 친구잖아요. 게다가 정말 뛰어난 작가기도 하고요. 그분이 다시 건강해져서 시를 쓰셨으면 좋겠어요. 버마나 일본군에 대해서도 모두 잊어버리셨음 좋겠지만 그건 불가능하겠죠.

나한테 귀띔이라도 해줄 수 있었잖아요. 나도 애써 노력하면 신중해질 수 있단 말이에요(내가 애트워터 부인에게 말실수한 게 그렇게 용서 못 할 일인가요? 그 자리에서 제대로 사과했잖아요).

나는 저번 비서가 더 좋았어요. 그런데 오빠가 별것도 아닌 일로 잘라버렸죠. 나, 마컴 레이놀즈를 만났어요. 그래요, 그냥 만났다기보다는 뭔가를 더 했어요. 룸바를 췄죠. 하지만 공연한 걱정은 말아요. 그는 지나가는 말 외에는 〈뷰〉에 대해 입도 뻥긋하지 않았고, 나더러 뉴욕으로 오라고 꼬드기지도 않았어요. 우린 그보다 고상한 대화를 해요. 빅토리아시대의 문학 같은 거요. 마컴 씨는 오빠가 말한 것처럼 얄팍한 아마추어 문학 애호가가 아니에요. 특히 윌키 콜린스(1824~1889. 심리, 사회 추리소설로 인기를 끈 영국의 작가, 작품만큼 기이한 사생활로도 유명했다)라면 정말 전문가예요. 윌키 콜린스가 두 집 살림을 했다는 거 알아요? 두 집에 각각 애인을 두고 아이까지 낳았대요. 일정 짜는 일이 보통 골치 아프지 않았을 텐데. 아편을 할 만도 했겠죠.

마크를 좀 더 잘 알면 오빠도 그를 좋아할 거예요. 아마 그럴 수밖에 없을걸요? 하지만 내 마음과 글 쓰는 손은 스티븐스&스타크의 것이랍니다.

〈타임스〉 원고가 나에겐 사랑스러운 위안이 되었어요. 지금까지도 그렇고 현재도 진행형이에요. 그 덕에 채널제도에 새 친구들이 생겼거든요. '건지 감자껍질파이 북클럽' 사람들이에요. 문학회 이름 좋지 않아요? 피어스에게 기분 전환거리가 필요하다면 문학회 이름이 탄생한 경위에 대해 근사하고 장황한 편지를 써서 보내줄게요. 필요 없으면 오빠가 돌아왔을 때 얘기하고요(그런데 언제 돌아올 거예요?).

우리 옆집에 사는 에번젤린 스미스가 6월에 쌍둥이 엄마가 돼요. 그런데 그녀는 쌍둥이가 별로 달갑지 않은가 봐요. 그래서 한 명은 나한테 달라고 부탁해볼까 해요.

오빠와 피어스에게 애정을 보내며, 줄리엣

줄리엣이 소피에게

From Juliet to Sophie

2월 28일

내가 제일 사랑하는 소피!

나도 너만큼 놀랐어. 나한테 한마디 말도 없었거든. 화요일에 문득, 며칠 동안 시드니 오빠한테 아무런 연락도 없었다는 걸 깨닫고는 스티븐스&스타크로 갔어. 내 말 좀 들어달라고 떼쓴 끝에 오빠가 도망쳤다는 걸 알아냈지. 새로 온 비서는 완전 마녀야. 내가 질문할 때마다 "사생활 정보는 결코 누설할 수 없습니다, 애슈턴 양" 하고 대꾸하는 거 있지. 정말 콱 쥐어박고 싶었다니까.

누가 M16 소총으로 오빠를 협박해서 시베리아로 보내버린 거라고 결론을 내리려는 찰나, 지독한 틸리 양이 마지못해 오빠가 오스트레일리아에 있다고 불었어. 그렇다면 뭐, 모든 게 분명해지잖아? 오빠는 피어스를 찾으러 간 거야. 테디 루커스는 누군가 피어스가 있는 요양소로 가서 그를 막지 않는 한 피어스는 그곳에서 술에 절어 천천히 죽어갈 거라고 장담하더라고. 그렇다고 피어스를 비난할 수는 없어. 그렇게 끔찍한 일을 겪었으니. 하지만 시드니 오빠가 그냥 내버려두지 않을 거야. 감사한 일이지.

너도 내가 시드니 오빠를 진심으로 좋아하는 거 알지? 하지만 오빠가 '오스트레일리아'에 있다니까 엄청난 해방감이 드는 거 있지. 지난 3주 동안 마크 레이놀즈는 완전 고집쟁이 같았어. 너희 리디아 고모님 표현을 빌리면 '나만 바라봐' 하는 식이었지. 그래도 말이야, 마크와 마주앉아 바닷가재를 씹고 샴페인을 홀짝이다가도 나는 혹시라도 시드니 오빠가 있는지 몰래 두리번거렸다고. 오빠는 마크가 나를 런던에서, 더 정확히는 스티븐스&스타크에서 빼돌리려 한다고 우긴다니까. 그게 아니라고 설득할 도리가 없더라. 오빠가 마크를 싫어한다는 건 나도 알아. 지난번에 만났을 때는 마크 얘기를 하는데 '공격적이고 파렴치하다'라는 표현을 쓰더라니까. 하지만 정말 오빠는 모든 일에 리어왕처럼 구는 경향이 있어. 나도 이젠 어엿한 성인이니까('거의' 그렇다는 거야) 내가 선택한 사람과 샴페인을 홀짝일 수도 있는 거 아니니?

식탁보 아래를 들춰보며 시드니 오빠가 없는 걸 확인할 때만 빼면 나한테는 요즘이 최고로 멋진 나날이야. 캄캄한 터널을 빠져나와 축제 한복판에 있는 것 같은 기분이지. 딱히 축제를 좋아하는 건 아니지만 터널을 지난 후라서인지 꽤 달콤하네. 마크와 매일 밤 쏘다니고 있어. 파티에 가지 않으면(사실 항상 파티에 가지만) 영화나 연극을 보러 가고, 그것도 아니면 나이트클럽이나 악명 높은 술집에 가지(마크는 나에게 민주주의의 이상을 소개하려는 거래). 굉장히 신나는 데이트야.

전쟁의 영향을 전혀 받지 않았거나 적어도 전쟁 때문에 망가지진 않은 듯한 사람들(특히 미국인)이 있다는 거, 혹시 알았니? 마크가 병역기피자라는 의미가 아니야. 그 사람도 미 공군에 있었으니까. 다만 그는 전쟁 때문에 무너지진 않았다는 거지. 그리고 그와 함께 있으면 나도 전쟁의 영향을 받지 않은 것처럼 느껴져. 물론 착각이지, 나도 알아. 사실 전쟁을 전혀 개의치 않았다면 오히려 나 자신을 부끄러워하겠지. 하지만 조금 즐거워하는 정도는 괜찮잖아, 안 그래?

도미닉이 잭인더박스(뚜껑을 열면 인형이 튀어나오는 장난감 상자)를 갖고 놀기에는 너무 컸을까? 어제 어떤 가게에서 꽤 사악한 놈을 하나 봤거든. 뭐가 툭 튀어나오는데, 곁눈질을 하면서 건들 건들하잖아. 뾰족하고 하얀 이빨 위로 느끼한 검은 콧수염이 달린 게 그야말로 딱 악당이었다니까. 도미닉이 홀딱 반할 거야. 물론 처음에 받은 충격에서 헤어난 다음 일이겠지.

애정을 담아, 줄리엣

줄리엣이 이솔라에게

From Juliet to Isola

2월 28일

건지섬 세인트마틴스 교구, 라부베, 프리비 농장

이솔라 프리비 귀하

친애하는 프리비 양,

프리비 양 자신과 에밀리 브론테에 관한 편지를 보내줘서 정말 고마워요. 가여운 캐시 유령이 창문을 두드리는 장면에서 에밀리에게 먹살을 잡힌 듯했다는 내용을 읽을 때는 웃음이 나오더군요. 저도 그랬거든요. 똑같은 장면에서 똑같이 사로잡혔죠.

학교 다닐 때 《폭풍의 언덕》을 읽는 것이 봄방학 숙제였어요. 방학 동안 친구 소피 스타크의 집에서 지내기로 했는데, 우리 둘은 방학 내내 책이나 읽긴 싫다며 징징댔죠. 이틀을 그러고 나니 소피의 오빠인 시드니가 더는 참지 못하고 "제발 그만 하고 일단 읽기나 해!"라더군요. 그래서 마지못해 읽었어요. 여전히 투덜대면서요. 그러다 캐시의 유령이 창문가에 나타나는 장면이 나온 거예요. 평생 그렇게 무섭던 때가 또 있었나 싶네요. 책 속의 괴물이나 뱀파이어는 한 번도 절 공포에 떨게 한 적이 없어요. 하지만 유령은 완전히 다르죠.

남은 방학 기간 동안 소피와 저는 다른 건 아무것도 않고 침대에서 해먹으로, 다시 안락의자로 자리를 옮겨가며 브론테 자매의 책만 읽어댔어요. 《제인 에어》《아그네스 그레이》《셜리》《와일드펠 홀의 소유주》까지 모두 읽어치웠죠.

세 자매가 모두 대단했어요. 하지만 저는 앤 브론테를 골라 책을 썼지요. 제가 보기엔 샬럿 못지않게 훌륭한 작가인데 셋 중 가장 덜 알려졌잖아요. 브랜월 숙모만큼이나 엄격한 종교적 성향에 얽매여 있었을 텐데 그녀가 어떻게 소설을 썼는지 모르겠어요. 에밀리나 샬럿은 음침한 숙모를 무시할 만큼 강단이 있었지만 불쌍한 앤은 그렇지 못했거든요. 여자는 얌전하고 온순하며 조금은 우울해야 신의 뜻에 맞는다고 설교하는 숙모가 있다고 상상해보세요. 그래야 집안에 불화가 줄어든다느니 어쩌다느니. 사악한 할망구 같으니!

이번에도 답장 기대할게요.

당신의 벗, 줄리엣

에번 램지가 줄리엣에게

From Eban Ramsey to Juliet

2월 28일

친애하는 애슈턴 양,

저는 건지섬에 사는 에번 램지입니다. 조상 대대로 묘비 제작과 조각 일을 하셨는데 양 조각에 특히 일가견이 있었죠. 저도 저녁이면 이런 일을 즐겨 합니다만 생업은 고기잡이입니다.

모저리 부인에게 당신 이야기를 들었습니다. 독일군 점령기에 우리가 어떤 책을 읽었는지 알고 싶어 하신다고요. 사실 당시의 일은 결코 입 밖에 꺼내지 않을 작정이었습니다. 할 수만 있다면 기억에서도 지워버리고 싶어요. 하지만 모저리 부인은 전쟁 중의 우리 문학회에 대해 글을 쓰려는 당신의 의도를 믿어도 된다고 하더군요. 모저리 부인이 그렇게 말하니 저도 당신을 믿겠습니다. 게다가 당신은 친절하게도 제 친구 도시에게 책을 보내주셨죠. 거의 모르는 사람인데도 말입니다. 그래서 이렇게 편지를 씁니다. 당신에게 도움이 되었으면 좋겠네요.

우선 우리 모임이 진짜 문학회는 아니었다는 말로 시작하는 게 최선일 것 같습니다. 엘리자베스와 모저리 부인, 그리고 어쩌면 부커를 제외하고는 우리 대부분이 학교를 졸업한 후로 책과 인연이 별로 없었습니다. 우리는 깨끗한 종이를 망칠까 조심하며 모저리 부인의 책장에서 책을 꺼냈어요. 당시 저는 책 따위엔 관심이 없었습니다. 오직 사령부와 감옥에 대한 두려움으로 책장을 펼치고 읽기 시작했습니다.

제가 고른 책은 《셰익스피어 선집》이었습니다. 나중에 안 사실인데 찰스 디킨스나 윌리엄 워즈워스는 나 같은 무지렁이들을 염두에 두고 글을 썼다고 합니다. 그렇지만 저는 누구보다도 윌리엄 셰익스피어가 그랬다고 믿습니다. 물론 제가 그의 글을 항상 이해하는 건 아닙니다만, 언젠가는 이해하겠지요.

제가 보기에 그는 말을 아낄수록 더 많은 아름다움을 창조해내는 것 같습니다. 제가 가장 찬탄하는 문장이 무엇인지 아십니까? '밝은 날이 다했으니 이제 어둠을 맞이하리라.' 바로 이겁니다.

독일군이 상륙하던 날에도 이 문장을 알았다면 얼마나 좋았을까요. 그들을 실은 비행기가 연달아 오고 부두에도 배가 쏟아져 들어오는 걸 바라보던 그때 말입니다! 제가 할 수 있는 거라곤 '빌어먹을 놈들, 빌어먹을 놈들' 하고 속으로 되뇌는 것뿐이었습니다. '밝은 날이 다했으니 이제 어둠을 맞이하리라'라는 문장을 떠올릴 수 있었다면 어떻게든 마음을 다잡고 밖으로 나가 상황에 맞설 준비를 할 수 있었을 겁니다. 심장이 신발 아래로 가라앉듯 축 처져 있을 게 아니라요.

그들은 1940년 6월 30일 일요일에 이곳에 왔습니다. 이틀 전에 폭격이 있었고요. 그들은 우리에게 폭격을 퍼부을 계획이 아니었다고 주장했습니다. 부두에 있던 토마토 트럭을 군용 트럭으로 착각했다고 하더군요. 어떻게 그런 변명이 통할 거라 생각할 수 있는지, 원. 그들이 떨어뜨린 폭탄 때문에 서른 명가량의 남자, 여자, 아이 들이 죽었습니다. 그들 중 한 명은 제 조카 녀석이었어요. 비행기에서 폭탄이 떨어지는 걸 보고 자기 트럭 밑에 숨었는데, 그게 하필 그 토마토 트럭이었단 말입니다. 트럭은 폭발해서 화염에 휩싸였지요. 독일군은 구명보트를 탄 남자들도 죽였습니다. 부상자를 싣고 달리는 적십자 구급차에도 포격을 가했고요. 그런데도 아무런 반격이 없자 그제야 영국군이 우리를 무방비 상태로 두고 철수해버렸다는 걸 안 겁니다. 그러고 이틀 후에 독일군은 아주 평화롭게 상륙해서 5년간 우리 섬을 차지했습니다.

처음에는 퍽 잘 대해주더군요. 영국 한 조각을 정복했다고 자기만족에 빠져서는, 한 발짝만 폴짝 뛰면 런던까지 점령할 수 있다고 생각한 모양입니다. 그만큼 둔해빠진 족속이었습니다. 하지만 자기들 생각처럼 되지 않는다는 걸 알고 나자 역시 비열한 본성이 드러나더이다.

그들은 별의별 것에 다 규칙을 붙였습니다. 이걸 해라, 저걸 하지 마라. 하지만 그 규칙이라는 것도 그들 마음대로 수시로 바뀌기 일쑤였습니다. 그러면서 당나귀 코앞에 당근을 내밀듯 우리에게도 친절한 척하느라 애 좀 썼을 겁니다. 그렇지만 우리는 당나귀가 아니잖아요. 그러니까 그들도 무자비한 태도로 다시 돌아서더군요.

예를 들어 그들은 야간통금 시간을 계속 바꿨습니다. 밤 8시나 9시, 또는 그들이 작정하고 야비하게 굴 때는 오후 5시가 되기도 했어요. 친구네 놀러 가는 건 물론이고 심지어 자기 가축도 돌볼 수 없었단 말입니다.

처음에는 우리에게도 희망이 있었습니다. 6개월이면 독일군이 물러갈 거라 확신했어요. 그렇지만 그 기간이 점점 길어졌습니다. 식량을 구하기 어려워지고 급기야 남은 장작도 떨어졌지요. 고된 노동으로 음울한 낮을 보내고 지루함으로 컴컴한 밤을 지냈습니다. 모두가 영양부족으로 핼쑥해지고 이 상황이 과연 끝나기는 할까 하는 의문으로 침울해했습니다. 우리는 책과 친구 들에게 매달렸습니다. 책과 친구는 다른 삶이 있다는 사실을 일깨워주었으니까요. 엘리자베스가 자주 읊던 시가 있습니다. 그 시를 전부 기억하지는 못합니다만 시작은 이렇습니다.

'지금껏 해온 것들이 그토록 사소한 일이란 말인가. 태양을 즐기고 봄의 빛을 느끼고 사랑을 하고 생각을 하고 일을 하고 진정한 우정을 쌓은 것이?'(19세기 영국 작가 매슈 아놀드의 두 번째 시집《에트나 신의 엠페도클레스》에 수록된 시의 일부)

사소하지 않습니다. 저는 엘리자베스가 어디에 있건 이 구절을 마음에 새기고 있길 바랍니다.

1944년 말경에는 독일군이 통금 시간을 언제로 정하건 상관없었습니다. 저녁 5시쯤 되면 어쨌거나 사람들 대부분이 몸을 따뜻하게 하기 위해 잠자리에 들었으니까요. 일주일에 양초 두 자루를 배급받다가 얼마 후엔 한 자루로 줄었습니다. 책 읽을 불빛도 없이 침대에 누워 있자니 정말이지 지루해서 죽을 맛이었답니다.

게다가 노르망디 상륙작전이 성공한 이후로는 연합군 폭격기 때문에 독일군이 프랑스에서 물자를 실어 올 수도 없었습니다. 결국 그들도 우리만큼 굶주리게 되었지요. 심지어 개와 고양이를 죽여 연명하기도 했습니다. 그들은 우리 채소밭에 난

입해서 감자를 뿌리째 뽑아 벌레 먹은 것이든 썩은 것이든 가리지 않고 닥치는 대로 먹었습니다. 파슬리인 줄 알고 독미나리를 먹는 바람에 병사 네 명이 죽기도 했습니다.

독일군 장교들은 병사들에게 섬 주민들의 채소밭에서 식량을 훔치다 걸리면 총살형이라고 선언했습니다. 불쌍한 병사 하나가 감자를 훔치다 적발되었어요. 그는 자기편 사람들에게 쫓기다 나무 위로 올라가 숨었습니다. 그렇지만 독일군은 그를 찾아내 기어코 사살했습니다. 그런데도 독일군의 식량 약탈은 멈추지 않았습니다. 저는 그들을 손가락질하지 않습니다. 우리 중에도 똑같은 짓을 한 이들이 있으니까요. 매일 아침 배가 고파 잠에서 깰 정도로 굶주리다 보면 누구나 그렇게 절박해지는 모양입니다.

제 손자인 엘리는 일곱 살 때 잉글랜드로 피난을 갔습니다. 지금은 집으로 돌아왔어요. 이제 열두 살이고 키도 크지요. 그렇지만 저는 그 녀석이 자라는 모습을 보지 못하게 한 독일군을 결코 용서하지 않을 겁니다.

이제 소젖을 짜러 가야 합니다. 하지만 당신이 좋다면 또 편지를 쓰겠습니다.

당신의 건강을 기원하며, 에번 램지

미스 애들레이드 애디슨이 줄리엣에게

From Miss Adelaide Addison to Juliet

3월 1일

친애하는 애슈턴 양,

모르는 사람이 이렇게 주제넘은 편지를 보내는 것을 용서해 주십시오. 그러나 저에겐 명확한 의무가 있습니다. 제가 도시 애덤스에게 들은 바로는 당신이 〈타임스〉 문학 특별판에 독서의 가치에 관한 장문의 칼럼을 쓸 예정이고 그와 관련하여 '건지 감자껍질파이 북클럽' 사람들에게 관심이 있으시다고요.

웃음이 나오네요.

문학회를 만든 엘리자베스 매케너가 원래 섬 주민도 아니었다는 사실을 알면 아마 당신도 생각을 달리할 것입니다. 그렇게 잘난 척 뻐기긴 했지만 그녀는 어쩌다 출세한 하녀에 지나지 않아요. 왕립미술원 화가인 앰브로스 아이버스 경의 런던 저택에서 일했다죠. 물론 당신도 앰브로스 경을 아시겠죠. 저명한 초상화가라고 들었습니다. 저로선 도무지 그가 유명한 이유를 모르겠지만요. 특히 그가 그린 램버스 백작 부인의 초상화는 정말 용서가 안 됩니다. 말에게 채찍을 휘두르는 부디카(Queen Boudica: 브리튼제도로 쳐들어온 로마군에 맞서 싸운 켈트족 일파 이케니족의 여왕)의 모습으로 묘사하다니요! 뭐 어쨌거나, 엘리자베스 매케너는 그 집 가정부의 딸이었습니다. 아시겠어요?

엘리자베스의 모친이 집 안을 청소하는 동안 앰브로스 경은 그 아이가 화실에서 마음껏 돌아다니게 뒀답니다. 그런 처지의 아이들보다 더 오래 학교에 다니게 해줬고요. 모친은 엘리자베스가 열네 살 때 죽었습니다. 앰브로스 경이 그 애를 적절한 직업학교로 보냈을까요? 아닙니다. 첼시에 있는 자기 집에 머무르게 했어요. 그는 그녀에게 슬레이드 미술학교에서 학위를 받게끔 학비까지 대주었답니다.

오해하진 마십시오. 저는 앰브로스 경이 소녀에게 흑심을 품었다고 말하는 게 아닙니다. 그의 성품은 잘 알려져 있지 않습니까. 그러나 그가 엘리자베스를 지나치게 애지중지한 게 문제입니다. 그래서 그녀가 누구나 빠지기 쉬운 죄악에 쉽게 물든 거예요. 겸손하지 않은 죄 말입니다. 규범이 무너지는 건 우리 시대의 불행입니다. 그리고 이렇게 개탄할 만한 타락을 가장 단적으로 보여주는 예가 바로 엘리자베스 매케너입니다.

앰브로스 경은 건지섬에 집이 한 채 있었습니다. 프티포트 근처의 벼랑 위에 있는 집이었죠. 엘리자베스가 어렸을 때 앰브로스 경은 가정부와 그녀의 딸을 데리고 이곳으로 와서 여름을 보냈습니다. 엘리자베스는 거친 아이였어요. 단정치 못한 모습으로 섬 여기저기를 쏘다녔죠. 주일도 예외는 아니었습니다. 집안일은 전혀 하지 않고 장갑도 끼지 않고 신발도 스타킹도 신지 않았어요. 막돼먹은 남자들과 고기잡이배를 타고 나가거나 망원경으로 점잖은 사람들을 훔쳐보기도 했습니다. 한마디로 망신덩어리였죠.

본격적인 전쟁이 임박한 게 확실해지자 앰브로스 경은 엘리자베스를 이 섬으로 보내 집을 폐쇄하게 했습니다. 이번에는 그의 대책 없는 방식에 엘리자베스가 희생양이 된 셈이었습니다. 집을 폐쇄하는 중에 독일군이 현관에 들이닥쳤으니까요. 그렇지만 이곳에 남겠다는 선택은 그녀가 한 것입니다. 그리고 이후에 벌어진 몇몇 사건(일일이 설명해 제 자신의 품격을 떨어뜨리고 싶지는 않습니다)으로 증명되었듯 그녀는 일부 사람들이 생각하듯 사심 없는 영웅도 아닙니다.

게다가 그 문학회라는 것도 수치스럽긴 마찬가지입니다. 이곳 건지섬에도 진정한 문화를 향유하는 교양 있는 사람들이 있고, 그들은 결코 이따위 수작에 놀아나지 않습니다(초대를 받았다 해도 말이죠). 문학회에서 멀쩡한 사람은 단 두 명, 에번 램지와 아멜리아 모저리뿐입니다. 다른 회원들은 어떠냐고요? 넝마주이, 술에 찌들고 타락한 정신과 의사, 말더듬이 돼지치기, 주인 행세를 하는 하인, 그리고 이솔라 프리비가 있네요. 이솔라는 마녀 짓으로 돈을 법니다. 자기도 인정했어요, 약을 만들어 판다고요. 이런 족속들이 끼리끼리 모였으니 그들이 한다는 '문학의 밤'이라야 빤한 것 아니겠습니까.

이런 사람들이나 그들이 읽는 책에 대해 쓰지 마십시오. 그
들이 어떤 책을 골랐을지 누가 알겠습니까!

기독교인으로서 경악과 우려를 금할 길 없는,
(미스) 애들레이드 애디슨

마크가 줄리엣에게

From Mark to Juliet

3월 2일

사랑하는 줄리엣, 내 음악 평론가가 가지고 있던 오페라 입장권이 방금
내 것이 되었소. 코번트가든 오페라 극장 8시. 가겠소?

당신의 마크

줄리엣이 마크에게

From Juliet to Mark

사랑하는 마크, 오늘 저녁이요?

줄리엣

마크가 줄리엣에게

From Mark to Juliet

그렇소!

M.

줄리엣이 마크에게

From Juliet to Mark

잘됐네요! 하지만 평론가에겐 미안한데요. 암탉 이빨만큼이나 귀한 표 잖아요.

줄리엣

마크가 줄리엣에게

From Mark to Juliet

그는 입석이라도 괜찮을 거요. 오페라가 가난한 사람들에게 위로가 된다 는 둥 어쩐다는 둥 하고 글을 쓸 수 있겠지. 7시에 데리러 가겠소.

M.

줄리엣이 에번에게

From Juliet to Eban

3월 3일

건지섬 세인트마틴스 교구, 칼레 레인, 레포미에

에번 램지 귀하

친애하는 램지 씨,

독일군 점령기에 겪은 일을 이야기해주어 고맙습니다. 전쟁
이 끝났을 때는 저도 그랬습니다. 전쟁 이야기는 더는 하지 않
겠다고 스스로 맹세했지요. 6년간 전쟁을 겪고 전쟁에 대한 글
을 쓰며 살았으니까요. 이제는 뭐든 좋으니 다른 것에 관심을
쏟고 싶었어요. 그렇지만 그건 내가 아닌 다른 무언가가 되길
바라는 것과 같아요. 전쟁은 이미 우리 삶의 이야기가 되었고,
그 이야기를 뺀 삶은 불가능하지요.

램지 씨의 손자인 엘리가 집으로 돌아왔다는 소식을 듣고 기
뻤습니다. 엘리는 당신과 함께 사나요, 아니면 부모와 함께 사
나요? 독일군 점령기에 엘리 소식은 알 수 있었나요? 건지섬
의 아이들이 모두 한꺼번에 돌아왔나요? 그랬다면 그날은 정
말 축제 분위기였겠어요!

당신에게 질문 공세를 퍼부으려는 건 아니지만, 괜찮으시다
면 몇 가지만 더 물어볼게요. 건지 감자껍질파이 문학회가 만

들어진 계기인 돼지구이 파티에 당신도 있었다고 들었습니다. 그런데 애초에 어쩌다 모저리 부인에게 돼지가 있었나요? 도 대체 어떻게 돼지를 숨길 수 있었죠?

그날 밤 엘리자베스 매케너는 정말 용감했어요! 그런 상황에서도 기품을 잃지 않다니 저로서는 감탄만 할 뿐 꿈도 꿀 수 없는 재능이랍니다.

전쟁이 끝나고도 몇 달이 지났는데 그녀의 소식을 들을 수 없으니 당신을 비롯한 문학회 회원들의 걱정이 이만저만이 아니겠어요. 하지만 결코 희망을 버리시면 안 돼요. 친구들이 그러는데요, 유럽은 고향으로 돌아가려는 수백만 난민으로 지금 벌집을 쑤셔놓은 듯 북새통을 이룬대요.

제 오랜 친구 한 명도 1943년 버마에서 총에 맞아 실종되었다가 지난달 오스트레일리아에 다시 나타났답니다. 아주 건강한 상태는 아니지만 살아 있어요. 또한 살고자 하는 의지도 있고요.

편지 보내주셔서 고맙습니다.

당신의 진실한 벗, 줄리엣 애슈턴

클로비스 포시가 줄리엣에게

From Clovis Fossey to Juliet

3월 4일

친애하는 아가씨,

처음에는 문학회 같은 데 나갈 마음이 없었습니다. 농장 일이 무척 바쁘기도 하고, 실제 존재하지도 않은 사람들과 일어나지도 않은 일들에 대한 글을 읽는 데 시간을 허비하기도 싫었습니다. 그러던 중 1942년에 저는 과부인 휴버트 부인에게 연정을 품기 시작했습니다. 같이 산책을 하거나 할 때 그녀는 항상 저보다 몇 발짝 앞서 걸으면서 결코 자기 팔을 잡지 못하게 했습니다. 그런데 랠프 머치가 팔을 잡을 때는 그냥 두더군요. 그래서 이대로는 제가 그녀를 사로잡을 수 없다는 걸 알았습니다.

랠프, 술만 마시면 허풍이나 떠는 그놈이 술집에서 큰 소리로 이렇게 떠벌리더군요.

"여자들은 시를 좋아해. 귀에 대고 감미로운 말을 속삭이면 그냥 녹아버린다니까. 풀밭 위에 기름을 떨어뜨린 것처럼 말이야."

그게 어디 숙녀를 두고 할 말입니까? 바로 그때 알았습니다. 그가 휴버트 부인을 원하는 건 나처럼 지켜주고 싶어서가 아니라 그저 그녀의 목초지에서 자기 소떼를 먹이고 싶어서였어

111

요. 그래서 저는 생각했습니다. 휴버트 부인이 시를 원한다면 내가 찾아주겠노라고.

저는 서점을 운영하는 폭스 씨를 찾아가 사랑에 관한 시집을 추천해달라고 부탁했습니다. 그때는 서점에 남은 시집도 그다지 많지 않았습니다. 주민들이 책을 사서 불쏘시개로 쓰는 걸 알고 폭스 씨가 서점 문을 닫아버렸거든요. 어쨌든 그는 카툴루스라는 사람이 쓴 시집을 제게 주었습니다. 카툴루스는 고대로마 시인이었어요. 그가 쓴 시의 내용을 아십니까? 저로서는 교양 있는 숙녀 앞에서 그런 시를 읊을 수 없겠더라고요.

그는 레스비아라는 여인을 동경했습니다. 그런데 그녀는 카툴루스를 침대로 끌어들인 후에 차버렸다는군요. 사실 그럴 만도 했습니다. 그녀가 자신의 조그만 참새의 폭신폭신한 깃털을 어루만지니까 카툴루스가 싫어했다고 합니다. 그는 아주 작은 새 한 마리에게도 질투하는 사람이었죠. 집에 돌아온 그는 펜을 집어 들고, 작은 참새를 가슴에 꼭 껴안고 토닥이는 레스비아를 보고 느낀 고통을 시로 썼습니다. 이 일로 크게 상처를 입은 카툴루스는 그 후 다시는 여자를 좋아하지 않았다고 합니다. 그리고 여자들을 폄하하는 시를 썼지요.

그는 인색하기까지 했습니다. 어떤 불쌍한 거리의 여인이 그에게 매춘의 대가를 요구했을 때 그가 쓴 시가 궁금하지 않으십니까? 여기 그대로 옮겨 적어보겠습니다.

저 닳아빠진 매춘부는 제정신인가?

나에게 천 세스테르티우스(로마 시대의 화폐단위)나 요구하다니.

코가 저렇게 못생긴 주제에?

남성 동지들이여, 여자의 관리 감독은 우리 몫이니

친구와 의사 들을 불러 모으라, 저 여자는 미쳤다.

자기가 예쁘다고 착각하고 있으니.

　이런 게 사랑의 언어입니까? 저는 친구 에번에게 이렇게 악의에 찬 글은 처음 본다고 말했습니다. 그는 제가 아직 저와 잘 맞는 시인을 찾지 못해서 그런다더군요. 그는 저를 자기 집으로 데려가 작은 책을 한 권 빌려줬습니다. 윌프레드 오언(1893~1918. 제1차 세계대전에서 전사한 영국의 시인으로 훗날 현대 영국 시에 많은 영향을 끼쳤다)의 시집이었어요. 그는 제1차 세계대전 때 장교였는데, 뭐가 뭔지 잘 알고 또 제대로 된 표현을 쓸 줄도 아는 사람이더군요. 저도 그때 그곳 파스샹달(제1차 세계대전 당시 프랑스령이던 벨기에 이프르 지역의 격전지)에 있었고 그가 아는 걸 저 역시 압니다만, 저는 도무지 그걸 언어로 옮길 수가 없어요.

　그 시집을 읽은 후 저는 '시'라는 것에 뭔가 있을지도 모른다고 생각하게 되었습니다. 그래서 문학회에 참석하기 시작했는데, 지금 생각하면 참 다행입니다. 그러지 않았다면 제가 무슨 수로 윌리엄 워즈워스의 작품을 만났겠습니까. 아마도 지금까지 그를 모른 채 살고 있을 테지요. 저는 그의 시를 여러 편 외웠습니다.

그건 그렇고 여하튼 저는 휴버트 부인, 사랑스러운 낸시의 마음을 얻는 데 성공했습니다. 어느 날 저녁 그녀를 데리고 절벽을 따라 산책하다가 이렇게 말했어요.

"저길 봐요, 낸시. 평온한 하늘이 바다를 포근히 뒤덮었네. 들으라, 전능하신 그분이 깨어나고 있나니(윌리엄 워즈워스의 소네트 중 한 구절)."

그녀는 제 키스를 받아들였지요. 낸시는 이제 제 아내입니다.

당신의 진실한 벗, 클로비스 포시

추신. 지난주 모저리 부인이 책을 한 권 빌려주었습니다.《옥스퍼드 현대 시선, (1892~1935)》이라는 책으로 예이츠라는 사람에게 시 선별을 맡겼더군요. 그러면 안 되는 거였습니다. 그가 누굽니까? 그리고 그 사람이 시에 대해 뭘 안답니까? 저는 책을 샅샅이 뒤지며 윌프레드 오언이나 시그프리드 서순(1886~1967. 제1차 세계대전에 참전했으며 풍자적인 반전시로 유명한 유대계 영국 작가)의 시를 찾아보았습니다. 없었어요. 단 한 편도 없었습니다. 왜인지 아십니까? 이 예이츠라는 양반이 이렇게 써놓았더군요. '제1차 세계대전 중에 쓰인 시는 의도적으로 제외했다. 나는 그

런 시를 혐오한다. 수동적인 고통은 시의 주제가 되지 못한다.'
수동적인 고통? 수동적인 고통이라니! 저는 심장이 멎는 줄 알
았습니다. 사람이 무엇 때문에 고통을 받습니까? 오언이 전쟁
중에 쓴 구절이 있습니다. '가축처럼 죽어간 이들을 위해 울리
는 조종(弔鐘)이 무엇인가? 오직 총포의 극악무도한 분노뿐.' 여
기서 뭐가 수동적이라는 건지 전 정말 알고 싶습니다만, 오언
의 표현 그대로 사람들이 죽어갔습니다. 제 두 눈으로 똑똑히
보았습니다. 그래서 전 예이츠를 타도해야 한다고 주장합니다.

에번이 줄리엣에게

From Eban to Juliet

3월 10일

친애하는 애슈턴 양,

편지 고맙습니다. 손자 엘리까지 친절하게 챙겨주신 것도 고
맙네요. 엘리는 제 딸 제인의 아들입니다. 제인은 독일군이 건
지섬에 폭격을 퍼붓던 1940년 6월 28일에 병원에서 아이를 낳
다가 죽었습니다. 아이도 살지 못했고요. 엘리의 아비는 1942
년 북아프리카에서 전사했습니다. 그래서 제가 엘리를 맡아
키우게 됐지요.

엘리가 섬을 떠난 건 6월 20일이었습니다. 수천 명의 아기와 어린이 들 틈에 끼어 잉글랜드로 피난을 갔지요. 곧 독일군이 들이닥칠 걸 모두 알았고, 제인은 엘리가 여기서 안전하지 못할 거라며 걱정했습니다. 그렇다고 엘리와 함께 배를 타고 떠날 수도 없었습니다. 출산이 임박한 터라 의사가 허락하지 않을 게 뻔했지요.

그 후 6개월간 아이들 소식은 전혀 듣지 못했습니다. 그러던 어느 날 적십자에서 엘리가 무사하다는 엽서를 보내왔어요. 하지만 어디 있는지는 알려주지 않더군요. 아이들 행방을 알 길이 없었지만 그저 대도시가 아니기만을 빌었습니다. 더 오랜 시간이 지난 뒤에 엘리에게 답장을 보낼 수 있었지만 제 마음은 반반이었습니다. 그 애에게 엄마와 동생이 죽었다는 소식을 알리기가 두려웠거든요. 손자가 그토록 끔찍한 소식을 엽서 뒷면에 적힌 글로 읽는다는 건 생각조차 하기 싫었습니다. 그렇지만 어쩔 수 없었습니다. 게다가 두 번째 엽서를 보낼 때는 그 애 아비의 소식을 들은 다음이었답니다.

엘리는 전쟁이 끝날 때까지 돌아오지 않았습니다. 종전 후에야 모든 아이가 한꺼번에 돌아왔지요. 대단한 날이었습니다! 영국군이 와서 건지섬을 해방시켰을 때보다 훨씬 좋았습니다. 엘리, 그 애가 배에서 가장 먼저 내린 소년이었습니다. 5년 동안 키가 훌쩍 컸더군요. 저를 꼭 껴안은 그 애와 떨어지고 싶지 않았습니다. 이솔라가 저를 살짝 밀치고 끼어들지 않았다면 영원히 엘리와 붙어 있었을 겁니다.

신의 은총으로 그 애는 요크셔의 농가에서 지냈답니다. 모두 아주 잘해주었대요. 엘리는 그들이 제게 쓴 편지를 건네주었습니다. 그 애가 자라는 동안 있었던 일들, 제가 보지 못한 일들을 한가득 적어주셨더군요. 학교는 어떻게 다녔고 농장 일은 어떻게 도왔는지, 제 엽서들을 보고도 꿋꿋하게 지내려 얼마나 노력했는지…….

엘리는 저와 함께 고기잡이를 하고 저를 도와 소를 치며 밭을 일굽니다. 하지만 그 애가 가장 좋아하는 일은 나무로 조각하는 것입니다. 도시와 내가 가르치고 있어요. 지난주에는 부서진 울타리에서 나뭇조각을 빼내 근사한 뱀을 만들었다고 자랑하던데, 아무래도 그 부서진 울타리라는 게 도시의 헛간 서까래 같단 말입니다. 그래서 도시에게 물었더니 그냥 웃기만 하더군요. 사실 요즘은 섬에서 남는 목재를 구하기가 어렵습니다. 나무를 거의 다 베어버렸거든요. 석탄이나 파라핀이 떨어진 후에는 층계 난간과 가구도 모조리 땔감으로 써버렸지요. 엘리와 제가 우리 땅에 나무를 심고 있지만 다 자라려면 오랜 시간이 걸릴 겁니다. 푸르른 나뭇잎과 그늘이 정말 그립네요.

이제부터 돼지구이에 대해 대답하겠습니다. 독일군은 가축 문제에 유독 까다로웠습니다. 돼지와 소의 수를 엄격하게 확인했지요. 건지섬은 이곳과 프랑스에 주둔한 독일군 병사들에게 식량을 대게 되어 있었습니다. 그들이 먹고 남은 것이 섬 주민들 몫이었지요. 남는 게 있다면 말입니다.

독일군이 장부 기록을 얼마나 좋아했는지 모릅니다. 우유 한 방울, 크림 한 봉지, 밀가루 한 포대도 놓치지 않고 기록했어요. 닭만은 한동안 내버려두었습니다. 하지만 사료가 바닥나자 늙은 닭은 죽이라고 명령하더군요. 어린 닭들을 잘 먹여서 알을 계속 낳을 수 있게 한 것이지요.

우리 같은 어부들은 잡은 생선의 대부분을 바쳐야 했습니다. 그들은 부두에서 우리 배가 닿기를 기다려 자기들 몫을 떼어 갔습니다. 점령 초기에는 꽤 많은 섬 주민이 고기잡이배를 타고 잉글랜드로 탈출했습니다. 몇몇은 물에 빠져 죽었지만 성공한 이들도 있었습니다. 그랬더니 독일군이 새로운 규칙을 정하더군요. '본토에 가족이나 친척이 있는 자는 어선을 탈 수 없다'라는 규칙이었어요. 섬 주민의 탈출 시도를 막으려는 것이었지요. 손자 엘리가 잉글랜드 어딘가에 있었기 때문에 저도 배를 내놓아야 했습니다. 그 뒤 저는 프리봇 씨의 온실에서 일했고, 시간이 좀 지나자 식물을 잘 키울 수 있었습니다. 하지만 세상에, 제 배와 바다가 얼마나 그리웠는지 모릅니다.

독일군은 고기에 특히 민감했습니다. 병사들을 먹일 고기가 암시장으로 흘러가는 걸 원치 않았으니까요. 누군가의 돼지가 새끼를 치면, 독일군 농업 담당 장교가 찾아와 새끼의 수를 세고 각각 출생증명서를 발급하고 장부에도 기록했습니다. 만약 돼지 한 마리가 자연사하면 농업 담당 장교에게 보고해야 했지요. 그러면 그가 다시 와서 돼지 사체를 살펴보고 사망증명서를 발급했습니다.

독일군이 느닷없이 들이닥칠 때도 있는데, 그럴 땐 농장에 살아 있는 돼지 수와 장부의 돼지 수가 일치해야 했어요. 한 마리라도 적으면 벌금을 물어야 하고 이후 또다시 적발되면 체포되어 세인트피터포트의 감옥으로 갈 수도 있었지요. 실제 돼지 수와 장부상의 수가 많이 다르면 암시장에 내다 판 것으로 간주되어 독일의 노동수용소로 보내졌습니다. 독일군이 어떤 식으로 괴롭힐지는 아무도 알 수 없었습니다. 그들은 변덕스러운 민족이니까요.

그래도 초기에는 농업 담당 장교를 속이고 돼지 한 마리쯤 빼돌리는 게 가능했습니다. 그렇게 해서 아멜리아도 돼지를 숨겨둘 수 있었고요.

윌 시스비가 키우던 돼지 한 마리가 병에 걸려 죽었습니다. 농업 담당 장교가 와서 돼지가 죽었다는 증명서를 써주고는 윌에게 그 불쌍한 동물을 땅에 묻으라고 말하고 갔습니다. 그렇지만 윌은 돼지를 묻지 않았어요. 죽은 돼지를 끌고 재빨리 숲길로 가서 아멜리아 모저리에게 건네주었지요. 아멜리아는 건

강한 돼지를 숨겨놓고 농업 담당 장교에게 "빨리 오세요, 돼지가 죽었습니다"라고 전화를 걸었지요. 즉시 농업 담당 장교가 달려와서 돼지를 머리끝부터 발끝까지 살펴봤는데, 바로 그날 아침 자기가 확인한 돼지라는 건 꿈에도 모르더군요. 그는 '사망 가축 장부'에 돼지 한 마리를 더 추가했습니다.

아멜리아는 그 돼지를 또 다른 친구에게 넘겼고 그 역시 다음 날 같은 수법으로 장교를 속였습니다. 돼지 사체에서 악취가 풍기기 시작할 때까지 계속 이런 식이었답니다. 마침내 독일군이 눈치 채고는 돼지와 소가 태어나자마자 낙인을 찍기 시작했고, '가축 사체 돌리기' 수법도 사라지고 말았습니다.

그렇지만 아멜리아에겐 숨겨둔 돼지가 있었습니다. 건강하게 살진 살아 있는 돼지가요. 그걸 조용히 죽일 수 있는 건 도시뿐이었답니다. 아멜리아의 농장 근처에 독일군 포병 중대가 있었기 때문에 도살은 소리 없이 진행해야 했습니다. 병사들이 돼지 멱따는 소리를 듣고 달려오면 큰일이니까요.

돼지들은 도시를 잘 따랐습니다. 도시가 헛간으로 들어오면 일제히 그에게 몰려가 등을 긁어주길 기다렸지요. 다른 사람이 들어오면 난리가 났어요. 꽥꽥대고 쿵쿵대고 사방팔방 뛰어다니고. 그렇지만 도시만은 돼지들을 진정시킬 수 있었습니다. 또한 돼지 턱 밑 정확한 지점에 신속하게 칼을 꽂을 수 있었고요. 돼지들이 꽥 소리를 낼 틈도 없었답니다. 조용히 스르르 땅을 향해 미끄러지듯 쓰러질 뿐이었죠.

저는 도시에게 돼지들이 딱 한 번 놀란 눈으로 쳐다본다고 말했지만 그는 아니라며, 돼지들은 똑똑해서 인간의 배반을 알아차린다고 하더군요. 저도 굳이 더 확인하려 들진 않았습니다.

그렇게 아멜리아의 돼지 덕분에 대단한 만찬을 즐길 수 있었습니다. 속을 채울 양파와 감자도 있었어요. 배부르다는 게 어떤 느낌인지 잊어버린 지 오래였는데 그 느낌이 다시 찾아왔습니다. 커튼을 쳐서 독일군의 시야를 막은 채 모두 음식이 차려진 식탁에 모여 앉았죠. 우리는 아무 일도 없는 것처럼 꾸밀 수 있었습니다.

엘리자베스를 용감하다고 표현하셨지요. 제대로 보셨습니다. 그녀는 그런 사람입니다, 언제나 그랬고요. 엘리자베스는 어린 시절 그녀의 어미와 앰브로스 아이버스 경을 따라 런던에서 건지섬으로 왔습니다. 여기서 보낸 첫해 여름에 우리 딸 제인을 만났어요. 둘 다 열 살이었고 그 후 서로 둘도 없는 친구가 되었답니다.

엘리자베스가 1940년 봄에 앰브로스 경의 집을 단속하러 왔을 때는 필요 이상으로 건지섬에 오래 머물렀는데, 그건 제인의 곁을 지키기 위해서였습니다. 남편 존이 입대를 위해 잉글랜드로 간 이후(그게 1939년 12월이었지요) 우리 딸이 크게 상심한 데다 몸도 좋지 않아 출산을 앞두고 하루하루 힘겹게 버티던 때였습니다. 마틴 의사 선생님이 제인더러 침대에 꼼짝 말고 누워 있어야 한대서 엘리자베스가 제인 곁에서 친구도 되어주고 엘리와 놀아주기도 했답니다. 엘리는 누구보다도 엘리자베스와 노는 걸 좋아했습니다. 저는 그 둘이 놀다가 가구를 부술까 봐 노심초사하기도 했지만 둘이서 크게 웃는 소리를 듣는 건 무척 즐거웠습니다. 하루는 저녁 먹을 때가 되어 둘을 데리러 갔는데 집 안에 들어서자마자 그 둘이 보였어요. 층계 발치의 베개 더미 위에 나동그라져 있더군요. 앰브로스 경의 훌륭한 참나무 층계 난간을 반들반들 닦은 다음 3층부터 미끄럼을 탄 거죠!

엘리가 피난선에 오를 준비를 해준 것도 엘리자베스였습니다. 아이들을 싣고 갈 배가 잉글랜드에서 온다는 소식을 우리 섬 주민들은 겨우 하루 전날 통보받았습니다. 엘리자베스는 엘리의 옷을 빨고 깁고 엘리가 기르던 토끼를 데려갈 수 없는 이유를 설명하고, 아무튼 바람개비처럼 쉴 새 없이 일했습니다. 우리가 학교 운동장으로 출발할 때 제인은 엘리에게 이별의 눈물을 보이지 않으려고 고개를 돌려야 했는데, 엘리자베스가 대신 아이의 손을 잡고는 배를 타고 여행하기에 좋은 날씨라고 말해주더군요.

그 후에도 엘리자베스는 건지섬을 떠나지 않았습니다. 다른 이들은 기를 쓰고 탈출하려던 때였는데 말입니다. 그녀는 단호했습니다.

"안 가요. 저는 제인의 아기가 태어나길 기다려야 해요. 아기가 좀 크면 제인과 아기와 함께 런던으로 갈 거예요. 그런 다음에 엘리를 찾아서 데려와야죠."

엘리자베스는 한번 결정한 일에는 정말 고집불통이었습니다. 그녀가 입을 다물어버리면 더는 떠나라 마라 왈가왈부할 수 없다는 걸 누구라도 알았어요. 프랑스군이 셰르부르(파리 북서쪽 영국해협에 면한 도시로 제2차 세계대전 때 독일군 점령으로 많은 피해를 입었다)에서 독일군을 막기 위해 연료 탱크를 태우는 연기가 훤히 보이는데도 엘리자베스는 꿈쩍도 하지 않았습니다. 제인과 아기를 데려갈 수 없다면 무슨 일이 있어도 결코 떠나지 않을 태세였지요. 제가 알기론 앰브로스 경이 엘리자베스에게 독일군이 오기 전에 요트를 가진 친구와 함께 세인트피터포트로 데리러 오겠다고 한 것 같아요. 솔직히 말하면 저는 그녀가 떠나지 않은 것이 기쁩니다. 그녀는 제인과 아이가 세상을 뜰 때 저와 함께 병원에 있었습니다. 제인 곁에 앉아 손을 꼭 붙잡아주었지요.

제인이 죽은 후 엘리자베스와 저는 말을 잃은 채 복도에 서서 창밖을 바라보았습니다. 독일 군용기 일곱 대가 항구 위로 낮게 날아오는 걸 본 것도 그때였습니다. 단순히 정찰기일 거라고 생각했는데 갑자기 그들이 폭탄을 떨어뜨리기 시작했습니다. 마치 나무토막처럼 빙글빙글 돌며 하늘을 가르더군요. 둘 다 아무 말도 없었습니다만 각자 무슨 생각을 했는지는 알 것 같습니다. 엘리가 안전한 곳으로 대피했으니 천만다행이다, 하고 같은 생각을 했을 겁니다. 엘리자베스는 힘든 시기에도 그리고 그 이후에도 제인과 제 곁에 있었습니다. 저는 엘리자베스 곁에 있어줄 수 없었기에 그녀의 딸 킷이 무사히 우리 곁에 있다는 사실에 더없이 감사합니다. 그리고 엘리자베스가 하루빨리 돌아오기를 간절히 기도합니다.

당신의 친구를 오스트레일리아에서 찾았다는 소식을 들으니 기쁘군요. 도시와 저에게 다시 편지를 보내주시면 좋겠습니다. 도시는 당신의 편지를 반가워하고 저 역시 그렇거든요.

당신의 진실한 벗, 에번 램지

도시가 줄리엣에게

From Dawsey to Juliet

3월 12일

친애하는 애슈턴 양,

하얀 라일락이 마음에 드셨다니 다행입니다.

딜윈 부인의 비누에 대해 말씀드리겠습니다. 독일군 점령기 중반이 되자 비누가 귀해져 한 사람당 한 달에 한 개의 비누만 허용되었습니다. 프랑스 점토로 만든 비누로, 빨래통 안에 놓인 꼴이 마치 사체 같았습니다. 거품도 일지 않았어요. 그저 세정 효과가 있기를 바라면서 문지르는 수밖에 없었죠.

깨끗하게 지내는 것 자체가 어려운 시절이었습니다. 조금 덜하거나 더할 뿐 모두가 몸도 옷도 더러운 데 익숙해졌지요. 설거지나 빨래용으로 가루비누를 조금씩 받았습니다만 기가 차서 웃음만 나올 만큼 적은 양이었습니다. 역시 거품은 일지 않았고요. 이런 문제에 특히 예민한 여성분들이 있었는데 딜윈 부인이 그랬습니다. 전쟁 전에는 파리에서 옷을 구입했지요. 그런데 그렇게 고급스러운 옷은 일반 천으로 만든 것보다 빨리 상한다더군요.

어느 날 스코프 씨네 돼지가 유열(乳熱)로 죽었습니다. 그런 고기는 아무도 먹으려 하지 않기 때문에 스코프 씨는 죽은 돼지를 저에게 주었습니다. 저는 어머니가 동물기름으로 비누를 만드시던 게 생각나서 한번 시도해보기로 했습니다. 보기에는 꽁꽁 언 구정물 같고 냄새는 더 지독한 비누가 만들어지더군요. 그래서 죄다 녹여 처음부터 다시 만들었습니다. 저를 도우러 온 부커가 파프리카로 색을 내고 계피로 향을 내자고 제안했습니다. 아멜리아가 파프리카와 계피를 가져다줘서 다 함께 넣고 잘 섞었지요.

비누가 어느 정도 굳은 후에 아멜리아의 비스킷 커터로 동그랗게 잘라냈습니다. 제가 비누를 무명천으로 감싸고 엘리자베스가 빨간 털실로 리본을 묶어 다음번 문학회 모임에서 여성 회원들에게 선물로 주었답니다. 어쨌든 한두 주 동안이나마 모두 꾀죄죄한 상태에서 벗어날 수 있었지요.

저는 요 며칠 채석장과 부두에서 일하고 있습니다. 제가 피로해 보였는지 이솔라가 근육통에 좋다는 연고(이름은 '천사의 손길'이랍니다)를 만들어주었습니다. 이솔라에겐 '악마의 젖'이라는 기침약도 있는데 저는 제발 그걸 마실 일이 없게 해달라고 빌고 있습니다.

어제는 아멜리아와 킷이 와서 함께 저녁 식사를 한 후 담요를 들고 해변으로 나가 달이 뜨는 것을 지켜봤습니다. 킷이 굉장히 좋아하는 일이긴 한데, 그 애는 항상 달이 완전히 뜨기 전에 잠들어버려 제가 안아서 아멜리아네 집으로 데려갑니다. 킷은 자기가 다섯 살이 되면 밤새도록 자지 않고 버틸 수 있을 거라고 굳게 믿습니다.

아이들에 대해 잘 아십니까? 전 그렇지 못해요. 열심히 배우는 중이긴 하지만 아무래도 저는 학습이 느린 편인 것 같습니다. 킷이 말을 배우기 전에는 훨씬 수월했지만 지금처럼 재미있지는 않았습니다. 아이가 물어보는 대로 대답해주려고 노력

합니다만, 질문을 따라가기가 벅차네요. 킷은 질문을 던져놓고는 제가 답을 찾기도 전에 다음 질문을 던지기 일쑤랍니다. 그뿐만 아니라 킷의 호기심을 채워줄 만큼 제가 많이 아는 것도 아니에요. 몽구스가 어떻게 생겼는지도 모르는걸요.

저는 당신의 편지를 받는 게 좋습니다. 하지만 제가 알려드릴 만한 소식이 뭔지 잘 모르기 때문에 당신 표현대로 '쓸데없는 질문'들에 답하는 게 편합니다.

당신의 벗, 도시 애덤스

애들레이드 애디슨이 줄리엣에게

From Adelaide Addison to Juliet

3월 12일

친애하는 애슈턴 양,

당신은 저의 충고를 듣지 않을 작정이군요. 시장 좌판을 지키는 이솔라를 보았는데 편지를 끼적이더군요. 당신에게 보내는 답장을요! 그냥 모른 체하고 제 일에 충실하려 했는데 이번에는 도시 애덤스가 편지를 부치는 걸 봤어요. 역시 당신에게 보내는 것이더군요! 다음번엔 누구인지 묻고 싶은데요? 이건 있어선 안 되는 일이기에 제가 다시 펜을 들어 당신을 막으려 합니다. 지난번 편지에서는 제가 완전히 솔직하지 못했습니다. 순수하게 배려하는 의미로, 그 모임과 모임을 만든 엘리자베스 매케너의 진짜 본성을 덮어둔 겁니다. 하지만 더는 안 되겠어요. 모든 걸 낱낱이 밝혀야겠습니다.

문학회 회원들이 몰래 작당을 하고는 엘리자베스 매케너와 그녀의 정부였던 크리스티안 헬만 사이에서 태어난 사생아를 키우고 있습니다. 크리스티안 헬만은 독일군 지휘관 겸 군의관이었어요. 네, 독일군이었다고요! 당신이 충격을 받으신대도 놀랄 일이 아니지요.

저는 공정함 빼면 시체인 사람입니다. 그래서 말인데 엘리자베스가 소위 못 배운 사람들 말로 '제리 백('제리'는 독일군을 낮춰 부르는 말로 액세서리처럼 대롱대롱 매달려 다니는 여자를 뜻함)'이었던 건 아닙니다. 선물만 주면 어떤 독일 병사와도 팔짱을 끼고 건지섬을 활보한 그런 여자들 말입니다. 저는 엘리자베스가 실크 스타킹을 신거나 실크 드레스를 차려입은 걸 본 적이 없습니다(사실 그녀의 옷차림은 이전부터 쭉 볼품없었죠). 파리지앵의 향수 냄새를 풍기거나 초콜릿이나 와인을 즐기고 담배를 피우는 일도 없었어요. 막굴러먹은 여느 계집애들과는 달랐습니다.

그렇지만 진실은 충분히 추악합니다.

바로 이겁니다, 유감스럽지만 진실이죠. 1942년 4월 '미혼'의 엘리자베스 매케너가 자기 집에서 여자아이를 낳았습니다. 에번 램지와 이솔라 프리비가 출산을 도왔고요. 에번은 산모의 손을 잡아주고 이솔라는 불을 지폈다죠. 마틴 의사 선생님이 도착하기 전에 아멜리아 모저리와 도시 애덤스가 실제로 아이를 받았다고 합니다(결혼도 하지 않은 남자가! 부끄러운 줄 알아죠!). 아이 아버지요? 없었어요! 얼마 전에 아예 섬을 떠나 버렸죠. '그들' 말로는 "유럽 대륙으로 발령을 받았다"라더군요. 하지만 너무 빤하잖아요. 그들의 부정한 관계를 드러내는 빼도 박도 못할 증거가 생긴 겁니다. 헬만 대위가 애인을 버리고 내뺀 거죠.

제가 이 추잡한 결과를 예고해줄 수도 있었습니다. 엘리자베스가 애인과 함께 있는 걸 여러 번 봤으니까요. 함께 걷고, 진지하게 대화하고, 수프에 넣을 쐐기풀을 뜯거나 장작을 모으는 모습 등등. 언젠가 이런 장면도 봤어요. 서로 마주보고 있었는데 그가 엘리자베스의 얼굴에 손을 얹더니 엄지손가락으로 볼을 쓰다듬더군요.

잘될 가능성은 희박했지만 저는 그녀의 운명에 대해 경고해주는 것이 제 의무임을 알았습니다. 그래서 품격 있는 사회에서 내처질 거라고 얘기해줬는데 들은 체도 하지 않았습니다. 아니, 오히려 웃더군요. 저는 참았습니다. 잠시 후 그녀는 저더러 자기 집에서 나가라고 했습니다.

저는 이런 예지력이 전혀 자랑스럽지 않습니다. 기독교인에게 어울리지 않는 능력이지요.

아기 얘기로 돌아가겠습니다. 이름은 크리스티나, 애칭으로 킷이라고 불리죠. 1년이 채 지나지 않았을 때 엘리자베스는 언제나처럼 무책임하게, 독일군이 확실히 금한 범죄를 저질렀습니다. 독일 군대에서 도망친 죄수를 숨기는 데 일조한 것이죠. 그 일로 체포되어 유럽 대륙의 감옥으로 이송되었습니다.

엘리자베스가 체포될 당시 모저리 부인이 아기를 자기 집으로 데려갔어요. 그날 밤 이후로는 어떻게 됐을까요? 문학회가 아이를 키운답니다. 이 집 저 집 돌아가며 맡는 거예요. 주로 아멜리아 모저리가 아이 양육을 책임지는데, 다른 회원들이 한 번에 몇 주씩 아이를 데려갑니다. 무슨 도서관에서 책 빌리듯 말입니다.

모두 아기를 귀여워했고 이제 혼자 걸을 수 있는 그 아이는 그들을 따라 아무 데나 다닙니다. 손을 잡거나 목말을 타고요. 이게 그들의 수준이라고요! 그런 인간들을 〈타임스〉에 실어 미화해서는 안 됩니다!

다시는 제 편지를 받을 일이 없을 겁니다. 저로선 최선을 다했습니다. 이제 당신의 판단에 맡깁니다.

애들레이드 애디슨

시드니가 줄리엣에게 보낸 전보

Cabel from Sidney to Juliet

*

3월 20일

줄리엣, 귀국이 연기되었다. 말에서 떨어져 다리가 부러졌다.

사랑을 담아, 시드니

줄리엣이 시드니에게 보낸 전보

Cabel from Juliet to Sidney

*

3월 21일

세상에, 어느 쪽 다리요? 아유 딱해라.

애정을 보내며, 줄리엣

시드니가 줄리엣에게 보낸 전보

Cabel from Sidney to Juliet

*

3월 22일

다른 쪽 다리다. 걱정 마라. 별로 아프진 않다.

피어스는 뛰어난 간병인이야.

사랑을 담아, 시드니

줄리엣이 시드니에게 보낸 전보

Cabel from Juliet to Sidney

*

3월 22일

전에 나 때문에 부러진 다리가 아니라니 다행이에요.

쾌유에 도움이 될 만한 걸 보내고 싶은데 뭐가 좋을까요?

책? 음반? 포커 칩? 아님 내 헌혈이라도?

시드니가 줄리엣에게 보낸 전보

Cabel from Sidney to Juliet

*

3월 23일

헌혈, 책, 포커 칩 모두 됐다.

재미있게 읽을 긴 편지나 계속 보내주렴.

너를 사랑하는 시드니와 피어스

줄리엣이 소피에게

From Juliet to Sophie

3월 23일

사랑하는 소피,

나는 전보로만 소식을 들었으니 아무래도 네가 나보다 잘 알겠지. 그렇지만 상황이 어떻든 네가 오스트레일리아로 날아가는 건 말도 안 돼. 알렉산더는 어떡하고? 도미닉은? 너희 농장 양들은? 다들 초췌해지고 말걸.

일단 진정하고 잠시만 잘 생각해보면 네가 그렇게 안달복달할 일이 아니라는 걸 깨달을 거야. 첫째, 피어스가 시드니 오빠를 잘 돌봐줄 거야. 둘째, 피어스가 우리보다 낫다고. 지난번에 시드니 오빠가 얼마나 끔찍한 환자였는지 기억나지? 지금 오빠가 수천 마일 떨어진 데 있는 게 오히려 다행이라고. 셋째, 지난 몇 년간 시드니 오빠는 휘어진 활시위처럼 팽팽한 긴장 속에 살았어. 오빠에겐 휴식이 필요해. 다리가 부러졌으니 유일하게 쉴 기회가 되어주겠지. 무엇보다 중요한 건 소피, 오빠는 우리가 오는 걸 원치 않아.

내가 장담하는데 오빠는 내가 오스트레일리아의 자기 병상 앞에 나타나는 것보다 영국에서 새 책을 쓰는 쪽을 더 좋아할 거야. 그래서 나는 바로 여기 쓸쓸한 아파트나 지키면서 어떤 책을 쓸지 열심히 고민 중이야. 아이디어가 있긴 한데 갓 태어난 아이처럼 대책 없이 미미한 수준이라 너한테조차 설명하기 부끄럽단다. 시드니 오빠의 부러진 다리에 대한 경의의 표시로, 나는 그 갓난아이 같은 아이디어를 살살 어르고 살찌워서 어엿한 책으로 키울 수 있을지 두고 볼 작정이야.

그럼 이제 마컴 V. 레이놀즈(2세) 얘기. 그 신사분에 관한 네 질문은 굉장히 미묘하고 굉장히 민감하고 또 굉장히, 마치 망치로 뒤통수를 얻어맞은 것 같더라. 그 남자를 사랑하느냐고? 무슨 질문이 그래? 플루트 합주에 튜바가 끼어든 것 같잖아. 너한테 좀 실망했어. 꼬치꼬치 캐묻기의 첫째 규칙은 옆에서 치고 들어가는 거야. 네가 알렉산더에게 폭 빠진 상태로 편지를 보내기 시작했을 때, 나는 그를 사랑하느냐고 단도직입적으로 묻는 대신 그가 좋아하는 동물을 물어봤지. 네가 보낸 답장으로 나는 그에 대해 알아야 할 건 다 알아냈다고. 자기가 오리를 좋아한다고 당당하게 밝히는 남자가 세상에 몇이나 될 것 같니? (그리고 보니 중요한 사실 하나가 떠오른다. 나는 마크가 좋아하는 동물이 뭔지 몰라. 어쨌든 오리는 아닐 것 같은데.)

좋은 질문의 예시를 몇 가지 들 테니 잘 보라고. 마크가 좋아하는 작가가 누구일까? [더스패서스(1896~1970. 로스트제너레이션의 대표 작가로 사회성 짙은 소설을 많이 남겼다)! 헤밍웨이!] 좋아하는 색깔은? (파란색, 정확한 색조까지는 잘 모르지만 아마 감청색일 거야.) 춤을 잘 추느냐고? (물론 나보다 훨씬 잘 춰. 한 번도 내 발을 밟은 적이 없긴 한데, 춤출 때는 말도 없고 콧노래도 흥얼대지 않아. 생각해보니 그의 콧노래는 한 번도 들어본 적이 없네.) 형제나 자매가 있느냐고? (응, 누나가 두 명. 한 명은 설탕 산업 갑부와 결혼했고 한 명은 작년에 혼자가 되었대. 남동생도 하나 있는데 집에서 쫓겨났대.)

자아, 너 대신 내가 알아서 북 치고 장구 치고 다 했으니, 정작 네가 던진 바보 같은 질문에 대한 답은 네가 찾아보렴. 나는 답할 수 없거든. 마크와 함께 있으면 혼란스러워지긴 하는데 그게 사랑일 수도 있지만 아닐 수도 있잖아. 확실히 편하지는 않아. 예를 들면 오늘 저녁 예정된 데이트도 왠지 걱정이 앞서. 또 만찬회라니, 분명 환상적이겠지. 테이블에 기대 유창하게 말하는 남자들, 긴 담뱃대를 손가락에 끼우고 몸짓으로 화답하는 여자들이 득시글할 거야. 아이고 맙소사, 그냥 소파를 껴안고 잠이나 잤으면 좋겠다. 하지만 분연히 일어나 이브닝드레스를 떨쳐입어야지. 사랑이고 자시고 마크 때문에 옷차림에도 엄청 신경이 쓰인다니까.

아무튼 소피, 시드니 오빠 일은 너무 걱정 마. 금세 일어나서 으스대며 걸어 다닐 테니.

사랑을 담아, 줄리엣

줄리엣이 도시에게

From Juliet to Dawsey

친애하는 애덤스 씨,

애들레이드 애디슨이라는 분이 보낸 편지를 (두 통이나!) 받았습니다. 문학회 이야기를 기사로 쓰지 말라고 경고하는 내용이었어요. 경고를 받아들이지 않으면 저에 대해 영원히 신경을 끄겠대요. 전 그 엄청난 불행을 불굴의 의지로 이겨내야겠지요. 그녀는 '제리 백'에 꽤 열성적으로 반감을 표하던데, 맞죠?

그 밖에도 클로비스 포시 씨가 시에 관해 장문의 멋진 편지를 보내주었고 브론테 자매 이야기가 담긴 이솔라 프리비의 편지도 받았어요. 모두 즐겁게 읽었을 뿐 아니라 덕분에 칼럼에 도움이 될 새로운 영감도 얻었답니다. 그들과 당신, 램지 씨, 모저리 부인의 이야기가 모이면서 실상 건지섬이 저를 위해 스스로 칼럼을 완성해가고 있어요. 심지어 애들레이드 애디슨 양도 약간은 한몫을 해냈답니다. 그녀의 뜻을 거스르는 것도 퍽 즐거운 일이 되겠지요.

저도 아이들에 대해 잘 알지 못해요. 마음처럼 현실이 따라주질 않네요. 저는 친구 소피의 세 살짜리 아들, 도미닉이라는 멋진 아이의 대모예요. 소피 가족은 스코틀랜드 오반 근처에 사는데 자주 가보진 못해요. 그래서인지 가끔씩 아이를 볼 때마다 부쩍 '사람다워'져서 깜짝깜짝 놀란답니다. 제가 따끈한 아기를 안는 데 익숙해질 만하니까 더는 아기가 아니라 혼자 폴짝폴짝 뛰어다니는 아이가 되어 있더라고요. 여섯 달 만에 만났더니 글쎄 어느덧 말을 하는 거 있죠! 요즘은 혼잣말도 하는데 그 모습이 얼마나 귀여운지 몰라요. 사실 저도 혼잣말을 하거든요.

몽구스에 대해서는 킷에게 이렇게 말해주세요. 족제비 비슷하게 생긴 동물인데 이빨이 몹시 날카롭고 성질도 고약하다고요. 코브라의 유일한 천적이고 독사한테 물려도 멀쩡하다고요. 뱀을 잡지 못하면 전갈이라도 씹어 삼킨다고 말이에요. 당신이 킷에게 애완동물로 한 마리 구해줘도 괜찮겠네요.

당신의 벗, 줄리엣 애슈턴

추신. 이 편지를 보내려다가 문득 이런 생각이 들었어요. '애들레이드 애디슨이 애덤스 씨의 친구면 어떡하지?' 결국 그럴 리 없다고 결론 내렸어요. 그러니 이 편지는 그냥 부칠래요.

존 부커가 줄리엣에게

From John Booker to Juliet

3월 27일

친애하는 애슈턴 양,

아멜리아 모저리가 당신에게 편지를 쓰라고 부탁하더군요. 저도 '건지 감자껍질파이 북클럽'의 창단 회원이거든요. 하지만 전 단 한 권의 책만 되풀이해서 읽습니다. 《세네카 서간집-라틴어 원문의 영어 번역서, 부록 첨부》죠. 세네카와 문학회, 이 둘이 있었기에 저는 비참한 주정뱅이의 삶에서 벗어날 수 있었습니다.

1940년에서 1944년까지 저는 토비어스 펜피어스 경 행세를 했습니다. 진짜 토비어스 경은 원래 제가 모시던 주인님이었어요. 건지섬이 폭격을 당하자 혼이 쏙 빠져서는 잉글랜드로 빠져나갔습니다. 그분의 시종이던 저는 여기 남았지요. 저의 본명은 존 부커로 런던에서 나고 자랐습니다.

돼지구이 파티가 있던 날 밤, 저도 다른 사람들과 함께 통금을 어기고 독일군에게 걸렸습니다. 솔직히 명확하게 기억하지는 못합니다. 얼큰하게 취해 있었을 거예요. 당시 저는 늘 그렇게 취해 있었으니까요. 군인들이 고함을 치고 총을 휘두르던 것, 도시가 제 팔을 단단히 붙잡은 것 정도가 기억납니다. 그리고 엘리자베스의 목소리가 들렸어요. 책 얘기를 하더군요. 저야 영문을 몰랐죠. 그다음으로는 도시가 절 끌고 엄청난 속도로 목초지를 가로질렀고, 전 침대에 쓰러졌습니다. 그게 전부예요.

어쨌든 책이 제 삶에 어떤 영향을 미쳤는지 알고 싶어 하신다고 들었습니다. 아까도 밝혔듯이 저에게 책은 단 한 권입니다. 세네카 말입니다. 그를 아십니까? 가상의 친구들에게 편지를 써서 여생을 어떻게 보내야 하는지를 설파한 로마 시대의 철학자입니다. 역시 지루할 것 같지요? 하지만 그의 편지는 결코 지루하지 않습니다. 재기 발랄하지요. 글을 읽으며 웃을 수 있다면 더 많은 것을 배우게 된다는 것이 제 생각입니다.

세네카의 글은 시대와 공간을 초월해 어디든 적용이 가능합니다. 생생한 예를 보여드리지요. 나치스 공군과 그들의 머리 모양에 관한 이야기입니다. 런던 대공습 때 건지섬의 독일 공군도 런던으로 향하던 폭격기 사단에 합류했습니다. 그들은 밤에만 폭격 비행을 했고 낮에는 세인트피터포트에서 자유 시간을 보냈습니다. 그런데 그들이 그 시간에 뭘 했는지 아십니까? 미용실에서 손톱 손질이며 얼굴 마사지를 하고, 눈썹을 다듬고 머리를 말고는 정성스레 매만지기까지 했어요. 헤어네트를 뒤집어쓴 다섯 놈이 섬 주민들을 팔꿈치로 밀어내며 나란히 거리를 활보하는 꼴을 보자니 세네카가 로마 황제 근위병에 대해 한 말이 생각나더군요.

'저 근위병의 머리 모양을 보느니 어지러운 로마를 보는 편이 낫지 않겠는가?'

제가 어떻게 전 주인 행세를 하게 되었는지를 알려드리죠. 토비어스 경은 안전한 장소에서 전쟁을 관망하고 싶다는 생각으로 건지섬의 라포트 저택을 사들였습니다. 제1차 세계대전 때는 카리브해에서 지냈는데 따가운 열기로 심하게 고생했다고 합니다.

1940년 봄에 그는 부인과 함께 거의 전 재산을 들고 라포트로 이사 왔습니다. 그런데 수석 집사인 초지가 식품 저장실에 콕 처박혀 나오려 들지 않았지요. 그래서 시종이던 제가 초지 대신 토비어스 경의 가구를 배치하고 커튼을 달고 은식기를 닦고 와인 저장고를 채우는 일을 도맡았습니다. 저는 와인병을 하나하나 칸에 눕혔습니다. 아기를 침대에 뉘듯 정성스럽게요.

마지막 그림을 벽에 걸자마자 독일군 비행기가 날아가며 세인트피터포트에 폭탄을 투하했습니다. 공습에 놀란 토비어스 경은 자기 요트의 선장을 불러 "당장 출항 준비!"라고 소리쳤습니다. 하인들이 은 식기, 그림, 골동품, 그리고 공간이 허락한 탓에 토비어스 부인까지 배에 싣고 돛을 폈습니다. 당장 잉글랜드로 뜰 수 있게 말이지요.

제가 맨 뒤에서 배를 향해 가는데 토비어스 경이 배 위에서 정신없이 비명을 지르더군요.

"어이, 서둘러! 빨리 오라고, 야만인들이 오고 있어!"

바로 그 순간 제가 진정한 운명과 만난 겁니다, 애슈턴 양. 토비어스 경의 와인 저장고 열쇠가 아직 제 손에 있었습니다. 요트로 옮기지 못한 와인, 샴페인, 브랜디, 코냑 병들이 생각나더군요. 그리고 내 모습, 숱한 술병들 가운데 혼자 있는 내 모습을 떠올렸습니다. 더는 벨 소리에 불려 나갈 일도 없고, 제복을 입을 일도 없으며, 무엇보다 토비어스 경이 없을 것입니다. 결국 더는 하인 노릇은 하지 않아도 될 거라는 생각이 들었습니다.

저는 그대로 등을 돌려 재빨리 선착장을 빠져나왔습니다. 단숨에 라포트 저택으로 향하는 길목으로 달려가 요트가 멀리 떠나가는 걸 구경했습니다. 토비어스 경은 여전히 고함을 지르고 있었어요. 그런 후에 저는 저택 안으로 들어가 불을 피우고 와인 저장고로 내려갔습니다. 보르도산 와인 병을 꺼내 코르크를 뽑았습니다. 와인이 숨을 쉬게 잠시 두었다가, 서재로 돌아와 와인을 홀짝이며 《와인 애호가 입문》을 읽었지요.

저는 포도 품종에 관한 책을 읽고, 정원을 손질하고, 실크 잠옷을 입고 잤습니다. 물론 와인도 마셨고요. 그런 식으로 지내다가 9월의 어느 날 아멜리아 모저리와 엘리자베스 매케너가 저를 찾아왔습니다. 엘리자베스와는 조금 아는 사이였습니다.

시장에서 몇 번 만나 대화를 나눈 적이 있었거든요. 그렇지만 아멜리아와는 전혀 모르는 사이였습니다. 날 경찰서로 데려가려는 건가? 의아할 따름이었습니다.

그런데 아니었습니다. 그들은 저에게 경고를 해주러 온 것이었습니다. 건지섬 사령관이 모든 유대인은 로열 호텔로 가서 등록하라고 명령했다는 겁니다. 사령관 말로는, 그저 신분증에 '유대인'이라는 표시를 한 후 자유롭게 집에 갈 수 있다고 했답니다. 엘리자베스는 제 어머니가 유대인이라는 걸 알고 있었습니다. 제가 얘기해준 적이 있었어요. 그들은 저에게 어떠한 일이 있어도 로열 호텔로 가면 안 된다고 일러주기 위해 온 것입니다.

그들의 용건은 또 있었습니다. 엘리자베스는 제 처지를 (저보다 더) 철저히 고려해 계획을 세워두었습니다. 어차피 섬 주민 모두가 신분증을 받아야 하니 제가 토비어스 펜피어스 경이라고 신고하면 어떠냐는 것이었습니다. 모든 서류는 런던의 은행 금고에 맡겨둔 채 휴가를 왔다고 하라더군요. 아멜리아는 딜윈 씨가 기꺼이 도와줄 거라고 확신했고, 과연 그랬습니다. 딜윈 씨와 아멜리아가 저와 함께 사령관 사무실로 가서는 제가 토비어스 펜피어스 경이라고 증언했습니다.

마무리 작업을 해준 건 엘리자베스였습니다. 독일군은 건지섬 저택들을 몰수해 장교들 사택으로 썼는데, 라포트 저택처럼 좋은 집을 그냥 지나칠 리 없었습니다. 그들이 들이닥친다면 저는 토비어스 펜피어스 경으로서 그들을 맞이해야 했지요. 휴가를 즐기는 귀족답게 편안해 보여야 했습니다. 실은 겁에 질려 있는데 말입니다. 엘리자베스가 말했습니다.

"겁내지 말아요. 부커, 당신은 풍채가 있잖아요. 키도 크고 거무스름하고, 잘생겼어요. 시종을 해봤으니 귀족이 어떻게 거들먹대는지도 잘 알 테죠."

엘리자베스는 저를 모델로 재빨리 16세기 펜피어스 경의 초상화를 그려주었어요. 저는 짙은 색 태피스트리와 희미한 어둠을 배경으로 앉아 벨벳 망토와 주름 깃 차림을 한 자세를 취했지요. 제 모습은 불만 가득한 대역죄인 귀족처럼 보였습니다.

초상화는 훌륭한 생각이었습니다. 불과 2주 후에 독일군 장교 여섯 명이 떼거지로 저의 서재에 나타났거든요. 노크도 없이 말입니다. 저는 그곳에서 93년산 샤토 마고를 홀짝이며 그들을 맞았습니다. 제 뒤에 걸린 우리 '조상'의 초상화는 저와 놀랄 만큼 닮아 있었지요.

그들은 저에게 경례를 했고 시종일관 예의 바른 태도를 유지했지만, 이 집을 접수할 테니 다음 날까지 문지기가 사는 오두막으로 옮기라더군요. 그날 밤 통금 후에 에번과 도시가 몰래 와서 와인 대부분을 오두막으로 옮기는 걸 도와주었습니다. 장작더미 뒤, 우물 밑, 고기잡이 그물 위, 건초 더미 아래, 서까래 위에 나누어 숨겨두었어요. 하지만 그렇게 애써 숨겨둔 와인 병도 1941년 초가 되니 바닥이 났습니다. 슬픈 날이었지요. 하지만 친구들이 있었기에 슬픔을 잊을 수 있었습니다. 그리고 바로 그때 세네카를 발견했습니다.

저는 문학회 모임을 무척 아낍니다. 점령기 시절을 견딜 힘을 그곳에서 얻었으니까요. 모임에서 안 몇몇 책도 괜찮은 것 같았지만 저는 늘 세네카에게만 충실했습니다. 마치 그가 저에게 말을 거는 것 같았어요. 특유의 재치 있고 신랄한 말투로요. 오직 저에게만 말하는 듯했지요. 세네카의 편지들 덕에 저는 훗날 겪어야 한 모든 일 속에서도 꿋꿋하게 살아남을 수 있었습니다.

요즘도 문학회 모임은 빠지지 않고 나갑니다. 모두 세네카라면 진저리를 치고 저더러 제발 다른 걸 읽으라고 애원하지만 그럴 생각은 추호도 없습니다. 저는 아마추어 극단에서 연기도 합니다. 토비어스 경 행세를 하면서 연기의 맛을 알았지요. 게다가 저는 키가 크고 목소리도 커서 관객석 마지막 줄까지 들리게 할 수 있습니다.

전쟁이 끝나서 정말 행복합니다. 이제 저는 다시 존 부커로 돌아왔습니다.

당신의 진실한 벗, 존 부커

줄리엣이 시드니와 피어스에게

From Juliet to Sidney and Piers

3월 31일

오스트레일리아 빅토리아주 멜버른,

브로드메도스 애버뉴 79번지 몬리글 호텔

시드니 스타크 귀하

시드니 오빠와 피어스에게,

헌혈은 그만둘게요. 다만 건지섬의 새 친구들에게 받은 편지들을 베껴서 보내느라 손가락이 삔 것 같긴 하네요. 저한테는 그 편지들이 무척 소중해서 원본을 지구 반대편으로 보낸다는 건 생각만 해도 참을 수 없어요. 틀림없이 그곳 들개들이 뜯어먹을 테니까요.

독일군이 채널제도를 점령했다는 건 알고 있었지만, 전쟁 중에는 별로 관심이 없었어요. 이제야 런던 도서관에서 〈타임스〉 칼럼을 뒤지고 독일군 점령기에 관한 자료를 모조리 찾고 있지요. 건지섬에 관한 괜찮은 여행서도 필요해요. 시간표나 추천 호텔 같은 것 말고 제대로 된 설명이 있는 것으로요. 섬의 느낌을 알고 싶거든요.

나는 독서를 향한 '그들의 관심'에 관심이 있지만 그와는 별개로 두 남자와 사랑에 빠진 것 같아요. 에번 램지와 도시 애

145

덤스요. 클로비스 포시와 존 부커도 좋아요. 아멜리아 모저리가 나를 양녀로 삼아줬으면 좋겠고, 이솔라 프리비는 내가 양녀로 삼고 싶어요. (미스) 애들레이드 애디슨에 대한 내 감정은 편지를 읽어보고 알아서 판단하세요. 사실 지금 나는 런던이 아닌 건지섬에서 사는 것이나 다름없어요. 일을 할 때도 한쪽 귀는 우편함을 향해 쫑긋 세운 채 편지가 떨어지는 소리를 기다린다고요. 그 반가운 소리가 들리면 쏜살같이 층계를 내려가 헐떡이며 다음 이야기를 집어 든답니다. 《데이비드 코퍼필드(찰스 디킨스의 소설로 시리즈로 출간되었다)》가 인쇄돼 나올 때마다 최신판을 입수하려고 출판사 입구로 모여들던 사람들 기분이 바로 이랬을 거예요.

오빠도 이 편지들을 좋아하리란 건 알지만 좀 더 특별한 관심을 기울여줘요. 나에게 이 사람들과 이들이 전쟁 중에 겪은 일들은 매혹적이고도 감동적이거든요. 오빠도 그렇게 생각하죠? 이게 책의 소재가 될 수 있을까요? 의례적인 친절은 사양하겠어요.

나는 오빠의 (그리고 피어스의) 솔직한 의견을 듣고 싶어요. 그리고 걱정할 필요도 없어요. 오빠가 건지섬에 대한 책을 쓰지 말라고 해도 편지 사본을 계속 보낼 거예요. 난 사소한 앙심 따위는 (거의) 초월한 여자라고요.

여러분의 즐거움을 위해 내 손가락을 희생했으니 그 보답으

로 피어스의 최신작 한 편만 보내주세요. 피어스, 당신이 다시
글을 쓰기 시작했다니 무척 기쁘네요.

두 사람 모두에게 사랑을 보내며, 줄리엣

도시가 줄리엣에게

From Dawsey to Juliet

4월 2일

친애하는 애슈턴 양,

애들레이드 애디슨의 성경은 즐거움을 누리는 것이 가장 큰
죄라고 말합니다(겸손하지 않은 것이 둘째 죄악이지요). 그러니 그녀
가 '제리 백'에 관한 편지를 썼다고 해도 그리 놀랄 일은 아닙
니다. 애들레이드는 분노를 먹고 살아갑니다.

건지섬에 멀쩡한 남자는 별로 없었고, 재미있는 남자는 아
예 없었습니다. 우리 대부분이 지치고 초라하고 수심 가득하
며, 남루하고 신발도 없이 더러웠습니다. 우리는 패배자였고,
그렇게 보였습니다. 즐거움을 추구하기엔 시간도 돈도 에너지
도 없었지요. 건지섬 남자들은 매력이 없었습니다. 그런데 독
일군 병사들은 그렇지 않았어요. 제 친구의 표현에 따르면 그

들은 키 크고 금발에 잘생기고 피부는 구릿빛이었습니다. 흡사 신의 이미지였지요. 그들은 화려한 파티를 열고 명랑하게 열성적으로 어울렸으며, 차가 있고 돈도 있고 밤새 춤을 출 수도 있었습니다.

그런데 병사와 데이트하는 아가씨들 중 일부가 아버지에게는 담배를, 가족에게는 빵을 가져다주었습니다. 파티에서 돌아올 때면 롤빵, 파이, 과일, 완자, 젤리 등을 핸드백에 담아 집으로 가져왔고 그 가족은 다음 날 진수성찬을 만끽할 수 있었어요.

그 시절의 권태가 적군 병사와 어울린 걸 정당화한다고 생각하는 섬 주민이 있을 것 같진 않습니다. 그러나 권태는 꽤 그럴싸한 평계가 되고, 재미를 추구하는 것은 확실히 끌리는 면이 있지요. 특히 젊은 시절에는 더욱 그러하고요.

사실 독일군과는 상대하지 않으려는 사람이 많았습니다. 그들의 사고방식에 따르면 아침 인사를 건네는 것만으로도 적군을 돕는 셈이었어요. 분위기가 그랬음에도 저는 점령군 군의관이자 제 친구인 크리스티안 헬만 대위에게만은 그런 기준을 고수할 수 없었습니다.

1941년 후반이 되자 섬에는 소금이 남아나질 않았고 프랑스에서도 조달이 끊겨버렸습니다. 뿌리채소와 수프는 소금이 없으면 밍밍해서 먹기가 힘들기 때문에 독일군은 바닷물을 이용해 염분을 얻는 방법을 생각해냈습니다. 그들은 바닷물을 길어 세인트피터포트 한가운데 설치한 대형 탱크에 쏟아 부었지요. 사람들이 양동이에 바닷물을 채워 집으로 가져갈 수 있게 말입니다. 그 물을 끓여서 솥 바닥에 남은 침전물을 소금으로 사용하라는 것이었습니다. 그 계획은 실패했어요. 물을 끓여서 증발시킬 만큼 불을 피우기에는 땔감이 턱없이 부족했으니까요. 그래서 우리는 바닷물에 채소를 몽땅 넣고 요리하는 방법을 택했습니다.

그렇게 해서 맛은 해결되었지만 노인들이 항구까지 걸어가거나 무거운 양동이를 지고 돌아오는 건 무리였습니다. 그런 일을 감당할 체력이 없었지요. 저는 한쪽 다리를 약간 저는데, 그 때문에 징집에서 면제되었지만 생활하는 데는 전혀 불편함이 없습니다. 오히려 꽤 튼튼한 편이어서 노인들이 사는 집에 바닷물을 날라다 주기 시작했습니다.

저는 여분으로 가지고 있던 삽과 삼실을 마담 르펠의 낡은 손수레와 바꾸었고, 솜스 씨에게서 수도꼭지가 달린 와인 저장용 오크통을 두 개 받았습니다. 그다음 통 윗부분을 잘라서 여닫을 수 있는 뚜껑을 만들어 유모차에 달았습니다. 이렇게 운반 수단을 마련했지요. 지뢰를 설치하지 않은 해변이 몇 군데 있었고, 바위를 따라 내려와서 통에 바닷물을 채운 후 다시 올라오는 건 어려운 일이 아니었습니다.

11월의 바람은 살을 에는 듯했습니다. 어느 날은 물통을 겨우 하나 올렸을 뿐인데도 손이 곱아들더군요. 제가 유모차 곁에 서서 손가락을 풀고 있는데 마침 크리스티안이 근처를 지나갔습니다. 그는 차를 세우고 후진하더니 저더러 도움이 필요하냐고 물었습니다. 저는 필요 없다고 답했지만 그는 무작정 차에서 내려 저를 도와 물통을 유모차에 실어주었습니다. 그런 다음 아무 말 없이 나와 함께 절벽 아래로 내려가 두 번째 물통 나르는 것을 도와주었어요.

그때까지 저는 그가 한쪽 어깨와 팔을 잘 못 쓴다는 걸 눈치채지 못했습니다만, 그의 팔과 제 다리, 바위에 굴러다니는 잔돌들 때문에 우리는 올라오다가 미끄러져 비탈에 넘어지면서 물통을 놓치고 말았습니다. 통은 바위에 부딪혀 산산조각이 났고 물이 사방팔방으로 튀면서 우리도 흠뻑 젖었습니다. 그게 뭐 그리 우스웠는지 모르겠지만, 아무튼 그땐 그랬습니다. 비탈에 그대로 늘어진 채 우리 둘 다 끊임없이 웃어댔으니까요. 바로 그때 《엘리아 수필집》이 제 호주머니에서 빠져나왔고 크리스티안이 축축하게 젖은 책을 집어 들었습니다.

"아, 찰스 램. 이 사람이라면 조금 젖은 정도는 개의치 않을 거요."

그가 책을 건네며 말했습니다.

제가 놀란 표정을 숨기지 못했나 봅니다. 그가 한마디 덧붙였거든요.

"집에서 자주 읽는 책입니다. 당신의 휴대용 서재가 부러운데요."

우리는 다시 절벽을 올라 그의 차로 갔습니다. 그는 저더러 오크통을 새로 구할 수 있느냐고 묻더군요. 저는 그렇다고 답하고는 바닷물을 배달하는 경로를 설명했습니다. 그는 고개를 끄덕였고 저는 유모차를 밀었습니다. 그러다 잠시 후 제가 뒤를 돌아보며 말했습니다.

"원하신다면 이 책 빌려드릴게요."

제가 이 책을 얼마나 소중히 여기는지 당신도 아시죠. 그런 책을 빌려준다는 건 저에겐 하늘의 달을 따다 주겠다는 제안이나 다름없답니다. 크리스티안과 저는 서로 이름을 밝히고 악수를 했습니다.

그 후로도 그는 종종 제가 물 나르는 걸 도와주었습니다. 일을 마친 후에는 담배를 권했고, 우리는 길거리에 서서 담배를 피우며 이런저런 이야기를 나눴습니다. 건지섬의 아름다움이나 역사에 관해, 책이나 농장 일에 관해 대화를 나누었지만 현재의 상황에 대한 이야기는 결코 꺼내지 않았습니다. 늘 전쟁과 아무 상관 없는 이야기만 했지요. 한번은 우리 둘이 그렇게 서 있는데 엘리자베스가 자전거를 타고 이쪽으로 덜컹덜컹 달려오더군요. 그날 하루 종일 그리고 전날 밤도 거의 꼬박 새우며 간호 일을 한 터였고, 주민 대부분처럼 그녀의 옷도 옷이라 기보다는 누더기에 가까웠어요. 그렇지만 크리스티안은 갑자기 말을 멈추더니 그녀가 오는 걸 멍하니 바라보더군요. 엘리자베스가 가까이 다가와 섰습니다. 둘 다 아무 말도 하지 않았지만 그들의 표정을 본 저는 서둘러 자리를 떴습니다. 그제야 그 둘이 아는 사이라는 걸 알아챈 겁니다.

크리스티안은 야전 의무관이었는데 어깨에 부상을 입은 후 동유럽에서 건지섬으로 발령받아 왔습니다. 1942년 초에 그는 프랑스 캉에 있는 병원으로 전보 명령을 받았습니다. 그가 탄 배는 연합군의 폭격으로 가라앉았고 그는 사망했습니다. 독일군 병원장이던 만 대령이 저와 크리스티안이 친하다는 걸 알고 저에게 그의 사망 소식을 전해주었지요. 엘리자베스에게는 저더러 알리라 하기에 그렇게 했습니다.

크리스티안과 제가 만난 경위는 특이했지만 우리의 우정은 그렇지 않았습니다. 저는 섬 주민 상당수가 일부 독일군 병사와 친분을 나눴을 거라 확신합니다. 그렇지만 가끔 찰스 램을 떠올릴 때면, 1775년에 태어난 사람이 저에게 당신과 크리스티안이라는 훌륭한 두 친구를 사귀게 해주었다는 사실에 감탄합니다.

당신의 벗, 도시 애덤스

줄리엣이 아멜리아에게

From Juliet to Amelia

친애하는 모저리 부인,

몇 달 만에 처음으로 햇빛을 구경하네요. 의자에서 일어나 목을 길게 빼면 강물 위로 빛나는 해를 볼 수 있답니다. 거리에 쌓인 건물 잔해에서 슬며시 시선을 돌린 채, 런던이 다시 아름 다워졌다고 스스로 세뇌하고 있어요.

도시 애덤스에게서 슬픈 편지를 받았어요. 크리스티안 헬만, 그리고 그가 보여준 호의와 그의 죽음에 관한 내용이었지요. 전쟁은 계속되는 것 같아요, 그렇죠?

정말 훌륭한 생명이었는데 그만 잃고 말았어요. 엘리자베스 에게는 얼마나 비통한 충격이었을까요. 새 생명을 잉태한 그 녀에게 당신과 램지 씨, 이솔라, 도시가 있어 정말 다행이었 지 뭐예요.

이곳에도 봄이 온 것 같아요. 햇살을 흠뻑 받으니 참 따스하 네요. 그리고 거리에는(지금은 시선을 돌리지 않아요) 여기저기 기운 점퍼를 입은 남자가 자기 집 현관을 하늘색으로 칠하고 있네 요. 막대기를 들고 서로 장난을 치던 남자아이 두 명이 자기들 도 페인트칠을 하게 해달라고 졸라대는군요. 남자가 아이들에게 조그만 붓을 하나씩 주고 있어요. 그러니까…… 아마 전쟁에도 끝이 있겠죠.

당신의 벗, 줄리엣 애슈턴

마크가 줄리엣에게

From Mark to Juliet

4월 5일

사랑하는 줄리엣, 당신의 모호한 태도가 나는 영 마음에 들지 않아. 다른 사람하고 연극을 보고 싶진 않소. 당신과 보고 싶다고. 사실 연극이야 어쨌건 관심도 없소. 그저 당신을 그 아파트에서 끌어내고 싶을 뿐이오. 저녁이나 먹을까? 차 한잔? 칵테일? 배를 타는 건 어떨까? 춤추는 건? 선택은 당신이 해요, 나는 무조건 복종하리다. 난 그리 유순한 사람이 아니오. 내 성격을 개선할 이 황금 같은 기회를 놓치지 말아요.

당신의 것, 마크

줄리엣이 마크에게

From Juliet to Mark

사랑하는 마크, 나랑 같이 대영박물관에 갈 생각 있어요? 2시에 열람실에서 약속이 있거든요. 볼일이 끝나면 같이 미라를 구경해요.

줄리엣

마크가 줄리엣에게

From Mark to Juliet

열람실이고 미라고 다 집어치워요. 나랑 점심이나 먹읍시다.

마크

줄리엣이 마크에게

From Juliet to Mark

당신한텐 그게 유순한 거예요?

줄리엣

마크가 줄리엣에게

From Mark to Juliet

유순? 그딴 건 집어치우라니까.

M.

윌 시스비가 줄리엣에게

From Will Thisbee to Juliet

친애하는 애슈턴 양,

저는 '건지 감자껍질파이 북클럽' 회원입니다. 직업은 골동품을 모아 파는 철물상인데 사람들은 농담조로 '넝마주이'라고 부르기도 하지요. 발명도 좀 합니다. 일할 때의 수고를 덜어주는 물건들을 발명하는데 최신작은 전기 빨래집게입니다. 세탁물에 미풍을 불어 잘 펴지게 하기 때문에 빨래 너는 사람의 손목을 보호할 수 있답니다.

독서를 하며 위안을 얻었느냐고요? 그렇습니다. 하지만 처음부터 그런 건 아니에요. 모임에 가서도 혼자 구석에서 조용히 파이를 먹다 오는 게 전부였습니다. 그런데 이솔라가 저를 붙잡더니 다른 사람들처럼 책을 읽고 그에 대해 얘기해야 한다더라고요. 그녀는 저에게 토머스 칼라일의 《과거와 현재》라는 책을 건넸습니다. 어찌나 지루하던지 골치가 다 지끈거리데요. 종교에 관한 내용을 읽기 전까지는 그랬습니다.

저는 신앙심이 깊지 못했어요. 그래도 노력은 했답니다. 마치 꽃밭을 누비는 꿀벌처럼 이 교회 저 교회 전전했지요. 그렇지만 신앙이란 건 도무지 종잡을 수가 없더군요. 그러던 차에 칼라일이 저에게 종교에 관한 새로운 관점을 제시한 겁니다. 그는 폐허가 된 베리세인트에드먼즈의 수도원을 걷다가 문득 어떤 생각이 떠올랐고, 그것을 다음과 같은 글로 옮겼습니다.

실로 놀라워 일순 멍해지지 않는가, 인간에게도 영혼이 있었다는 사실이. 그저 풍문이나 비유적인 표현으로만 존재한 게 아니라, 그들이 아는 진실로서 존재하며 실질적인 행동의 근거가 되었다는 것이! 참으로 그때는 또 다른 세상이었다. (…) 그럼에도 우리가 영혼의 기별을 잃었다는 것은 애석한 일이다. (…) 우리는 다시금 그것을 찾아나서야 한다. 그러지 않으면 모든 면에서 더 나쁜 일들이 우리를 덮치리라.

확실히 좀 그렇지 않습니까? 자신의 영혼을 그 자체의 기별이 아닌 풍문으로 알다니요. 저에게 영혼이 있는지 없는지를 설교자에게 들어서 알아야 할 이유는 없지 않겠습니까? 자신에게 영혼이 있다는 사실을 오직 자신의 힘으로 믿을 수 있다면, 그렇다면 자기 영혼의 기별도 자신의 힘으로 들을 수 있겠지요.

제가 문학회 모임에서 칼라일 이야기를 하자, 영혼에 대한 엄청난 논쟁이 일어났습니다. 맞다, 아니다, 어쩌면? 스터빈스 박사의 목소리가 제일 컸습니다. 곧 모두가 논쟁을 멈추고 그의 말에 귀를 기울였죠.

톰슨 스터빈스는 오래 그리고 깊이 생각하는 사람입니다. 런던의 정신과 의사였는데, 1934년 지그문트 프로이트 학회의 연례 만찬회를 난장판으로 만드는 바람에 의사 일을 그만두었다고 합니다. 그가 저에게 직접 그 전말을 얘기해준 적이 있습니다. 학회에 참석한 사람들이 모두 굉장한 수다쟁이라 연설이 몇 시간이고 이어졌대요. 음식이 나올 틈도 없이 말이죠. 마침내 연설이 끝나고 음식이 나오자 정신과 의사 양반들이 허겁지겁 음식을 삼키기 시작했고 홀 안은 순식간에 조용해졌어요. 톰슨은 이 순간을 놓치지 않고 숟가락으로 유리컵을 챙챙 치면서 모두가 들을 수 있게 크게 소리쳤습니다.

"당신들 중 누구라도 이런 생각을 해본 적 있소? '영혼'이라는 개념이 사그라질 때쯤 프로이트가 '에고'를 들고 나와 그 자리를 대신했다는? 그 양반, 타이밍하고는! 잠시 멈추고 곰곰이 생각해볼 깜냥도 없었나? 무책임한 노인네 같으니! 내 의견을 말해볼까? 사람들이 에고에 대해 이러쿵저러쿵 헛소리를 떠들어대는 건, 자기한테 영혼이 없는 게 두려워서야! 생각들 해보라고!"

톰슨은 학회에서 영구 제명되었고 건지섬으로 와서 채소를 키우고 있어요. 이따금 제 짐마차를 함께 타고 인간과 신과 그 사이의 모든 것에 대해 대화를 나누지요. 만약 제가 '건지 감자껍질파이 북클럽'에 속하지 않았다면 이 모든 일을 모르고 살았을 테지요.

애슈턴 양, 이 문제에 대한 당신의 의견을 듣고 싶습니다. 이솔라는 당신이 건지섬으로 올 거라고 생각하는데, 정말 오신다면 제 짐마차에 태워드리겠습니다. 쿠션도 준비하죠.

당신의 건강과 행복을 기원합니다.

월 시스비

클라라 소시 부인이 줄리엣에게
From Mrs. Clara Saussey to Juliet

4월 8일

친애하는 애슈턴 양,

당신 이야기를 들었습니다. 나도 한때는 문학회 회원이었어요. 물론 아무도 당신에게 내 얘기를 하진 않았겠지만요. 나는 죽은 작가가 쓴 책은 읽지 않아요, 결코. 대신 내가 직접 쓴 작품을 읽지요. 나는 요리책을 쓴답니다. 감히 말하건대 제아무리 찰스 디킨스가 쓴 글이라 해도 내 책만큼 많은 눈물과 비애를 이끌어내진 못해요.

내가 선택한 글은 제대로 된 새끼돼지구이 조리법이었습니다. 새끼돼지의 몸통에 버터를 바른다, 육즙이 흘러내리게 두어 지글거리며 구워지게 한다, 이렇게 읽었지요. 내가 읽는 걸 들으면서 모두 돼지가 구워지는 냄새, 고기가 타닥타닥 익어가는 소리까지 생생하게 느꼈을 거예요. 5단 케이크 조리법도 (달걀이 열두 알이나 들어간답니다) 읽었습니다. 캐러멜을 입힌 과자, 초콜릿 럼볼, 크림을 곁들인 스펀지케이크에 대해서도. 질 좋은 하얀 밀가루로 만든 케이크 말입니다. 당시 우리가 사용하던 부스러진 곡물과 새 모이 따위로 만든 것과는 차원이 다르지요.

그랬더니 글쎄 사람들이 견뎌내질 못하는 거예요. 나의 맛있는 조리법을 듣던 회원들은 거의 미칠 지경이 되더군요. 예의와는 평생 담 쌓고 사는 이솔라 프리비는 내가 자길 고문한다면서 내 소스 팬에 마법을 걸어버리겠다고 울부짖었어요. 윌 시스비는 내가 만든 체리 주빌레처럼 나도 타버릴 거라고 저주를 퍼부었고요. 그다음엔 톰슨 스터빈스가 달려들어 욕을 해댔어요. 도시와 에번이 나선 후에야 나를 안전하게 떼어놓을 수 있었지요.

다음 날 에번이 전화를 걸어 문학회 회원들의 무례함을 사과했어요. 그곳에 모인 사람들 대부분이 순무 수프(국물을 우려낼 뼛조각 하나 못 넣고 끓인) 또는 뜨거운 철판에 익혀 겉은 타고 속은 덜 익은 감자(감자를 구울 기름도 없었겠죠)로 저녁을 때운 직후였다는 걸 기억해달라더군요. 그리고 관대하게 그들을 용서해달라고 부탁했습니다.

하지만 난 그들을 용서하지 않을 겁니다. 그들은 나에게 입에 담지도 못할 말을 쏟아 부었어요. 그들 중 문학을 진정으로 사랑하는 사람은 단 한 명도 없어요. 내 요리책이 바로 문학이죠. 냄비 속의 순수시! 그들은 단지 통행금지나 다른 고약한 나치 규칙들 때문에 너무 따분해져서 저녁에 외출할 핑곗거리가 필요하던 참이었고, 그래서 결국 선택한 게 독서였을 뿐이에요.

나는 당신이 그들의 진실을 밝혀주길 바랍니다. 책이라곤 건드려본 적도 없는 사람들이에요. '독일군 점령'만 아니었다면 평생 그랬을 거고요. 나는 내가 한 말에 책임을 지니까 내 말을 직접 인용해도 좋아요.

내 이름은 클라라 소-시-입니다. s가 세 번 들어가니 유의하세요.

클라라 소시 (부인)

아멜리아가 줄리엣에게

From Amelia to Juliet

4월 10일

친애하는 줄리엣,

나 역시 전쟁이 끝없이 이어진다고 느꼈었어요. 아들 이언이 이집트 알라메인에서 죽었을 때(엘리의 아버지인 존과 함께 전사했지요) 조문객들이 찾아와 나를 위로한답시고 하는 말이 "삶은 계속되는 거예요"였어요. 엉터리라는 생각이 들더군요. 당연히 삶은 계속되지 않아요. 계속되는 건 죽음이죠. 이언은 이제 죽었고 내일도 내년에도 그 후로도 영원히 죽어 있을 테니까. 죽음에는 끝이 없어요. 하지만 어쩌면 슬픔에는 끝이 있을지도 모르겠네요. 엄청난 슬픔이 노아의 대홍수처럼 나의 세상을 휩쓸어버렸고, 여기서 벗어나려면 꽤 오랜 시간이 걸리겠죠. 그런데 벌써 물 위로 솟은 작은 섬들이 있네요. 희망? 행복? 뭐 그런 것들로 부를 수 있겠죠. 당신이 의자 위로 올라서서 부서진 건물 더미를 애써 외면한 채 반짝이는 햇빛을 받는 모습을 기분 좋게 상상해본답니다.

얼마 전부터 다시 저녁마다 해안 절벽 꼭대기를 산책해요. 요즘 나의 가장 큰 낙이지요. 채널제도의 풍경을 망치던 가시철조망은 이제 없지만 '접근 금지'라고 쓰인 커다란 표지판이 시야를 막는 게 흠이에요. 해변에 설치된 지뢰도 제거되어서 원하면 언제 어디라도 걸어 다닐 수 있어요. 절벽 위에 서서 바다 쪽을 바라보면, 뒤쪽의 흉측한 시멘트 진지나 나무 하나 없는 헐벗은 땅을 보지 않아도 돼요. 그 잘난 독일군도 바다까지 파괴하진 못했죠.

올여름에는 방벽 주위에도 가시금작화가 자라기 시작할 테고 내년이면 아마 덩굴이 벽을 타고 오르겠지요. 빨리 다 뒤덮여버렸으면 좋겠어요. 방벽들을 보지 않는 거야 어렵지 않아요. 하지만 그 벽들이 어떻게 만들어졌는지는 결코 잊을 수 없을 거예요.

그 방벽은 토트(나치 독일의 기술자 프리츠 토트가 만든 토목공사 조직) 노동자들이 지었어요. 당신도 유럽 대륙의 수용소에 있던 독일의 강제노동자들 얘기는 들어봤을 거예요. 하지만 히틀러가 그 중 만 6천 명 이상을 채널제도로 보낸 건 알고 있었나요?

히틀러는 "잉글랜드는 결코 채널제도를 되찾을 수 없다!"라며 광적으로 채널제도의 섬들을 요새화했어요. 히틀러의 사령관들은 그걸 '섬 광기'라고 불렀죠. 그는 대형 포상(砲床), 해안 대전차 방어벽, 진지와 포대(砲臺) 수백 곳, 무기와 폭탄 저장고, 수 마일에 이르는 땅굴, 거대한 지하병원, 섬을 가로지르는 물자 수송용 철로를 만들라고 명령했어요. 해안 요새화라니, 어처구니없는 짓이었죠. 연합군 침공을 막기 위해 지은 대서양

방어벽보다 채널제도 쪽이 더 강력했다니까요. 바다와 면한 땅에는 빈틈없이 군사시설이 들어섰어요. 나치 제국을 천년 동안 지속시킬 작정이었겠죠, 철통같이 단단하게.

그러니까 당연히 강제노동자 수천 명이 필요했어요. 강제 징집된 성인 남자들과 소년들, 체포된 사람들, 독일군 점령지 어디서건(극장 줄에서, 카페에서, 시골길이나 들판에서) 무작정 잡혀 온 사람들이었지요. 심지어 에스파냐 내란 때 갇힌 정치범도 있었어요. 러시아 전쟁포로들이 가장 혹독한 대우를 받았는데, 아마 러시아 전선에서 독일군이 패배했기 때문일 거예요.

이 강제노동자 대부분이 1942년에 채널제도로 왔어요. 벽이 없는 헛간이나 땅을 파서 만든 참호, 목초지 울타리 뒤쪽 등이 숙소였고 일부만 집에 수용되었지요. 그들은 섬 전체를 돌아 작업 현장으로 갔어요. 뼈만 앙상하게 남은 몸에 맨살이 훤히 들여다보이는 누더기 바지. 추위를 막아줄 외투도 없는 이가 많았어요. 신발이나 부츠를 신지 않은 맨발은 핏물이 밴 헝겊으로 친친 감았고요. 열다섯이나 열여섯 살쯤 된 소년들은 너무 지치고 굶주린 나머지 한 걸음 한 걸음 떼기조차 힘들어 하더군요.

섬 주민들이 자기 집 현관에 서서 그나마 남는 음식과 옷을 그들에게 주었어요. 독일군 감시관들은 어떨 때는 토트 노동자들이 대열을 이탈해 이런 선물들을 받게 내버려두었고, 또 어떨 때는 라이플 개머리판으로 때려 쓰러뜨리기도 했지요.

노동자 수천 명이 이곳에서 죽었어요. 나는 최근에야 이렇게 비인간적인 대우가 아이히만(1906~1962. 독일 나치스 친위대 장교로 유대인 학살을 주도해 전후 이스라엘에서 처형되었다)이 의도적으로 추진한 정책이었다는 걸 알았어요. 그는 자신의 계획을 '고갈에 의한 죽음'이라 칭했고 그대로 실행했지요. 힘든 노동을 시키고, 소중한 음식을 그들에게 낭비하지 말고 죽게 내버려두라. 죽으면 유럽의 점령국 어디서든 다른 강제노동자로 대체할 수 있고, 그렇게 되리라.

토트 노동자들 일부는 철조망을 둘러친 목초지에 수용되었어요. 그들은 시멘트 가루를 뒤집어써서 유령처럼 하얀 모습이었는데, 백 명이 넘는 남자들이 몸을 씻을 수도는 하나뿐이었지요.

가끔씩 아이들이 철조망 안의 토트 노동자들을 보러 가기도 했어요. 아이들은 호두와 사과, 때로는 감자 등을 철조망 사이로 찔러주었지요. 그런 음식을 받지 않는 토트 노동자가 한 명 있었어요. 그가 다가오는 건 아이들을 보기 위해서였어요. 그저 아이들 얼굴과 머리칼을 쓰다듬기 위해 날카로운 철조망 틈새로 팔을 뻗었지요.

독일군은 토트 노동자들에게 일주일에 딱 하루, 일요일에 한나절만 휴식 시간을 주었어요. 일요일은 독일군 위생관들이 오물을 바다로 방출하는 날이었지요. 거대한 파이프로 흘려보냈는데 물고기들이 찌꺼기를 먹으려 몰려들었어요. 토트 노동자들도 가슴께까지 차오른 그 오물과 배설물 안에 서 있었죠. 손으로 물고기를 잡으려고요.

어떤 꽃이나 덩굴도 이런 기억들까지 덮어버릴 순 없지요. 그렇지 않나요?

내가 가장 싫어하는 전쟁의 기억을 털어놓았네요. 줄리엣, 이솔라는 당신이 이곳으로 와서 독일군 점령기에 관한 책을 써야 한대요. 자기는 그런 글을 쓸 능력이 없다고 말하는데, 아무리 이솔라가 소중한 친구라 해도 어쨌든 불안하네요. 그녀가 공책을 사서 글을 쓰겠다고 무작정 덤빌지도 모르거든요.

영원한 친구, 아멜리아 모저리

줄리엣이 도시에게

From Juliet to Dawsey

4월 11일

친애하는 애덤스 씨,

다시는 나에게 편지하지 않겠다고 다짐한 애들레이드 애디슨이 또다시 편지를 보냈어요. 그녀가 개탄해 마지않는 모든 사람과 행동에 관해 썼는데 그 내용에 당신과 찰스 램도 포함돼 있었답니다.

그녀가 교구 회보 4월호를 가져다주려고 당신 집으로 찾아간 모양이에요. 그런데 어디를 둘러봐도 당신이 없었죠. 소젖을 짜는 것도 아니고 밭일을 하는 것도 아니고 집 청소를 하는 것도 아니고, 훌륭한 농부가 할 만한 일은 아무것도 하고 있지 않더래요. 그래서 헛간 앞마당으로 들어가봤는데 저런, 그녀가 뭘 봤게요? 바로 당신! 건초 더미에 누워 찰스 램의 책을 읽고 있었죠! 당신은 '그 주정뱅이한테 넋을 뺏겨' 그녀가 온 것도 눈치 채지 못했다죠?

사람 피를 말리는 여자예요, 정말. 도대체 왜 그러는지 혹시 당신은 아나요? 내 생각엔 그녀의 세례식에 심술쟁이 요정이 다녀간 게 아닌가 싶네요.

애들레이드 애디슨이 어쨌거나 말거나, 건초에 누워 찰스 램을 읽는 당신 모습을 상상해보니 나는 무척 마음에 드는데요? 서포크에서 지낸 어린 시절이 함께 떠올랐거든요. 아버지가 농부셔서 내가 종종 농장 일을 도왔어요. 뭐, 내가 한 일이라곤 차에서 뛰어내려 정문을 열고 다시 닫은 다음 차에 올라타고, 달걀을 모으고 밭에서 잡초를 뽑고, 마음 내키면 건초에 도리깨질을 한 게 전부였지만요.

헛간 위층의 건초 더미에 누워 소 방울을 옆에 둔 채《비밀의 정원》을 읽은 기억이 나요. 한 시간 동안 책을 읽다가 방울을 흔들면 레모네이드 한 잔이 배달되었답니다. 우리 집 요리사던 허친스 아주머니가 결국 진저리를 치며 어머니에게 일러바치는 바람에 레모네이드 배달 서비스는 없어지고 말았죠. 하지만 건초 위에서 책을 읽는 일은 계속되었어요.

헤이스팅스 씨가 E. V. 루커스의 찰스 램 전기를 구했다네요. 당신에게 청구서는 발행하지 않을 것이지만 책은 당장 부치겠대요. "찰스 램을 좋아하는 사람을 기다리게 해서는 안 되는 법이지요"라더군요.

당신의 벗, 줄리엣 애슈턴

수전 스콧이 시드니에게

From Susan Scott to Sidney

4월 11일

친애하는 사장님,

저도 어느 누구 못지않게 다정다감한 여자예요. 하지만 이런 젠장, 사장님이 빨리 돌아오지 않는다면 찰리 스티븐스가 신경쇠약에 걸리고 말걸요. 그분은 실무자 체질이 아니에요. 스티븐스 씨가 잘하는 일은 거액의 돈뭉치를 건네며 사장님에게 실무를 맡기는 거라고요. 어제는 오전 10시도 되기 전에 출근했지만 그런 수고도 그분에겐 무리였나 봐요. 11시쯤 되자 금방이라도 죽을 사람처럼 창백해지더니 11시 반에는 위스키를 마셨어요. 정오에는 순진한 어린 직원 하나가 표지 시안을 건네며 승인을 해달라고 했지요. 스티븐스 씨의 두 눈은 공포심으로 튀어나올 지경이었고, 귀를 잡아당기는 그 역겨운 버릇이 시작되었어요. 그 양반, 언젠가는 자기 귀를 뽑아버리고 말거예요. 결국 1시에 퇴근해버리더군요. 그리고 오늘은 아직까지 모습을 드러내지 않았어요(지금은 오후 4시예요).

그 밖에도 우울한 일이 한두 가지가 아니에요. 해리엇 먼프리스는 완전히 제정신이 아니에요. 어린이책 전체를 '컬러 코디네이션'하겠대요. 분홍과 빨강으로 맞춘다는 거죠. 농담이 아니랍니다. 우편물 관리실에서 일하는 남자가(이제는 이름 외우기도 귀찮아요) 술에 취해서는 이름 첫 글자가 'S'로 시작하는 사람 앞으로 온 편지를 몽땅 버렸어요. 이유는 묻지 마세요. 틸리 양은 켄드릭 씨에게 엄청 무례하게 굴다가 하마터면 전화통으로 얻어맞을 뻔했지요. 켄드릭 씨는 잘못이 없어요. 하지만 전화기는 구하기 어려우니 한 대라도 망가지면 안 된다고요. 사장님, 돌아오시는 대로 틸리 양을 해고하셔야 합니다.

비행기 표를 사게끔 마음이 동할 미끼가 더 필요하시다면, 얼마 전 줄리엣 양이 마크 레이놀즈와 카페 드 파리에서 아주 다정하게 앉아 있었다는 것도 알려드리죠. 제가 직접 봤어요. 그들이 앉은 테이블은 벨벳 차단선 안쪽의 귀빈석이었지만, 제가 앉은 싸구려 좌석에서도 온갖 로맨스의 증거를 포착할 수 있었답니다. 남자가 여자 귀에 대고 무의미한 말들을 속삭이고, 여자의 손은 칵테일 잔 옆에 놓인 남자의 손 주위를 맴돌고, 남자가 여자 어깨에 손을 얹더니 자기 지인을 가리키고. 저는 그런 분위기를 깨주는 것도 (사장님의 헌신적인 직원으로서) 제 임무라 여겼고, 일부러 사람들 사이를 헤치고 차단선 안쪽으로 들어가 줄리엣에게 인사를 건넸어요. 줄리엣은 절 반기며 합석을 권했지만 마크의 미소에는 그 이상의 동행은 원치 않는다는 표정이 역력하기에 그냥 물러났죠. 그는 다른 사람의 훼방을 용납하지 않는 그런 인간이에요. 아무리 멋들어진 넥타이를 맸어도 그 미소는 속이 빤히 들여다보이는걸요. 제 시체가 템스강에서 떠오른다면 우리 엄마 억장이 무너질 테죠.

바꿔 말할게요. 휠체어를 타건 목발을 짚건 당나귀 등에 오르건 상관없으니, 무조건 '당장' 돌아오세요.

당신의 편, 수전

줄리엣이 시드니와 피어스에게

From Juliet to Sidney and Piers

사랑하는 시드니 오빠와 피어스에게,

그동안 런던 도서관을 샅샅이 뒤져 건지섬에 대해 공부했어요. 심지어 열람실 입장권까지 끊었으니 이 일에 얼마나 혼신을 다하는지 알겠죠? 오빠도 알다시피 나는 열람실만 가면 경직되잖아요.

자료를 꽤 많이 찾아냈어요. 혹시 1920년대에 나온, 참혹하리만치 바보 같던 책 시리즈 기억나요?《스카이섬의 A-트램프》《린디스판섬의 A-트램프》《십홀름의……》, 아무튼 저자가 요트를 타고 가본 곳을 제목으로 넣은?

글쎄 그 사람이 1930년에 건지섬의 세인트피터포트로 항해한 걸 책으로 썼더라고요(사크, 험, 올더니, 저지 같은 채널제도의 다른 섬으로 나들이를 갔다 온 내용도 있어요. 저지섬에서 오리한테 공격받아 다치는 바람에 집으로 돌아가야 했대요).

트램프의 실명은 '씨씨 메러디스'였어요. 자기를 시인이라고 착각한 멍청이였고, 요트를 끌고 어디로든 가서 글을 쓰고는 그걸 자비로 인쇄해서 친구들에게 한 권씩 나눠줄 만큼 부자였지요. 씨씨는 재미없는 정보 같은 건 과감히 생략했어요. 대신 가장 가까운 황야, 해변, 꽃밭 등지를 누비며 자기가 떠올린 시상(詩想)에 도취되는 쪽을 선호했지요. 어쨌든 고맙게도 그의 《건지섬의 A-트램프》는 내가 원하던 딱 그런 책이었어요. 섬을 느낄 수 있는 책 말이에요.

씨씨는 어머니 도로시아를 요트에 남겨둔 채 세인트피터포트 해안으로 갔어요. 도로시아는 뱃멀미 때문에 조타실에서 토하고 있었고요. 건지섬에서 씨씨는 프리지아와 노란 수선화에 관한 시를 썼어요. 토마토에게 바치는 시도요. 건지섬의 암소와 혈통 좋은 수소를 찬양하고 싶어 안달이 난 나머지, 소들 목에 달린 방울을 기리는 짧은 노래까지 만들었어요('딸랑 딸랑, 그 소리 참 명랑하구나~'). 소 얘기 바로 다음엔 그곳 사람들에 대한 내용이 이어졌지요.

'시골 교구에 사는 단순한 사람들로, 아직 노르만 사투리를 사용하고 요정과 마녀를 믿는다.'

씨씨는 사물의 영혼을 꿰뚫어 황혼 녘의 요정도 보았대요.

시골집들과 관목 울타리, 상점 이야기를 거쳐 마침내 바다에 관한 내용이 나와요. 씨씨는 이렇게 외치죠.

'바다! 그것은 어디에나 있다! 바닷물은 은색 레이스로 장식한 감색 에메랄드 같다. 못을 담은 자루처럼 검고 단단하지 않을 때는.'

'트램프' 시리즈에 공저자가 있었던 게 얼마나 다행인지. 어머니 도러시아 말이에요. 그녀는 *꼬장꼬장하기 이를 데 없는* 사람으로, 건지섬의 모든 것을 혐오했어요. 그녀가 맡은 역할은 섬의 역사를 전하는 것이었는데 사족 같은 건 전혀 달지 않았어요.

　(…) 건지의 역사에 대해 말하자면, 흠, 말은 적을수록 좋은 법. 섬은 한때 노르망디공국에 속했으나 노르망디 대공이던 윌리엄이 '정복자 윌리엄'으로 등극하면서 채널제도를 뒷주머니에 챙겨 와 잉글랜드에게 넘겨주었다. 여러 가지 특권도 함께. 훗날 존왕이 이런 특권들을 강화했고 에드워드 3세가 또다시 확대했다. 도대체 왜? 그들이 이곳을 특별히 선호한 이유가 무엇이었을까? 없다, 하나도 없다! 그 후 유약한 헨리 6세가 프랑스 영토 대부분을 프랑스인들에게 돌려주었을 때, 채널제도는 잉글랜드 왕실 소유지로 남겨졌다. 굳이 돌려받을 이유도 없으니까.

　채널제도는 기꺼이 영국 왕실에 충성과 애정을 바치지만 친애하는 독자들이여, 이 점을 유의하라. **왕실은 채널제도가 원치 않는 일은 그 어떤 것도 강요할 수 없다!**

　(…) 건지의 통치조직은, 그런 게 있긴 한데 '집행 심의원'이라는 이름이 있지만 줄여서 그냥 '심의원'이라 부른다. 실질적인 수장은 심의원 의장이며 심의원에서 선출되어 '베일리프(bailiff)'로 불린다. 사실 모든 임원이 왕의 임명이 아닌 투표로 선출된다. 참 내, 군주가 무슨 소용이란 말인가? **사람들을 임명하지도 못하는데?**

(…) 이 불경스러운 짬뽕 영토에서 왕실의 유일한 대표자는 '부총독'이다. 그는 심의원 회합에 참석할 수 있고 본인이 원하는 대로 발표나 조언도 할 수 있지만 **투표는 할 수 없다.** 적어도 그는 총독 관저에서 사는 게 허용된다. 총독 관저는 건지섬에서 유일하게 대저택이라 할 만한 곳이다. 소스마레즈 저택을 고려하지 않는다면 말이다. 나는 고려하지 않았다.

(…) 왕실은 채널제도에 세금을 부과할 수 없으며 강제징집도 할 수 없다. 솔직히 털어놓자면, 섬 주민들은 강제징집이 아니어도 소중하고 소중한 잉글랜드를 위해 기꺼이 전쟁터로 나갈 것이다. 실제로 그들은 군에 자원해 아주 훌륭하고 영웅적인 육군과 해군이 되어 나폴레옹과 카이저에 맞서 싸웠다. 그러나 신중해야 한다. 이처럼 자기희생적인 행적으로 진실을 바꿀 수는 없는 법이다. 즉 채널제도는 잉글랜드에 소득세를 내지 않는다. 단 1실링도. 정말 침이라도 뱉고 싶지 않은가!

이상은 그녀가 구사한 가장 친절한 표현들이에요. 나머지는 굳이 옮겨 적지 않을 건데, 이 정도만 해도 그녀의 전반적인 성향을 파악할 수 있겠죠.

둘 중 한 명이라도(물론 두 명이면 더 좋고요) 나한테 편지 좀 써요. 환자와 간병인 둘 다 어떻게 지내는지 궁금해요. 시드니 오빠, 의사 선생님이 오빠 다리에 대해 뭐라고 해요? 이 정도 시간이면 다리가 아예 새로 자라나는 데도 충분했을 텐데요.

무한한 키스를 보내며, 줄리엣

도시가 줄리엣에게

From Dawsey to Juliet

4월 15일

친애하는 애슈턴 양,

애들레이드 애디슨이 왜 그러는지는 저도 모릅니다. 이솔라는 그녀가 사람 피 말리길 좋아하기 때문에 그 짓을 한다고 합니다. 목적의식을 일깨우는 방식이라나요. 그래도 애들레이드가 나에게 좋은 일 한 가지는 해준 셈이네요. 내가 찰스 램의 글을 얼마나 좋아하는지 나보다 더 잘 설명해주었으니까요.

찰스 램 전기가 왔습니다. 빠른 속도로 읽어치웠지요. 그러지 않곤 못 배기겠더군요. 하지만 처음부터 다시 읽을 겁니다. 이번에는 천천히 읽으면서 그 안의 모든 내용을 파악하려고요.

루커스가 찰스 램에 대해 설명한 부분이 마음에 들었습니다.

'그는 아무리 흔하고 친숙한 소재라도 신선하고 아름다운 것으로 만드는 재주가 있었다.'

찰스 램의 글을 읽다 보면, 지금 내가 있는 이곳 세인트피터포트보다 그가 살던 런던이 더 편안하게 느껴집니다.

그렇지만 도무지 상상할 수 없는 부분도 있습니다. 일터에서 돌아온 찰스 램이 칼에 찔려 죽은 어머니와 피 흘리는 아버지, 그 옆에서 피 묻은 칼을 들고 서 있는 누이 메리를 발견했다지요. 그런 상황에서 어떻게 방 안으로 들어가 누이의 손에서 칼을 뺏을 수 있었을까요? 경찰이 누이를 정신병원으로 보낸 후에는 판사를 설득하여 누이를 데려와 자기가 돌보겠다고 했다죠. 당시 그는 겨우 스물한 살이었습니다. 어떻게 그들의 마음을 돌릴 수 있었을까요?

그는 누이가 죽을 때까지 그녀를 보호하겠다고 약속했습니다. 그리고 그렇게 결심한 이상, 결코 발을 빼지 않았지요. 그가 그토록 좋아한 시 쓰기도 그만두었다고 합니다. 대신 생계를 위해 딱히 좋아하지도 않던 비평과 수필을 썼다네요. 그는 동인도회사의 서기로 일하면서 만일의 '그날'을 위해 돈을 모았습니다. 메리가 다시 발작을 일으키는 '그날'은 어김없이 찾아왔고, 찰스는 또다시 그녀를 사설 보호소에 맡겨야 했지요.

그 후에도 찰스는 누이를 진심으로 그리워했습니다. 그만큼

절친한 남매이자 친구였던 겁니다. 생각해봐요. 찰스는 누이에게 언제 또 나타날지 모를 끔찍한 발작의 징후를 매의 눈으로 예리하게 관찰해야 했고, 메리는 또다시 광기가 자신을 덮칠 것을 알면서도 그것을 막을 방도가 없었지요. 그야말로 최악이었을 겁니다. 찰스가 몰래 누이를 지켜보며 앉아 있고 누이도 자신을 훔쳐보는 그를 보며 앉아 있는 모습을 나는 상상해봅니다. 남매 둘 다 상대방에게 강요된 삶의 방식을 서로 얼마나 증오했겠습니까.

하지만 메리가 제정신일 때는 그처럼 멀쩡하고 훌륭한 친구도 없었을 것 같지 않습니까? 찰스는 분명 그렇게 생각했고 그의 친구들도 모두 같은 생각이었습니다. 워즈워스, 해즐릿, 리헌트, 그리고 누구보다도 콜리지(Coleridge 1772~1834. 영국의 시인 겸 평론가)가 그랬죠. 콜리지가 죽던 날 그가 읽던 책에 휘갈겨 쓴 메모가 발견되었습니다.

'찰스 램과 메리 램, 내 심장만큼 소중한 사람들. 그래, 말 그대로 내 심장만큼.'

찰스 램에 대해 너무 길게 쓴 것도 같습니다만 당신과 헤이스팅스 씨에게 꼭 알려드리고 싶었습니다. 보내주신 책들을 읽으며 얼마나 많은 생각을 했는지 그 안에서 얼마나 큰 즐거움을 찾았는지 말입니다.

당신이 들려준 어릴 적 이야기 참 재미있게 읽었습니다. 소방울과 건초 더미 이야기요. 마음속에 그 광경이 그려집니다. 농장에서 보낸 시절이 좋았습니까? 그때를 그리워하기도 하나요? 건지섬에서는 시골에서 멀리 떨어질 수가 없습니다. 심지어 세인트피터포트에서도 한 발짝만 나가면 바로 농촌이니 나로서는 런던 같은 대도시에서의 삶이 얼마나 다른지 상상할 수 없습니다.

킷은 이제 몽구스를 싫어합니다. 몽구스가 뱀을 잡아먹는다는 걸 안 후의 일이죠. 요즘은 바위 밑에서 보아뱀을 찾길 바라고 있습니다. 아까 저녁엔 이솔라가 우리 집에 들러 당신에게 안부를 전해달라고 했습니다. 로즈메리, 딜, 타임, 사리풀 수확을 끝내는 대로 자기도 편지를 쓰겠다더군요.

당신의 벗, 도시 애덤스

줄리엣이 도시에게

From Juliet to Dawsey

4월 18일

친애하는 애덤스 씨,

당신이 찰스 램에 대해 글로 얘기하려 했다니 기뻐요. 나는 언제나 메리의 슬픔이 찰스 램을 훌륭한 작가로 만들었다고 생각했어요. 그 때문에 그가 시를 포기하고 동인도회사의 서기가 되어야 했다 해도 말이에요. 그의 연민은 위대한 작가 친구들도 감히 넘볼 수 없는 천부적인 재능이었지요. 워즈워스가 그에게 자연에 관심을 두지 않는다며 힐난했을 때도 찰스 램은 이렇게 썼답니다.

'내게는 숲과 계곡을 향한 열정이 없어. 내가 태어난 방, 평생 내 눈앞에 놓인 가구, 충직한 개처럼 어디든 나를 따라다니는 책꽂이와 낡은 의자, 오래된 거리, 햇볕을 쬐던 광장, 예전에 다닌 학교……. 이래도 자네의 '산'이 없다고 해서 내게 열정을 불태울 대상이 부족해 보이는가? 나는 자네가 부럽지 않아. 오히려 가엾게 여기지. '마음'만 있다면 무엇과도 친구가 될 수 있다는 걸 정녕 몰랐단 말인가.'

마음만 있다면 무엇과도 친구가 될 수 있다…… 전쟁 중에 내가 자주 떠올린 구절이랍니다.

오늘 우연히 찰스 램에 관한 이야기를 하나 더 알았어요. 그는 과음을 할 때가 많았는데, 정말 엄청 퍼마셨다지만 우울한 주정뱅이 부류는 아니었대요. 하루는 그를 초대한 집의 집사가 술 취한 그를 집에 데려다주었는데 소방관처럼 그를 어깨에 걸머지고 가야 했답니다. 다음 날 찰스는 자신을 초대한 집주인에게 유머러스한 사과의 쪽지를 보냈고, 집주인은 유언장에 그 쪽지를 아들에게 물려준다는 내용을 남겼대요. 부디 찰스가 집사에게도 사과의 쪽지를 전했기를 바랍니다.

혹시 새로운 누군가에게 눈을 뜨거나 마음이 끌릴 때, 갑자기 어디를 가건 그 사람 이름이 튀어나오는 걸 알아챈 적이 있나요? 내 친구 소피는 그것을 우연이라 부르고 나와 친한 심플리스 목사님은 은총이라 하십니다. 목사님의 설명을 빌리면 새로운 사람이나 사물에 깊은 관심을 기울이면 일종의 에너지를 세상에 내뿜고, 그것이 '풍부한 결실'을 끌어당긴다고 해요.

당신의 영원한 벗, 줄리엣

이솔라가 줄리엣에게

From Isola to Juliet

4월 18일

소중한 줄리엣,

이제 서로 소식을 주고받는 친구가 되었으니 편하게 이야기할게. 근데 물어보고 싶은 게 좀 있어. 굉장히 사적인 질문이야. 도시는 예의에 어긋난다고 말렸지만, 나는 남자와 여자가 다르듯 예의에 어긋나는 것과 무례한 것도 다르다고 대꾸해줬어. 도시는 나와 알고 지낸 15년 동안 한 번도 사적인 질문을 던진 적이 없어. 그가 물어본다면 친절하게 대답해줄 텐데. 하지만 도시는 조용한 사람이라서 말이지. 그가 변하기는 기대하지 않고 나 자신도 변할 생각이 없어. 줄리엣은 우리에 대해 알고 싶어 하잖아?

그래서 말인데 줄리엣은 우리도 자기에 대해 알아주기를 바라는 게 아닐까? 처음부터 그럴 작정은 아니었겠지만 은연중에 그런 마음을 품었을 거야.

무엇보다도, 앤 브론테 전기 표지에 찍힌 줄리엣 사진을 봤는데…… 자기가 마흔 살 아래라는 건 알겠어. 그래서 몇 살이나 아래야? 햇빛에 눈이 부셨던 걸까, 눈은 왜 그렇게 가늘게 떴어? 혹시 원래 사팔눈? 바람이 심하게 부는 날 사진을 찍었나 봐. 곱슬머리가 사방팔방 날리는 걸 보니. 자기 머리칼 색이 정확히 뭔지 꼬집어 말은 못 하겠는데, 금발이 아닌 건 확실하네. 그래서 다행이야. 난 금발을 별로 좋아하지 않거든.

지금 강변에 살아? 그랬으면 좋겠어. 흐르는 물과 가까이 사는 사람들은 그렇지 않은 사람들보다 훨씬 착하니까. 아무리 나라도 내륙에서 산다면 살모사처럼 독해질걸. 진지하게 사귀는 사람은 있어? 나는 없어.

줄리엣의 아파트는 아담해, 아니면 넓어? 자세히 얘기해줘. 마음속으로 그려볼 수 있게 말이야.

혹시 건지섬에 와보고 싶진 않아?

애완동물 키워? 어떤 동물?

줄리엣의 친구, 이솔라

줄리엣이 이솔라에게

From Juliet to Isola

4월 20일

이솔라,

나를 더 알고 싶다니 기뻐. 나는 왜 진작 그 생각을 못 했을까?

먼저 현재 상황부터 보고할게. 나는 서른세 살이고 이솔라 말대로 사진 속의 눈은 햇빛이 눈부셔서 그랬어. 내 머리칼 색은 기분이 좋을 때는 금빛 도는 밤색이라고 우기고, 기분이 나쁠 때는 칙칙한 회갈색이라고 하지. 머리칼이 날린 건 바람 때문이 아니라 원래 그렇게 보여. 곱슬머리를 타고나는 건 저주야. 저주 말곤 달리 표현할 길이 없다고. 내 눈동자는 담갈색이야. 몸은 마른 편이지만 키는 만족할 만큼 크지 않아.

이제는 템스 강변에서 살지 않아. 예전 집이 그리운 가장 큰 이유가 템스강과 가까웠다는 건데, 강 풍경과 물 흐르는 소리는 언제나 무척 좋았지. 지금은 글리브 플레이스의 아파트에 세 들어 살아. 좁은 공간에 발 디딜 틈도 없이 가구가 들어찼는데, 집주인이 미국에서 돌아오는 11월까지 살기로 되어 있어. 개를 한 마리 키우고 싶지만 이 건물에서 애완동물은 금지라지 뭐야! 켄싱턴가든이 그리 멀지 않은 곳에 있어서 마음이 갑갑해지면 공원으로 산책을 나가. 1실링을 주고 접이의자를 빌려서 나무 아래 자리를 잡고 앉아 지나가는 사람들과 노는 아이들을 구경하다 보면 갑갑한 게 어느 정도 풀리더라고.

　오클리 스트리트 81번지는 1년 전에 무차별 V-1 폭격으로 파괴되었어. 우리 집 뒷골목 반대편이 더 많은 피해를 입었지만, 81번지 건물도 세 층이 무너져 내렸고 내가 살던 아파트는 이제 돌무더기가 되었지. 건물주인 그랜트 씨가 다시 지었으면 좋겠어. 그 집, 아니 그 집의 복사판이라도 되찾고 싶거든. 창밖으로 '체인 산책로'와 강이 보이던 옛 모습 그대로.

　운이 좋았지. V-1이 떨어질 때 나는 멀리 베리에 있었거든. 친한 오빠이자 지금은 출판사 사장인 시드니 스타크가 그날 저녁 기차역으로 마중을 나와서 집까지 데려다주었는데, 도착하고 보니 집 대신 어마어마한 돌무더기와 건물 잔해만 쌓여 있었어. 부서지고 뚫린 벽 사이로 갈기갈기 찢긴 채 살랑살랑 나부끼는 커튼, 다리 세 개만 남은 채 기울어진 바닥에 주저앉은 내 책상이 보였어. 책들은 진흙투성이에 축축한 종이 더미가 되었고, 어머니 초상화는 벽에 걸려 있었지만 반이나 그을려서 도저히 수습할 수가 없더라. 그나마 손상되지 않고 남은 것이라곤 큼지막한 크리스털 문진뿐이었어. 위에 '카르페 디엠'이라는 문구가 새겨져 있는데, 우리 아버지가 쓰시던 물건이었지. 부서진 벽돌과 조각난 목재 더미 위에 흠 하나 없이 멀쩡하게 놓여 있더라고. 나한텐 정말 소중한 물건이라서 시드니 오빠가 돌무더기 위로 기어올라 가져다줬어.

내가 열두 살 때 부모님이 돌아가셨어. 그전까진 나도 꽤 착한 아이였는데. 부모님을 잃은 후엔 서포크의 농장을 떠나 런던으로 와서 종조부님과 함께 살기 시작했어. 당시에는 잔뜩 화가 나고 비탄에 젖은 침울한 소녀였지. 두 번 가출하는 바람에 종조부님 속을 한없이 썩였어. 그때는 그게 굉장히 좋더라고. 이제 와서 어릴 적 내가 그분께 한 짓을 생각하면 정말 부끄러워. 종조부님은 내가 열일곱 살 때 돌아가셨어. 용서를 빌 기회도 없었지.

내가 열세 살 때 종조부님은 날 기숙학교로 보내기로 결정하셨어. 나는 언제나처럼 고집불통인 채로 학교에 가서 교장 선생님을 만났지. 교장 선생님은 날 구내식당으로 데려가서 다른 여학생 네 명이 앉아 있는 테이블로 안내하셨어. 나는 그 자리에 앉아 팔짱을 끼고 두 손을 겨드랑이에 단단히 낀 채, 털갈이하는 독수리처럼 두 눈을 부릅뜨고 미워할 대상을 찾아 두

리번댔어. 그러다 시드니 오빠의 여동생인 소피 스타크와 눈이 마주쳤지.

완벽했어. 황금물결처럼 넘실대는 금발, 커다랗고 푸른 눈동자, 더없이 다정하고 사랑스러운 미소. 소피는 나에게 말을 붙이려고 애를 썼지. 나는 대답하지 않았어. 그런데 그 애가 "네가 여기서 행복하길 빌어"라고 말하기에, 나는 행복을 찾을 때까지 여기서 지내진 않을 거라고 대꾸했어. "기차를 찾는 즉시 떠날 거니까!"라고 덧붙였지.

그날 밤 나는 기숙사 지붕 위로 올라갔어. 거기 앉아서 어둠에 휩싸인 채 생각을 좀 하고 싶었거든. 그런데 몇 분 지나지 않아 소피가 다가왔어. 나에게 줄 기차 시간표를 가지고서.

말할 것도 없이 나는 떠나지 않았어. 새로 사귄 친구 소피가 있었으니까. 그 아이 어머니는 방학 때 종종 나를 집으로 초대하셨는데 거기서 시드니 오빠를 만난 거야. 오빠는 나보다 열 살이 많고, 당연히 그때의 나한텐 신 같은 존재였지. 나중에는 우리를 휘어잡으려는 권위적인 오빠로 점점 변하더니 그보다 더 나중에는 가장 소중하고 친한 친구가 되었어.

소피와 나는 학교를 졸업한 후 런던으로 왔어. 학업은 그만 사양하고 '진짜 인생'을 살고 싶었거든. 우린 시드니 오빠가 물색해둔 방에서 함께 살았어. 한동안 서점에서 같이 일했고, 나는 밤마다 소설을 썼다가 구겨버렸지.

그러다가 〈데일리 미러〉지가 수필 공모전을 주최했어. '여자들이 가장 무서워하는 것'에 관한 500단어짜리 글을 모집했지. 물론 〈데일리 미러〉의 속셈을 잘 알고 있었지만 사실 난 남자보다 닭이 훨씬 무섭단 말이야. 그래서 그걸 글로 썼어. 섹스에 관한 그저 그런 글 또 한 편을 읽지 않아도 된다는 사실에 전율한 심사위원들은 나에게 대상을 줬어. 원고료 5파운드에 드디어 내 글이 지면에 실렸지. 그런데 〈데일리 미러〉로 팬레터가 쏟아진 거야. 잡지사는 나에게 다시 원고를 청탁했어. 그 다음에도 또. 얼마 후에는 다른 신문과 잡지에도 특집 원고를 싣기 시작했어. 그러다 전쟁이 터졌고 〈스펙테이터〉에서 '이지 비커스태프, 전장에 가다'라는 주 2회 칼럼을 의뢰했어. 한편 소피는 알렉산더 스트라칸이라는 비행사와 사랑에 빠졌어. 그와 결혼해서 그의 가족 농장이 있는 스코틀랜드로 갔지. 나는 소피 부부의 아들 도미닉의 대모야. 그 애에게 찬송가를 가르쳐주는 대모는 못 되지만, 지난번에 만났을 때는 지하실 문의 돌쩌귀를 함께 뽑아내는 데 성공했어. '매복 중인 고대 부족 전사' 놀이였지.

사귀는 사람은 있는데, 아직 완전히 편하고 익숙하고 그런 사이는 아니야. 그이는 굉장히 매력적이고 나한테 맛있는 음식 공세를 퍼붓지만 때로는 지금 내 앞에 앉은 이 남자보다 책 속의 연인이 더 좋다는 생각이 들어. 만약 그게 사실로 밝혀진다면 내가 얼마나 끔찍하고 퇴행적이며 비겁하고 정신적으로 뒤틀린 인간이란 말인지.

시드니 오빠가 내 '이지 비커스태프' 칼럼을 책으로 냈고 나는 저자 순회강연을 다녔어. 딱 그 무렵이었지. 건지섬의 낯선 사람들, 지금은 친구가 된 이들과 편지를 주고받기 시작한 게. 나도 정말 건지섬으로 가서 모두 만나보고 싶어.

변함없는 친구, 줄리엣

엘리가 줄리엣에게

From Eli to Juliet

4월 21일

친애하는 애슈턴 선생님,

보내주신 나무 블록 고맙게 받았어요. 정말 아름다워요. 소포 상자를 열어본 순간 두 눈을 의심했다니까요. 온갖 크기에 아주 밝은 색부터 짙은 색까지 색상도 다양하던데요.

이렇게 종류와 모양이 모두 다른 목재를 어떻게 손에 넣으셨어요? 그걸 다 구하려면 분명 많은 곳을 돌아다니셔야 했을 거예요. 고마운 마음을 어떻게 표현해야 할지 모르겠어요. 그렇지 않아도 그런 목재를 찾아다니던 중이었거든요. 정말 시기도 딱 맞게 상자가 도착했답니다. 원래 킷이 좋아하는 동물은 뱀이었어요. 책에서 봤다더라고요. 뱀은 길고 가늘어서 나무로 깎아 만들기가 쉽죠. 그런데 이제는 족제비가 좋다네요. 족제비를 만들어주면 다시는 제 조각칼을 건드리지 않겠다고 해요. 족제비도 뾰족하게 생겼으니까 만드는 게 그리 어려울 것 같진 않아요. 선생님이 보내주신 선물 덕분에 미리 연습해볼 나무도 있고요.

혹시 갖고 싶은 동물 있으세요? 선물로 하나 만들어 드리고 싶은데 선생님 맘에 들 만한 것으로 하는 게 좋을 것 같아요. 쥐는 어때요? 제가 쥐를 잘 만들거든요.

진심을 담아, 엘리

에번이 줄리엣에게

From Eban to Juliet

4월 22일

친애하는 애슈턴 양,

엘리에게 보내신 소포는 금요일에 도착했습니다. 참으로 친절하시군요. 녀석은 앉아서 나뭇조각을 찬찬히 연구합니다. 마치 그 안에 숨은 무언가를 찾는 것처럼요. 그런 다음에는 조각칼을 들고 나무를 깎아 그 '무언가'를 끄집어낸답니다.

건지섬의 아이들이 모두 잉글랜드로 피난을 갔는지 물으셨지요. 아닙니다, 섬에 남은 아이들도 있었어요. 엘리가 보고 싶을 때면 저는 주위 아이들을 보며 우리 손자가 떠난 걸 다행이라고 여겼습니다. 아이들에겐 혹독한 시절이었습니다. 한창 자랄 나이에 먹을 게 별로 없었으니까요. 언젠가 빌 르펠의 아이를 안아 올린 적이 있는데 열두 살짜리 아이가 일곱 살처럼 가볍더군요.

아이를 보낼지 결정하는 것도 끔찍했습니다. 아이를 멀리 보내 낯선 사람들 틈에서 살게 할 것인가, 여기서 데리고 살 것인가? 독일군이 오지 않을 수도 있지만 만약 온다면 우리에게 어떤 짓을 할지 모르니까요. 그렇지만 아이를 보낸 후에 독일군이 잉글랜드마저 침공하면 어떡합니까? 가족도 곁에 없는데 아이들 혼자 어떻게 전쟁을 이겨내겠습니까?

독일군이 왔을 때 우리가 어떤 상황이었는지 아십니까? 그야말로 충격의 도가니였습니다. 솔직히 말해 그들이 건지섬을 원한다고는 생각지 않았습니다. 그들이 원하는 건 잉글랜드 본토고 우리 섬은 그들에게 아무 소용도 없었죠. 우리는 전쟁의 구경꾼일 뿐 당사자가 될 리는 없다고 생각했습니다.

그런데 1940년 봄, 히틀러가 마치 뜨거운 칼로 버터를 가르듯 단숨에 유럽 대륙을 깊숙이 치고 들어왔습니다. 유럽 전역이 그에게 무릎을 꿇었지요. 프랑스에서 일어난 폭발로 건지섬의 유리창이 모두 흔들리고 덜컹거렸습니다. 프랑스 해안이 독일군에게 넘어간 이상, 잉글랜드가 병사와 군함을 소모하며 우리 섬을 보호하진 못할 거라는 사실이 명확해졌습니다. 본토에 본격적인 침공이 시작될 때를 대비해야 할 테니까요. 그래서 섬에는 영국군도 없이 주민들만 덩그러니 남았습니다.

6월 중순이 되자 독일군이 온다는 게 확실해졌습니다. 건지섬 정부(심의원)는 런던으로 전화를 걸어 아이들을 본토로 실어 갈 배를 보내달라고 요청했습니다. 독일 공군에게 격추당할 위험이 있기 때문에 비행기를 이용할 수는 없었습니다. 런던은 요청에 응했지만 아이들을 한꺼번에 준비시켜야 한다는 조건을 달았습니다. 아직 시간이 있을 때 서둘러 배가 왔다가 돌아가야 했지요. 우리에겐 가혹하리만치 부족한 시간이었고, 섬 전체가 절박하고 다급한 분위기에 휩싸였습니다.

당시 제인은 고양이와 힘겨루기를 해도 이길까 말까 할 만큼 쇠약해진 상태였지만 결심한 상태였습니다. 엘리를 보내기로 한 겁니다. 다른 엄마들은 아이를 보내야 하나 말아야 하나 갈팡질팡하며 틈만 나면 그 얘기로 야단법석이었어요. 하지만 제인은 엘리자베스에게 그들을 멀리하라고 했습니다.

"엄마들이 안달복달하는 건 듣기 싫어. 아기한테 좋지 않아."

제인은 아이들도 주위에서 벌어지는 모든 일을 안다고 생각했어요. 배 속의 태아도 마찬가지라고요.

미칠 듯이 고민할 시간도 별로 없었습니다. 단 하루만 허락되었고 미래의 5년이 그 결정에 달려 있었습니다. 학령기 아이들과 엄마 품에 있는 아기들이 가장 먼저 6월 19일과 20일에 떠났습니다. 부모에게 여윳돈이 없을 때는 정부가 아이들에게 용돈을 조금씩 제공했습니다. 아이들은 그 돈으로 과자를 살 수 있다는 생각에 마냥 좋아했지요. 주일학교 소풍인 줄 알고 저녁이면 돌아온다고 믿는 아이들도 있었습니다. 차라리 그렇게 아무것도 모르는 편이 나았을 겁니다. 엘리처럼 조금 더 큰 아이들은 내막을 알고 있었습니다.

아이들이 떠나던 날 본 것들 중에서도 결코 잊을 수 없는 광경이 하나 있습니다. 여자아이 둘이 분홍색 파티 드레스를 차려입었더군요. 빳빳한 페티코트에 반짝이는 구두도 신었습니다. 그들의 엄마는 아이들이 파티에 간다고 생각한 모양입니다. 그 애들은 바다를 건너며 얼마나 추웠을까요.

부모는 아이들을 학교 운동장까지 데려다주게 되어 있었습니다. 그곳에서 작별 인사를 해야 했지요. 버스가 와서 아이들을 싣고 부두로 갔습니다. 됭케르크에 있던 배가 해협을 건너와 있었습니다. 아이들을 인솔할 호위대를 구할 시간이 없었습니다. 구명보트나 구명조끼조차 충분히 배에 실을 시간도 없었습니다.

그날 아침 나는 엘리를 데리고 먼저 병원에 들러 제 어미와 작별 인사를 나누게 했습니다. 하지만 녀석은 인사를 하지 못했습니다. 어금니를 꽉 문 채 간신히 고개만 끄덕이더군요. 제인은 아이를 안아주었고 잠시 후 엘리자베스와 내가 아이를 학교 운동장으로 데려갔습니다. 나는 엘리를 세게 안았는데, 그것을 마지막으로 5년간 그 아이를 보지 못했어요. 엘리자베스는 아이들이 배에 탈 준비를 하게 돕겠다며 운동장에 남았습니다.

나 혼자 제인이 있는 병원으로 돌아오다가 문득 엘리가 전에 한 말이 떠올랐습니다. 녀석이 다섯 살 무렵이었는데 어선이 들어오는 걸 구경하려고 같이 라쿠르비에르로 걸어가던 중이었어요. 길 한복판에 캔버스 천으로 된 낡은 해수욕 신발 한 짝이 놓여 있었습니다. 엘리 녀석은 신발을 유심히 보며 그 옆으로 걸어가더니 이렇게 말하더군요.

"저 신발은 혼자예요, 할아버지."

나는 그렇다고 대답했어요. 녀석은 신발을 한동안 더 바라보고는 그냥 지나쳐 갔습니다. 그런데 잠시 후 녀석이 "할아버지, 나는 결코 저렇게 안 돼요"라고 말했습니다. 나는 물었지요.

"저렇게라니?"

그러자 아이는 이렇게 대답했습니다.

"마음이 외로운 사람."

바로 이겁니다! 제인에게 행복하게 전해줄 말이 생긴 셈이었지요. 나는 그 마음이 엘리에게서 떠나지 않기를 기도했습니다.

학교 안에서 있었던 일에 대해 이솔라가 직접 편지를 쓰겠답니다. 당신이 작가로서 흥미를 느낄 장면을 목격했다는군요. 엘리자베스가 애들레이드 애디슨의 뺨을 때려 자리를 뜨게 했다는 겁니다. 당신은 애디슨 양이 누군지 모르실 테지만, 사실 모르는 게 약입니다. 일상생활을 하기에는 너무 고고한 여자지요.

당신이 건지섬으로 올지도 모른다고 이솔라한테 들었습니다. 나와 엘리는 당신의 방문을 기쁘게 환영할 겁니다.

당신의 벗, 에번 램지

줄리엣이 이솔라에게 보낸 전보

Telegram from Juliet to Isola

＊

정말 엘리자베스가 애들레이드 애디슨을 때렸어?

내가 거기 있었어야 하는데! 자세히 얘기해줘. 사랑을 담아, 줄리엣

이솔라가 줄리엣에게

From Isola to Juliet

4월 24일

사랑하는 줄리엣,

그래, 그랬어. 바로 앞에서 뺨을 철썩 때렸다고. 참 아름다운 광경이었지.

우리는 세인트클레어 학교에 모여 아이들을 돌보고 있었어. 부두로 갈 버스를 기다리는 중이었지. 정부는 부모들이 학교 안으로 들어오지 못하게 했어. 그러면 너무 붐비고 또 너무 슬플 테니까. 학교 밖에서 작별 인사를 하는 게 낫다고 생각한 거야. 한 아이가 울면 나머지도 다 따라 울잖아.

그러니까 아이들 신발 끈을 묶어주고 콧물을 닦아주고 목에 이름표를 걸어주는 건 가족이 아닌 다른 사람들 몫이었어. 우리는 버스가 도착할 때까지 아이들 옷에 단추를 채워주고 같이 놀아주었어.

내가 맡은 아이들은 자기들 혀를 코끝에 대는 데 열중해 있었고, 엘리자베스가 맡은 아이들은 진지한 표정으로 거짓말하는 놀이(이름은 잊어버렸어)를 했어. 그때 애들레이드 애디슨이 비통한 얼굴로 들어온 거야. 전적으로 신심에서 우러난 표정이었겠지만, 개념은 없는 행동이었지.

194

애들레이드는 아이들을 자기 주위로 불러 모으고는 그 조그만 얼굴들 앞에서 '바다에서 곤경에 처한 사람들에게'라는 찬송가를 부르기 시작했어. 하지만 웬걸, '폭풍우에서 안전하게' 정도로는 만족할 수 없었나 봐. 신께서 폭격의 위험도 막아주셔야 한다는 거지.

게다가 그 불쌍한 아이들한테 매일 밤 부모님을 위해 기도해야 한다며 설교를 늘어놓더라고. 독일군이 부모님에게 무슨 짓을 할지 모른다고 말이야. 그러더니 아주 착한 아이가 되어야 엄마 아빠가 죽어서도 천국에서 내려다보며 '자랑스러워'할 거라는 거야.

그러니까 줄리엣, 그 여자가 아이들을 울렸어. 다들 숨넘어갈 듯 울고불고 난리였다고. 나는 하도 놀라서 꼼짝도 할 수 없었지만 엘리자베스는 그렇지 않았어. 오히려 쏜살같이 뛰어가서 애들레이드의 팔을 붙들고는 입 닥치라고 말했지.

애들레이드가 소리쳤어.

"이거 봐! 지금 하느님 말씀을 전하는 중이잖아!"

그러자 엘리자베스는 악마조차 돌처럼 굳어질 듯한 표정을 짓더니 애들레이드의 면전에서 뺨을 후려쳤어. 어찌나 세게 갈겼는지 고개가 홱 돌아갈 정도였다고. 그런 다음 애들레이드를 질질 끌고 가서 문밖으로 밀쳐내고는 문을 잠가버렸어.

애들레이드는 계속 문을 쾅쾅 두드렸지만 신경 쓰는 사람은 아무도 없었어. 참, '아무도'는 아니군. 멍청한 대프니 포스트가 문을 열려고 했지만 내가 그녀의 목덜미를 붙잡아 못 하게 막았지.

아이들은 격렬한 싸움 구경에 넋이 나가 두려움은 싹 잊었어. 이제 우는 아이는 없었고 곧 버스가 와서 아이들을 태웠지. 엘리자베스와 나는 곧장 집으로 가지 않고 버스가 시야에서 사라질 때까지 길가에 서서 손을 흔들었어. 평생 다시는 그런 날을 맞이하고 싶지 않아. 설령 애들레이드가 보기 좋게 얻어맞았다 해도. 그렇게 작은 꼬맹이들이 세상 속에 홀로 던져지다니, 나한테 아이가 없는 게 고마울 지경이었다니까.

줄리엣이 살아온 이야기를 들려줘서 고마워. 부모님과 강가의 집에 그렇게 슬픈 사연이 얽혀 있었다니 내가 다 안타깝네. 그래도 소피나 시드니, 그들의 어머니 같은 소중한 친구가 있어서 다행이야. 특히 시드니라는 사람은 아주 괜찮은 남자일 것 같아. 하지만 좀 권위적이라고 했지? 그거야 뭐, 모든 남자의 공통 단점이잖아.

클로비스 포시가 줄리엣에게 부탁이 있대. 줄리엣이 쓴 수필 있잖아, 왜 닭에 관해 써서 공모전에서 우승했다는. 그 글을 우리 문학회에 보내주면 좋겠대. 모임에서 발표하면 좋을 것 같다던데? 그런 다음에는 문학회 기록 문서로 남길 수 있겠지. 언젠가 기록 보관소를 마련한다면 말이야.

실은 나도 읽어보고 싶어. 닭한테 쫓기다가 닭장 지붕에서 떨어진 적이 있거든. 얼마나 무섭게 달려들던지! 면도날처럼 날카로운 부리랑 희번덕거리는 눈알이라니!

어떻게 닭이 사람한테 대들 수 있냐고들 하지만, 뭘 모르는 소리지. 정말 미친개처럼 달려드는걸. 전쟁 전에 나는 닭을 키우지 않았지만 독일군 명령으로 어쩔 수 없이 키웠어. 그런데 아직까지 닭하고 사이좋게 지낼 수가 없어. 차라리 아리엘이 내 엉덩이를 들이박는 편이 낫지. 적어도 정직하게 대놓고 공격하잖아. 음흉한 닭들처럼 몰래 다가와 콕 쪼고 달아나진 않지.

줄리엣이 우리를 만나러 오면 좋겠어. 에번과 아멜리아, 도시, 그리고 엘리도 좋아할 거야. 킷이 어떻게 생각할지는 잘 모르겠지만 그건 신경 쓰지 않아도 돼. 분명 잘 따를 테니.

줄리엣의 칼럼이 실린 잡지도 곧 나올 테니까 여기 와서 푹 쉬라고. 어쩌면 책으로 쓸 이야기를 이곳에서 찾을지도 모르잖아.

줄리엣의 친구, 이솔라

도시가 줄리엣에게

From Dawsey to Juliet

4월 26일

친애하는 줄리엣,

임시로 다니던 채석장 일은 끝났고, 킷은 한동안 우리 집에서 지내고 있습니다. 제가 편지를 쓰는 지금도 책상 밑에 앉아서 뭐라고 중얼대는군요. 뭐라고 하는 거니, 하고 물었더니 한참을 조용히 있네요. 그러더니 또다시 중얼거리기 시작하는데 중간 중간 제 이름을 부르는 소리가 들려요. 이건 군사령관들이 말하는 신경전입니다. 전 누가 이길지 알지요.

킷이 엘리자베스를 많이 닮은 건 아니지만 회색 눈동자와 집중할 때의 표정만은 쏙 빼닮았어요. 무엇보다도 엘리자베스의 심성을 그대로 이어받았지요. 감정이 아주 격렬해요. 거의 젖먹이 시절부터 그랬습니다. 킷이 악을 쓰면 창유리가 흔들리고, 그 조그만 손으로 제 손가락을 움켜잡으면 피가 통하지 않을 정도였지요. 저는 아기에 대해 아무것도 몰랐지만 엘리자베스가 가르쳐주었습니다. 저더러 천생 아빠가 될 운명이라며, 자신은 제가 아이들의 성장에 대해 더 많이 알게 할 책임이 있다고 했습니다. 엘리자베스는 크리스티안을 많이 그리워했습니다. 그건 자신 때문만이 아니라 킷을 위해서기도 했습니다.

킷은 자기 아버지가 죽은 걸 압니다. 아멜리아와 제가 얘기해주었어요. 하지만 엘리자베스에 대해서는 어떻게 얘기해줘야 할지 난감하더군요. 결국은 그녀가 멀리 보내졌으며 우리는 그녀가 빨리 돌아오길 바란다고 말해주었습니다. 킷은 나와 아멜리아를 번갈아 보았지만 아무것도 묻지 않았습니다. 그냥 밖으로 나가 헛간에 앉아 있을 뿐이었어요. 우리가 잘한 건지 모르겠습니다.

어떤 날은 엘리자베스가 돌아오길 기다리다가 지쳐버리기도 합니다. 마지막 런던 공습 때 앰브로스 아이버스 경이 죽었는데, 그의 사유지를 엘리자베스가 물려받게 되어서 앰브로스 경의 변호인단이 그녀를 찾는다는 소식을 들었습니다. 우리보다는 그들이 엘리자베스를 찾을 더 좋은 방법을 알겠죠. 그러니까 딜윈 씨가 곧 그녀에게서 연락을 (또는 그녀에 관한 소식이라도) 받아 올 수 있을 거라는 희망이 생겼습니다. 엘리자베스를 찾는다면 킷은 물론이고 우리에게도 대단한 희소식이겠지요?

이번 주 토요일에 문학회에서 현장학습을 갑니다. 건지 아마추어 연극단의 공연 '율리우스 카이사르'를 보러 가는데 존 부커가 마르쿠스 안토니우스 역을, 클로비스 포시가 카이사르 역을 맡았답니다. 이솔라가 클로비스의 대사 연습을 도왔는데 그녀 말로는 그의 연기에 모두 깜짝 놀랄 거라고 합니다. 특히 카이사르가 죽어가며 내뱉는 독설이 일품이래요.

"두고 보자, 이 원한은 꼭 갚으리라!"

이솔라는 이 부분을 연기하는 클로비스를 떠올리는 것만으로도 사흘 동안이나 밤잠을 이루지 못했다고 합니다. 이솔라는 과장해서 말하는 경향이 있지만, 그저 재미있으라고 그러는 겁니다.

킷이 중얼거림을 멈추었습니다. 책상 밑을 흘끗 엿보니 어느새 잠이 들었네요. 생각보다 밤이 깊었군요.

당신의 벗, 도시

마크가 줄리엣에게

From Mark to Juliet

4월 30일

내 사랑, 방금 돌아왔소. 헨드리가 전화만 했더라도 이번 출장은 가지 않아도 되는 거였는데. 하지만 내가 몇 명 혼쭐내서 화물이 전부 세관을 통과했지. 마치 몇 년은 멀리 떨어져 있었던 것 같은 기분이야. 오늘 밤 만날 수 있을까? 할 얘기가 있소.

사랑을 담아, M.

줄리엣이 마크에게

From Juliet to Mark

물론이에요. 당신이 이리로 올래요? 집에 소시지가 있는데.

줄리엣

마크가 줄리엣에게

From Mark to Juliet

소시지라, 거참 맛있겠군! 수제트에서 8시 어때?

사랑을 담아, M.

줄리엣이 마크에게

From Juliet to Mark

'플리즈(제발)'라고 해요.

J.

마크가 줄리엣에게

From Mark to Juliet

수제트에서 8시에 당신을 봐서 '플리즈드(기뻐)'라고.

사랑을 담아, M.

줄리엣이 마크에게

From Juliet to Mark

5월 1일

사랑하는 마크,

난 거절한 게 아니에요. 당신도 알잖아요. 나는 분명히 생각을 좀 해보고 싶다고 말했어요. 당신 자신도 알아채지 못했겠지만 당신은 시드니 오빠와 건지섬을 들먹이며 호통 치느라 정신이 없었죠. 난 시간이 필요하다고 말했을 뿐이에요. 당신을 안 지 겨우 두 달이에요. 우리가 여생을 함께해야 한다고 확신하기에는 부족한 시간이라고요. 당신에겐 충분했을지 몰라도. 예전에 지독한 실수로 잘 알지도 못하는 남자와 결혼할 뻔했는데(당신도 신문에서 읽었겠죠) 적어도 그때는 전쟁 탓이려니 할 수 있었어요. 그런 바보짓은 다시는 되풀이하지 않을 거예요.

생각해봐요. 난 당신 집에 가본 적도 없어요. 사실 당신 집이 어디인지도 모른다고요. 뉴욕이라는 건 알겠는데 뉴욕 어디에 있죠? 어떻게 생긴 집이에요? 벽은 무슨 색으로 칠했나요? 소파는요? 책은 알파벳순으로 정리하나요? (그렇지 않길 바라요.) 서랍 안은 깔끔한가요, 아님 엉망인가요? 한 번이라도 콧노래를 부른 적이 있나요? 있다면, 뭘 불렀나요? 당신은 고양이와 개중 어느 쪽을 더 좋아해요? 물고기를 좋아하나? 도대체 아침 식사로 뭘 먹나요? 혹시 요리사가 있나요?

이제 알았죠? 나는 당신과 결혼할 만큼 당신을 잘 알지 못해요.

대신 당신이 좋아할 만한 소식이 있어요. 시드니 오빠는 당신의 연적이 아니랍니다. 지금은 물론이고 앞으로도 영원히 시드니 오빠를 남자로 사랑할 일은 없고, 그건 오빠도 마찬가지예요. 물론 우리가 결혼할 리도 없죠. 이 정도면 확실한가요?

정말 당신은 전적으로 확신해요? 좀 더 온순한 여자보다 나와 결혼하는 게 낫다고?

줄리엣

줄리엣이 소피에게

From Juliet to Sophie

5월 1일

너무너무 사랑하는 소피,

네가 여기 있다면 얼마나 좋을까. 아직도 우리가 아기자기한 원룸에 같이 살면서 낮이면 호크 서점에서 일하고 밤마다 크래커와 치즈로 저녁을 때운다면 얼마나 좋을까. 너한테 할 말이 정말 많아. 네 의견을 듣고 싶어. 정녕 나는 마크 레이놀즈와 결혼해야 하는 걸까?

어젯밤 그이가 청혼했어. 로맨틱한 프랑스 식당에서. 무릎은 꿇지 않았지만 비둘기 알만큼 커다란 다이아몬드를 내밀었지. 오늘 아침에도 그이가 여전히 나랑 결혼하고 싶어 할지는 의문이네. 내가 확실히 '예스'라고 답하지 않아서 엄청 화가 났거든. 나는 서로 알 만한 시간이 충분치 않았으니 시간을 좀 더 달라고 얘기했지만 그이는 내 말을 들으려고도 하지 않았어. 마크는 나에게 숨겨둔 애인이 있어서 청혼을 거절했다고 믿어. 게다가 그 숨겨둔 애인이 시드니 오빠인 줄 알아! 마크와 시드니, 어쩜 그렇게 서로를 못 잡아먹어 안달일까?

우리가 그이 아파트에 있었기에 망정이지. 마크는 고함을 질러대기 시작했어. 시드니며 '그까짓' 섬이며 자기들 곁에 있는 남자들보다 이방인을 더 챙기는 이상한 여자들(건지섬의 내 친구들을 말하는 거야)을 들먹이더라고.

나는 계속 설명하려고 애쓰고 그이는 계속 고함만 질러대고, 그러다 보니 너무 속상해서 눈물이 나는 거 있지. 그랬더니 그이가 금세 후회하며 사과하는 거야. 너무 그이답지 않은 모습이었고 또 그게 사랑스러워서, 하마터면 마음을 바꿔 청혼을 받아들일 뻔했어. 그렇지만 평생 그이의 친절한 모습을 보기 위해 울어야만 한다고 생각하니 마음이 다잡아지더라. 그래서 격렬한 언쟁이 이어졌어. 그이는 나를 훈계하려 들고 나는 진이 빠져서 훌쩍거리고, 결국 그이가 자기 운전사를 불러 나를 집에 데려다주라고 했어. 나를 뒷좌석에 앉힌 다음 마크는 몸을 숙여 키스하면서 "당신은 바보천치야, 줄리엣"이라고 말했어. 어쩌면 그이 말이 맞는지도 몰라.

소피, 열세 살 때 여름방학 내내 읽어댄, 끔찍하기 짝이 없는 하이틴 소설들 기억나니? 나는 《블랙히스의 주인님》을 특히 좋아했지. 스무 번은 읽었을 거야(너도 그랬지? 아닌 척하지 마). 주인공 랜섬 알지? 천진난만한 율러리에게 부담을 주지 않으려 자신의 사랑을 숨기던 남자. 율러리가 열두 살 때 말에서 떨어지던 그 순간부터 쭉 그에게 푹 빠져 있다는 건 알지도 못하고 말이야.

그게 문제야, 소피. 마크 레이놀즈는 완전히 랜섬 판박이야. 훤칠한 키에 잘생긴 얼굴, 살짝 뒤틀린 미소와 조각 같은 턱. 군중 사이를 어깨로 밀치고 지나가면서 자신을 좇는 사람들 시선 따위는 아랑곳 않지. 조급하며 매력적인 사람이야. 화장을 고치러 파우더룸으로 가면 다른 여자들이 그이 얘기를 하는 걸 들어. 마치 미술관에서 율러리가 그랬듯이 말이야. 사람들 눈에 잘 띄는 남자야. 본인은 의도하지 않는데 어쩔 수 없이 시선을 끌고 마는걸.

한때는 랜섬을 상상하며 혼자 전율했지. 지금도 가끔은 마크를 볼 때면 그런 느낌을 받아. 하지만 나는 율러리가 아니라는 생각을 도무지 떨쳐낼 수가 없어. 평생 한 번이라도 말에서 떨어지는 사고를 당한다면 물론 마크가 나를 안아 올려주길 바라지만, 아무래도 조만간 말에서 떨어질 일은 없을 것 같아. 건지 섬으로 가서 독일군 점령기에 관한 책을 쓸 가능성이 훨씬 높지. 마크는 이런 내 생각을 용납 못 할 거야. 그이는 내가 런던에 살면서 자기와 함께 식당이나 극장에 가고 결혼을 하길 원해. 분별 있는 사람이라면 응당 그래야 한다는 거야.

내가 어떻게 하면 좋을지 편지로 알려줘.

도미닉과 너희 부부 모두에게 사랑을 보내며, 줄리엣

줄리엣이 시드니에게

From Juliet to Sidney

5월 3일

그리운 시드니 오빠,

오빠가 없다고 내가 스티븐스&스타크만큼 곤란한 지경에 처하는 건 아니지만, 정말 오빠가 보고 싶고 오빠의 조언도 필요해요. 제발 하던 일 다 그만두고 당장 나한테 편지 좀 써요.

나, 런던을 떠나고 싶어요. 건지섬으로 가고 싶어요. 오빠도 내가 건지섬 친구들을 굉장히 좋아하게 됐다는 걸 알죠?

나는 독일군 점령기와 그 이후의 그들의 삶에 매료되었어요. '채널제도 망명자 협회'에 가서 자료를 읽었어요. 적십자 기록도 봤고요.

토트 강제노동자들에 관한 건 닥치는 대로 찾아서 읽었는데 아직까진 자료가 별로 많지 않더라고요. 건지섬 해방에 일조한 군인 몇몇과 인터뷰도 했고, 건지 해안에서 지뢰 수천 개를 제거한 영국군 공병대원들도 만났어요. 건지섬 주민들의 건강 상태, 행복 지수, 식량 조달에 관한 '미분류' 정부 보고서도 모두 읽었어요. 그래도 더 알고 싶어요. 당시 그곳에 있던 사람들 이야기를 알고 싶은데 런던 도서관에 앉아서는 결코 알 수가 없다고요.

예를 들어 어제는 건지섬의 해방에 관한 기사를 읽었어요. 기자가 어느 섬 주민에게 물었어요.

"독일군 점령하에서 가장 힘든 경험이 무엇이었습니까?"

기자는 그 대답을 우습게 여겼지만, 나는 무슨 말인지 너무나 잘 알겠더라고요. 섬 주민은 이렇게 대답했어요.

"그들이 무선통신망을 몽땅 제거했다는 건 아쇼? 라디오를 숨겼다가 걸리면 유럽 대륙에 죄수로 이송됐다고요. 뭐, 그런데도 몰래 라디오를 갖고 있던 사람들이 있어서 연합군이 노르망디에 상륙했다는 뉴스를 들었죠. 문제는, 그 사실을 안다는 걸 숨겨야 했다는 거요! 나한테 제일 힘들었던 경험? 6월 7일(노르망디 상륙작전은 6월 6일에 성공했다)에 세인트피터포트를 돌아다닐 때였소. 히죽거리지도 못하고 미소도 못 짓고, 하여튼 독일군의 종말이 다가왔다는 걸 '내가 안다'고 독일군에게 전혀 티 내지 못한 것 말이요. 그들이 눈치 챘다면 누군가는 처벌을 면치 못했겠죠. 그러니까 아무것도 모르는 척해야 했어요. 노르망디 상륙작전이 실행되었다는 걸 모르는 척하는 거, 그게 진짜 힘들었소."

바로 이런 사람들과 이야기를 해보고 싶고(물론 이제 이 사람은 기자들을 피하겠지만) 그들이 겪은 전쟁에 대해 듣고 싶어요. 식량에 관한 통계자료 따위가 아니라 바로 이런 걸 읽고 싶다고요. 책이 어떤 형태로 빚어질지, 아니 과연 내가 책 한 권을 써낼 수 있을지조차 잘 모르겠어요.

그렇지만 세인트피터포트로 가서 어느 쪽으로든 확신을 얻고 싶어요.

찬성해줄 거죠?

오빠와 피어스에게 사랑을 보내며, 줄리엣

시드니가 줄리엣에게 보낸 전보

Cable from Sidney to Juliet

5월 10일

*

나는 찬성이야! 축복도 함께 보내마.

건지섬 여행은 너와 책 모두를 위해 훌륭한 결정이다.

그러나 레이놀즈가 허락할까?

애정을 담아, 시드니

줄리엣이 시드니에게 보낸 전보

Cable from Juliet to Sidney

5월 11일

*

축복은 잘 받았음.

마크 레이놀즈는 나에게 이래라 저래라 할 처지가 아니랍니다.

사랑을 보내며, 줄리엣

아멜리아가 줄리엣에게

From Amelia to Juliet

5월 13일

소중한 친구에게,

어제 전보를 받고 몹시 기뻤습니다. 드디어 당신이 우리 섬으로 오는군요!

당신이 말한 대로 즉시 이 소식을 퍼뜨렸어요. 문학회 전체가 흥분으로 들썩였답니다. 회원들은 당신에게 필요할 만한 건 뭐든 제공하겠다고 앞 다투어 나섰어요. 잠자리, 식사, 섬 안내, 전기 빨래집게까지…… 이솔라는 뛸 듯이 기뻐하며 벌써부터 당신이 글 쓰는 데 도움이 될 일들을 벌이기 시작했어요. 아직은 계획일 뿐이라고 주의를 주었지만 그녀는 당신에게 줄 자료를 물색하는 데 열중하고 있어요. 시장에서 아는 사람 모두에게 독일군 점령기에 관한 편지를 써서 당신에게 보내라고 부탁(또는 협박)하더라고요. 당신이 이 주제는 책으로 낼 가치가 있다고 출판사를 설득하는 데 이런 편지들이 필요할 거래요. 그러니 다음 주쯤 편지가 물밀듯 쏟아져도 놀라지 말아요.

이솔라는 오늘 오후 은행에도 들렀어요. 딜윈 씨를 만나 당신이 머물 동안 엘리자베스의 집을 빌릴 수 있게 해달라고 졸랐지요. 빅하우스 아래로 펼쳐진 아름다운 초원에 있는 별채인데, 크기가 아담해서 혼자서도 수월하게 관리할 수 있어요. 엘리자베스는 독일군 장교들에게 빅하우스를 빼앗긴 후 그 작은 집으로 이사했어요. 당신도 아주 편하게 지낼 수 있을 거예요. 이솔라가 딜윈 씨에게 임대 문서만 작성해주면 된다고 했대요. 나머지는 자기가 다 알아서 한다고요. 집 안을 환기하고 창문을 닦고 러그를 털고 거미줄을 치우는 그런 일들이죠.

우리가 너무 수선을 떠는 것 같지만 부디 부담 느끼진 말아요. 그렇지 않아도 딜윈 씨는 그 집을 세놓을까 하고 생각하던 참이었어요. 앰브로스 경의 변호인단이 엘리자베스의 행방을 찾는 일에 착수했어요. 엘리자베스가 프랑스에서 프랑크푸르트행 기차로 갈아탔다는 기록뿐, 독일에 도착했다는 기록은 없다네요. 더욱 면밀하게 조사할 예정이라니까 끝까지 추적해서 엘리자베스가 있는 곳을 알아냈으면 좋겠어요. 그동안 딜윈 씨는 앰브로스 경이 엘리자베스에게 남긴 집을 세놓아 킷을 위한 양육비를 마련하려 한답니다.

킷의 독일 쪽 친지를 찾는 편이 도덕적으로 옳지 않나 하는 생각이 들 때도 종종 있지만 차마 내가 직접 나설 수는 없더군요. 크리스티안은 독일인으로는 흔치 않게 조국이 하는 일을 싫어했지만 '천년 제국'의 꿈을 신봉한 대다수 독일인은 그렇지 않아요. 게다가 설령 킷의 친지를 찾는다손 쳐도 우리가 어떻게 킷을 멀고 낯선 그리고 파괴된 땅으로 보낼 수 있겠어요?

우리는 그 애가 아는 유일한 가족인데요.

킷이 태어났을 때 엘리자베스는 독일군에게 아이 아버지의 정체를 비밀에 부쳤어요. 수치심 때문이 아니라 그들이 아기를 빼앗아 독일에서 자라게 할까 봐 걱정한 거예요. 그런 일에 대한 무서운 소문이 심심찮게 돌았거든요. 엘리자베스가 체포되었을 때 킷의 아버지가 독일인인 걸 밝혔다면, 혹시 풀려날 수도 있지 않았을까요? 하지만 엘리자베스는 그렇게 하지 않았으니 나 역시 그럴 자격이 없어요.

내 고민을 애꿏은 줄리엣에게 털어놓아 미안해요. 이런 걱정들이 늙은 머릿속을 헤집고 돌아다니는 통에, 이렇게 글로라도 적으니 위안이 되네요. 그럼 좀 더 명랑한 이야기를 해볼까요? 어젯밤 문학회 모임 이야기예요.

줄리엣이 온다는 소식에 한바탕 소동이 휩쓸고 난 다음 우린 〈타임스〉에 실린 당신의 칼럼을 읽었어요. 모두 좋아했어요. 우리 자신에 대한 글을 읽어서기도 했지만, 독서에 관해 전에는 미처 생각지 못한 관점을 일깨울 수 있었기 때문이기도 해요. 스터빈스 박사는 '주의 산만'이라는 말을 고귀한 단어로 변형한 사람은 당신뿐이라고 단언했어요. 보통 '주의 산만'은 성격적 결함을 가리키잖아요. 칼럼은 기분 좋은 내용이었고, 모두 그 안에 자신이 언급되었다는 데 자부심과 기쁨을 느꼈죠.

월 시스비가 줄리엣의 방문을 기념하는 파티를 열고 싶어 해요. 특별히 감자껍질파이를 굽겠답니다. 말랑말랑한 마시멜로와 코코아 아이싱으로 장식하겠대요. 어젯밤에도 모임을 위해 깜짝 디저트를 만들었어요. 체리 플랑베였는데 다행히 팬에 눌어붙어서 굳이 먹지 않아도 됐어요. 윌이 요리에서 손을 떼고 철물점 일을 다시 하는 게 내 소원이에요.

우리는 모두 당신을 맞이하길 고대하고 있어요. 런던을 떠나기 전에 마무리할 원고가 조금 있다고요? 괜찮아요, 언제가 되건 당신을 보는 것만으로 기쁜 일인걸요. 도착 날짜와 시간만 알려줘요. 우편 수송선보다는 비행기가 확실히 더 빠르고 편안할 거예요(클로비스 포시가 이 말을 꼭 전해달래요. 비행기에서는 승객에게 진을 주지만 우편 수송선은 안 준다고요). 그래도 뱃멀미가 심한 게 아니라면, 나 같으면 웨이머스에서 오후에 출발하는 배를 타겠어요. 건지섬으로 들어오는 길은 바다를 지날 때 가장 아름답거든요. 해가 질 무렵이나 해가 바다에 반쯤 잠겼을 때, 시커먼 먹구름이 끼었을 때나 안개 속에서 섬이 모습을 드러낼 때…… 나도 건지섬을 그렇게 처음 만났어요. 새신부가 되어 들어왔지요.

애정을 담아, 아멜리아

이솔라가 줄리엣에게

From Isola to Juliet

5월 14일

사랑하는 줄리엣,

그동안 자기가 와서 지낼 집을 완벽히 손질했어. 시장 친구들한테도 독일군 점령기의 경험에 대해 편지를 써달라고 부탁했는데 아마 들어줄 거야. 어쩌면 테이텀 씨가 편지를 써주는 대가로 돈을 요구할지도 모르지만 한 푼도 주지 마. 그 사람은 뚱뚱한 거짓말쟁이니까.

내가 독일군을 처음 봤을 때 얘기해줄까? 좀 더 생생하게 전달하기 위해 형용사를 사용하겠어. 보통은 잘 쓰지 않는데. 나는 꾸밈없이 사실대로 표현하는 편이거든.

그날은 화요일이었어. 건지섬은 평온한 듯 보였지. 하지만 우리는 그들이 있다는 걸 알고 있었어! 군인들을 실은 비행기와 배가 전날 와 있었거든. 거대한 융커 군용기가 착륙했고, 그 안에 탄 군인들을 다 내려놓고 다시 날아갔어. 무게가 가벼워져서 신이 났는지 융커기들이 곡예비행을 하더라고. 슝 올라갔다가 획 내려왔다가, 건지섬 전체가 그런 비행기로 뒤덮이니까 들판의 가축들이 겁을 집어먹을 수밖에.

엘리자베스는 우리 집에 있었어. 모발 성장 촉진제를 만들려고 냄비에 서양톱풀을 넣어두었지만 우리 둘 다 그런 걸 만들 기분이 아니었어. 그냥 유령 한 쌍처럼 하릴없이 서성일 뿐이 었지. 그러다 엘리자베스가 정신을 차리고 말문을 열었어.

"나가자. 가만히 앉아서 그들을 기다리진 않겠어. 난 밖으로 나가서 직접 적을 찾을래."

"그래서 찾은 다음에는 어쩔 건데?"

내가 퉁명스럽게 물었지.

"쳐다볼 거야. 철창에 갇힌 동물은 우리가 아니라 그들이야. 우리와 함께 이 섬에 갇혀 있잖아. 우리가 그들과 함께 여기 갇 힌 것처럼. 가자, 가서 구경해주자고."

나는 그 생각이 마음에 들었어. 우리는 모자를 쓰고 밖으로 나갔지. 하지만 세인트피터포트에서 본 광경은, 직접 보면서 도 믿을 수가 없었어.

세상에, 독일군 수백 명이 '쇼핑'을 하는 거 있지! 서로 팔짱 을 낀 채 파운튼 거리를 한가롭게 돌아다니더라고. 싱글싱글 웃고 왁자하게 떠들고, 상점 진열대를 들여다보고 안으로 들 어가서 포장된 물건들을 잔뜩 안고 나오고 서로 큰 소리로 불 러대고…… 북쪽 광장도 군인들로 꽉 찼어. 그냥 털퍼덕 앉아 저희끼리 노닥거리는 이들이 있는가 하면, 우리를 향해 모자 챙을 잡고 고개를 살짝 숙여 공손한 척 인사를 건네는 이들도 있었어. 어떤 남자는 나한테 말도 걸었어.

"이 섬은 정말 아름답네요. 우리는 곧 런던으로 가서 전투에 임할 겁니다. 하지만 지금은 여기서 햇볕을 쬐며 휴가를 즐기는 거예요."

또 어떤 멍청이는 불쌍하게도 여기가 브라이턴(영국 남부의 해안 휴양지)인 줄 알더라고. 독일군들은 자기들 뒤를 졸졸 따라다니는 아이들에게 아이스크림을 사주기도 했어.

모두 진심으로 웃고 즐기던걸.

그들이 입은 초록색 군복만 아니었다면 웨이머스에서 관광선이 왔다고 착각했을지도 몰라!

엘리자베스와 나는 캔디가든까지 갔는데, 거기서부터 모든 게 바뀌었어. 축제에서 악몽으로. 우선 소음이 들렸어. 군화로 단단한 돌바닥을 구르는 우렁차고 규칙적인 소리였지. 얼마 후 우리가 있던 거리에 군인들이 모습을 드러냈어. 무릎을 굽히지 않고 다리를 높이 들어 올려 걷는 나치식 행군이었어. 그들 몸에 붙은 건 뭐든 다 번쩍였어. 단추, 군화, 석탄 통을 엎은 것 같은 철모까지. 그들의 시선은 아무도, 아무 곳도 바라보지 않고 똑바로 정면만 향했어. 어깨에 멘 장총도 군화에 꽂은 단검과 수류탄도 그 표정만큼 무섭진 않았어.

우리 뒤에 있던 페르 씨가 내 팔을 붙잡았어. 그는 솜 전투(제1차 세계대전 중 프랑스 솜에서 두 차례에 걸쳐 벌어진, 영-프 연합군과 독일군 간의 격전)에 참전한 적이 있었지. 그의 얼굴에서 눈물이 줄

줄 흘렀어. 페르 씨는 자신도 모르게 내 팔을 꽉 쥐고 비틀면서 말했어.

"어떻게 이런 일이 다시 벌어질 수 있어? 우리가 물리쳤는데, 여기서 저들을 또 보다니. 어쩌다 저들이 이 짓을 또 하게 내버려둔 거야?"

마침내 엘리자베스가 말했어.

"이제 볼 만큼 봤어. 술 한잔해야겠다."

우리 집 찬장에 진이 많거든. 그래서 나와 엘리자베스는 다시 우리 집으로 왔어.

편지는 여기서 끝이지만 곧 줄리엣을 볼 수 있다니 정말 기뻐. 모두 줄리엣을 보고 싶어 해.

그런데 한 가지 걱정이 생겼어. 우편 수송선에는 다른 승객이 스무 명은 될 텐데 내가 어떻게 자기를 알아보지? 책에 있는 사진은 너무 작고 흐릿해서 말이야. 엉뚱한 여자를 붙들고 키스하고 싶진 않다고.

베일이 달린 큼지막한 빨간 모자를 쓰고 백합을 안고 와줄 수 있어?

줄리엣의 친구, 이솔라

어느 동물 애호가가 줄리엣에게

From An Animal Lover to Juliet

수요일 저녁

친애하는 아가씨,

저도 '건지 감자껍질파이 북클럽' 회원입니다. 하지만 그동안 편지를 쓰지 않았지요. 제가 읽은 책이라곤 두 권뿐이기 때문입니다. 개와 충성심, 용감함, 그리고 진실에 관한 동화책 두 권이에요. 이솔라에게 듣기로는 당신이 독일군 점령기에 관해 글을 쓰기 위해 이곳으로 올 거라더군요. 저는 당신도 진실을 알아야 한다고 생각합니다. 이곳의 집행심의원이 동물들에게 어떤 짓을 했는지 아십니까! 더러운 독일놈들이 아니라 우리의 건지 정부가 말입니다! 그들은 수치심 때문에 이 일을 털어놓지 않으려 하겠지요. 그래서 제가 나선 겁니다.

저는 사람들 일에는 별로 관심이 없습니다. 지금까지 쭉 그랬고 앞으로도 그럴 겁니다. 물론 그럴 만한 이유는 있습니다. 지금껏 개의 반만큼도 진실한 사람을 만나본 적이 없기 때문입니다. 개는 정당한 대우를 해주면 우리에게도 정당한 대우를 해줍니다. 항상 곁에 있어주고 친구가 되어주며 아무런 질문도 하지 않지요. 고양이는 좀 다르지만, 그렇다고 고양이를 싫어한 적은 없습니다.

건지 사람들 일부가 독일군이 상륙한다는 소식에 겁을 먹고 자기들 애완동물에게 어떤 짓을 했는지 아셔야 합니다. 주민 수천 명이 섬을 떠났습니다. 그들은 키우던 개와 고양이를 남겨둔 채 비행기나 배를 타고 잉글랜드로 가버렸습니다. 주인에게 버림받은 동물들은 배고프고 목마른 상태로 정처 없이 거리를 헤매야 했지요. 한때 주인으로 섬긴 이기적인 작자들 때문에 말입니다!

저는 할 수 있는 한 많은 개를 거둬들였지만 역부족이었습니다. 그러던 중 건지섬 정부가 이 문제를 해결하겠다고 나섰는데, 오히려 악화시켰습니다. 훨씬 나쁜 결과를 가져왔지요. 정부는 신문에 경고문을 실었습니다. 전쟁으로 사람이 먹을 음식이 부족해질 테고, 동물을 먹일 것은 더 부족할 거라고요.

'한 가구당 애완동물 한 마리는 키울 수 있습니다. 그러나 그 이상은 심의원이 안락사시킬 수밖에 없습니다. 유기견과 유기묘가 섬을 배회하게 내버려두면 아이들에게 위험할 것입니다.'

이 경고문은 곧 실행에 옮겨졌습니다. 정부는 동물들을 잡아 트럭에 싣고 세인트앤드루스 동물 보호소로 데려갔고, 그곳 수의사와 간호사 들이 그들을 모두 안락사시켰습니다. 한 트럭 가득 실어 온 동물들을 모두 죽이고 나면 또 다른 트럭이 동물을 가득 실은 채 들어오는 식이었어요.

저는 그 모든 광경을 목격했습니다. 동물들을 거두고 보호소에 내려놓고 묻어버리는 과정을 모두.

간호사 한 명이 보호소 밖으로 나와 신선한 공기를 들이마시고 내쉬는 것을 보았습니다. 죽을 듯이 창백한 안색이었어요. 그녀는 담배를 한 대 피우고 나서 다시 살생 행위를 돕기 위해 돌아갔습니다. 동물을 모두 죽이는 데는 이틀이 걸렸습니다.

제가 하고 싶은 말은 다 했습니다. 이 이야기를 당신의 책에 꼭 넣어주십시오.

동물을 사랑하는 사람이

샐리 앤 프로비셔가 줄리엣에게

From Sally Ann Frobisher to Juliet

5월 15일

줄리엣 애슈턴 선생님께,

선생님이 전쟁 이야기를 들으러 건지섬으로 오실 예정이라고 들었습니다. 프리비 양이 얘기해주셨어요. 그때 가서 우리가 만나기를 희망하지만, 지금은 일단 편지를 씁니다. 전 편지 쓰는 걸 좋아하거든요. 실은 무엇이든 글 쓰는 건 다 좋아한답니다.

제가 전쟁 중에 얼마나 창피한 경험을 했는지 알려드리려 해요. 1943년에 전 열두 살이었죠. 그런데 머리에 옴이 생긴 거예요.

건지섬에는 비누가 부족했기 때문에 청결을 유지하기가 어려웠어요. 옷이나 집, 사람들 몸도요. 저마다 한두 가지 피부병쯤은 달고 살았어요. 딱지나 부스럼 또는 이 같은 것들요. 저는 정수리에 옴을 앓았는데 머리카락으로 덮여 있긴 했지만 결코 없어지진 않더라고요.

결국 오먼드 의사 선생님이 저에게 시내 병원으로 가서 머리카락을 밀고 옴이 있는 부위를 도려낸 후 고름을 짜야 한다고 말씀하셨어요. 두피에서 진물이 흐른다는 게 얼마나 수치스러운 기분인지 아세요? 평생 모르시길 바랄게요. 전 죽고 싶었거든요.

하지만 그곳에서 엘리자베스 매케너 언니를 만났죠. 엘리자베스 언니는 제가 있던 병동에서 간호사를 보조하고 있었어요. 간호사 언니들은 언제나 친절했지만 엘리자베스 언니는 친절한 데다 재밌기까지 했어요. 재미있는 언니 덕분에 제 인생에서 가장 어두운 시간을 견뎌낼 수 있었답니다. 머리카락을 밀고 난 후 언니가 세숫대야와 소독약 병과 예리한 메스를 들고 병실로 들어왔어요.

제가 먼저 말을 걸었죠.

"언니, 이거 안 아프겠죠? 오먼드 선생님이 안 아플 거라고 했는데."

막 울음이 터져 나올 것 같았어요.

엘리자베스 언니가 말했어요.

"그거 거짓말이야. 뒈질 만큼 아플걸. 참, 내가 '뒈질 만큼'이라고 말한 거 너희 어머니한테는 비밀이다?"

언니의 말에 전 킬킬대기 시작했고, 언니는 제가 무서워할 틈도 없이 첫 조각을 베어냈어요. 솔직히 아프긴 했는데 뒈질 만큼은 아니었죠. 언니가 나머지 부위를 도려내는 동안 우리는 게임을 했어요. 단두대의 이슬로 사라진 여자들 이름을 큰 소리로 외치는 놀이였죠.

"스코틀랜드의 메리 여왕!"

싹둑싹둑.

"앤 불린!"

톡톡톡.

"마리 앙투아네트!"

탕탕.

그러는 사이에 다 끝났어요.

물론 아팠지만 엘리자베스 언니가 수술을 게임으로 바꾼 덕에 엄청 재밌기도 했어요.

언니는 소독약을 묻힌 솜으로 제 대머리를 소독해주고, 그날 저녁에 또 병실에 들렀어요. 자기가 쓰던 실크 스카프를 가져와서 제 머리에 터번처럼 둘러주었답니다. "봐봐"라고 말하며 언니는 제게 거울을 건넸어요. 거울을 들여다보니 스카프는 아주 예뻤지만, 언제나 그랬듯이 제 코가 얼굴에 비해 너무커 보이더라고요. 평생 한 번이라도 예뻐질 수 있을까 궁금해서 언니에게 물어봤어요.

엄마한테 똑같은 질문을 했을 때는 그런 말도 안 되는 생각을 하다니 기가 막힌다면서 아름다움은 겉껍데기일 뿐이라는 핀잔만 들었어요. 그런데 엘리자베스 언니는 달랐어요. 절 유심히 쳐다보면서 곰곰이 생각에 잠기더니 이렇게 대답했죠.

"시간이 조금만 더 지나면 샐리, 넌 굉장한 미인이 될 거야. 계속 거울을 들여다보면 알게 될걸. 중요한 건 윤곽인데 넌 확실히 윤곽이 괜찮아. 이 우아한 콧대로 보건대 넌 제2의 네페르티티(전설적인 미모의 고대 이집트 왕비)가 될 거야. 도도한 표정 짓는 연습이나 해두라고."

저는 문병 오신 모저리 아주머니에게 네페르티티가 누구냐고, 혹시 죽은 사람이냐고 물어봤어요. 왠지 그런 것 같았거든요. 모저리 아주머니는 네페르티티가 죽은 건 사실이지만 그녀는 불멸의 존재라고 설명해주셨어요. 나중에는 네페르티티 그림을 구해 와서 보여주셨고요. 도도한 표정이 정확히 어떤

223

건지 잘 모르겠어서 저는 그냥 그림 속 네페르티티의 표정을
따라 하며 연습했어요. 아직까지도 제 코는 마음에 들지 않지
만, 언젠가는 마음에 드는 날이 오겠죠. 엘리자베스 언니가 그
렇게 말했으니까요.

독일군 점령기에 겪은 슬픈 일이 또 있어요. 우리 레티 고모
얘긴데요, 고모한테는 원래 라폰트넬 근처의 절벽 위에 크고
오래된 저택이 있었어요. 그런데 독일군이 대포가 날아가는 길
목에 그 집이 있어서 포격 훈련에 방해가 된다며 그 집을 폭탄
으로 날려버렸어요. 레티 고모는 지금 우리와 함께 산답니다.

진심을 담아, 샐리 앤 프로비셔

마이카 대니얼스가 줄리엣에게

From Micah Daniels to Juliet

5월 15일

친애하는 애슈턴 양,

저의 '목록'을 보면 분명 당신이 좋아할 거라면서 이솔라가
당신의 주소를 알려주었습니다.

만약 누군가가 오늘 저를 데리고 파리로 가서 근사한 프랑

스 식당에 자리를 마련해준다 해도(테이블은 하얀 레이스 천으로 덮여 있고 벽에는 촛대가 달려 있고 모든 요리가 은 뚜껑으로 덮여 나오는 그런 식당 말입니다) 저는 망설이지 않고 단언할 수 있습니다. 이 세상에 '베가' 상자보다 훌륭한 건 아무것도, 정말 아무것도 없다고 말입니다.

아시는지 모르겠는데 '베가'는 1944년 12월 27일에 건지섬으로 처음 들어온 적십자 구호선입니다. 베가는 그때는 물론이고 그 후에도 다섯 번이나 우리에게 줄 식량을 싣고 왔습니다. 덕분에 전쟁이 끝날 때까지 우리가 살아남을 수 있었던 겁니다.

그래요, 제가 말한 그대로입니다. 그 식량 덕분에 우리가 죽지 않고 버틸 수 있었어요! 이미 몇 년째 식량이 부족한 상황이었습니다.

악마가 들끓는 암시장을 제외하고 섬에 남은 설탕이라고는 한 스푼도 없었습니다. 빵을 만들 밀가루는 1944년 12월 초에 동난 상태였죠. 독일군 병사들도 우리처럼 굶주렸습니다. 제대로 먹지 못해 헛배가 불룩하게 솟고 몸의 온기를 유지하지 못했어요.

아무튼 저 역시 삶은 감자와 순무에 죽도록 신물이 나 있었고, 조금만 지나면 정말로 폭 고꾸라져 죽었을지도 모를 때였죠. 바로 그런 때 '베가'가 건지섬으로 온 거예요.

그전까지는 적십자 구호선이 우리에게 식량을 조달하는 걸 처칠 수상이 막았다고 합니다. 독일군이 식량을 갈취하여 저희끼리 먹어치울 거라고요. 어찌 들으면 상당히 현명한 전략인 것 같지요?

악당을 굶겨 죽이자! 그러나 제게는 하나만 알고 둘은 간과한 전략으로 들립니다. 그들과 함께 우리도 굶어 죽을 텐데 그건 헤아리지 못한 거죠.

그런데 웬일로 생각을 고쳐먹었는지 수상은 우리에게 먹을거리를 제공하기로 결심했습니다. 그리고 12월, 마침내 적십자에 말했죠.

"아, 알았소. 그들에게 가서 식량을 주라고."

애슈턴 양, 건지섬의 모든 사람에게 '상자 두 개'가 제공되었습니다. 남자, 여자, 아이 할 것 없이 모두에게요. '베가'의 식량이 가득 든 상자 두 개씩이 말입니다.

배에는 그 외에 다른 구호품들도 쌓여 있었습니다. 못, 씨앗, 양초, 식용유, 성냥, 옷가지, 신발, 심지어 신생아 용품도 있었어요.

밀가루와 담배도 있었습니다. 모세는 '만나'만 있으면 된다고 했다지만 그건 베가 상자를 보지 못해서 한 얘기일 겁니다! 제가 받은 상자에 있던 물품을 모두 말씀드릴게요. 일일이 적어서 제 비망록에 붙여두었거든요.

초콜릿 170그램	비스킷 560그램
찻잎 110그램	버터 560그램
설탕 170그램	스팸 850그램
깡통우유 55그램	건포도 225그램
마멀레이드 425그램	연어 280그램
정어리 140그램	치즈 110그램
말린 자두 170그램	후추 30그램
소금 30그램	비누 하나

말린 자두는 다른 사람에게 줘버렸습니다만, 이 목록 정말 굉장하지 않습니까? 전 죽을 때 전 재산을 적십자에 기부할 겁니다. 그렇게 하겠다고 이미 적십자로 편지도 보내두었습니다.

당신에게 하고 싶은 말이 또 있습니다. 독일군에 관한 것이지만, 어쨌든 명예로운 행위는 명예롭게 예우해줘야 하겠지요. 그들은 우리에게 나눠줄 식량 상자를 '베가'에서 끌어내렸습니다. 그리고 자기들은 하나도, 정말 단 한 상자도 가져가지 않았습니다. 독일군 사령관은 "이 식량은 섬 주민들을 위한 것이지 너희를 위한 게 아니다. 조금이라도 훔치는 즉시 사살할 것이다"라고 엄명을 내렸어요. 그런 다음 구호품 하역을 맡은 병사들에게 찻숟가락을 하나씩 지급해 짐을 나르는 동안 떨어진 밀가루나 곡물을 긁어모을 수 있게 했습니다. 그것만은 먹어도 된다는 것이었습니다.

사실 독일군 병사들 역시 처참한 지경이었습니다. 밭에서 먹을 걸 훔치고 주민들 집 문을 두드리며 음식 찌꺼기를 구걸했지요. 하루는 어떤 병사가 고양이를 잡아 벽에 쳐서 죽이는 걸 봤습니다. 그는 죽은 고양이를 잘라 자기 재킷 안에 숨겼습니다. 저는 그의 뒤를 몰래 밟았습니다. 막사에 도착한 그는 고양이 가죽을 벗기고는 야전 냄비에 넣고 끓여 그 자리에서 먹어치웠습니다.

참으로, 참으로 서글픈 장면이었어요. 그걸 보며 욕지기가 솟았지만 한편으로는 이런 생각도 들었습니다.

"히틀러의 제3제국이 저기 있네. 외식 중이군."

그러자 웃음이 터져 나왔고, 이내 죽을 듯이 웃어댔습니다. 지금 생각하면 부끄럽습니다만 당시에는 그렇게 되더군요.

제가 드릴 말씀은 여기까지가 전부입니다. 집필 작업이 잘되길 기원합니다.

당신의 진실한 벗, 마이카 대니얼스

존 부커가 줄리엣에게

From John Booker to Juliet

친애하는 애슈턴 양,

아멜리아에게 당신이 건지섬으로 온다는 소식을 들었습니다. 책에 쓸 소재를 모으기 위해 오신다고요. 진심으로 환영합니다. 하지만 전쟁 중에 겪은 일을 직접 말씀드리지는 못할 것 같습니다. 그 얘기를 할 때마다 몸이 떨려서요. 이렇게 글로 적으면 굳이 입으로 얘기할 필요가 없겠지요. 어쨌든 건지섬 이야기는 아닙니다. 그때 전 이곳에 없었습니다. 독일의 노이엔가메 강제수용소에 있었습니다.

제가 3년간 토비어스 경 행세를 하며 살았다는 건 아시지요? 피터 젠킨스의 딸 리사는 독일군 병사들과 어울려 다녔습니다. 스타킹이나 립스틱을 선물하는 사람이라면 아무나 만났어요. 그러다 빌리 구르츠라는 하사관을 만났습니다. 비열한 난쟁이 놈이었지요. 비열하다는 면에서는 그 둘이 아주 찰떡궁합이었다고 할 수 있겠군요.

1944년 3월 어느 날, 리사는 미용실에서 머리 손질을 하다가 전쟁 전에 발행된 〈태틀러〉지를 발견했습니다. 그 잡지 124쪽에 토비어스 펜피어스 경 부부의 컬러사진이 있었습니다. 서

229

식스에서 치른 결혼식 피로연에서 신혼부부가 샴페인을 마시고 굴 요리를 먹는 사진이었습니다. 사진 아래는 토비어스 부인의 드레스, 다이아몬드, 웨딩슈즈, 미모, 그리고 토비어스 경의 재력에 대한 기사로 꽉 채워져 있었습니다. 신혼부부가 건지섬에 라포트라는 부지를 소유하고 있다는 내용도 있었지요.

이로써 빼도 박도 못 하게 들통이 나버렸습니다. 돌대가리 리사조차 제가 토비어스 펜피어스 경이 아니라는 것을 알아채기에 충분했지요. 그녀는 마무리 손질이 끝나기도 전에 자리를 박차고 나가 빌리 구르츠에게 그 사진을 보여주었고, 그는 곧바로 사령부로 달려갔습니다.

독일군은 당연히 열이 받았죠. 그동안 일개 하인에게 속아 예를 갖추고 지냈으니 말입니다. 그래서 단단히 작정하고 저를 노이엔가메 수용소로 보낸 것입니다.

저는 첫 일주일도 못 버티고 죽을 거라고 생각했습니다. 공습이 진행되는 와중에 다른 수감자들과 함께 불발탄을 제거하는 작업을 해야 했으니까요. 우리가 선택할 수 있는 길은 두 가지뿐이었습니다. 폭탄이 쏟아지는 현장으로 뛰어들든지 아니면 감시원의 총에 맞아 죽든지. 저는 전자를 택했고, 쥐새끼처럼 허겁지겁 뛰어다니며 폭탄이 날아드는 소리가 들릴 때마다 몸을 숨기려 갖은 애를 썼습니다. 그리고 어찌 된 일인지 저는 공습이 끝난 후에도 살아 있었습니다. 저 스스로 그렇게 되뇌

기도 했습니다. "그래, 자네 아직도 살아 있군" 하고요. 그곳 수감자 모두가 아침에 눈뜰 때마다 똑같이 말했을 겁니다. 그래, 난 아직 살아 있어. 그렇지만 사실 우린 살아 있는 게 아니었습니다. 우리의 상태는 죽은 건 아니지만 그렇다고 살아 있다고 볼 수도 없었습니다. 하루 중 단 몇 분, 잠자리에 있을 때만 살아 있는 인간이었습니다. 잠자리에 누워 있을 때면 저는 행복한 생각을 하려고 노력했습니다. 좋아하는 것을 떠올리려 했지요. 하지만 사랑하는 것이 생각나면 오히려 기분이 더 가라앉았습니다. 그래서 소소한 것들, 이를테면 학교 소풍이나 자전거를 타고 내리막길을 달리던 일 같은 것만 떠올렸습니다. 제가 감당할 수 있는 건 그 정도였습니다.

제겐 30년 같은 세월이었지만 실은 단 1년뿐이었더군요. 1945년 4월, 노이엔가메 수용소의 사령관은 우리 중 그나마 일을 할 만큼 체력이 남은 이들을 뽑아 벨젠 강제수용소로 보냈습니다. 지붕이 없는 커다란 트럭을 타고 며칠을 달렸지요. 음식도 담요도 물도 주지 않았지만 우리는 걷지 않아도 된다는 사실만으로도 기뻤습니다. 길에 파인 진흙 웅덩이는 온통 핏빛이었습니다.

당신은 벨젠이 어떤 곳인지, 그곳에서 어떤 일이 벌어졌는지 아시리라 믿습니다. 우리는 트럭에서 내리자마자 삽을 건네받았습니다. 시체를 묻을 거대한 구덩이를 파라는 것이었습니다.

수용소를 통과해 현장으로 갔는데, 정말 미칠 것 같더군요. 눈앞에 보이는 사람들은 모두 죽어 있었습니다. 그나마 숨이 붙은 이들도 시체처럼 보이긴 매한가지였고, 쓰러진 자리에서 그대로 죽어갔습니다. 저는 독일군이 왜 구태여 그들을 묻으려는지 알 수가 없었습니다. 알고 보니 당시 동쪽에서는 러시아군이, 서쪽에선 연합군이 진격해오고 있었는데 독일군은 그들이 와서 이 광경을 볼까 봐 겁이 났던 겁니다.

화장터가 있었지만 그 많은 시체를 태워버리기엔 역부족이라서 우리가 길게 구덩이를 판 후 시체들을 그 가장자리로 끌고 가 안으로 던졌습니다. 믿을 수 없겠지만 독일군은 수용소 음악대에게 우리가 시체를 나르는 동안 음악을 연주하라고 강요했습니다. 그런 짓을 하다니, 그들이 폴카가 울려 퍼지는 지옥에서 불타길 바랍니다. 구덩이가 가득 차자 그들은 시체들 위로 석유를 붓고 불을 질렀습니다. 그다음에는 우리가 그 위를 흙으로 덮었습니다. 자기들이 한 짓을 고작 흙으로 감출 수 있다고 생각한 모양이지요.

다음 날 영국군이 왔습니다. 세상에, 그들이 얼마나 반가웠는지 모릅니다. 그래도 걸을 힘이 남아 있던 저는 탱크가 수용소 입구를 부수고 들어오는 걸 볼 수 있었습니다. 탱크 옆면에 영국 국기가 그려져 있더군요. 저는 근처 담장에 기대앉은 남자를 향해 소리쳤습니다.

"우린 살았어! 영국군이 왔다고!"

그러고 다가가니, 그는 이미 죽어 있었습니다. 몇 분만 더 버티면 되었을 텐데. 저는 진흙탕에 주저앉아 마치 가장 친한 친구를 잃은 양 흐느껴 울었습니다. 탱크에서 나온 영국군들도 모두 눈물을 흘렸습니다. 장교들마저 울더군요. 그 고마운 사람들이 우리에게 먹을 것과 담요를 주고 우리를 병원으로 데려다주었습니다. 그리고 한 달 후 그들은 벨젠을 완전히 불태워 없애버렸습니다. 그들에게 축복이 함께하기를.

신문을 보니 그곳에 전쟁 난민 수용소를 세웠다고 하네요. 아무리 목적이 좋다 해도 저는 그곳에 다시 막사가 들어선다는 생각만 해도 몸서리가 쳐집니다. 제 마음 같아서는 그곳은 영원히 공터로 남아야 합니다.

이런 얘기는 여기서 그만하겠습니다. 왜 제 입으로 직접 얘기하기를 꺼리는지 당신도 이제는 이해하시리라 믿습니다. 세네카가 이런 말을 했지요.

'작은 슬픔은 말이 많지만, 크나큰 슬픔은 말이 없는 법이다.'

당신이 알고 싶어 할 만한 얘기가 방금 생각났습니다. 제가 토비어스 경 행세를 하며 살던 때, 겪은 일입니다. 엘리자베스와 저는 저녁에 가끔씩 해안의 바위 위로 올라가 폭격기가 날아가는 걸 구경했습니다. 폭격기 수백 대가 런던으로 날아갔지요. 그들이 어디로 날아가며 목적지에서 무슨 짓을 할지 알면서 그 광경을 바라보는 건 그야말로 공포였습니다. 독일 라디오는 런던이 이미 초토화되었다고 떠들어댔습니다. 건물 잔해와 재만 남았다고 말입니다. 우리는 그 말을 조금도 믿지 않았습니다. 독일군의 선전 방식이라는 걸 알았으니까요. 그래도 마음은 편치 않았습니다.

세인트피터포트를 산책하던 어느 날 밤이었습니다. 오래되고 훌륭한 저택이지만 독일군 장교들에게 넘어간 매클래런 하우스를 지나치게 되었어요. 열린 창문으로 라디오의 아름다운 음악소리가 흘러나오더군요. 우리는 걸음을 멈추고 틀림없이 베를린 방송일 거라고 생각하며 그 음악을 들었습니다. 그런데 음악이 끝난 후, 빅벤의 종소리와 함께 어느 영국인의 목소리가 들리지 뭡니까.

"여기는 BBC 런던입니다."

빅벤의 종소리를 모를 순 없지요! 런던은 아직 건재했습니다! 여전히 그대로였어요. 엘리자베스와 저는 서로 부둥켜안고 길거리에서 왈츠를 추기 시작했습니다. 노이엔가메에 있을 때는 감히 떠올릴 수도 없던 추억 중 하나입니다.

진심을 담아, 존 부커

도시가 줄리엣에게

From Dawsey to Juliet

5월 16일

친애하는 줄리엣,

모든 준비가 끝났고, 이제 당신을 기다리는 일만 남았습니다. 이솔라가 엘리자베스의 집에 있는 커튼을 빨고 풀을 먹여 빳빳하게 다렸습니다. 혹시 박쥐가 있나 굴뚝도 살폈고 창문도 닦았어요. 침대보도 말끔하게 정리했고 방마다 환기도 했습니다.

엘리는 당신에게 줄 선물을 만들었고 에번은 당신을 위해 장작을 가득 쟁여두었습니다. 클로비스는 집 주변의 제초 작업을 했습니다. 당신이 즐길 수 있게 야생화 덤불은 그대로 두었다는군요. 아멜리아는 당신이 오는 날 저녁에 파티를 한다며 준비 중입니다.

제가 할 일이라곤 당신이 올 때까지 이솔라가 살아 있게 지키는 것뿐이네요. 이솔라는 높은 데 올라가면 어지럼증을 느끼는데, 그러면서도 굳이 엘리자베스의 집 지붕에 올라가 헐거운 타일을 꾹꾹 눌러 다졌습니다.

다행히 그녀가 지붕 끝에 도달하기 전에 킷이 발견하고 저에게 달려온 덕에 제가 가서 그만 내려오라고 얘기할 수 있었답니다. 당신을 맞이하기 위한 준비에 제가 할 일이 더 있으면 좋겠습니다.

곧 오시겠지요?

당신이 오신다니 정말 기쁩니다.

당신의 벗, 도시

줄리엣이 도시에게
From Juliet to Dawsey

5월 19일

친애하는 도시,

모레쯤이면 나는 그곳에 있을 거예요! 나는 완전 겁쟁이라서 비행기를 탈 수 없어요. 공짜 진이 유혹한다 해도 어쩔 수 없답니다. 그래서 저녁에 출발하는 우편 수송선을 타려 해요.

이솔라에게 말 좀 전해주시겠어요? 베일이 달린 모자도 없고, 백합을 안고 갈 수도 없다고요(자꾸만 재채기가 나거든요). 대신 붉은색 울 망토를 두르겠다고요.

도시, 나를 맞이하기 위해 아무것도 더 할 필요 없어요. 지금까지도 이미 과분한 환대를 받은 기분인걸요. 드디어 당신들 모두를 만나러 간다니, 도무지 믿을 수가 없네요!

영원한 친구, 줄리엣

마크가 줄리엣에게
From Mark to Juliet

5월 20일

내 사랑 줄리엣, 당신이 시간을 달라기에 그렇게 했소. 결혼 얘기는 꺼내지 말라기에 역시 그렇게 했소. 하지만 이제 와서 그 빌어먹을 건지섬으로 떠난다고? 뭘 위해서? 얼마나? 일주일? 한 달? 영원히? 내가 가만 앉아서 당신을 보내줄 것 같아? 당신은 말도 안 되는 헛짓거리를 하는 거야, 줄리엣. 세상 그 어떤 얼간이라도 당신이 도망치려 한다는 걸 알 수 있다고. 하지만 도대체 왜 그러는지는 아무도 모르지. 우리는 잘 어울리는 한 쌍이야. 당신은 날 행복하게 하고, 당신과 함께 있으면 결코 지루하지 않고, 우린 관심사도 같지 않소. 당신도 그렇게 생각하는 줄 알았는데 나만의 착각은 아니겠지? 우리는 한 배를 탄 거야. 당신에게 최선이 뭔지 안다고 말하면 당신은 싫어하겠지만, 그래도 이번만큼은 말해야겠소. 제발 그 구질구질한 섬 따위 잊어버리고 나와 결혼해줘. 그 섬엔 신혼여행으로 데려가주리다. 꼭 그래야만 한다면 말이오.

사랑을 담아, 마크

줄리엣이 마크에게

From Juliet to Mark

5월 20일

사랑하는 마크, 아마 당신 말이 맞겠죠. 하지만 설령 그렇다 해도 나는 내일 건지섬으로 갈 거예요. 그리고 당신은 결코 날 막지 못해요. 당신이 원하는 대답을 해주지 못해 미안해요. 그럴 수 있으면 좋으련만.

사랑을 담아, 줄리엣

추신. 장미 고마워요.

마크가 줄리엣에게

From Mark to Juliet

오, 하느님 제발. 그럼 웨이머스까지 태워다 줄까?

마크

줄리엣이 마크에게

From Juliet to Mark

훈계하지 않겠다고 약속할 수 있어요?

줄리엣

238

마크가 줄리엣에게

From Mark to Juliet

훈계 안 해. 하지만 다른 설득 방법을 몽땅 동원하겠어.

마크

줄리엣이 마크에게

From Juliet to Mark

하나도 안 무서워. 운전 중에 뭘 어떻게 할 수 있겠어요?

줄리엣

마크가 줄리엣에게

From Mark to Juliet

깜짝 놀랄걸. 내일 보자고.

M.

제2부

1946년 5월 22일~9월 17일

건지섬에서

줄리엣이 시드니에게

From Juliet to Sidney

사랑하는 시드니 오빠,

할 말이 정말 많아요. 건지섬에 온 지 겨우 스무 시간 지났을 뿐인데, 1분 1초가 새로운 얼굴과 아이디어로 넘쳐나서 책 몇 권은 거뜬히 쓸 수 있을 것 같은 기분이에요. 섬에 온 게 책 집 필에 얼마나 도움이 되는지 이제 알겠죠? 빅토르 위고(정치적인 이유로 채널제도로 망명해 19년 동안 집필 활동을 이어갔다)만 해도 그렇잖 아요. 나도 한동안 여기 살면 다작을 할 수 있을걸요.

웨이머스에서 배를 타고 오는 동안은 멀미 때문에 죽을 뻔 했어요. 우편 수송선은 계속 끼익끼익 삐걱삐걱 불안한 소리를 내고, 파도가 일렁이면 금세 산산조각 날 것만 같았거든요. 차 라리 배가 부서져서 멀미와 불안의 고통에서 해방되게 해달라 고 기도를 올리려다가, 죽기 전에 건지섬을 꼭 봐야겠기에 참 았어요. 그리고 마침내 섬이 보이기 시작하는 순간, 아까까지 의 생각을 싹 접어버렸죠. 구름 사이사이로 햇빛이 비치면서 해안 절벽이 은빛으로 반짝였거든요.

우편 수송선이 덜컹거리며 항구로 접근하면서 세인트피터 포트가 점차 모습을 드러냈어요. 꼭대기에 우뚝 솟은 교회가 마치 케이크 장식 같더라고요. 심장이 뛰기 시작했죠. 눈앞의 풍경이 감동스러워서라고 속으로 다독였지만 그런다고 본심이 숨겨지나요. 새로이 알게 된 사람들, 어쩌면 사랑하게 된 사람들이 전부 손꼽아 기다리고 있잖아요. 바로 나를 말이에요! 그리고 나는, 더는 편지나 기사 뒤에 숨은 존재가 아니었어요. 오빠, 지난 2, 3년간 나는 실제 삶보다 글 속 삶을 더 잘 꾸려왔어요. 게다가 오빠가 내 글에 어떤 작업을 더했는지 한번 생각해봐요. 글 속의 나는 완벽하고 매력적인 사람이지만 그거야 엄연한 눈속임일 뿐이죠. 진짜 나랑은 아무 상관도 없다고요. 어쨌든 우편 수송선이 부두로 들어설 때 든 생각은 그랬어요. 붉은 망토를 벗어 던지고 딴 사람인 척할까, 하는 비겁한 충동마저 일었다니까요.

부두에 들어서자 기다리는 사람들 얼굴이 눈에 들어왔어요. 그리고 이제 돌아갈 길은 없다는 걸 알았죠. 그간 주고받은 편지로 난 그들을 알아볼 수 있었어요. 요상한 모자를 쓰고 자주색 숄에 반짝이는 브로치를 단 사람이 이솔라였죠. 엉뚱한 쪽에 시선을 고정한 채 함박미소를 머금고 있었는데, 나는 그런 그녀의 모습을 단박에 사랑하게 되었어요. 이솔라 옆에는 주름진 얼굴의 남자와 사방팔방 두리번대는 소년이 서 있었는데

에번과 그의 손자 엘리였죠. 내가 손을 흔들어주었더니 엘리
는 햇살처럼 환하게 웃으며 할아버지를 팔꿈치로 쿡쿡 찔렀어
요. 나는 갑자기 쑥스러워져 손을 내렸고, 이내 배에서 내리는
사람들 틈에 휩쓸려버렸죠.

이솔라가 가장 먼저 달려왔어요. 바닷가재 상자를 폴짝 뛰어
넘더니 나를 세차게 끌어안고는 번쩍 들어 빙빙 돌렸어요. "우
아, 줄리엣이 왔어! 최고야!"라고 부르짖으면서요.

정말 사랑스럽지 않아요? 모든 긴장과 불안이 순식간에 훨
훨 날아갔다고요. 다른 사람들은 이솔라처럼 요란하게 나를 맞
이하진 않았어요. 에번은 미소를 지은 채 악수를 청했죠. 예전
엔 분명 체격 좋고 건장한 남자였을 텐데 지금은 너무 여위었
더라고요. 왠지 모르게 근엄한 동시에 친근한 느낌을 주는 분
이었어요. 어떻게 그런 게 가능할까요? 나도 모르게 그에게 잘
보이고 싶은 생각이 마구 샘솟는 거 있죠.

엘리는 자기 어깨 위에 킷을 태우고 나에게 다가왔어요. 킷
은 다리가 토실토실한 어린애지만 표정만큼은 아주 단호했어
요. 짙은 색 곱슬머리와 커다란 눈에 눈동자는 회색이었죠. 그
리고 나에게는 눈길조차 주지 않았답니다. 엘리의 윗옷에는 나
무 부스러기가 붙어 있었는데, 나에게 줄 선물을 주머니에 넣
어 왔더군요. 호두나무를 깎아 만든 작고 귀여운 생쥐였어요.
구부러진 수염까지 달려 있더라고요. 나는 엘리의 뺨에 뽀뽀했

고, 킷의 적의 어린 눈총을 맞고도 목숨을 부지했지요. 킷은 네 살짜리 꼬마치고는 왠지 무시무시한 분위기를 풍긴다니까요.

그다음으로 도시가 손을 내밀었어요. 나는 그가 찰스 램과 닮았을 거라고 생각했는데 과연 그렇더군요. 조금은요. 침착한 눈빛이 아주 꼭 닮았죠. 그는 부커가 전해주라 했다면서 카네이션 다발을 건넸어요. 부커는 공연 리허설을 하다가 뇌진탕을 일으키는 바람에 하룻밤 병원에 입원해서 경과를 지켜보느라 나오지 못했대요. 도시는 마르고 다부진 체격에 피부는 가무잡잡해요. 말이 없고 경계심 가득한 표정이지만, 미소를 지으면 인상이 확 바뀌어요. 오빠의 여동생을 제외하고는 내가 본 미소 중 가장 매혹적인 미소랍니다. 아멜리아가 도시에겐 남을 설득하는 남다른 재주가 있다고 한 게 생각났어요. 직접 보니 그 말의 의미를 알겠더라고요. 에번을 비롯한 이곳 모든 사람처럼 도시도 지나치게 마른 편에 속해요. 물론 한때는 건장한 체격이었겠죠. 머리칼이 희끗희끗 세기 시작했고 눈동자는 아주 짙은 갈색인데 거의 검은색처럼 보여요. 눈가의 주름 덕에 마치 금방이라도 미소를 지을 듯한 인상이지만, 나이는 마흔을 넘기진 않은 것 같아요. 키는 나보다 약간 큰 정도고 다리를 약간 절긴 해도 힘은 센 것 같아요. 내 짐과 나, 아멜리아, 킷까지 자기 짐마차에 가뿐하게 싣더라고요.

도시는 나와 악수를 한 다음(악수하면서 그가 말을 했는지 안 했는지는 기억이 안 나네요) 아멜리아를 위해 옆으로 비켜섰어요. 아멜리아는 스무 살 때보다 예순이 되면 더욱 원숙한 아름다움을 뽐내는 부류의 여성이에요(아아, 언젠가 나도 이런 말을 들을 수 있다면!). 자그마한 체구에 야윈 얼굴, 사랑스러운 미소, 왕관처럼 땋아 올린 회색 머리칼…… 그녀는 내 손을 꼭 쥐고는 이렇게 말했어요.

"줄리엣, 드디어 와주었네요. 정말 기뻐요. 이제 짐을 챙겨서 집으로 가자고요."

얼마나 근사한 환영 인사인지! 마치 고향에 온 기분이었어요.

부두에 서서 그렇게 인사를 주고받는데, 어디선가 빛이 번쩍이며 처음엔 내 눈을 비추더니 다음에는 선창을 비췄어요. 이솔라가 코웃음을 치며 애들레이드 애디슨 짓이라고 말했어요. 자기 집 창가에서 오페라 망원경으로 우리 움직임을 좇는 거라고요. 이솔라가 빛이 오는 방향으로 힘차게 손을 흔들자 빛이 사라졌어요.

다 함께 웃고 떠드는 사이, 노시는 내 짐을 지키고 킷이 부두 아래로 떨어지지 않게 돌보는 등 이런저런 쓸모 있는 일들을 도맡아 했어요. 나는 도시가 하는 일이 이런 것이구나 하고 어렴풋이 깨닫기 시작했죠. 섬 주민 모두가 그런 점에서 도시에게 의지한다는 것도요.

아멜리아, 킷, 도시, 나, 이렇게 넷은 도시의 짐마차를 타고,

나머지는 걸어서 아멜리아의 농장으로 갔어요. 세인트피터포트를 빠져나가 시골길로 들어섰더니 그리 멀진 않더라고요. 하지만 풍경만큼은 정말 대단했어요. 처음에는 널따란 목초지가 펼쳐지다가 갑자기 뚝 끊기며 해안 절벽이 나타났어요. 주위는 온통 축축하고 짭조름한 바다 냄새로 가득했지요. 우리가 그곳을 지날 때는 해가 지면서 바다 안개가 피어오르고 있었어요. 안개 속에서는 소리가 더 크게 울린다는 거 알아요? 진짜 그렇더라고요. 새들이 쩍쩍대는 소리도 무겁고 둔탁하게 울리는 게 무슨 신호를 주고받는 것 같았어요. 아멜리아의 장원 저택에 도착할 무렵에는, 절벽 옆으로 구름이 뭉게뭉게 올라오고 들판은 회색빛으로 물들어갔어요. 하지만 유령처럼 음산한 구조물의 윤곽도 어렴풋하게 보였는데 지금 생각하니 그건 토트 노동자들이 지은 시멘트 진지였던 것 같아요.

짐마차에서 킷은 내 옆자리에 앉아서는 여러 번 곁눈질로 나를 흘끔흘끔 쳐다봤어요. 나도 그 애에게 말을 붙이려 애쓸 만큼 바보는 아니었지만 그 대신 엄지손가락 장난을 보여줬답니다. 왜 있잖아요, 엄지손가락이 잘려나간 것처럼 보이게 하는 거요.

킷이 새끼 매처럼 눈을 홉뜨고 나를 지켜보는데도 나는 일부러 무심한 척 그 애를 보지도 않고 계속 손장난을 쳤어요. 그 애는 흥미가 동한 표정이 역력했지만 바로 킬킬댈 정도로 어수룩하진 않았어요. 마침내 심드렁하게 "어떻게 하는 건지 가르쳐줘"라고 말했을 뿐이에요.

저녁을 먹을 때는 킷이 내 맞은편에 앉았어요. 자기 앞에 놓인 시금치를 밀어내면서 경찰관처럼 팔을 쭉 뻗고 손바닥을 내보이며 "안 먹어"라고 말했어요. 나는 굳이 아이의 뜻을 거스를 마음이 없었죠. 킷은 의자를 도시 쪽으로 끌어당기고는 한쪽 팔꿈치를 그의 팔 위에 떡하니 올린 채 음식을 먹었어요. 도시가 자리를 옮기지 못하게 못을 박은 거예요. 그런 자세로는 닭고기를 자르기 어려웠을 텐데 도시는 전혀 개의치 않는 것 같았어요. 킷은 저녁 식사가 끝나자마자 도시의 무릎 위로 냉큼 올라앉았어요. 마땅히 그 애가 앉아야 하는 권좌였던 것이죠. 도시는 우리 대화에 동참하는 듯 보였지만, 우리가 독일군 점령기의 식량 부족에 대해 얘기하는 중에도 냅킨을 토끼 모양으로 접어서 킷에게 내밀더라고요. 섬 주민들이 새 모이를 갈아서 밀가루 대용으로 썼다는 거 알아요?

나도 모르게 몇몇 시험에 통과한 모양이에요. 킷이 나더러 자기를 침대에 눕히고 이불도 덮어달라고 했거든요. 아이는 족제비 얘기를 듣고 싶어 했어요. 자기는 못된 동물들을 좋아하는데 나도 그러냐고 묻더군요. 쥐하고 입 맞출 수 있느냐고도 물었어요. 나는 "절대 못 해"라고 대답했는데, 그 대답이 마음에 들었나 봐요. 내가 엄연한 겁쟁이일 뿐 거짓말쟁이는 아니라는 게 밝혀진 거죠. 내가 이야기를 하나 들려주자 킷은 뺨의 손톱만 한 부분을 내밀면서 뽀뽀를 허락해줬어요.

엄청 긴 편지가 됐네요. 그런데도 총 스무 시간 중 처음 네 시간의 일밖에 얘기 못 했어요. 나머지 열여섯 시간 얘기도 기대하세요.

애정을 담아 보내며, 줄리엣

줄리엣이 소피에게

From Juliet to Sophie

5월 24일

너무너무 사랑하는 소피,

그래, 나 여기로 왔어. 마크가 최선을 다해 막으려 했지만 단호하게 끝까지 저항했지. 내 쇠고집 기질이 가장 정 떨어지는 부분이라고 늘 생각했는데, 지난주만큼은 제대로 실력 발휘했다고.

하지만 배가 출발하자마자, 언짢은 표정으로 부두에 서 있는, 그리고 웬일인지 나 같은 여자랑 결혼하고 싶어 하는 훤칠한 그이를 보는데 어쩌면 그이가 옳을지도 모른다는 생각이 들기 시작하는 거 있지. 정말 나는 어쩔 수 없는 구제 불능인지도 몰라. 마크에게 홀딱 반한 여자가 내가 아는 것만 해도 셋이나 된다고. 누군가가 순식간에 그이를 채갈 테고 나는 꼬질꼬질한 원룸에서 홀로 외로이 늙어가겠지. 이도 하나씩 빠질 거야. 아아, 안 봐도 훤해. 아무도 내 책을 사지 않겠지. 그러면 나는 너덜너덜하고 읽기도 힘든 원고를 들고 시드니 오빠를 쫓아다닐 거고, 오빠는 내가 불쌍해서 책을 내줄 것처럼 둘러대겠지. 제 몸도 제대로 못 가누는 투덜이 할망구가 된 나는 망태기에 애처로운 순무를 담고 신발에는 신문지를 쑤셔 넣은 채 거리를 헤매겠지. 그래도 너는 나한테 감동적인 크리스마스카드를 보내줄 거야 (그래 줄 거지?). 나는 처음 보는 사람들한테 내가 한때는 출판계의 거물 마크 레이놀즈와 약혼할 뻔한 사이였다고 자랑하겠지. 그러면 그들은 고개를 절레절레 흔들면서 이렇게 생각할 거야. 이 불쌍한 할망구가 미쳐도 단단히 미쳤구먼, 그래도 다른 사람들한테 피해는 주지 않을 테니 곱게 미친 셈이야.

오, 세상에. 계속하다간 진짜로 정신이 나가버릴 것 같아.

건지섬은 아름답고 이곳의 새 친구들은 정말 넓고 따뜻한 마음으로 날 맞아줬어. 이곳에 온 게 옳지 않을지도 모른다는 의심은 단 한 번도 하지 않았어. 방금 이가 빠지는 상상을 하기 전까지는. 휴, 그런 생각은 그만할래. 밖으로 나가야겠어. 대문을 열면 바로 앞에 들꽃 가득한 들판이 펼쳐진단다. 가능한 한

빨리 절벽으로 달려갈 거야. 바위 위에 누워 진주처럼 빛나는 오후의 하늘을 감상할래. 은은한 풀 향기를 맡으면서, 마컴 V. 레이놀즈라는 사람은 애초에 존재한 적도 없는 걸로 하겠어.

방금 돌아왔어. 몇 시간이나 지났네. 석양이 구름 가장자리에 이글거리는 금테를 둘렀고 바다가 절벽 아래 부딪히며 신음을 내고 있어. 마컴 레이놀즈? 그게 누구야?

한결같은 사랑을 담아, 줄리엣

줄리엣이 시드니에게

From Juliet to Sidney

5월 27일

시드니 오빠,

엘리자베스의 집은 손님이 머무를 수 있게 간결하게 지어졌어요. 공간이 넓은 걸 보니 신분이 높은 손님들을 위한 곳 같아요. 큼직한 응접실과 침실, 욕실, 식품 저장실, 널찍한 주방이 아래층에 있어요. 위층에는 침실 세 칸과 욕실이 하나 있고요. 가장 좋은 게 뭐냐면, 어디에나 창문이 있어서 바닷바람이 방방마다 들어온다는 거예요.

응접실의 가장 큰 창문 곁으로 책상을 밀어놓았어요. 이렇게 해놓으니까 수시로 밖에 나가 절벽 위를 산책하고 싶은 충동이 생긴다는 게 딱 하나 단점이라면 단점이죠. 5분만 흘러도 바다와 구름 모양이 달라져요. 그러니까 집 안에 있다가 뭔가 근사한 광경을 놓칠까 봐 노심초사라니까요. 오늘 아침 잠에서 깼을 때는 바다 위에 금화를 뿌려놓은 듯 반짝이더니, 지금은 온통 레몬색 장막으로 덮인 것 같네요. 작가는 내륙 깊숙이 아니면 도시의 쓰레기 하치장 바로 옆에 살아야 해요. 이도 저도 아니면 나보다 훨씬 독하게 맘을 먹든가. 그래야 책상 앞에 붙어서 일을 해치울 수 있다고요.

엘리자베스에게 매료되기 위해 뭔가가 더 필요하다면(사실 더 필요한 것도 없지만) 그녀가 사용하던 물건들을 보면 될 거예요. 독일군은 앰브로스 경의 집을 비우라는 통보를 하러 와서는 겨우 여섯 시간 동안 짐을 옮기라고 했대요. 이솔라한테 들었는데 엘리자베스가 가져온 건 주전자와 냄비 몇 개, 식기류와 평범한 그릇(독일군이 은, 크리스털, 도자기로 된 고급 식기와 와인은 자기들이 쓰겠다고 했대요), 미술 도구, 오래된 축음기, 레코드 몇 장, 그리고 나머지는 전부 책이었대요. 책이 정말 많아요, 오빠. 아직 제대로 살펴보지도 못했다고요. 거실 책장을 채우고도 모자라 주방간이 찬장에도 꽂혀 있어요. 심지어 소파 옆에 책을 쌓아서 탁자로 사용하기도 했더라고요. 훌륭한 아이디어죠?

집 안 구석구석에서 그녀에 대해 말해주는 소소한 물건들을 발견해요. 오빠, 엘리자베스도 나처럼 작은 것들에 관심을 기울이는 사람이었나 봐요. 선반마다 조개껍데기, 새 깃털, 말린 해초, 조약돌, 달걀껍데기 같은 것들이 놓여 있거든요. 동물 뼈도 있는데 박쥐 같아요. 하나같이 땅에서 아무렇게나 굴러다니던 것들이죠. 다른 사람들은 그냥 지나치거나 모르고 밟아버릴 텐데 엘리자베스는 그걸 예쁘다고 생각해 집으로 가져왔어요. 그녀가 이런 수집품들을 보며 정물화를 그렸을까요? 이 집 어딘가에 그녀의 스케치북이 있을까요? 찾아봐야겠어요. 일이 가장 중요하긴 하지만, 이 집은 일주일 내내 크리스마스이브처럼 설레는 기대감을 품게 해요.

엘리자베스는 앰브로스 경이 그린 그림도 하나 챙겨 왔어요. 엘리자베스의 초상화인데 내 짐작으로 그림 속 그녀는 여덟 살쯤 된 것 같아요. 그네에 앉아 있는데, 당장 발을 굴러 그네를 움직이게 할 기세예요. 하지만 앰브로스 경이 그림을 그릴 수 있게 얌전히 앉아 있어야 했겠죠. 눈썹을 보니 어린 엘리자베스는 가만히 있어야 하는 게 싫었던 모양이에요. 쏘는 듯한 눈빛은 유전인가 봐요. 킷이랑 어쩜 그렇게 똑같은지.

이 집에 울타리는 따로 없고 현관문(가로대를 세 개 질러놓은, 정직한 농촌의 대문이에요)을 열면 바로 집 안이에요. 집 주변 풀밭에는 들꽃이 흐드러지게 피어 있어요. 그런 들판이 쭉 이어지다가 해안 절벽에 이르면 야생초와 덤불이 들꽃을 대신하지요.

빅하우스(딱히 괜찮은 이름이 없어서 이렇게 불러요)는 엘리자베스가 앰브로스 경을 대신해 폐쇄하러 온 저택이에요. 내가 머무르는 별채에서 조금만 걸어 올라가면 닿는 아주 멋진 집이죠. L형 구조의 2층 건물이고 아름다운 청회색 벽돌로 지어졌어요. 슬레이트 지붕에 창문이 몇 개 나 있고 L자로 꺾이는 부분부터 건물 끝까지 테라스가 뻗어 있어요. 꺾이는 부분 꼭대기에 바다 쪽으로 창문이 난 작은 망루도 있고요. 예전에는 커다란 고목들이 집 주위를 에워쌌지만 대부분 잘라서 장작으로 써버렸대요. 하지만 딜윈 씨가 에번과 엘리에게 새로 밤나무와 참나무를 심어달라고 요청했답니다. 딜윈 씨는 벽돌담을 재건하는 일이 끝나는 즉시 그 옆에 복숭아나무로 울타리를 두르겠대요.

빅하우스의 외관은 넓고 긴 창으로 아름답게 나뉘어 있어요. 창문을 열고 나오면 곧바로 돌로 만든 야외 테라스죠. 초록 잔디가 다시 무성하게 자라서 독일군 자동차와 트럭이 남긴 바큇자국을 덮고 있어요.

지난 닷새 동안 에번과 엘리, 도시, 이솔라가 한 명씩 번갈아 나를 데리고 이 섬의 교구 열 곳을 모두 보여줬어요. 건지섬은 다채로운 매력이 있는데, 하나같이 아주 아름다워요. 들판, 숲, 산울타리, 골짜기, 중세 유럽 귀족의 영지, 고인돌, 천연의 절벽, 마녀 골목, 튜더 양식의 헛간, 노르망디풍 돌집…… 새로운 장소와 건물을 만날 때마다 거기에 얽힌 (무법의) 역사 이야기를 들었답니다.

건지섬의 해적은 고급 취향이었던 게 분명해요. 이렇게 아름다운 집과 인상적인 공공건물을 지어놓았잖아요. 슬프게도 이런 건물들은 낡고 헐어서 수리가 필요하지만, 그래도 조형미는 살아 있으니까. 도시는 아주 작은 교회로 나를 데려갔어요. 건물 전체가 깨진 도자기 조각 모자이크로 덮여 있더라고요. 전부 목사님 한 분이 혼자 하신 거라네요. 왠지 목회 일을 보실 때도 커다란 망치를 들고 가셨을 것 같아요.

나에게 섬 안내를 자처한 사람들도 섬의 풍경만큼이나 다양하죠. 이솔라는 저주받은 해적의 함에 대해 설명해줬어요. 백골로 장식된 그 함은 파도에 실려 해안으로 밀려왔대요. 그리고 핼럿 씨가 자기 집 헛간에 뭘 숨겼는지도 얘기해줬어요. 핼럿 씨는 그곳에서 송아지를 키운다고 우기지만 우린 내막을 안답니다. 에번은 섬 이곳저곳이 전쟁 전에는 어떤 모습이었는지 말해주고, 엘리는 갑자기 사라졌다가 천사 같은 미소를 띤 채 복숭아 주스를 갖고 돌아와요. 도시는 말수가 가장 적지만 그가 데려가는 곳마다 탄성이 절로 흘러나와요. 그 작은 교회처럼요. 나를 멋진 곳에 데려간 후에는 가만히 물러서서 내가 원하는 만큼 즐기도록 기다려요. 도시처럼 느긋한 사람은 정말 처음 봤어요. 어제는 함께 길을 걷다가, 절벽 가까이에서

255

길이 끊기고 저 아래 해안까지 오솔길이 이어진 걸 발견했어요. 내가 물었죠.

"당신이 크리스티안 헬만을 만난 게 여긴가요?"

도시는 움찔 놀란 표정을 지으며 그렇다고 대답했어요.

"그 사람은 어떻게 생겼죠?"

그 모습을 속으로 그려보고 싶어서 물어보긴 했지만 대답은 크게 기대하지 않았어요. 남자들은 다른 남자를 묘사하는 데 영 꽝이잖아요. 하지만 도시는 달랐어요.

"당신이 상상하는 독일인과 비슷할 거예요. 키가 크고 금발이고 눈동자는 푸른색인. 다만 그는 고통을 느낄 줄 아는 사람이었지요."

아멜리아와 킷과 함께 몇 번 시내로 가서 차를 마시기도 했어요. '트램프' 시리즈의 씨씨가 요트를 타고 세인트피터포트로 들어오면서 느낀 황홀경을 묘사했는데, 그 말이 맞았어요. 항구에서 하늘까지 구불구불 쭉 이어진 시내가 한눈에 펼쳐지는데 분명 세상에서 가장 아름다운 풍경일 거예요. 번화가와 폴렛 거리의 쇼윈도는 눈이 부실 만큼 깨끗하고, 이제 신제품으로 진열대를 채워가고 있어요. 지금 세인트피터포트는 유례없이 생기를 잃은 상태예요. 보수와 손질이 필요한 건물이 가득하죠. 하지만 런던처럼 죽을 듯 피로한 분위기를 내뿜진 않아요. 그건 아마도 밝은 햇빛이 섬의 모든 것을 어루만지고, 공기도 맑고 깨끗하고 어디에나 꽃이 자라기 때문일 거예요. 들판이며 길가, 바위틈, 포석(鋪石) 틈새에도 꽃이 피어 있어요.

이 세계를 제대로 보려면 킷의 눈높이에 맞춰야 해요. 정말 대단한 아이라고요. 내가 보지 못하고 지나칠 뻔한 것들을 정확히 가리킨다니까요. 나비나 거미, 땅에 핀 작은 꽃들…… 푸크시아나 부겐빌레아처럼 화려한 꽃에 둘러싸여 있으면 이런 미미한 생명은 놓치게 되거든요. 어제는 킷과 도시가 대문 옆 덤불 속에 좀도둑처럼 웅크려 앉아 있는 걸 봤어요. 물론 뭘 훔치려는 게 아니었죠. 찌르레기가 땅속에서 벌레 한 마리를 끌어내는 걸 관찰하고 있었어요. 벌레는 사투를 벌이며 나름 선전 중이었고 우리 셋은 아무 말 없이 앉아 마침내 찌르레기가 벌레를 끌어내 꿀꺽 삼키는 걸 지켜봤어요. 진짜로 그 과정을 전부 본 건 처음이었어요. 속이 메스꺼웠죠.

킷은 우리와 함께 시내로 갈 때 가끔씩 조그만 상자를 들고 와요. 마분지 상자인데 노끈으로 단단히 묶여 있고 빨간 털실로 된 손잡이도 있어요. 차를 마실 때도 상자를 무릎 위에 올려놓고 누가 가져가기라도 할 듯 몹시 경계한답니다. 숨구멍이 뚫린 것도 아니니 족제비가 들어 있는 건 아닐 텐데. …… 어머나 세상에, 어쩌면 죽은 족제비일지도 모르겠네! 상자 안에 든 게 궁금해 죽을 지경이지만, 물론 감히 물어볼 수는 없어요.

나는 이곳이 정말 좋아요. 충분히 적응도 했으니 이제 일을 시작하려 해요. 진짜 할 거예요. 오늘 오후 에번과 엘리를 따라 낚시 다녀온 다음에요.

오빠와 피어스에게 사랑을 보내며, 줄리엣

줄리엣이 시드니에게
From Juliet to Sidney

5월 30일

시드니 오빠,

'시드니 스타크의 완벽한 기억술 특강' 기억해요? 열다섯 번이나 날 붙들고 열강을 펼쳤잖아요. 오빠는 인터뷰 중에 수첩을 꺼내놓고 끼적이는 건 무례하고 게으르며 무능한 거라고 말했죠. 오빠는 참을 수 없을 만큼 거만했고 난 그런 오빠한테 완전히 질려버렸지만, 그래도 난 꽤 성실한 학생이었다고요. 자, 드디어 그 열강의 결실을 볼 수 있겠네요.

어젯밤 처음으로 '건지 감자껍질파이 북클럽'에 참석했어요. 모임은 클로비스와 낸시 부부의 집 거실에서 열렸는데, 주방까지 사람이 찼어요. 발표자는 신입 회원인 조나스 스키터였고 《마르쿠스 아우렐리우스 명상록》에 대해 발표하기로 돼 있었어요.

스키터 씨는 사람들 앞으로 터벅터벅 걸어가, 모두를 쏘아본 후에 자기는 여기 오기 싫었다고 폭탄선언을 했어요. 마르쿠스 아우렐리우스의 멍청한 책을 읽은 건 오로지 가장 오래 사귀고 가장 소중한 '예전의' 친구 우드로 커터가 그 책 때문에 자기를 모욕해서일 뿐이라고요. 모두의 시선이 우드로에게 쏠렸지요. 자리에 앉아 있던 우드로는 충격을 받아 벌린 입을 다물지 못했어요.

여기 스키터 씨의 말을 옮겨볼게요.

"우드로는 내가 퇴비를 만드느라 한창 바쁠 때 우리 집으로 건너왔습니다. 이 코딱지만 한 책을 손에 들고 와서는 방금 다 읽었다고 자랑하더이다. 그러더니 나보고도 읽어보라면서, 아주 '심오한' 내용을 담은 책이라고 말했어요.

'우드로, 난 심오할 시간이 없어.'

내가 말했지요. 그랬더니 우드로는 이러더군요.

'시간을 내야지, 조나스. 자네가 이걸 읽으면 '크레이지 아이다'에서 좀 더 훌륭한 주제로 대화할 수 있을 거야. 맥주 한 잔을 놓고도 더 재미있는 시간을 보낼 수 있다고.'

이 말에 기분이 상했습니다. 그런 뜻이 아니라고 해봤자 소용없어요. 우린 어릴 적부터 친구였는데 언제부턴가 나보다 자기가 우월하다고 생각해온 겁니다. 왜냐, 자기는 당신들과 함께 책을 읽고 나는 안 읽으니까. 전에는 이런 일 따위 그냥 넘겼습니다. 사람마다 좋아하는 게 있는 법이라고 어머니가 늘 말씀하셨거든요. 그렇지만 이번엔 우드로가 정도를 벗어났어요. 날 모욕했다고요. 자기가 내 머리 꼭대기에 있다고 생각한 겁니다.

우드로가 이러더군요.

'조나스, 마르쿠스는 로마제국 황제였어. 위대한 전사기도 했지. 이 책에는 그가 콰디족 틈에 있을 때 생각한 것들이 담겨 있어. 콰디족은 숲속에 숨어 기다리다가 로마인들이 보이는 족족 다 죽여버린 야만인 부족이야. 마르쿠스는 그런 콰디족에게 쫓기는 와중에 틈틈이 이 책을 썼지. 그는 생각이 깊었어. 아주아주 깊었지. 그중 일부를 우리가 사용할 수도 있잖아, 조나스.'

나는 일단 마음의 상처는 뒤로 미루고 그 망할 책을 받았습니다. 내가 오늘 여기 온 건 모두에게 고하기 위해서입니다. 창피한 줄 알아, 우드로! 부끄러운 줄 알라고! 감히 어린 시절 친구보다 책을 더 높이 사?

하지만 어찌 됐건 나는 그 책을 읽었고, 이제 내 생각을 말하려 합니다. 마르쿠스 아우렐리우스는 한마디로 '노파'더이다. 영원토록 제 마음의 온도를 재고 영원토록 자기가 한 일과 하지 않은 일에 끊임없이 의구심을 품는. 내가 옳은가 아닌가, 나빼고 이 세상이 잘못 돌아가는 건가? 아니, 세상은 멀쩡한데 나만 이상한 건가? 아니야, 틀린 건 나를 제외한 모두야. 그렇게 자기 멋대로 정해버리더구먼. 그 사람 완전 닭대가리야. 자기 말이 교훈 발끝에도 못 미친다고는 요만큼도 생각 못 하지. 왜냐, 내 장담하건대 그는 혼자 오줌도 누지……"

그 순간, 누군가가 놀란 목소리로 소리쳤어요.

"오, 오줌? 숙녀들 앞에서 오줌이라는 표현을 썼어!"

"어서 사과해!"

또 다른 누군가가 울부짖었죠.

"조나스가 사과할 필요는 없소. 조나스도 자기 생각을 말할 권리가 있고, 그게 자기 생각인 거요. 우리가 좋든 싫든 상관없이!"

"우드로, 어떻게 친구에게 그런 상처를 줄 수 있어요?"

"창피한 줄 알아, 우드로!"

바로 그때 우드로가 벌떡 일어섰고, 좌중은 순식간에 조용해졌어요. 두 남자는 거실 중앙에 마주 섰어요. 조나스가 우드로에게 손을 내밀었고, 우드로가 그 손을 덥석 잡았죠. 그리고 둘은 팔짱을 끼고 그곳을 벗어나 크레이지 아이다로 향했어요. 크레이지 아이다는 여자 이름이 아니라 술집 이름이겠죠?

애정을 담아, 줄리엣

261

추신. 어젯밤 모임이 한 편의 코미디라고 생각한 회원은 도시뿐이었
어요. 예의가 바른 사람이라 소리 내어 웃지는 않았지만 어깨
가 들썩이는 걸 내가 봤죠. 다른 회원들 반응을 보니 모임이 그
저 만족스러웠던 것 같아요. 그들에겐 그리 별난 사건도 아닌
모양이었고요.

또 한 번 애정을 담아, 줄리엣

줄리엣이 시드니에게

From Juliet to Sidney

5월 31일

시드니 오빠,

동봉한 편지 좀 읽어봐요. 현관문 아래 놓여 있는 걸 오늘 아
침에 발견했어요.

친애하는 애슈턴 양,

프리비 양이 얼마 전까지 우리가 겪은 독일군 점령기에 대해 당
신이 알고 싶어 한다고 말해주었습니다. 그래서 이렇게 편지를
씁니다. 저는 변변치 않은 놈입니다. 어머니는 제가 잘하는 게

하나도 없다고 하는데 실은 저도 잘하는 게 있습니다. 휘파람 하나는 끝내주게 불지요. 대회에서 우승해 상을 받은 적도 여러 번 있습니다. 독일군 점령기에는 이 재주를 활용해 적의 사기를 꺾었습니다.

저는 어머니가 잠든 후에 살그머니 집 밖으로 나왔습니다. 소마레즈 거리에 있는 독일군 매음굴(이런 표현을 용서하십시오)까지 숨소리도 내지 않고 갔지요. 그리고 밀회를 마친 병사가 나올 때까지 어둠 속에서 기다렸습니다. 숙녀분들이 이 사실을 아시는지 모르겠는데, 그런 일을 마친 다음이면 남자들은 몸 상태가 저하됩니다. 가끔 휘파람을 불며 자기 막사로 돌아가는 병사를 볼 수 있습니다. 그러면 저도 천천히 뒤따라 걸으면서 똑같이 휘파람을 불었습니다(하지만 실력은 제가 훨씬 위였죠). 병사는 휘파람을 멈추지만 저는 멈추지 않았습니다. 병사는 잠시 걸음을 멈추고 생각에 잠깁니다.

'메아리인 줄 알았는데 아닌가? 그럼 어둠 속에서 다른 누군가가 나를 쫓고 있다?'

병사가 뒤를 돌아보면 저는 재빨리 옆으로 숨어버립니다. 아무도 보이지 않자 그는 다시 발걸음을 재촉하지요. 휘파람은 불지 않고요. 그런데 제가 다시 뒤따라 걸으며 휘파람을 붑니다. 그가 멈추면 저도 멈추면서요. 그가 발을 재게 놀리면 저는 계속 휘파람을 불면서 종종걸음으로 따라갑니다. 병사는 혼비백산해서 막사 안으로 뛰어들고, 저는 다시 매음굴로 돌아와 다른 병사가 나오길 기다립니다. 실제로 저 때문에 다음 날 임무 수행이 어려웠던 병사가 꽤 될 겁니다. 무슨 말인지 아시겠어요?

이번에는, 다시 한번 용서를 구하며 매음굴에 대해 좀 더 말씀드리겠습니다. 그곳의 젊은 아가씨들이 원해서 거기 있었다고는 생각지 않습니다. 유럽의 독일군 점령지에서 강제로 끌려왔어요. 토트 노동자들처럼요. 그곳에서 하는 일이 결코 좋은 일은 아니었을 겁니다. 놀랍게도 독일군 병사들은 이 아가씨들에게 식량을 더 배급해달라고 요청했습니다. 섬의 중노동자들만큼은 줘야 한다고 말입니다. 게다가 저는 매음굴 여성들이 토트 노동자들과 음식을 나누는 것도 보았습니다. 밤이면 가끔 토트 노동자들이 수용소 밖으로 나와 식량을 구하러 돌아다녔거든요.

제 이모가 저지섬에 삽니다. 이제 전쟁도 끝났으니 우리를 보러올 수도 있겠네요. 그게 더 유감이긴 합니다만. 전에 이모는 딱 자기 수준에 맞게 끔찍한 소식을 전해주었습니다.

노르망디 상륙작전 후에 독일군은 매음굴 여성들을 프랑스로 돌려보내기로 결정하고는 생말로로 향하는 배에 모두 태웠습니다. 그런데 그쪽 바다는 좀 많이 변덕스럽고 울렁거리며 험악합니다. 배는 암초에 난파되었고 그 안에 탄 사람들은 전원 익사했습니다. 그 불쌍한 여자들의 익사체가 바다로 떠올라, 물속에 퍼져 넘실대는 노란 머리칼(이모는 그들을 '표백한 음탕녀'라고 불렀습니다)까지 볼 수 있었다고 해요.

"당해도 싸, 저런 창녀들은."

이모가 말했습니다. 이모와 우리 어머니는 깔깔대며 웃더군요.

더는 들어줄 수가 없었습니다! 저는 의자에서 벌떡 일어나 티 테이블을 일부러 그쪽으로 넘어뜨렸습니다. 그러고는 어머니와 이모에게 추하고 늙은 매춘부라고 소리쳤습니다.

이모는 다시는 우리 집에 발을 들이지 않겠다고 했고 어머니는 그날 이후 저에게 한마디도 하지 않습니다. 이렇게 지내니 오히려 굉장히 평화롭고 좋습니다.

진심을 담아, 헨리 A. 투상

줄리엣이 시드니에게

From Juliet to Sidney

6월 6일

잉글랜드 런던 SW1, 세인트제임스 플레이스 21번지

스티븐스&스타크 출판사 시드니 스타크 귀하

사랑하는 시드니 오빠,

내가 얼마나 놀랐는지 알아요? 런던에서 걸려온 전화의 주인공이 오빠였다니! 비행기로 돌아올 예정이라는 얘기를 해주지 않은 건 정말 잘한 일이에요. 내가 얼마나 비행기를 무서워하는지 오빠도 아니까. 이제 비행기가 폭탄을 떨어뜨릴 일은 없지만, 그래도요. 오빠가 오대양 너머 멀리 있는 게 아니라 해협만 건너면 바로 있다는 걸 알게 돼 정말 신나요. 가능하면 빨리 이곳으로 와서 만나요.

이솔라는 기대 이상이에요. 나에게 독일군 점령기 때 이야기를 해줄 사람을 일곱 명이나 데려왔죠. 덕분에 인터뷰 기록이 제법 쌓였고 계속 늘어나는 중이랍니다. 그렇지만 아직은 메모가 전부예요. 과연 이게 책으로 엮일 가능성이 있는지 의문이에요. 게다가 가능성이 있다 해도 어떤 형식으로 써야 할지 모르겠어요.

킷은 이곳에서 오전 시간을 보낼 때가 많아졌어요. 돌멩이나 조개껍데기 같은 걸 가져와서는 내가 일하는 동안 바닥에 조용히(흠, 비교적 조용히) 앉아서 놀아요. 내 일이 끝나면 우린 도시락을 싸 들고 해변으로 소풍을 가요. 안개가 너무 짙은 날은 그냥 집 안에서 놀고요. '미용실' 놀이나(정전기가 일어날 때까지 서로 머리를 빗어주는 거죠) '죽은 신부' 놀이 같은 걸 해요.

죽은 신부 놀이는 '뱀과 사다리(주사위를 굴려 말을 움직이는 보드게임)' 같은 게임처럼 복잡하지 않아요. 정말 단순하죠. 레이스 커튼 같은 것을 베일 삼아 쓴 신부가 세탁물 바구니에 들어가서 죽은 척하고 숨어 있으면, 고뇌에 찬 신랑이 신부를 찾아다녀요. 마침내 신랑은 바구니 안에 죽어 있는 신부를 발견하고 큰 소리로 통곡을 해요. 바로 그 순간 신부가 벌떡 일어나 "놀랐지!" 하며 신랑을 끌어안아요. 이제 행복할 일만 남았으니 한바탕 환희와 웃음과 키스가 휩쓸고 지나가죠. 개인적으로, 그런 결혼이라면 솔직히 사양하겠어요.

모든 아이가 섬뜩한 면을 갖고 있다는 건 알지만 내가 그걸 장려해야 하는지는 잘 모르겠어요. 소피에게 죽은 신부 놀이가 네 살배기 아이에게 너무 해로운 건 아닌지 물어보기가 겁나요. 소피가 그렇다고 한다면 이 놀이를 그만둬야 할 테지만 내가 그러고 싶지 않아요. 난 죽은 신부 놀이가 아주 마음에 들거든요.

어린아이와 지내다 보면 너무도 많은 의문이 생기죠. 이를테면 아이가 사팔눈 연습을 많이 하면 영원히 사시로 굳어질까요, 아니면 그냥 뜬소문에 지나지 않을까요? 우리 엄마는 그렇다고 말했고 나도 그 말을 믿었지만, 킷은 자기 생각이 확고한 아이라 그런지 그 말을 믿지 않아요.

우리 부모님의 육아관을 기억해보려고 무진 애를 쓰지만 바로 내가 양육 대상이었기 때문에 제대로 판단할 수가 없어요. 식탁 맞은편에 앉은 모리스 부인에게 콩을 뱉어서 맞은 기억이 있긴 한데 그게 전부라고요. 아마 모리스 부인이 그런 짓을 당할 만한 일을 했겠죠. 문학회 회원들이 킷을 번갈아 키운 게 킷에게 나쁜 영향을 준 것 같진 않아요. 그런 양육법이 킷을 겁 많거나 내성적인 아이로 만들지 않았다는 건 확실해요. 어제 아멜리아에게 그 얘기를 물어봤어요. 아멜리아는 싱긋 웃더니 엘리자베스의 아이라면 결코 겁쟁이나 소심쟁이일 리 없다고 말했어요. 그리고 자신의 아들 이언과 엘리자베스의 어릴 적 이야기를 들려주었어요.

이언은 잉글랜드에 있는 학교를 다닐 예정이었는데, 정말 가기 싫어했대요. 그래서 가출하기로 결심했죠. 그 애는 제인과 엘리자베스에게 자문을 구했고 엘리자베스는 자기 배를 사서 탈출하라고 조언했어요. 문제는 엘리자베스에게 배가 없었다는 거예요. 하지만 그 얘기는 이언에게 하지 않았죠. 대신 사흘 만에 직접 배를 만들었대요. 약속한 날 오후 아이들은 배를 해변으로 끌어왔어요. 이언이 배를 타고 출발했고 엘리자베스와 제인은 해안에서 손수건을 흔들어주었어요. 8백 미터쯤 가자 배가 가라앉기 시작했어요. 아주 빠른 속도로. 제인은 빨리 가서 자기 아버지를 불러와야 한다며 동동거렸지만, 엘리자베스는 그럴 시간도 없고 이건 다 자기 잘못이니 자기가 이언을 구해야 한다고 말했어요. 엘리자베스는 신발을 벗고 파도 속으로 뛰어들어 이언에게 헤엄쳐 갔어요. 그들은 함께 난파선을 끌고 해안으로 나왔죠. 엘리자베스는 이언을 앰브로스 경의 집으로 데려가 몸을 말려주었어요. 이언에게 받은 돈도 돌려줬고요. 난로 앞에서 몸을 말리며 앉아 있는데 엘리자베스가 갑자기 이언을 바라보며 우울한 목소리로 말했어요.

"이젠 배를 훔쳐야 해. 그 수밖에 없어."

결국 이언은 엄마에게 그냥 학교에 가겠다고 했대요. 그 편이 더 간단하다고 결론 내렸다면서요.

오빠가 그동안 밀린 일을 해치우려면 지독하게 오래 걸리겠죠? 하지만 아주 잠깐이라도 시간을 내줄 수 있다면, 종이인형 책 한 권만 좀 구해줘요. 화려한 파티 드레스가 가득한 것으로 부탁해요.

킷이 점점 날 좋아하는 게 느껴져요. 무심코 내 무릎을 토닥인다니까요.

사랑을 담아, 줄리엣

줄리엣이 시드니에게

From Juliet to Sidney

6월 10일

시드니 오빠,

오빠의 새 비서가 보낸 근사한 소포가 방금 도착했어요. 비

서 이름이 진짜 '빌리 비 존스'예요? 뭐, 상관없어요. 어쨌든 그
녀는 천재예요. 킷에게 줄 종이인형 책을 두 권이나, 그것도 둘
다 전혀 촌스럽지 않은 걸로 구했으니까요. 그레타 가르보와
'바람과 함께 사라지다' 종이인형을 보냈더라고요. 책장마다
예쁜 드레스와 모피, 모자, 깃털 목도리로 가득하네요. 오, 정말
멋져요. 사려 깊게도 끝이 뭉툭한 가위도 같이 보낸 거 있죠?
난 생각도 못 했는데. 지금 킷이 그 가위를 사용하고 있어요.

이건 편지가 아니라 고마움의 표시예요. 빌리 비에게도 고맙
다고 써서 보내려 해요. 그나저나 이렇게 유능한 사람을 어떻
게 찾아냈어요? 빌리 비가 통통하고 어머니 같은 인상이면 좋
겠어요. 내가 상상한 그대로 말이에요. 그녀가 동봉한 쪽지에
는 사팔눈 연습을 한다고 영원히 사시가 되는 건 아니라고 적
혀 있었어요. 그저 노파들이 하는 실없는 이야기래요. 킷은 신
이 나서는 저녁 먹을 때까지 사팔눈을 하고 있겠대요

사랑을 보내며, 줄리엣

추신. 오빠가 지난번 편지에서 밝힌 수상쩍은 의견과는 정반대로,
이 편지에는 도시 애덤스 씨가 전혀 등장하지 않았다는 점을
분명히 밝혀두겠어요. 금요일 오후에 그 사람이 킷을 데리러
우리 집에 온 이후로는 얼굴도 못 봤다고요. 그때 킷과 나는 제

일 좋은 보석으로 치장하고 축음기에서 흘러나오는 떠들썩한 '위풍당당 행진곡'에 맞춰 집 안에서 행진하고 있었어요. 킷은 행주를 가져와 망토라며 도시의 어깨에 둘러주었고 그도 우리와 함께 행진했지요. 그런데 내가 보기엔 그 사람한테는 왠지 귀족의 피가 흐르는 것 같아요. 먼 곳도 가까운 곳도 아닌 중간 어딘가를 인자하게 응시할 수 있더라고요. 공작(公爵)의 기품이 바로 그렇잖아요.

6월 12일 건지섬에서 받은 편지

Letter received in Guernsey on 12th June

수신인 : '에번' 또는 '이솔라' 또는 영국 채널제도 건지섬의 북클럽 회원 누구라도. (6월 14일 에번에게 배달됨)

건지섬 북클럽 회원 여러분께,

제 친구 엘리자베스 매케너에게 소중한 존재인 여러분께 인사드립니다. 저는 엘리자베스가 라벤스부뤼크 여성 강제수용소에서 죽었다는 사실을 알려드리려 이렇게 편지를 씁니다. 그녀는 1945년 3월 그곳에서 처형되었습니다.

러시아 군대가 와서 우리를 해방시키기 전, 히틀러 친위대가 몇 트럭분의 서류 뭉치를 소각장으로 가져가 모두 태워버렸습니다. 그래서 저는 여러분이 엘리자베스의 수감과 사망 사실을 영원히 알지 못할까 봐 불안했습니다.

엘리자베스는 저에게 아멜리아와 이솔라, 도시, 에번, 부커에 대해 들려주었습니다. 이분들의 성은 기억나지 않지만 에번이나 이솔라는 기독교 세계에서 흔치 않은 이름이니 건지섬에서 수월하게 찾아낼 수 있기를 희망합니다.

엘리자베스가 여러분을 자신의 가족처럼 아꼈으며, 자신의 딸인 킷이 여러분의 보살핌 속에 있다는 사실에 감사와 평화를 느꼈다는 걸 저는 잘 압니다. 그렇기 때문에 저는 여러분과 그녀의 딸이 알 수 있게, 수용소에서도 엘리자베스가 얼마나 강인했는지를 글로나마 전해드리려 합니다. 그녀는 단순히 강인한 정도가 아니었습니다. 잠시나마 우리가 어디 있는지를 잊게 해주는 신통한 능력이 있었지요. 엘리자베스는 제 친구였으며, 그곳에서는 오직 우정이 우리를 인간이게 해주는 전부였습니다.

현재 저는 노르망디 루비에 있는 라포레 요양원에 있습니다. 아직 영어 실력이 서투르기 때문에 투비에 수녀님이 제 말을 받아 적고 문장을 다듬어주십니다.

저는 스물네 살입니다. 1944년에 프랑스 브르타뉴의 플루아에서 위조 배급표 뭉치를 소지한 죄로 게슈타포에게 체포되었습니다. 조사를 받고(계속 얻어맞기만 했지요) 바로 라벤스부뤼크 강제수용소로 보내졌습니다. 저는 11동에 배치되었는데 거기서 엘리자베스를 만났습니다.

우리가 어떻게 친해졌는지 말씀드리겠습니다. 어느 날 저녁 그녀가 저에게 오더니 "레미" 하고 제 이름을 불러주었습니다. 저는 이름으로 불린 게 몹시 기뻤습니다. 그녀는 "나랑 같이 가자. 깜짝 선물을 보여줄게"라고 말했습니다. 저는 영문도 모른 채 그녀를 따라 막사 뒤쪽으로 달려갔습니다. 유리가 깨져 종이로 막아놓은 창문이 있었는데, 엘리자베스가 그 종이를 끄집어냈습니다. 우리는 창문으로 빠져나가 라거스트라세 방향으로 내달렸습니다.

저는 그제야 엘리자베스가 말한 깜짝 선물이 무엇인지 알아차렸습니다. 놀랍고도 멋진 선물이었지요. 담장 위로 보이는 하늘은 마치 불타는 듯했습니다. 낮게 깔린 붉은색, 보라색 구름 아랫면은 어두운 황금빛으로 물들어 있었습니다. 구름 모양이 끊임없이 변하면서 하늘을 가로질러 흘러갔습니다. 우리는 손을 맞잡고 어둠이 찾아올 때까지 그곳에 서 있었지요.

수용소 같은 데 갇혀본 적 없는 사람들은 그 일이, 누군가와 함께 그토록 고요한 순간을 보낸 것이 얼마나 큰 의미인지 결코 알지 못할 겁니다.

우리가 지낸 11동에는 거의 400명에 달하는 여성 수감자가 있었습니다. 각 막사 앞에 석탄재를 깐 보도가 있었고 수감자는 하루에 두 번, 새벽 5시 30분과 일을 마친 저녁에 그곳에서 점호를 받았습니다. 각 막사에서 나온 수감자들이 열 명씩 열 줄, 이렇게 백 명씩 정사각형 대열로 섰습니다. 정사각형 대열은 우리 양옆으로도 한참을 더 늘어섰고, 안개 낀 날이면 그 끝이 보이지 않을 정도였습니다.

잠자리는 3단으로 된 선반 위였습니다. 짚을 넣은 요가 깔려 있었는데 시큼한 냄새가 나고 벼룩과 이 천지였지요. 밤이면 발밑에서 커다랗고 누런 쥐들이 뛰어다니기도 했습니다. 차라리 다행이었습니다. 감시관들은 쥐와 악취를 싫어했기 때문에 늦은 밤이면 그들의 감시망을 벗어날 수 있었으니까요.

그렇게 늦은 밤이면 엘리자베스는 저에게 건지섬과 북클럽 이야기를 해주었습니다. 저에겐 마치 천국같이 들렸습니다. 잠자리에 누우면 불결한 냄새와 병균이 떠다니는 눅눅한 공기 속에서 숨을 쉬어야 했지만, 엘리자베스가 이야기를 할 때면 깨끗하고 상쾌한 바닷바람과 뜨거운 태양 아래 익어가는 과일 향기를 상상할 수 있었습니다. 그럴 리는 없겠지만, 제 기억으로는 라벤스부뤼크에서 햇빛이 비친 날은 단 하루도 없었습니다. 여러분의 문학회가 어떻게 생겨났는지도 아주 재미있게 들었습니다. 돼지구이 이야기를 들을 때는 하마터면 웃음을 터뜨릴 뻔했습니다. 하지만 웃지 않았지요. 막사에서 웃으면 처벌을 받기 때문입니다.

수용소에는 찬물이 나오는 공동 세면대가 몇 개 있었습니다. 일주일에 한 번 샤워가 허용되었고 비누도 하나씩 받았습니다. 씻는 일은 중요했습니다. 청결하지 못해 상처가 곪는 것이 가장 두려웠기 때문입니다. 우리는 감히 병에 걸릴 수도 없었습니다. 아프면 일을 할 수 없고, 그러면 더는 독일군에게 쓸모가 없어지니 꼼짝없이 죽는 길뿐이었습니다.

엘리자베스와 제가 속한 그룹은 매일 아침 6시에 지멘스 공장까지 걸어가 일을 했습니다. 공장은 수용소 담장 밖에 있었습니다. 그곳에 도착하면 손수레를 철로 측선으로 밀고 가서 무거운 금속판을 실었습니다. 정오에 밀죽과 콩을 배급받았고, 수용소로 돌아와 오후 6시에 점호를 받은 후 순무 수프로 저녁을 먹었습니다.

우리가 맡은 작업은 필요에 따라 달라졌습니다. 하루는 겨울 동안 감자를 저장할 구덩이를 파라는 지시를 받았습니다. 그런데 같은 수감자이자 친구였던 알리나가 감자 한 알을 훔치려다 그만 땅에 떨어뜨리고 말았습니다. 모든 작업이 중단되었고 감시원은 눈에 불을 켜고 도둑을 찾아 나섰습니다.

알리나는 각막궤양에 걸렸는데, 감시원에겐 어떻게든 숨겨야 했습니다. 감시원이 알았다가는 그녀가 곧 눈이 멀 거라고 생각할 게 뻔했으니까요. 그때 엘리자베스가 재빨리 나서서 자기가 감자를 훔쳤다고 했고, 그 벌로 일주일간 지하감옥에 갇혀 있었습니다.

지하감옥의 감방은 극도로 좁았습니다. 엘리자베스가 그곳에 있을 때 하루는 간수 하나가 감방 문을 벌컥 열고는 죄수들에게 고압 호스로 물을 뿌렸다고 합니다. 엘리자베스가 바닥에 나동그라질 정도로 물살이 셌지만 다행히 구석에 접어둔 담요까지는 물이 닿지 않았습니다. 가까스로 몸을 일으켜서 오한이 멈출 때까지 담요를 덮고 누워 있었다고 합니다. 그러나 옆방에 있던 젊은 임신부는 운이 좋지도 않았고 몸을 일으킬 기력도 없었습니다. 그녀는 그날 밤 바닥에서 얼어 죽었습니다.

제가 너무 많은 이야기를 하는 것 같기도 합니다. 여러분이 듣고 싶어 하지 않을 것들을…… 하지만 저는 말해야 합니다. 엘리자베스가 어떻게 살았는지, 그녀가 얼마나 힘들게 인간애와 용기를 지켜냈는지 여러분에게 전해야 합니다. 저는 그녀의 딸도 이 사실을 알기를 바랍니다.

이제는 그녀가 왜 죽음에 이르렀는지 말할 차례네요. 여성 수감자 대부분은 수용소에 온 지 몇 달 안에 생리가 멈춥니다. 하지만 그렇지 않은 이들도 있었지요. 수용소 의사들은 수감자에게 아무런 위생 용품도 지급하지 않았습니다. 생리대는커녕 천 쪼가리나 비누조차 없었습니다. 생리 중인 수감자는 피가 다리를 타고 흘러내리게 방치할 수밖에 없었습니다.

감시관들은 이 광경, 흉측하게 다리 사이로 피가 흐르는 광경을 즐기면서 그것을 핑계로 소리를 지르고 때리기 일쑤였습니다. 빈타라는 여자가 우리 막사의 저녁 점호를 하던 감시관이었는데, 어떤 소녀가 피를 흘리는 걸 보고는 욕을 퍼붓기 시작했습니다. 소녀를 향해 마구 화를 내고 몽둥이를 높이 치켜들고 위협했습니다. 그러다가 마침내 소녀를 패기 시작했습니다.

엘리자베스가 줄에서 벗어나 쏜살같이 앞으로 튀어나갔습니다. 빈타의 손에서 몽둥이를 빼앗고는 도리어 빈타를 때렸습니다. 때리고 때리고 또 때렸습니다. 간수들이 달려왔고 그중 두 명이 총대로 엘리자베스를 쳐서 쓰러뜨렸습니다. 그들은 엘리자베스를 트럭에 실어 또다시 지하감옥에 집어넣었습니다.

간수 한 명이 저에게 말해주었습니다. 다음 날 아침 군인들이 엘리자베스를 에워싼 채 감방에서 꺼냈다고 합니다. 수용소 담장 밖에는 포플러 숲이 있었습니다. 나뭇가지들 아래로 작은 길이 나 있는데 엘리자베스는 누구 도움도 받지 않고 혼자서 그 길을 걸어갔습니다. 그런 다음 땅바닥에 무릎을 꿇고 앉았고, 군인들이 그녀의 뒤통수에 총을 쏘았습니다.

이쯤에서 멈추겠습니다. 수용소에서 나온 후 아파서 누워 있을 때, 저는 종종 엘리자베스가 곁에 와 있다고 느꼈습니다. 열병을 앓았는데, 엘리자베스와 함께 작은 배를 타고 건지섬으로 가는 상상을 했습니다. 라벤스부뤼크에 있을 때 세운 계획대로요. 그녀의 집에서 함께 킷을 키우며 살기로 했는데…… 그런 생각을 하며 그나마 잠을 이룰 수 있었습니다.

여러분도 저처럼 엘리자베스가 가까이 있다고 느끼길 바랍니다. 그녀는 언제나 강했습니다. 그녀의 정신도 결코 약해지지 않았습니다. 단지 인간의 도를 넘어선 잔혹함을 봤을 뿐입니다.

저의 가장 큰 소망을 받아주시길, 레미 지로

레미의 편지에 동봉된 투비에 수녀의 메모

Note from Sister Cecil Touvier,

placed in the envelope with Remy's letter

레미의 간병인인 세실 투비에 수녀가 여러분에게 몇 자 적습니다. 저는 레미에게 당장은 쉬어야 한다고 했습니다. 이렇게 긴 편지를 쓰게 허용할 수 없다고요. 하지만 그녀는 써야만 한다고 고집했습니다. 레미는 자기가 얼마나 아픈 상태인지 말하지 않겠지만 대신 제가 말씀드리겠습니다. 러시아군이 라벤스부뤼크에 도달하기 며칠 전, 그 추악한 나치놈들은 걸을 수 있는 수감자에게 모두 떠나라고 명령했습니다. 수용소 문을 열고는 아무것도 없는 시골길로 그들을 내몰았습니다. "가라, 가. 어느 연합군이든 찾아가라." 그렇게 나치는 쇠약하고 굶주린 여성들을 식량이나 물도 없이 몇 마일이나 걷게 내버려두었습니다. 그들이 걷는 벌판에는 주워 먹을 곡물 낟알조차 없었습니다. 그들의 걸음걸음이 죽음의 행진이었다 한들 누가 놀라기나 하겠습니까? 수백 명이 길 위에서 죽어갔습니다. 며칠이 지나자 레미의 다리와 몸은 기아부종(飢餓浮腫)으로 심하게 부어올랐습니다. 더는 걸음을 뗄 수 없을 지경이었지요. 그래서 그 자리에 쓰러져 죽기만을 기다렸답니다. 다행히도 미군 부대가 그녀를 발견했습니다. 그들은 레미에게 뭐라도 먹여보려 했지만 그녀의 몸이 받아들이지 못했습니다. 그들은 그녀를 야전병원으로 옮겨 침대에 눕히고 수액 링거를 맞게 했습니다. 병원에서 몇 달을 보내고 어느 정도 체력을 회복한 후에 이곳 루비에의 요양원으로 온 것입니다. 그녀가 이곳에 도착할 당시 몸무게는 27킬로그램도 되지 않았습니다. 그렇지 않았다면 여러분에게 좀 더 일찍 편지를 썼을 겁니다. 드디어 여러분에게 편지를 썼으니 저는 이제 레미가 무사히 건강을 회복할 것이고, 그녀의 친구도 편안히 잠들 거라고 믿습니다. 여러분도 물론 레미에게 답장을 하실 수 있지만 부디 라벤스부뤼크에 관한 질문은 삼가주시길 바랍니다. 레미에겐 그때의 일을 모두 잊는 게 최선입니다.

진심을 담아, 세실 투비에 수녀

아멜리아가 레미 지로에게

From Amelia to Remy Giraud

6월 16일

프랑스 루비에, 라포레 요양원 마드무아젤 레미 지로 귀하

친애하는 마드무아젤 지로,

우리에게 편지를 보내주시다니 참으로 선한 분이군요. 정말 선하고 친절한 분이세요. 우리에게 엘리자베스의 죽음을 알리기 위해 고통스러운 기억을 떠올리는 게 보통 일이 아니었을 텐데요. 우리 모두 그동안 그녀가 돌아오기를 간절히 기도했지만, 생사 여부도 모르고 불안하게 살아가기보다는 진실을 아는 편이 낫지요. 당신과 엘리자베스의 우정을 알게 되고 둘이 서로 위안하며 지냈다니 얼마나 감사한지요. 도시 애덤스와 제가 당신을 만나러 루비에로 가도 괜찮을까요? 우리야 당연히 당신을 몹시 만나고 싶지만 당신에게 방해가 될 것 같다면 가지 않겠습니다. 당신을 알고 싶고 또 당신에게 제안하고 싶은 계획이 있습니다. 그렇지만 다시 강조할게요, 당신이 원하지 않으면 가지 않겠습니다. 당신의 친절과 용기에 감사하는 우리 마음은 영원히 변치 않을 것입니다.

당신의 진실한 벗, 아멜리아 모저리

줄리엣이 시드니에게

From Juliet to Sidney

6월 16일

시드니 오빠,

"말도 안 돼! 오, 제기랄!" 하는 오빠의 목소리를 들으니 얼마나 위안이 되던지. 솔직히 그 상황에서 나올 만한 유일한 말이죠, 그렇죠? 엘리자베스가 죽었다는 소식은 세상에서 제일 싫어요. 앞으로도 제일 싫은 일일 거예요.

참 이상해요. 한 번도 만난 적 없는 누군가의 죽음을 이토록 애도하다니. 하지만 정말 말할 수 없이 슬프네요. 지금껏 쭉 엘리자베스의 존재를 느껴왔어요. 내가 들어가는 모든 방에 그녀의 자취가 머물러 있어요. 비단 이 집만이 아니라 그녀가 책을 쌓아두었다는 아멜리아의 서재도 그렇고, 그녀가 물약을 저었다는 이솔라의 주방도 그래요. 모두가 항상 (지금도 여전히) 그녀를 현재형으로 이야기하니까 어느덧 나도 당연히 그녀가 돌아올 거라고 믿은 거예요. 내가 얼마나 그녀를 알고 싶어 했는데!

내가 이 정도니 다른 사람들은 오죽하겠어요.

어제 에번을 봤는데 전보다 한층 늙어버린 것 같더라고요. 그분 곁에 엘리가 있어서 다행이에요. 이솔라는 어딘가로 사라졌지만 아멜리아가 걱정하지 말라더군요. 이솔라는 마음이 아플 때마다 그런다고요.

도시와 아멜리아가 루비에로 가기로 결정했어요. 지로 양을 설득해 건지섬으로 데려올 거래요. 그녀의 편지 중 가슴 찢어질 듯 슬픈 내용이 있었죠. 엘리자베스가 건지섬에서 함께할 미래의 계획을 이야기해주며 그녀가 잠들게 도왔다는. 지로 양은 그게 마치 천국처럼 들린다고 했어요. 그 가여운 여인은 마땅히 천국을 누려야 해요. 이미 지옥을 지나왔잖아요.

아멜리아와 도시가 없는 동안 내가 킷을 맡기로 했어요. 킷을 생각하면 더 슬퍼져요. 그 애는 평생 엄마를 알지 못한 채 살겠죠. 다른 사람에게 들은 얘기로만 알 수 있을 거예요. 킷의 앞날도 걱정이네요.

이제 공식적으로 고아인 셈이잖아요. 딜윈 씨는 아직 결정할 시간이 많이 남았다고 말해요.

"일단은 시간을 두고 충분히 지켜봅시다."

그는 사람들이 흔히 말하는 일반적인 은행가나 재정 상담가와는 다른 것 같아요. 물론 좋은 의미로요.

사랑을 모두 담아, 줄리엣

줄리엣이 마크에게

From Juliet to Mark

6월 17일

사랑하는 마크,

어젯밤 통화가 그런 식으로 끝나버려서 마음이 좋지 않네요. 전화기에 대고 으르렁대면서 미묘한 어감까지 전달하기란 아주 어려운 일이죠.

어쨌든 정말이에요, 나는 당신이 이번 주말에 오는 걸 원치 않아요. 하지만 결코 당신 때문이 아니에요. 이곳 친구들이 얼마 전 엄청난 비보를 들었거든요.

엘리자베스는 '건지 감자껍질파이 북클럽'의 중심이었는데 그녀가 죽었다는 소식이 우리 모두를 뒤흔들었어요. 거참 이상하네, 라고 생각할 테죠. 이 편지를 읽는 당신 모습이 눈에 보이는 것 같아요. 이 여자의 죽음이 나나 당신이나 당신의 주말 계획과 무슨 상관인지 의아해하겠죠. 그런데 상관이 있어요. 나는 아주 가까운 누군가를 잃어버린 기분이라고요. 그래서 애도하는 중이에요.

이제 조금이나마 이해가 돼요?

당신의 줄리엣

도시가 줄리엣에게

From Dawsey to Juliet

6월 21일

건지섬 세인트마틴스 교구, 라부베, 그랑 마누아, 별채

줄리엣 애슈턴 귀하

친애하는 줄리엣,

우리는 루비에에 도착했습니다. 아직 레미를 만나진 못했어요. 아멜리아가 많이 피곤해해서 오늘 밤은 푹 쉬고 내일 요양원으로 가려 합니다.

노르망디를 지나오는 여정은 끔찍했습니다. 무너진 돌벽 더미와 휘어진 쇠붙이들이 도심 길을 가로막고 있어요. 그나마 남은 건물도 띄엄띄엄 떨어져 있는데, 하나같이 부러진 검은색 이빨처럼 보입니다. 가옥 전면이 떨어져나가서 그 안의 꽃무늬 벽지와 바닥에 고정된 침대 틀까지 훤히 보일 지경이고요. 전쟁 중에 건지섬은 얼마나 운이 좋았는지 이제야 알겠습니다.

아직도 많은 사람이 거리에서 벽돌과 돌조각을 손수레에 담아 치우고 있습니다. 파편 더미 위에 무거운 금속 케이블 엮은 것을 덮어서 도로를 만들어놓았는데, 그 위로 트랙터가 다닙니다. 도심 외곽은 곳곳에 폭탄이 떨어진 자리가 마치 거대한 분화구처럼 파인 황폐한 벌판인데, 간간이 뜯겨나간 울타리가 보

입니다. 나무를 보면 더욱 마음이 아픕니다. 포플러, 느릅나무, 밤나무 할 것 없이 큰 나무는 하나도 없고 시커멓게 칠한 작달막한 나무 막대기들뿐입니다. 그늘도 드리우지 못하지요.

이곳 여관 주인인 피아제 씨의 설명에 따르면, 독일군 공병대가 병사 수백 명을 시켜 나무들을 잘라내게 했다는군요. 숲 전체를 베는 것으로도 모자라 작은 잡목들까지 몽땅 베라고 했답니다. 그렇게 자른 나무를, 가지를 쳐내고 기둥에 크레오소트(목재용 방부 처리제)를 바른 다음 미리 파놓은 구멍에 세워 꽂았답니다. 그 나무 기둥들은 '로멜(1891~1944. 제2차 세계대전 당시 위세를 떨친 독일 군인으로, 후에 히틀러 암살 미수에 연루되어 자살했다)의 아스파라거스'라고 불렸는데, 연합군 글라이더와 낙하산으로 내려오는 병사들의 착륙을 막기 위한 것이었습니다.

아멜리아가 저녁 식사 직후 잠자리에 들어서 혼자 루비에 여기저기를 산책했습니다. 시내에도 간혹 예쁜 곳이 있습니다. 하지만 대부분은 폭파되었고 독일군이 후퇴하면서 불을 지르기도 했답니다. 언젠가는 이곳도 다시 활기찬 도시가 될 수 있을까요? 나는 잘 모르겠습니다.

여관으로 돌아온 후 완전히 어두워질 때까지 테라스에 앉아 내일 일을 생각했습니다. 나 대신 킷을 안아주세요.

당신의 영원한 벗, 도시

아멜리아가 줄리엣에게

From Amelia to Juliet

6월 23일

사랑하는 줄리엣,

어제 레미를 만났단다. 나는 왠지 그녀를 만나는 걸 감당해내지 못할 것 같았어. 하지만 하늘이 도우셨지. 도시는 그렇지 않더라고. 침착하게 야외용 의자를 나무 그늘 아래로 끌어와서 우리를 앉힌 다음, 간병인에게 여기서 차를 마셔도 되냐고 물었어.

나는 우리가 레미 마음에 들기를, 레미가 우리와 있는 걸 안전하게 느끼기를 바랐어. 엘리자베스에 대해 더 듣고 싶었지만, 금방이라도 부서질 듯 연약한 레미를 보니까 투비에 수녀님 말씀대로 자극적인 질문은 삼가는 게 좋겠다 싶었어. 레미는 아주 왜소하고 너무도 앙상하게 야위었어. 짙은 색 곱슬머리를 거의 삭발에 가깝게 잘랐고 왕방울만 한 두 눈은 몹시 불안해 보였어. 시절이 좋았을 때는 분명 미인이었을 거야. 하지만 지금은 마치 유리로 만들어진 것 같아. 손을 꽤 심하게 떠는데, 역시 신경이 쓰이는지 두 손을 무릎 사이에 꼭 끼운 채얘기했어. 그녀로서는 최선을 다해 우리를 맞이했지만 굉장히말을 아끼더라고. 그러다 킷에 대해 물었어. 런던에 있는 앰브로스 경에게 갔느냐고.

도시가 앰브로스 경이 죽었다고 알려주고는 우리가 어떻게 킷을 키우는지 설명했어. 언제 챙겨 왔는지 줄리엣과 킷의 사진도 보여줬어. 그제야 레미는 미소를 지으며 말했어.

"엘리자베스의 딸이군요. 이 아이도 강한가요?"

나는 엘리자베스가 영원히 떠났다는 사실이 떠올라 말을 할 수 없었지만 도시는 "그럼요, 아주 강인해요"라고 대답하고 킷이 족제비에게 푹 빠져 있다고도 얘기했어. 그 말을 들은 레미의 얼굴에 다시 미소가 번졌지.

레미는 완전히 혼자야. 아버지는 전쟁이 일어나기 훨씬 전에 돌아가셨고, 어머니는 독일 정부의 적을 숨겨준 죄로 1943년에 드랑시로 끌려간 후에 아우슈비츠에서 처형됐대. 오빠가 둘 있지만 행방불명이야. 레미가 라벤스브뤼크로 이송될 때 어느 독일 기차역에서 오빠 중 한 명을 본 것도 같은데 아무리 소리쳐 이름을 불러도 돌아보지 않더래. 다른 한 명은 1941년 이후로 전혀 만나지 못했대. 레미는 분명 오빠들도 죽었을 거라고 생각해. 도시가 용기를 내어 가족 얘기를 물어본 건 잘한 일이었어. 레미가 그 얘기를 하면서 위안을 찾는 것 같았거든.

마침내 내가 레미에게 건지섬으로 와서 당분간 함께 지내자는 얘기를 꺼냈어. 레미는 다시 입을 꾹 다물더니 곧 요양원을 떠날 생각이라고 조심스레 말했어. 프랑스 정부가 강제수용소 생존자들에게 숙소를 제공한다는 거야. 잃어버린 시간, 영원히 아물지 않을 상처, 고통스러운 기억에 대한 보상으로 말이야. 학업을 계속하고 싶은 이들에게는 지원금도 약간 준다고 했대.

정부 지원금 외에, 레지스탕스 활동으로 수용소에 끌려갔다가 살아남은 이들이 조직한 프랑스 전국 규모의 단체에서도 집세를 보조해준대. 레미 같은 수용소 생존자들이 혼자 혹은 다른 이들과 함께 쓸 집을 구할 수 있게 도와주는 거지. 레미는 파리로 가서 제빵 견습생이 되기로 마음을 굳혔다는구나.

레미의 결심이 무척 확고한 것 같아서 나는 그쯤에서 마음을 접었는데 도시는 그렇게 놔두지 않을 것 같아. 그는 레미에게 안식처를 제공하는 것이 우리가 엘리자베스에게 진 도덕적 빚을 갚는 길이라고 생각해. 어쩌면 그 생각이 옳은지도 모르지. 아니면 그저 우리가 할 수 있는 게 없다는 무력감을 떨쳐버릴 방법이 그것뿐이기 때문인지도. 어쨌든 도시는 내일 또 한 번 요양원으로 가서 레미를 데리고 운하를 따라 산책할 생각인가 봐. 루비에에서 봐뒀다는 빵집에도 들르겠대. 가끔 보면 우리의 수줍던 도시는 어디로 갔나 싶다니까.

나는 특별히 아픈 데는 없는데 유달리 피곤하네. 아마도 내가 사랑하던 노르망디가 지독하게 파괴된 걸 봤기 때문이겠지. 집에 가고 싶어, 줄리엣.

너와 킷에게 키스를, 아멜리아

줄리엣이 시드니에게

From Juliet to Sidney

6월 28일

시드니 오빠,

킷에게 굉장한 선물을 보냈군요! 스팽글로 뒤덮인 빨간색 새틴 탭 슈즈. 도대체 어디서 이런 걸 구했어요? 그런데 내 건 어딨어요?

아멜리아가 프랑스에서 돌아온 후에도 여독이 풀리지 않아서 킷은 내가 더 데리고 있기로 했어요. 게다가 레미가 요양원에서 나와 아멜리아의 집으로 오기로 마음먹을지도 모르잖아요. 킷도 좋아하는 것 같아요. 눈물 나게 고마운 거 있죠. 킷도 이제는 엄마가 이 세상에 없다는 걸 알아요. 도시가 얘기해줬죠. 그 애가 어떻게 받아들이는지 나는 도무지 모르겠어요. 본인이 아무 말도 않고 나 역시 물어볼 엄두가 나지 않아요. 쓸데없이 애 눈치를 보며 주위를 서성이거나 과도하게 잘해주지 않으려고 노력 중이에요. 우리 부모님이 돌아가신 후, 심플리스 목사님 댁 요리사가 케이크를 잔뜩 가져다주었어요. 그런데 내가 간신히 목구멍으로 케이크를 꾸역꾸역 밀어넣는 내내 옆에 떡하니 서서 측은한 표정으로 지켜보더라고요. 얼마나 싫었는지 몰라요. 그 여자는 부모 잃은 아이 마음을 케이크로 달

랠 수 있다고 생각한 모양이에요. 도대체 어디서 나온 생각인지 원. 물론 그때 나는 불행한 열두 살 소녀였고, 킷은 겨우 네 살이니까 어쩌면 케이크를 주면 좋아할지도 모르겠네요. 하지만 내 말이 무슨 뜻인지 오빠는 이해하죠?

그런데 오빠, 원고 집필에 문제가 생겼어요. 건지섬 정부 기록으로 독일군 점령기에 관한 자료도 엄청 많이 구했고 개인 인터뷰 자료도 산더미처럼 쌓였으니 이제 글을 쓰기 시작하면 되거든요? 그런데 자료들을 어떻게 조합해도 맘에 쏙 드는 구성이 나오지 않아요. 연대순으로 줄줄 늘어놓는 건 너무 지루하잖아요. 지금까지 쓴 원고를 오빠한테 소포로 보내도 될까요? 나보다 더 세련되고 객관적인 시각이 필요하거든요. 원고 보내면 당장 읽어줄 수 있어요? 혹시 아직도 오스트레일리아 여행의 후유증이 산더미처럼 쌓여 있나요?

그렇다 해도 괜찮아요. 어쨌든 나는 글을 쓰고 있으니, 곧 반짝이는 아이디어가 떠오르겠죠.

사랑을 담아, 줄리엣

추신. 마크와 우르줄라 펜트가 뒤엉켜 춤추는 아름다운 사진, 고마워요. 날 질투심에 파르르 떨게 할 작정이었다면 보기 좋게 실패했네요. 이미 마크가 전화로 얘기했거든요. 우르줄라가 상

290

사병 걸린 사냥개처럼 졸졸 쫓아다닌다고요. 역시 그렇죠? 오빠랑 마크는 정말 비슷하다니까. 둘 다 나를 못살게 굴고 싶어 안달이지. 둘이 동호회라도 만들지 그래요?

시드니가 줄리엣에게

From Sidney to Juliet

7월 1일

줄리엣,

원고 부치지 마. 내가 직접 건지섬으로 가마. 이번 주말 괜찮지?

너하고 킷 그리고 건지섬을 보고 싶어. 정확히 이 순서대로다. 그리고 네가 내 앞에서 안절부절못하는 걸 보면서 원고를 읽으려는 게 아니다. 원고는 런던으로 가져올 거야.

금요일 오후 5시 비행기로 도착해서 월요일 저녁까지 머무를 수 있어. 호텔 방 좀 잡아주련? 조촐하게 저녁 식사 자리도 준비해주면 좋겠다. 에번, 이솔라, 도시, 아멜리아도 만나보고 싶으니까. 내가 와인을 가져가지.

애정을 담아, 시드니

줄리엣이 시드니에게

From Juliet to Sidney

시드니 오빠,

우아, 신난다! 그런데 이솔라가 오빠를 호텔에서 지내게 내 버려두지 않을 거예요(빈대가 있다며 말리던데요). 대신 자기 집에 묵으라면서, 오빠가 새벽에 들리는 소음에 예민한지 물어보던 데요? 이솔라가 키우는 염소 아리엘이 새벽에 깨거든요. 앵무 새 제노비아는 보통 늦잠을 잔답니다.

도시와 내가 비행장으로 마중 나갈게요. 빨리 금요일이 왔 으면.

사랑을 보내며, 줄리엣

이솔라가 줄리엣에게(현관문 아래 놓여 있었음)

From Isola to Juliet (left under Juliet's door)

금요일, 동틀 무렵

사랑하는 친구, 지금은 들를 시간이 없어. 서둘러서 시장에 나가봐야 하 거든. 줄리엣의 친구가 우리 집에서 묵기로 했다니 정말 기뻐. 손님용 침

292

대보 안에 라벤더 가지를 넣어두었어. 혹시 내가 만든 묘약 중에 그의 커피 잔에 넣었으면 하는 게 있어? 시장에서 고개만 까딱하면 내가 다 알아서 할게.

이솔라

시드니가 소피에게

From Sidney to Sophie

7월 6일

사랑하는 소피,

드디어 나도 건지섬에 왔다. 네가 알아봐달라고 부탁한 수십 가지 중 이제 서너 개 정도는 대답할 수 있겠구나.

가장 먼저, 가장 중요한 것. 킷은 우리만큼이나 줄리엣을 좋아하는 것 같아. 활달한 아이고 데면데면하게 애정 표현을 하더구나('데면데면'과 '애정 표현'이 양립할 수 없을 것 같지만 생각처럼 이상하진 않더라). 문학회의 양부모와 함께 있을 때는 곧잘 웃기도 하고.

생김새도 아주 귀엽다. 볼도 동글동글, 곱슬머리도 동글동글, 눈도 동글동글. 아이를 와락 껴안고 싶은 충동에 휩싸였지만, 그랬다간 그 애의 위엄을 얕잡아보는 게 될 것 같아 감히 도전할 수 없었다. 별로 좋아하지 않는 사람을 빤히 쳐다볼 때 킷의 눈빛은 메데아(그리스신화에 나오는 마녀)조차 움츠러들 정도야. 이솔라 말로는 킷이 그런 눈빛을 보내는 사람이 두 명 있었대. 자기 개를 때리는 잔인한 스미스 씨, 그리고 줄리엣더러 오지랖 넓은 참견쟁이라며 런던으로 돌아가라고 말한 악마 길버트 부인.

킷하고 줄리엣이 어떤 사이인지 보여주는 일화가 있다. 도시(이 사람 얘기는 뒤에 더 자세히 설명하마)가 줄리엣 집에 킷을 데리러 왔어. 에번의 어선이 들어오는 걸 보러 같이 간다더군. 킷은 줄리엣에게 "빠이빠이!" 인사를 하고 날듯이 뛰어나갔다가, 다시 날듯이 들어왔어. 그길로 줄리엣에게 달려가 치마를 살짝 들추더니 무릎에 뽀뽀를 하고는 또다시 밖으로 날듯이 뛰어나갔지. 줄리엣은 얼떨떨하게 있다가 곧 좋아서 어쩔 줄 모르더라고. 우리와 함께 있을 때처럼 몹시 행복해 보이더라.

소피, 네가 지난겨울에 본 줄리엣은 심신이 너덜너덜해져서 기진맥진하고 창백한 모습이었지. 저자 강연회며 인터뷰 같은 것들이 얼마나 피곤한 일인지 너는 짐작도 못 할 거야. 하지만 지금 줄리엣은 경주마처럼 팔팔하고 예전처럼 열정도 넘친다. 하도 충만한 상태라서 이젠 런던에서 살기 싫어할 것 같다는 생각이 든다. 본인은 아직 깨닫지 못했겠지만. 바닷바람, 태양, 푸른 들판, 들꽃, 변화무쌍한 하늘과 바다, 그리고 무엇보다도 이곳 사람들이 줄리엣을 도시 생활에서 끌어내는 것 같다.

그들의 비결이 뭔지는 이곳에 있어보니 자연스럽게 알겠구나. 누구든 고향처럼 푸근하고 반갑게 맞이하는 곳이야. 네가 시골 여행을 한다면 이런 여관 주인을 만나고 싶다고 얘기한 거 기억하지? 이솔라가 딱 그런 사람이다. 하지만 직접 겪어보면 생각이 달라질걸? 그녀는 첫날 아침부터 날 침대에서 끌어내더니, 장미 꽃잎을 말리고 버터를 만들고 큰 솥 안에 든 액체(이게 뭔지는 아무도 몰라)를 휘젓고, 아리엘에게 먹이를 주고 어시장에 가서 장어를 사오라는 거야. 그것도 앵무새 제노비아를 내내 어깨에 얹고서 말이다.

자, 이제 도시 애덤스 얘기다. 네가 지시한 것들에 입각해서 그를 관찰했다. 결과가 만족스럽구나. 그는 조용하고 유능하고 믿음직스럽고(맙소사, 이렇게 말하니 마치 견공 품평 같구나) 유머 감각도 있다. 요약하자면 그는 줄리엣이 만난 다른 남자들하고는 완전히 딴판이야. 칭찬받아 마땅하지. 처음 만난 자리에서는 별로 말이 없더라. 생각해보니 그 후로도 계속 말이 없었군. 하지만 그가 들어오면, 그 자리의 모든 이가 가볍게 안도의 한숨을 내쉬는 것 같아. 나는 평생 누구에게도 그런 느낌을 준 적이 없는데, 왜 그럴까? 줄리엣은 도시가 근처에 있으면 약간 긴장하는 것 같다. 그의 침묵은 조금 위압감을 주는 게 사실이긴 하다만. 어제는 도시가 킷을 보러 들렀는데 줄리엣이 찻잔을 와

장창 엎고 말았다. 하지만 줄리엣이 찻잔을 깨뜨리는 건 어제오늘 일이 아니니 그 사건에 큰 의미는 없을 수도. 줄리엣이 어머니의 스포드 도자기를 어떻게 했는지 기억하지? 아무튼 도시 쪽은 어떤가 하면, 속을 알 수 없는 침착한 눈빛으로 줄리엣을 바라보다가 줄리엣이 돌아보면 황급히 시선을 돌린단다(소피, 나의 눈부신 관찰력에 감탄하는 거 다 안다).

이거 하나는 확실하다. 도시 애덤스는 마크 레이놀즈 열 트럭분의 가치가 있는 남자야. 내가 레이놀즈를 폄하한다고 생각하겠지만 그건 네가 그 인간을 못 만나봐서 하는 소리다. 그는 매력적이고 느끼한 데다가 자기가 원하는 건 무엇이든 손에 넣지. 이게 그가 가진 몇 안 되는 지론 중 하나일 거다. 그가 줄리엣을 원하는 건 예쁘면서도 '지적'인 여자라서야. 둘이 다니면 남들이 부러워하는 부부가 될 거라고 생각하는 거지. 그와 결혼한다면 줄리엣은 극장과 클럽과 주말 휴가지에서 사람들에게 노출되는 것으로 여생을 보내야 할 테고, 다시는 책을 쓰지 못할 거야. 그런 앞날을 생각하면 줄리엣의 담당 편집자로서 나는 몹시 당황스럽다. 친구로서 생각하면, 그건 공포야. 우리가 아는 줄리엣이 아예 사라지는 거라고.

줄리엣이 레이놀즈를 어떻게 생각하는지, 아니 생각을 하긴 하는지조차 확실치 않다. 그가 보고 싶지 않으냐고 물어봤더니 "마크요? 보고 싶어야겠죠"라고 답하더구나. 마치 마크가 먼 친척이나 딱히 좋아하진 않는 사람이라도 되는 양. 줄리엣이 그 남자를 완전히 잊는다면 나야 대환영이지. 하지만 그가 가만히 있을 것 같진 않다.

이제 덜 중요한 주제로 넘어가자꾸나. 독일군 점령기와 줄리엣의 책 얘기다. 오늘 오후 줄리엣과 함께 섬 주민 몇 명을 한자리에서 만났다. 작년 5월 9일, 건지섬이 해방되던 날에 대한 인터뷰가 진행되었지.

아침부터 굉장했던 모양이야. 사람들이 세인트피터포트 부두에 줄지어 선 모습을 상상해보렴. 어마어마한 군중이 아무 말 없이 완벽한 침묵 속에서, 항구로 갓 들어온 영국 해군함을 바라보는 광경을. 잠시 후 병사들이 배에서 내려 해안으로 행진해 왔고, 침묵은 순식간에 깨졌지. 포옹과 키스, 감격의 눈물, 환희에 찬 외침……

병사들 상당수가 건지섬 출신이었대. 5년 동안이나 가족을 만나기는커녕 소식도 듣지 못한 남자들이었지. 행군하는 와중에도 눈으로는 군중 속에서 가족을 찾는 그들 모습이 그려지지 않니? 마침내 가족이 상봉했을 때는 얼마나 기뻤을까.

은퇴한 우편배달부 르번 씨가 들려준 일화가 가장 기억에 남는다. 세인트피터포트에 정박한 영국군 함대 중 몇 척이 북쪽으로 몇 마일 거리인 세인트샘슨스 항으로 갔단다. 그곳 부두에 구름떼처럼 모여든 사람들은 독일군이 만들어놓은 대전차 방벽을 영국 군함이 당당히 부수고 해안에 상륙하는 과정을 쭉 지켜보았어. 이윽고 군함 옆문이 열렸는데, 그곳에서 나온 것은 군복 입은 병사들 일군이 아니라 남자 한 명이었어. 줄무늬 바지에 모닝코트를 입고 실크해트를 쓴 채, 한 손엔 접은 우산을 들고 다른 한 손엔 어제 일자의 〈타임스〉를 꽉 움켜쥔 것이 전형적인 영국 신사의 모습이었지. 한순간 정적이 흘렀어. 잠시 후 사람들이 그 유머를 이해했고, 곧 함성이 터졌지. 영국 신사는 금세 군중에게 둘러싸였어. 사람들은 그의 등을 두드리고 키스를 해댔어. 그리고 남자 네 명이 그를 어깨에 짊어지고 거리를 행진했다는군. 누군가가 "뉴스다, 뉴스! 런던에서 온 뉴스!"라고 소리치면서 그의 손에서 〈타임스〉를 낚아채기도 했대! 그 병사가 누구건 간에 그 기발한 착상은 훈장감이야.

곧 나머지 병사들도 모습을 드러냈어. 그들은 초콜릿, 오렌지, 담배, 티백 같은 걸 들고 나와 군중을 향해 던졌어. 스노우 준장은 채널제도와 영국 본토를 잇는 전신선을 보수하고 있으니 잉글랜드로 피난한 아이들이나 가족과 곧 연락할 수 있을 거라고 발표했다는군. 군함에는 식량, 그것도 엄청난 양의 식량이 실려 있었대. 그뿐만 아니라 약품, 등유, 가축 사료, 의복, 천, 씨앗, 그리고 신발까지!

지금까지 수집한 이야기만으로도 책 세 권 분량은 족히 채울 것 같다. 어떤 이야기를 추려내느냐가 관건이겠지. 혹시 줄리엣이 이따금 예민하게 굴어도 너무 걱정 마라. 예민한 게 당연하다. 만만치 않은 작업이 될 테니.

이만 줄이고 줄리엣이 준비한 저녁 파티에 갈 준비를 해야겠다. 이솔라는 숄을 세 겹이나 감은 것도 모자라 서랍장 위에 깔던 레이스 천까지 둘렀구나. 칭찬 한마디 해줄 생각이다.

너희 가족 모두에게 사랑을 보내며, 시드니

줄리엣이 소피에게

From Juliet to Sophie

7월 7일

사랑하는 소피,

시드니 오빠가 여기 있으니 걱정은 접어도 돼. 오빠 다리도 걱정하지 말라고. 오빠는 아주 잘 지내. 햇볕에 그을렸고 건강해 보이고, 다리를 절뚝거리지도 않아. 있잖아, 실은 함께 오빠 지팡이를 바다로 던져버렸단다. 지금쯤이면 프랑스 쪽으로 반은 흘러갔을걸.

오빠를 위해 조촐한 파티를 열었어. 요리도 나 혼자 다 했고, 게다가 먹을 만했어. 윌 시스비가《여성을 위한 초보 요리 가이드》를 줬거든. 나한테 딱 맞는 수준이었어. 저자가 요리의 '요' 자도 모르는 독자를 염두에 두고 꽤 유용한 요령들을 썼더라 고. '달걀을 넣을 때는, 먼저 껍질을 깨야 한다'처럼.

시드니 오빠는 이솔라의 하숙생으로 아주 즐겁게 지내. 어 젯밤엔 늦게까지 둘이 얘기를 나눈 모양이야. 이솔라는 서먹 한 관계를 깨려면 시시한 잡담부터 조금씩 깊이 들어갈 게 아 니라 처음부터 세게 나가야 한다고 믿어.

그래서 시드니 오빠와 내가 약혼한 사이인지 대놓고 물어봤 대. 아니라고 하니까 왜 아니냐고 묻고.

누가 봐도 우리는 서로 맹목적으로 사랑하는 사이잖니.

오빠는 이렇게 대답했대. 진심으로 나를 사랑한다고. 언제나 그랬고 앞으로도 그럴 거라고. 하지만 우리 둘이 결혼할 수는 없다고. 자기는 동성애자니까.

시드니 오빠 말이, 이솔라는 이 말을 듣고 놀라거나 기절하 기는커녕 눈도 깜빡하지 않더래. 그저 의뭉스러운 눈빛을 쏘 면서 "줄리엣도 알아요?" 하고 물었다지 뭐니.

오빠가 그렇다고, 처음부터 알고 있었다고 대답하자 이솔라 는 벌떡 일어나 오빠에게 와락 덤벼들어 이마에 뽀뽀하고는 이렇게 말했대.

"정말 잘됐네. 우리 부커 씨랑 똑같잖아. 아무에게도 얘기하 지 않을게요. 믿어도 돼요."

그런 다음 이솔라는 다시 자리에 앉아 오스카 와일드의 희곡에 대해 이야기하기 시작했대. 생각만 해도 웃겨서 쓰러질 것 같아. 소피, 파리가 되어 그 집 벽에 붙어 있고 싶지 않니? 난 그러고 싶은데.

이제 시드니 오빠랑 같이 나가서 이솔라에게 줄 선물을 살 거야. 내가 이솔라는 따뜻하고 화려한 숄을 좋아할 거라고 말했는데, 오빠는 뻐꾸기시계를 사려는 모양이야. 왜일까?

사랑을 담아, 줄리엣

추신. 마크는 편지 따위 쓰지 않아. 전화를 하지. 지난주에 전화가 왔어. 연결 상태가 어찌나 나쁘던지 서로 상대방이 얘기하는 걸 끊고 "뭐라고?" 하고 고함치기 바빴어. 하지만 마크가 한 말의 요점은 파악했지. 내가 런던으로 돌아가 그와 결혼해야 한다는 거. 나는 정중하게 거절했어. 한 달 전보다는 훨씬 덜 힘들더라.

이솔라가 시드니에게

From Isola to Sidney

7월 8일

친애하는 시드니,

당신은 썩 훌륭한 하숙생이에요. 당신이 마음에 들어요. 제 노비아도 당신이 마음에 든대요. 안 그랬음 당신 어깨 위로 날아가 그토록 오래 찰싹 붙어 있지도 않았겠죠.

당신이 밤늦도록 얘기하길 좋아해서 다행이에요. 나도 저녁에 누군가와 대화하는 게 좋거든요. 지금 당장 장원 저택으로 가서 당신이 얘기한 그 책을 찾아보려 해요. 어째서 줄리엣과 아멜리아는 나한테 제인 오스틴에 대해 한 번도 얘기해주지 않았을까요?

당신이 다시 건지섬에 오면 좋겠어요. 줄리엣이 만든 수프는 어땠어요? 맛있었나요? 이제 곧 파이 껍질과 그레이비(육즙에 버터와 밀가루를 넣어 걸쭉하게 만든 소스) 만드는 법을 익힐 거라던데 요리는 천천히 차근차근 익혀야지, 안 그럼 끽해야 꿀꿀이 죽밖에 못 만든다고요.

당신이 떠나고 나니 허전해져서 어제는 도시와 아멜리아를 초대해 차를 마셨어요. 아멜리아가 당신과 줄리엣이 결혼할 것 같다고 말하는데 나는 입도 뻥끗하지 않았어요. 당신이 그걸 봤어야 하는데. 심지어 나만 뭐 아는 게 있다는 듯이 고개를 끄덕이고 눈을 가늘게 뜨기까지 했단 말이에요. 그들이 아무것도 눈치 못 채게 하려고 말이죠.

뻐꾸기시계도 정말 마음에 쏙 들어요. 시간을 참 명랑하게 알려주잖아요! 뻐꾹뻐꾹 소리가 나면 재빨리 주방으로 뛰어가서 구경하지요. 그런데 미안하게 됐지 뭐예요. 제노비아가 뻐꾸기 머리를 물어뜯어버렸어요. 천성이 질투심 많은 녀석이라…… 하지만 엘리가 뻐꾸기를 새로 만들어주겠대요. 머리는 없지만 뻐꾸기가 앉은 조그만 횃대는 아직도 시간마다 튀어나온답니다.

당신을 좋아하는 집주인, 이솔라 프리비

줄리엣이 시드니에게

From Juliet to Sidney

7월 9일

시드니 오빠,

그럴 줄 알았어요! 오빠도 건지섬을 사랑할 줄 알았다고요! 내가 여기로 온 것 다음으로 잘한 일이 오빠를 오게 한 거예요.

비록 기간이 너무 짧긴 했지만요. 이제 오빠도 이곳의 내 친구들을 다 알고 그들도 오빠를 알고, 그래서 나는 정말 행복해요. 오빠가 킷이랑 아주 즐겁게 어울린다는 게 특히 행복하고요. 이런 말 하기 좀 그렇지만, 사실 킷이 오빠에게 호감을 보인 데는《혀 짧은 토끼 엘스페스》선물이 한몫했어요. 킷은 엘스페스한테 홀딱 반해서 혀 짧은 소리를 연습하기 시작했는데 유감스럽게도 엄청 뛰어난 재능을 보이고 있어요.

도시가 방금 킷을 집에 데려왔어요. 도시의 농장에서 새로 태어난 새끼돼지를 같이 구경하고 왔대요. 킷이 나에게 '띠드니'에게 보낼 편지를 쓰냐고 물었어요. 그렇다고 대답하니까 "빨리 돌아오면 도케따고 던해도요"라네요. 자, 내가 말한 엘스페스 문제가 뭔지 이제 알게뜁니까, 띠드니?

그런 킷을 보며 도시가 미소를 지었는데, 그런 도시를 보니 내가 좋더라고요. 오빠가 저번 주말 동안 도시의 진면모를 보진 못한 것 같아서 아쉬워요. 파티 때는 유난히 더 말이 없더라고요. 어쩌면 내가 끓인 수프 때문일 수도 있지만 그보다는 요즘 레미 생각에 빠져 있기 때문일 거예요. 도시는 레미가 건지섬에 와야만 몸도 마음도 치유할 수 있다고 믿는 것 같아요.

오빠가 내 원고를 집으로 가져가서 읽겠다니 듣던 중 반가운 소식이에요. '정확히 무엇이 어떻게' 잘못된 건지 도무지 알수가 없어서 더는 어찌할 바를 모르겠어요. 뭔가 잘못되었다는 것만 알 뿐이죠.

그런데 도대체 이솔라한테는 무슨 얘기를 한 거예요?《오만과 편견》을 빌리러 가는 길에 우리 집에 들러서는 왜 그동안 엘리자베스 베넷과 미스터 다아시(《오만과 편견》의 남녀 주인공)에 대해 한마디도 안 해줬냐며 무지하게 따지던데요.

"더 훌륭한 러브 스토리가 존재한다는 걸 내가 왜 진작 몰랐을까? 이상하게 뒤틀린 사람들과 고뇌와 죽음과 무덤 같은 것들이 수수께끼처럼 뒤얽히지 '않은' 이야기도 있다는데! 뭐 또 말 안 해준 건 없어? 생각해봐, 어서!"

나는 잘못했다고 사과하고는 오빠 말이 전적으로 옳다,《오만과 편견》이야말로 이 세상에 존재하는 가장 훌륭한 러브 스토리다, 라고 말해줬어요. 긴장감이 엄청난 작품이기 때문에 끝까지 읽기도 전에 애간장이 녹아서 정말로 죽을지도 모른다고도 얘기해줬죠.

이솔라가 그러는데 오빠가 떠나서 제노비아가 슬픔에 잠긴 나머지 모이를 먹지 않는대요. 나도 슬퍼요. 하지만 왔었다는 사실만으로도 눈물 나게 고마워요.

사랑을 보내며, 줄리엣

시드니가 줄리엣에게

From Sidney to Juliet

7월 12일

사랑하는 줄리엣,

네가 쓴 원고를 여러 번 읽었는데 역시 네 말이 맞다.

이 원고는 안 되겠어. 일화만 줄줄 늘어놓는다고 책이 되진 않으니까.

줄리엣, 네 책에는 중심이 필요해. 심층 인터뷰를 더 해보라는 게 아니다. 한 인물이 중심이 되고 그 사람의 시선으로 주변에서 벌어지는 일들을 이야기하는 방식을 말하는 거야. 지금까지 쓴 원고는 '사실'의 나열인데, 하나하나 흥미진진하긴 하지만 전체적으로 산만하고 정리가 안 된 느낌이다.

이렇게 냉담한 평을 하자고 편지를 보내다니 너도 그렇겠지만 나 역시 끔찍하고 속상하다.

하지만 단 하나, 희망이 있다. 너에겐 이미 그 중심이 있어. 아직 깨닫지 못했을 뿐.

엘리자베스 매케너를 말하는 거다. 네가 인터뷰한 사람들은 시기는 달랐을지언정 하나같이 엘리자베스 얘기를 했다. 너는 전혀 알아채지 못했단 말이냐? 아이고 줄리엣, 부커의 초상화를 그려 그의 목숨을 살리고 거리에서 그와 함께 춤춘 사람이 누구냐? '문학회'라는 근사한 거짓말을 생각해내고 진짜로 만들어낸 사람은? 건지는 그녀의 고향이 아니었지만, 엘리자베스는 그곳에 훌륭하게 자리를 잡았다. 자유를 잃은 후에도 꿋꿋했고. 그녀가 어떻게 했지? 분명 앰브로스 경과 런던이 그리웠겠지. 하지만 내가 아는 한, 단 한 번도 그것에 대해 탄식하지 않았어. 그녀는 강제노동자를 숨겨주다가 라벤스부뤼크로 끌려갔다. 엘리자베스가 어떻게 그리고 왜 죽었는지를 생각해보렴.

줄리엣, 어떻게 젊은 여자가, 그것도 평생 직업이라곤 없던 미술학도가 스스로 간호사가 되기로 결심하고 일주일에 엿새씩이나 일할 수 있었을까? 그녀에겐 소중한 친구들이 있었지만 생각해보면 먼저 나서서 그녀를 친구라고 불러줄 사람은 아무도 없었다.

그녀는 적군의 장교와 사랑에 빠지고 그 사람을 잃었지. 게다가 전쟁 중에 홀로 아이를 가졌다. 그녀는 분명 두려웠을 거야. 제아무리 훌륭한 친구들이 있었다 해도 말이다. 친구들은 어느 선까지만 책임을 분담하면 되거든.

네가 준 원고와 편지 들을 모두 돌려보낼게. 다시 읽어보고 그 안에서 엘리자베스가 얼마나 자주 등장하는지 찾아보렴. 그 이유를 자문해봐. 도시와 에번에게 물어보렴. 이솔라와 아멜리아에게도. 딜윈 씨나 그 외에 그녀를 잘 알던 사람들과도 이야기해보라고.

너는 엘리자베스의 집에서 살잖아. 주위를 둘러보고 그녀가 읽은 책들과 사용한 물건들을 살펴봐라.

나는 네가 엘리자베스를 중심으로 책을 써야 한다고 생각한다. 킷도 자기 엄마에 관한 이야기를 매우 소중히 여기겠지. 그 책은 훗날 킷이 엄마를 추억하며 기댈 수 있는 대상이 되어줄 거다. 그러니 죄다 집어치우든지 아니면 엘리자베스를 속속들이 연구해라.

오랫동안 열심히 생각해보고, 엘리자베스를 책의 중심으로 삼아도 괜찮을지 어떨지 알려주길 바란다.

너와 킷에게 사랑을 보내며, 시드니

줄리엣이 시드니에게

From Juliet to Sidney

7월 15일

시드니 오빠,

더 생각할 것도 없어요. 오빠 편지를 읽는 순간에 이미 그게 옳다는 걸 알았으니까. 나는 어쩜 이리 우둔한지! 그동안 여기서 지내면서 엘리자베스와 친구이길 원하고 진짜 친구인 양 그녀를 그리워했는데 어째서 단 한 번도 그녀에 대해 쓸 생각을 못 했을까요?

내일부터 시작할 거예요. 도시, 아멜리아, 에번, 이솔라와 먼저 얘기해봐야겠어요. 다른 누구보다도 그들이 엘리자베스와 가장 가까웠으니 그들의 축복이 꼭 필요해요.

레미는 결국 건지섬으로 오기로 결정했어요. 도시가 계속 편지를 보냈는데 나는 그가 레미를 설득하고야 말 줄 알았어요. 도시는 마음만 먹으면 천사를 설득해 천국에서 나오게 할 수도 있을 거예요.

나한테나 자주 그렇게 마음먹어주면 좋겠건만. 레미는 아멜리아와 함께 지내기로 했고 그래서 킷은 계속 내가 데리고 있을 거예요.

영원한 사랑과 고마움을 담아, 줄리엣

추신. 엘리자베스가 일기를 썼을 것 같지는 않죠?

줄리엣이 시드니에게

From Juliet to Sidney

사랑하는 시드니 오빠,

일기장은 찾지 못했지만 좋은 소식이 있어요. 종이와 연필이 떨어지기 전까지 엘리자베스가 그림을 그렸네요. 거실 책장 맨 아래 칸에서 스케치 몇 장이 들어 있는 커다란 아트백을 찾았거든요. 빠르게 쓱쓱 그은 드로잉인데 내 눈엔 굉장한 초상화로 보여요. 이솔라는 엘리자베스가 자기를 그린다는 걸 전혀 눈치 채지 못한 채 나무 주걱으로 뭔가를 두드리고 있어요. 도시는 텃밭에서 삽질을 하는 중이고, 에번과 아멜리아는 머리를 맞대고 대화하고 있네요.

거실 바닥에 앉아 그림을 한 장 한 장 넘겨보는데 아멜리아가 놀러 왔어요. 같이 그림을 보다가 큰 종이 몇 장이 접힌 채 끼워진 걸 찾았어요. 꺼내서 펼쳐보니 킷을 그린 스케치가 한 가득 뒤덮여 있더라고요. 잠든 킷, 움직이는 킷, 누군가의 무릎에 앉은 킷, 아멜리아의 품에 안겨 살살 흔들리는 킷, 자기 발가락에 심취한 킷, 제 입에서 나온 침방울을 보고 좋아하는 킷…… 세상의 모든 엄마가 자기 아이를 그런 눈으로, 그렇게 아이만을 집중해서 바라보겠지요. 엘리자베스는 그것을 종이 위에 옮겨놓았어요. 작고 쭈글쭈글한 킷을 떨리는 선으로 묘사한 그림도 있었는데 아멜리아 말로는 킷이 태어난 다음 날 그린 거래요.

그다음으로는 다소 넓적하고 강인해 보이고 잘생긴 남자가 담긴 스케치가 나왔어요. 편안한 표정으로 어깨 너머로 시선을 던지며 미소를 짓는데, 화가를 향한 것이었죠. 나는 그게 크리스티안이라는 걸 단번에 알아봤어요. 킷과 정확히 같은 부위의 머리칼이 똑같은 모양으로 곤두서 있더라고요. 아멜리아가 양손으로 그 그림을 받아 들었어요. 사실 그전까지 아멜리아는 크리스티안 얘기를 전혀 꺼내지 않았거든요? 나도 물어보지 않았고요. 아멜리아가 그 사람을 좋아하는지 싫어하는지도 알 수 없었죠. 아멜리아가 말했어요.

"불쌍한 사람…… 나는 강경하게 반대했어. 엘리자베스가 이 사람을 선택한 건 왠지 미친 짓 같았거든. 독일군, 적이잖아. 엄청 놀랐지. 나 말고 다른 친구들도 마찬가지였어. 나는 엘리자베스가 그를 너무 믿는 게 아닌가 싶었어. 분명 그녀와 우리를 배반할 텐데 말이야. 그래서 엘리자베스한테 그와 헤어지라고 말했어. 아주 단호하게. 엘리자베스는 못마땅한 표정이었지만 아무 말도 하지 않았어. 그런데 다음 날 그가 우리 집으로 왔어. 오, 질겁했지. 현관문을 열었는데 군복 입은 건장한 독일인이 떡하니 서 있는 거야. 우리 집도 뺏으려나 보다 하는 생각이 들어 일단 항의하려는 찰나, 그가 꽃다발을 불쑥 내미는 거 있지. 얼마나 꼭 쥐었던지 꽃들이 축 처졌더라고. 몹시 긴장한 표정이 역력해서 나는 하려던 말을 삼키고 이름을 물어. 그는 '크리스티안 헬만 대위입니다' 하고 대답하더니 수줍은 소년처럼 얼굴을 붉혔어. 그래도 의심은 가시지 않았어. 이 사람이 여긴 왜 왔지? 그래서 여기 온 목적이 뭐냐고 물었어. 그는 더욱 얼굴을 붉히더니 조용히 대답했어. '제 계획을 말씀드리러 왔습니다'라고.

그래서 내가 비꼬는 투로 '이 집에 대한 계획?' 하고 말했는데, 그는 '아니요, 엘리자베스에 대한 겁니다'라고 했어. ……마치 내가 빅토리아시대의 신부 아버지고 자신은 구혼자인 것 같은 태도로. 그는 우리 집 응접실에 놓인 의자 모서리에 걸터앉아 자기 계획을 설명했어. 전쟁이 끝나면 곧바로 섬으로 돌아와 엘리자베스와 결혼해서 프리지어를 가꾸고 책을 읽으며, 전쟁에 대한 건 싹 잊을 거라고. 그가 말을 마칠 무렵엔 나 자신이 그 남자와 약간은 사랑에 빠진 기분이었어."

아멜리아의 눈에 눈물이 고였기에 나는 그림을 치우고 차를 가져다줬어요. 그때 킷이 깨진 갈매기 알을 들고 와서는 풀로 붙이고 싶다고 하는 바람에 다행스럽게도 침울한 기분에서 벗어날 수 있었죠.

어제는 윌 시스비가 자두 크림을 얹은 컵케이크 쟁반을 들고 찾아왔기에 들어와서 차나 한잔하자고 했어요. 그는 여자 두 명을 두고 나와 상담하고 싶어 했어요. 내가 남자라면 어떤 여자와 결혼하고 어떤 여자와 결혼하지 않겠느냐고 묻더군요 (아주 단도직입적이죠?).

먼저 X양은 무척 우유부단한 사람이에요. 생후 10개월 이후로 정신적인 면은 전혀 성장하지 못했다네요. 독일군이 온다는 소식을 듣고 그녀는 어머니가 물려주신 은 찻주전자를 느릅나무 아래 묻었는데, 이제 와서 그게 어떤 느릅나무인지 기억하지 못한대요. 요즘 그녀는 섬 전체를 파헤치는 중이고 찻주전자를 찾을 때까지 결코 그만두지 않겠다고 맹세했대요.

"그런 결심은, 그녀답지 않아요."

(윌은 그녀의 정체가 탄로나지 않게 하려고 애를 썼지만 X양은 대프니 포스트예요. 소처럼 둥글고 멍한 눈에, 교회 성가대에서 떨리는 소프라노로 유명하죠)

한편 Y양은 재봉사예요. 독일군이 여기 올 때 가져온 나치 깃발은 달랑 하나뿐이었대요. 그걸 사령본부에 매달고 나면 깃대에 게양할 게 없었죠. 깃대에 나치 깃발이 펄럭여야 섬 주민들이 그들의 점령 사실을 상기할 수 있는데 말이에요.

그들은 Y양을 찾아가 나치 깃발을 만들라고 명령했어요. 그녀는 시키는 대로 했고요. 검붉은 원 위에 검은색의 메스꺼운 나치 문양을 수놓았어요. 그런데 바탕을 새빨간 실크 대신 아기 엉덩이처럼 발그레한 수건용 천으로 만들었대요.

"꽤 독창적으로 반항한 셈이죠. 효과 만점이었답니다!"

(Y양은 르로이 양이에요. 본인이 쓰는 바늘처럼 깡말라서 턱도 홀쭉하고 입술을 단단히 다문 모습이죠.)

한 남자의 지옥 같은 결혼 생활을 함께할 최상의 동반자로 내가 어느 쪽을 찍었게요? X양? Y양? 나는 윌에게 이렇게 말해줬어요.

"어느 쪽이냐고 물을 땐 대개 둘 다 아니라는 뜻이거든요."

그랬더니 윌은 이렇게 말했어요.

"도시도 똑같이 말하던데. 어쩌면 토씨 하나 안 틀리고 똑같네요. 이솔라는 X양이랑 살면 따분해서 눈물이 날 거고 Y양하고 결혼하면 잔소리 때문에 미칠 거라더군요. ……고마워요, 고마워. 계속 찾아봐야겠네요. 어딘가 나의 반쪽이 있겠죠."

윌은 모자를 집어 들고 고개 숙여 인사한 후 나갔어요. 아무래도 섬 전체를 돌아다니며 투표를 하는 것 같아요. 그런데 오빠, 그 대상에 나도 포함되었다는 사실이 왜 이렇게 기분 좋죠? 내가 외부인이 아니라 섬 주민처럼 느껴져요.

사랑을 보내며, 줄리엣

추신. 도시에게도 결혼관이라는 게 있다니 신기했어요. 좀 더 알고 싶은데.

줄리엣이 시드니에게

From Juliet to Sidney

7월 19일

시드니 오빠,

엘리자베스에 관한 이야기는 어디에나 있어요. 북클럽 회원들 사이에만 있는 게 아니라고요. 들어봐요, 오늘 오후 킷과 함께 교회 묘지까지 산책을 했어요. 킷은 묘석 사이를 오가며 혼자 놀게 두고 나는 에드윈 멀리스라는 사람의 묘석 위에 길게 누웠어요. 널찍한 돌판을 두꺼운 다리 네 개로 받친 모양이었죠. 바로 그때, 오랫동안 묘지 관리인으로 이곳을 지켜온 샘 위더스 씨가 옆에 와서 섰어요. 그분은 날 보니 어린 시절의 매케너 양이 생각난다더군요. 그녀도 바로 이 묘석 위에서 햇볕을 쬈다면서요. 그래서 호두처럼 갈색이 되었대요.

나는 벌떡 일어나 앉아서 위더스 씨에게 엘리자베스를 잘 아느냐고 물었어요. 위더스 씨가 대답했죠.

"글쎄, 아주 잘 안다고 할 만큼은 아니지만 그 애를 좋아했다오. 엘리자베스하고 에번의 딸 제인 둘이 여기로 자주 왔어. 바로 이 묘석으로 말이야. 여기다 보자기를 펴놓고 소풍 도시락을 까먹었지. 멀리스 씨의 뼈가 묻힌 이 돌 위에서."

위더스 씨는 그 소녀 둘이 여기서 속닥대다가 꼭 못된 장난질을 생각해냈다고 했어요. 한번은 유령을 불러내려고 하는 통에 목사 부인이 놀라서 쓰러질 뻔한 적도 있대요. 위더스 씨는 잠시 말을 끊더니 교회 정문 쪽에 있는 킷을 바라보면서 "저 아이가 엘리자베스와 헬만 대위의 딸이겠군"이라고 중얼거렸어요.

그 말을 들은 나는 조급하게 질문을 던졌어요. 헬만 대위를 아세요? 마음에 드셨어요?

위더스 씨는 나를 돌아보며 대답했어요.

"그럼, 알다마다. 좋은 친구였어. 독일인인데도 말이야. 아가씨, 아버지가 독일인이라는 이유로 매케너 양의 아이를 내치진 않겠지?"

"꿈에도 그런 생각은 안 해요!"

내 말에 위더스 씨는 손가락을 흔들며 말했어요.

"그래요, 그럼 못써, 아가씨! 독일군 점령기에 관한 책을 쓰려면 그 전에 우선 진실을 알아야 해. 물론 나도 그 시절이 싫었다오. 그때 생각만 해도 미칠 것 같아. 그놈들 중 몇몇은 순악질이었어. 노크도 없이 남의 집 안으로 쳐들어와서는 사람을 막 밀쳐내고 그랬지. 평생 한 번도 남보다 우위에 서보지 못한 놈들이라 그런 위치에 있는 게 좋았던 게지. 하지만 모든 독일군이 그런 건 아니었어. 그럼, 아니고말고."

위더스 씨 말이, 크리스티안은 그렇지 않아서 마음에 들었대요. 한번은 위더스 씨가 혼자서 꽁꽁 언 땅에 무덤을 파느라 애를 먹고 있는데 크리스티안과 엘리자베스가 그걸 보고 다가왔대요. 크리스티안은 삽을 들고 열심히 땅을 파기 시작했고요.

"힘이 센 친구였어. 시작하자마자 끝내버리더구먼. 언제든 나를 찾아오면 먹고살게 해주겠다고 말했더니, 그 친구 웃더라고."

그다음 날 엘리자베스가 보온병에 뜨거운 커피를 담아 왔대요. 크리스티안이 가져다준 진짜 커피콩으로 만든 진짜 커피였죠. 엘리자베스는 역시 크리스티안이 가져다준 보온용 스웨터도 건넸어요.

"솔직히 말해서 독일군 점령기가 지속되는 동안 만난 착한 독일군이 한 명밖에 없는 건 아니야. 2년 동안 매일 그들을 만난다고 생각해보게. 그러다 보면 인사라도 건네게 되는 법이야. 그들 중 몇몇을 보면 어쩔 수 없이 안타까운 마음이 들었어. 고향에 있는 가족이 폭격으로 뿔뿔이 흩어진 걸 알면서도 여기 갇혀 지내야 했지 않나. 그때는 누가 먼저 시작했는지 따위는 중요치 않았어. 적어도 나한테는 그랬지. …… 거 왜, 감자를 싣고 군대 식당으로 들어가는 트럭 뒤를 말을 타고 따라가는 경비병들이 있었어. 섬 아이들도 혹시 감자가 굴러떨어지지 않을까 해서 그 뒤를 쫓아갔지. 경비병들은 근엄한 표정으로 시선은 똑바로 정면을 향한 채, 손가락으로 감자 더미를

건드렸어. 일부러 떨어뜨리려고 말이야. ……오렌지를 옮길 때
도 그랬어. 석탄 덩어리를 싣고 갈 때도 그랬고. 아이고, 연료
가 완전히 바닥났을 때라 그렇게 얻은 석탄이 얼마나 귀중했
는지 몰라. 그런 일이 많았지. 고드프리 부인한테 가서 아들 얘
기를 물어보구려. 아들이 폐렴에 걸렸는데, 애를 따뜻하게 해
줄 수도 없고 제대로 된 음식을 먹일 수도 없어서 애 엄마가
걱정으로 죽을 지경이었지. 그러던 어느 날 누군가가 현관문
을 두드리기에 나가보니 독일군 위생병이 서 있더래. 그 사람
은 안을 들여다보지도 않고 술폰아미드(세균 감염 질환 치료제로 널
리 쓰인다) 한 병을 건넨 다음, 경례를 하고는 바로 떠났다는군.
고드프리 부인에게 주려고 병원 의무실에서 훔친 거였어. 그
위생병은 나중에도 또 그런 이유로 약을 훔치다가 걸려서 독
일에 있는 감옥으로 끌려갔다던데 아마 처형당했겠지. 어떻게
됐는지는 잘 몰라."

위더스 씨는 갑자기 무서운 눈빛으로 나를 쳐다봤어요.

"그래서 하는 말인데, 만약 인간적인 행동을 '이적 행위'라
부르고 싶은 어느 잘난 영국인이 있다면 말이야, 먼저 나나 고
드프리 부인한테 물어보라고 해!"

나도 뭔가 말해보려고 입을 열었지만 위더스 씨는 그길로 몸
을 돌려 가버렸어요. 나는 킷을 불러 집으로 돌아왔지요. 아멜
리아에게 주었다는 시든 꽃다발과 샘 위더스 씨에게 주었다는

커피를 생각하면서, 킷의 아버지를 조금은 알게 되었다는 느낌을 받았어요. 그리고 엘리자베스가 그를 사랑할 수밖에 없었던 이유도 어렴풋이 알 것 같았죠.

다음 주에 레미가 건지섬으로 와요. 도시가 화요일에 프랑스로 가서 그녀를 데려올 거예요.

사랑을 담아, 줄리엣

줄리엣이 소피에게
From Juliet to Sophie

7월 22일

사랑하는 소피,

이 편지는 읽고 태워버려. 네 편지 보관함 안에서 이 편지가 발견되는 건 정말 싫어.

그래, 너한테 도시 얘기를 했지. 그러니까 도시가 이 섬에서 나한테 처음으로 편지를 보낸 사람이고, 찰스 램을 좋아하고, 킷을 키우는 데 일조하고 있고, 킷이 잘 따른다는 것까지는 너도 알겠지.

그런데 아직까지 너에게 말하지 않은 게 있어. 내가 처음 이

섬에 도착한 날 저녁, 도시가 선착장에서 나에게 두 손을 내미는 순간 정말 뭐라 말할 수 없이 가슴이 덜컹하더라고. 워낙 말이 없고 차분한 남자라 그런 느낌이 나 혼자만의 것이었는지 아닌지 전혀 알 수가 없었지. 그래서 지난 두 달간 나는 이성적이고 가볍게 '아무렇지 않은 척' 지내려고 무지하게 애를 썼어. 그리고 꽤 잘해왔지. 오늘 밤까지는 말이야.

도시가 여행 가방을 빌리러 왔었어. 루비에로 가서 레미를 데려올 예정이거든. 무슨 사람이 여행 가방도 하나 없다니? 킷이 곤히 자는 중이어서 우리는 가방을 도시의 짐마차에 실어두고 해안 절벽으로 산책을 했어. 달이 뜰 무렵이었고 하늘은 진주조개 껍데기 안쪽처럼 영롱한 빛이었어. 이번만큼은 바다조차 은빛 잔물결만 일렁일 뿐 변하지도 않고 고요했어. 바람도 불지 않았고. 온 세상이 그토록 고요한 건 처음이었던 것 같아. 그러고 보니 도시도 그렇게 고요하게 내 옆에서 묵묵히 걷고 있더라고. 나는 그 어느 때보다도 그와 가까이 있었어. 문득 그의 손목과 손으로 자꾸 눈길이 가서 내가 왜 이러나 싶은 거 있지. 칼날처럼 날카로운 감정이었어. 너도 그 느낌을 알 거야. 복부를 쿡 찔린 듯 통렬한 느낌.

갑자기 도시가 돌아섰어. 그의 얼굴은 어둠에 싸여 있었지만 그의 눈을 볼 수 있었어. 굉장히 짙고 깊은 눈동자가 나를 보며 기다리고 있었지. 그다음엔 어떤 일이 벌어졌을 것 같니? 키스했을까, 머리를 쓰다듬었을까, 아무 일도 없었을까? 정답은 영영 확인할 길이 없단다. 바로 다음 순간 윌리 벨이 이끄는 마차(그게 여기 택시야)가 우리 집 앞에 급정거하더니 그 안에 탄 승객이 이렇게 외쳤거든.

"안녕, 내 사랑! 놀랐지!"

마크였어. 말쑥한 맞춤양복으로 눈부시게 차려입은 마컴 V. 레이놀즈 2세가 붉은 장미꽃 한 다발을 팔로 감싸 안고 있었어. 그 순간 난 진심으로 그가 죽었으면 했어, 소피.

그렇지만 어쩌겠어? 그를 맞이하러 갔지. 그가 키스할 때 내 머릿속은 온통 '안 돼! 도시 앞에서는 키스하지 마!' 이런 생각뿐이었어. 마크는 나에게 꽃다발을 안겨주고는 차가운 미소를 지으며 도시를 돌아봤어. 나는 허둥지둥 두 사람을 서로 소개했어. 그러는 내내 쥐구멍으로 숨고 싶은 심정이었지. 왜 그랬을까? 정확한 이유는 나도 몰라. 아무튼 그러고는 도시가 마크와 악수하고, 나에게로 돌아서서 나와도 악수하고, "여행 가방 고마워요, 줄리엣. 잘 자요"라고 말한 다음 수레에 올라타고 떠나버리는 걸 멍하니 바라보기만 했어. 도시는 그렇게 가버렸어. 더는 아무 말도 없이, 뒤 한번 돌아보지 않고.

울고 싶더라. 하지만 그 대신에 마크를 집 안으로 들이고는, 깜짝 선물을 받고 기뻐하는 애인처럼 보이려고 노력했어. 마차 소리와 요란한 손님의 등장에 잠에서 깬 킷은 의심스러운 눈초리로 마크를 쏘아보고는 도시는 어디 있느냐고 칭얼댔어. 잘 자라며 키스를 해주지 않았다는 거지. 나한테도 안 해줬단다, 라고 마음속으로 생각했어.

나는 킷을 다시 침대에 눕혀주고 마크에게는 당장 로열 호텔로 돌아가지 않으면 내 명성이 너덜너덜해질 거라고 으름장을 놓았어. 마크는 내일 아침 6시에 우리 집 현관에 서 있을 거라고 여러 번 협박을 한 후에야 마지못해 자리를 떴어.

마크가 가고 난 후, 나는 세 시간 동안이나 손톱을 물어뜯으며 앉아 있었어. 당장 도시의 집으로 가서 아까 멈춘 순간부터 다시 시작해야 하나? 하지만 뭘 멈추었고 뭘 다시 시작한단 말이지? 모르겠어. 스스로 웃음거리가 되고 싶진 않아. 도시가 공손하지만 영문을 모르겠단 표정으로 날 쳐다보면 어떡해? 아니, 불쌍하다는 표정으로 쳐다보면?

게다가 말이야, 도대체 내가 무슨 생각을 하는 거니? 마크가 여기 와 있어. 부자에 활기 넘치고 나랑 결혼하고 싶어 하는 남자, 마크. 하지만 그가 없어도 나는 아주 잘 지내는걸. 대체 나는 왜 도시 생각에서 벗어나질 못할까? 그 사람은 내 생각 따위 손톱만큼도 하지 않을 텐데. 아냐, 어쩌면 조금은 할지도 모르잖아? 어쩌면 내가 그의 침묵 이면에 숨은 뭔가를 발견하기 직전에, 한끝 차이로 놓친 걸지도 몰라.

젠장, 젠장, 이런 젠장.

지금은 새벽 2시야. 이제 내 것이라 말할 수 있는 손톱은 하나도 남지 않았고, 내 모습은 백 년 이상은 늙어 보여. 이렇게 초췌한 모습을 보면 마크가 날 퇴짜 놓을 수도 있겠네. 프러포즈도 취소할 거야. 만약 그렇게 된다면 난 실망할까, 아닐까?

사랑을 담아, 줄리엣

아멜리아가 줄리엣에게(현관문 아래 놓여 있었음)

From Amelia to Juliet (left under Juliet's door)

7월 23일

사랑하는 줄리엣, 우리 집 라즈베리가 엄청나게 많이 열렸어. 오늘 아침에 따서 오후에 파이를 만들 작정이야. 오후에 킷이랑 같이 와서 차 한잔해(파이랑 같이).

사랑을 담아, 아멜리아

줄리엣이 아멜리아에게

From Juliet to Amelia

7월 23일

사랑하는 아멜리아~ 정말정말 미안한데, 오늘은 안 되겠어요. 손님이 있어서.

대신 사랑을 보내며, 줄리엣

추신. 킷이 파이를 좀 먹을 수 있을까 하는 희망을 품고 이 쪽지를 전하러
갈 거예요. 오늘 오후에 킷 좀 맡아줄 수 있어요?

줄리엣이 소피에게

From Juliet to Sophie

7월 24일

사랑하는 소피,

저번 편지처럼 이번 것도 불태워야 할 거야. 나, 결국은 마
크를 확실하게 차버렸어. 그리고 정말 예의 없게도 아주 신이
나 죽겠어. 제대로 교육받은 아가씨라면 커튼을 내리고 상념
에 잠겨 있어야 마땅하겠지만, 난 그럴 수 없어. 이제 난 '자유'
니까! 오늘 아침엔 상쾌한 기분으로 벌떡 일어나서 오전 내내
킷과 목초지에서 새끼 양처럼 달리기 시합을 했단다. 킷이 이
겼지만 그건 걔가 속임수를 써서 그래.

어제는 정말 무서운 하루였어. 마크가 나타났을 때 내 기분
이 어땠는지는 너도 알지? 다음 날 아침엔 더했어. 아침 7시에

우리 집 현관 앞에 나타났는데, 정오쯤엔 이미 결혼식 날짜까지 결정되리라 확신하며 온몸으로 자신감을 내뿜더라고. 마크는 건지섬이나 독일군 점령기, 엘리자베스, 하다못해 내가 여기 온 이후 어떻게 지냈는지 전혀 관심이 없었어. 그런 건 한마디도 묻지 않았지. 그런데 킷이 아침을 먹으러 내려온 거야. 마크가 놀라더라고. 전날 밤 그 애가 있었다는 걸 까맣게 잊은 거지. 어쨌든 잘 대해주더라. 둘이서 개 얘기를 했어. 하지만 몇 분이 지나니까 그 사람 얼굴에 킷이 사라져주길 바라는 표정이 역력했어. 그의 경험에 따르면 아이들이 부모를 귀찮게 하기 전에 보모가 와서 데려가야 하는 법인가 보지. 물론 나는 그의 짜증 섞인 표정을 무시하고 평소처럼 킷에게 아침을 차려줬어. 하지만 불쾌해하는 그의 기운이 거실을 가로질러 주방으로 밀려들어오는 게 느껴졌어.

마침내 킷이 놀러 나갔는데, 애가 나가고 현관문이 닫히자마자 마크가 이러는 거야.

"당신의 새 친구들은 기가 차게 영리하군. 자기들 짐을 두 달도 채 되지 않아 당신한테 떠넘기는 데 성공했으니."

그는 귀 얇고 순진한 내가 불쌍하다는 듯 고개를 저었어.

나는 그냥 그를 쳐다보기만 했지.

"저 애가 귀엽긴 하지만 당신이 보살필 의무는 없어, 줄리엣. 그러니까 이 문제는 확실히 해둬야 해. 저 애가 남은 일생을 당신한테 기대야겠다고 생각하기 전에 예쁜 인형이나 그 비슷한 선물 하나 해주고 잘 있어, 안녕, 해야 한다고."

그 말을 들으니 너무 화가 나서 말이 안 나오더라. 나는 킷이 먹은 오트밀 그릇을 손마디가 하얘지도록 꽉 쥔 채 그 자리에 서 있었지. 그에게 그릇을 집어 던지진 않았지만 그러고 싶은 걸 간신히 참았어. 마침내 나는 간신히 입을 열어 낮은 목소리로 속삭였어.

"나가요."

"뭐라고?"

"다시는 만나고 싶지 않아."

"줄리엣?"

그는 정말로 내 말뜻을 모르는 눈치였어.

그래서 설명을 해줬지. 아까의 분노는 점차 가라앉았고, 나는 그에게 킷과 건지섬과 찰스 램을 사랑하지 않는다면 당신은 물론이고 그 누구와도 결혼하지 않겠다고 차분하게 얘기했어.

"여기서 찰스 램이 왜 나와? 대체 무슨 상관이냐고?"

그가 소리쳤어(그럴 만도 하지).

나는 해명하지 않겠다고 했어. 마크는 나랑 대화해보려고도 하고 살살 구슬려보려고도 하고 키스하려고도 했지만, 우린 또다시 말다툼을 했어. 하지만 이미 엎질러진 물인걸. 마크도 그 정도 눈치는 있는 사람이지. 실로 한참 만에(그를 처음 만난 2월 이후로 처음으로) 나는 내가 옳은 일을 하고 있다는 걸 전적으로 확신했어. 어째서 그와 결혼하는 문제를 심각하게 고민했는지 몰라. 그의 아내로 1년만 살아도 나는 누가 뭘 물어보기만 하면 남편 눈치를 살피며 바들바들 떠는 비참한 여자가 되겠지. 그런 여자들 원래는 딱 싫어했는데, 이제 보니 왜 그렇게 되는지 알 것도 같네.

그러고 나서 두 시간 후에 마크는 비행장을 향해 (바라건대) 다시는 돌아오지 않을 길을 떠났어. 그리고 나는, 뻔뻔하게도 전혀 슬프지 않던 나는, 아멜리아네 집에서 신나게 라즈베리 파이를 먹었지. 어젯밤에도 아무런 죄책감 없이 열 시간이나 늘어지게 잤더니 오늘 아침엔 백 살이 아니라 다시 서른두 살이 된 기분이야.

오늘 오후에는 킷과 함께 해변에 가서 마노(瑪瑙)를 찾아보려 해. 아아, 아름답고 아름다운 날이구나!

사랑을 담아, 줄리엣

추신. 이 모든 일이 도시와는 전혀 상관없어. 찰스 램은 그냥 우연히 내 입에서 튀어나왔을 뿐이야. 도시는 루비에로 가기 전에 인사하러 들르지도 않았는걸. 생각하면 할수록, 그날 절벽

에서 도시가 나를 향해 돌아선 건 우산 좀 빌려달라고 하려
던 것 같아.

줄리엣이 시드니에게

From Juliet to Sidney

7월 27일

시드니 오빠,

엘리자베스가 토트 노동자를 숨겨주다 체포된 건 원래 알고
있었지만, 공범자가 있었다는 건 며칠 전에 처음 알았어요. 에
번이 어쩌다 피터 소여라는 사람 얘기를 했는데 "엘리자베스
와 같이 체포된 사람"이라는 거예요.

"뭐라고요?"

나는 외마디 비명을 내질렀죠. 그랬더니 에번은 피터에게 내
얘기를 해보겠다고 했어요.

피터는 현재 베일의 그랑드아브르 해안 근처 요양원에 있어
요. 내가 전화를 걸었더니 기꺼이 나를 만나겠다지 뭐예요. 브
랜디를 가져오면 더욱 반갑겠다고 덧붙이면서 말이죠.

"당연히 가져가야죠."

"좋았어, 그럼 내일 와요."

그러고는 전화를 끊었어요.

피터는 휠체어에 앉아 있었지만, 어찌나 운전을 잘하던지! 미친 사람처럼 질주해 와서는 모퉁이를 돌아 정확히 원하는 위치에 딱 멈추는 게, 동전 위에서라도 똑바로 돌 수 있을 것 같더라고요. 우리는 밖으로 나가서 나무 그늘 아래 자리를 잡았고, 피터는 술을 홀짝이며 얘기했어요. 이번만은 오빠, 인터뷰 중에 메모를 했어요. 한마디도 놓치고 싶지 않았단 말이에요.

열여섯 살 폴란드 소년이던 토트 노동자 루트 야루즈키를 발견했을 때, 피터는 이미 휠체어 신세였지만 그래도 세인트샘슨스에 있는 자기 집에서 살고 있었대요.

토트 노동자 상당수가 날이 어두워진 후에 수용소를 빠져나가 식량을 훔쳐 먹을 수 있었대요. 돌아오기만 하면 아무 문제 없었죠. 다음 날 아침 작업 시간 전까지는 돌아가야 했대요. 만약 이탈자가 생기면 수색대가 출동했죠. 이 '가석방'은 군대의 식량을 과하게 축내지 않으면서 노동자들도 굶어 죽지 않게 독일군이 찾아낸 방법이었어요. 거의 모든 섬 주민이 텃밭을 일구었고, 일부는 닭과 토끼도 키웠어요. 약탈자에게는 기름진 먹잇감이던 셈이죠. 토트 노동자들이 바로 그 '약탈자'였고요. 섬 주민 대부분은 밤마다 자기 밭을 지켰답니다. 막대기나 꼬챙이로 무장하고 채소를 지킨 거예요.

피터도 자기 집 닭장 아래 그림자에 숨어 밤을 지새웠대요.

막대기는 없었지만 커다란 프라이팬과 쇠 국자를 들고 있었죠. 침입자가 들어오면 시끄럽게 두드려서 이웃에게 도움을 청하려고요.

어느 날 밤, 산울타리에서 바스락대는 소리가 들리더니 곧이어 어떤 소년이 그 사이를 기어오는 게 보였대요. 피터는 가만히 기다렸어요. 소년은 일어서려 했지만 넘어져버렸고, 다시 일어서려고 꿈틀댔지만 일어서지 못했어요. 그냥 그 자리에 쓰러져버렸죠. 피터는 휠체어를 몰고 가서 물끄러미 소년을 내려다보았어요.

"그는 어린애였어, 줄리엣. 아직 애였다고. 얼굴을 위로 향한 채 흙바닥 위에 누워 있는. 말랐어, 말도 못하게 비쩍 말랐더라고. 누더기를 걸친 몸은 엄청 쇠약하고 더러웠지. 온몸이 벌레로 덮여 있었어. 머리카락 사이에서 나온 벌레가 얼굴 위로 막 기어 다니고, 눈꺼풀 위로도 지나가더라고. 그 불쌍한 소년은 아무것도 느끼지 못하는지 미동도 하지 않았어. 그 애가 원한 건 오직 빌어먹을 감자 한 알이었겠지. 하지만 땅을 팔 힘조차 없었던 거야. 어린애한테 이런 짓을 시키다니! …… 확실히 말해두는데, 난 독일놈들을 온 마음을 다해 증오했어. 아이가 숨을 쉬는지 몸을 굽혀서 살펴볼 순 없었지만 휠체어 발판에서 발을 떼어 소년을 찔러봤어. 마침내 소년의 어깨가 내 쪽으로 움직이더라고. 난 그 아이를 끌어당겨 내 무릎 위로 반쯤 걸쳤지. 내가 팔 힘은 세거든. 그렇게 겨우겨우 소년을 끌고 진입로를 거쳐 주방까지 들어갔어. 소년을 주방 바닥에 눕혀놓고는 불을 지피고 담요를 덮어주고 물을 데웠어. 그 불쌍한 얼굴과 손을 닦아주고 이와 구더기도 싹 잡아 죽였지."

피터는 이웃에게 도움을 청할 수 없었어요. 독일군에게 일러바칠지도 모르니까요. 독일군 사령관이 토트 노동자를 숨겨주는 자는 강제수용소로 끌려가거나 현장에서 총살당할 거라고 엄포를 놓았다는군요.

다음 날은 엘리자베스가 피터의 집으로 오는 날이었어요. 그의 방문 간호를 맡아 일주일에 한 번 이상 들른 모양이에요. 피터는 엘리자베스를 잘 알았고, 그녀라면 틀림없이 자기를 도와 소년을 살리고 비밀도 지킬 거라고 확신했대요.

"다음 날 오전에 엘리자베스가 왔어. 나는 현관에서 그녀를 맞이하며 말했어. 집안에 문제가 생겼으니 휘말리고 싶지 않으면 들어오지 말라고. 그녀는 내 말을 알아듣고는 고개를 끄덕이고 안으로 들어왔어. 바닥에 누운 루트 곁에 무릎을 꿇고 앉더니 이를 악물었어. 그 애한테서 코를 찌르는 냄새가 났거든. 하지만 엘리자베스는 지체 없이 할 일을 하더라고. 우선 그 애의 옷을 잘라 태워버렸어. 타르 비누로 몸을 씻기고 머리를 감겼지. 나름 유쾌한 소동이었어. 믿기 어렵겠지만, 우린 웃었다니까. 우리 웃음소리 때문인지 차가운 물 때문인지 소년이 몽롱하게 정신을 차렸어. 이내 소스라치게 놀라 질겁하더니, 우리가 누군지 알아차리고는 조금 안심하더라고. 엘리자베스가 나긋 나긋한 목소리로 계속 말을 붙였는데 소년은 한마디도 못 알아 들으면서도 어쩐 일인지 안정을 찾는 것 같았어. 우리는 소년을 내 침실로 끌어 옮겼어. 혹시 누가 들어와서 보면 안 되니까 주 방에 계속 둘 순 없었지. 엘리자베스는 소년을 간호했어. 약을 구할 순 없었지만 대신 암시장에서 국거리용 뼈와 진짜 빵을 구 해 왔어. 나에겐 달걀이 있었고. 매일매일 조금씩, 그 애는 기력 을 회복했어. 잠을 많이 자더군. 가끔 엘리자베스가 밤에, 하지 만 통금시간 전에 찾아왔어. 누구든 그녀가 우리 집에 너무 자 주 들른다는 걸 눈치 채면 안 되니까. 아무리 이웃이라도 밀고 할 일이 있으면 밀고하던 시절이었어. 왜 있잖나, 독일군 비위 를 맞추기 위해, 아니면 먹을 것이라도 얻을까 싶어서.

그렇게 조심했는데도 누군가가 눈치를 챘고, 밀고도 했지. 누군지는 몰라. 화요일 밤에 독일군 야전경찰대가 출동했어. 엘리자베스는 닭고기를 사 와서 끓인 걸 루트에게 먹이고 있 었어. 나는 그 애가 누운 침대 옆에 앉아 있었고.

경찰대는 숨소리도 내지 않고 집을 에워싼 후에 갑자기 들 이닥쳤어. 뭐, 꼼짝없이 잡혔지. 그날 밤 셋 다 끌려갔는데, 그 들이 소년에게 무슨 짓을 했는지는 하늘만이 알겠지. 우리는 재판도 없이 바로 다음 날 생말로로 향하는 배에 올라타야 했어. 거기서 마지막으로 엘리자베스를 봤어. 간수 한 명이 그녀를 끌고 배에 태우더라고. 엘리자베스는 몹시 추워 보였어. 프랑스에 도착했을 때 그녀는 보이지 않았어. 어디로 보내졌는지도 알 수 없었지. 나는 쿠탕스에 있는 연방수용소로 끌려갔는데, 놈들도 휠체어를 탄 죄수를 어떻게 처리해야 할지 모른 모양인지 일주일 후에 다시 집으로 돌려보내더라고. 자기들이 베푼 관용에 감사하라며 생색을 내더군."

피터는 엘리자베스가 항상 아멜리아에게 킷을 맡기고 자기 집으로 왔다는 걸 알고 있었대요. 엘리자베스가 토트 노동자를 돕는 건 아무도 몰랐고요. 모두 엘리자베스가 그저 방문 간호를 다녀오는 줄로만 알았죠.

오빠, 오늘 들은 얘기는 뼈대에 지나지 않아요. 하지만 피터가 나더러 다시 올 거냐고 묻더라고요. 나는 네, 또 오고 싶어요, 라고 대답했어요. 그랬더니 다음번에는 브랜디는 가져오지 말고 나만 오래요. 굳이 뭔가 들고 오겠다면 잡지를 좀 보고 싶다고 말하긴 했어요. 리타 헤이워스가 누군지 궁금하대요.

사랑을 보내며, 줄리엣

도시가 줄리엣에게

From Dawsey to Juliet

7월 27일

친애하는 줄리엣,

이제 곧 레미를 요양소에서 데리고 나올 예정인데, 잠깐 시간이 나서 편지를 씁니다.

레미는 지난달에 만났을 때보다는 건강해 보이지만 아직은 무척 허약한 상태입니다. 투비에 수녀님이 나를 따로 부르더니 주의를 주시더군요. 레미가 잘 먹고 따뜻하게 지내게 하고, 기분 상하지 않게 잘 돌봐달라고요. 그리고 사람들과 잘 어울리게 해달랍니다. 가능하면 기운을 북돋우는 사람들 틈에서 지내야 한다는군요.

레미는 풍족한 식사를 할 것이고 아멜리아의 보살핌이 있으니 따뜻하게 지낼 겁니다. 그건 확실한데, 레미의 기운을 북돋우려면 내가 어떻게 해야 할까요? 농담이나 그런 건 영 어색하거든요. 수녀님께 뭐라 말씀드려야 할지 몰라서 그저 고개만 끄덕이며 쾌활한 표정을 지으려고 노력했습니다. 하지만 성공하진 못한 것 같아요. 수녀님이 매서운 눈초리로 날 노려봤거든요.

뭐 어쨌든 나도 최선을 다할 겁니다. 그렇지만 줄리엣, 당신은 밝은 천성과 명랑한 기질을 타고났으니 레미에게는 나보다 당신이 더 좋은 친구가 될 것 같군요. 우리 모두가 지난 몇 달 사이에 당신을 소중한 친구나 가족처럼 여기게 되었듯, 레미도 당신을 그렇게 받아들이고 당신도 그녀에게 좋은 영향을 줄 거라고 나는 확신합니다.

킷에게 나의 포옹과 키스를 전해주세요. 화요일이면 당신과 킷 모두를 볼 수 있겠군요.

도시

줄리엣이 소피에게

From Juliet to Sophie

7월 29일

사랑하는 소피,

그동안 내가 도시 애덤스에 대해 얘기한 건 제발 모두 잊어줘. 난 바보천치야.

방금 도시에게서 나의 '밝은 천성과 명랑한 기질'이 발휘하는 치유 가치를 칭찬하는 편지를 받았어. 밝은 천성? 명랑한 기질? 태어나서 이런 모욕은 처음이야. 내 사전에 '명랑'이란 '경우 없고 어리석음'과 별 차이가 없다고. 생각 없이 지껄이는 어

335

릿광대. 도시가 보는 나는 딱 이거라고.

　게다가 창피해 죽겠어. 달빛 아래를 산책하며 내가 칼날 같은 매혹의 감정을 느끼는 동안, 그 사람은 레미 생각에 빠져서는 나의 명랑한 기질에서 비롯된 수다가 그녀를 얼마나 즐겁게 해줄지를 재고 있었던 거야.

　아니었어, 나 혼자 착각했고 도시는 나 따위 조금도 관심 없어. 이제 분명해졌네.

　너무 신경질이 나서 더는 쓰지도 못하겠어.

　　　　　　　　　　　　그래도 언제나 사랑하는, 줄리엣

줄리엣이 시드니에게

From Juliet to Sidney

　　　　　　　　　　　　　　　　　　　　　　8월 1일

　시드니 오빠,

　마침내 레미가 왔어요. 체구는 아담하고 심각하게 깡말랐어요. 짧게 친 머리는 검은색이고 눈동자도 거의 검은색이에요. 나는 레미가 많이 다친 모습일 줄 알았는데 그렇진 않았어요. 다리를 약간 절긴 하지만 그것도 걸을 때 살짝 주저하는 것처럼 보이는 정도고, 목을 움직일 때 좀 불편해 보일 뿐이에요.

이렇게 말하니까 레미가 부랑아처럼 보인다는 말 같은데, 실은 전혀 그렇지 않아요. 멀리서 보면 그렇게 생각할지도 모르지만 가까이서 보면 결코 아니에요. 굉장히 엄숙한 긴장감을 풍겨서 가까이 있다 보면 기운이 쑥 빠지는 것 같죠. 그렇다고 차가운 성격은 아니고 무뚝뚝한 건 더더욱 아니지만, 경계심을 보이는 건 어쩔 수 없을 거예요. 그런 경험을 했다면 나라도 똑같이 행동했을 것 같아요. 일상에서 뭔가 한 조각이 빠져버린 것 같은 모습이겠죠.

하지만 킷과 함께 있을 때의 레미라면, 위에서 말한 모습은 싹 지워도 돼요. 처음에는 말을 붙이기보다 그저 아이를 눈으로만 좇더니 킷이 혀 짧은 소리를 가르쳐주겠다니까 달라지더라고요. 화들짝 놀란 것 같았지만 고개를 끄덕였고, 둘이 같이 아멜리아의 온실로 갔어요. 레미는 프랑스어 억양 때문에 혀 짧은 소리를 내는 데 애를 먹었지만 킷은 그녀를 나무라지 않고 너그럽게도 더 친절하고 자세히 방법을 일러줬어요.

레미가 온 날 저녁에 아멜리아가 조촐한 파티를 열었어요. 모두 최선을 다해 신중하게 행동했지요. 이솔라는 강장제 병을 옆구리에 끼고 왔지만 레미를 보자마자 마음을 바꿨어요. 주방에서 나랑 마주쳤을 때 "레미가 이걸 먹으면 죽을지도 몰라"라고 속삭이더니 병을 코트 주머니에 쑤셔 넣더라고요. 엘리는

337

레미와 힘차게 악수를 하다 말고 손을 쑥 뺐어요. 실수로 그녀를 다치게 할까 봐 걱정이 되었나 봐요. 레미가 아멜리아를 편하게 대하는 걸 보니 기분이 좋던데요. 앞으로 둘이 함께 즐겁게 살겠죠. 그렇지만 레미가 가장 좋아하는 사람은 도시예요. 그날 도시는 조금 늦게 도착했는데 그가 들어서자 레미는 눈에 띄게 안심하면서 심지어 미소까지 지어 보이더라고요.

어제는 날이 춥고 안개가 심했지만, 레미와 킷과 나는 엘리자베스의 집 앞에 있는 작은 해변에서 모래성을 쌓았어요. 오랜 시간 공들인 결과 정교하고 높은 성이 탄생했답니다. 우리는 앉아서 보온병에 담아 온 코코아를 마시며 밀물이 차올라 성을 무너뜨리기만 초조하게 기다렸어요.

킷은 파도가 닿는 곳을 폴짝폴짝 뛰어다니면서 "파도야, 파도야, 더 가까이, 더 빨리 오렴"하며 바닷물을 격려했어요. 레미가 내 어깨에 손을 얹더니 미소를 지었어요.

"엘리자베스도 한때는 저 아이 같았겠죠. 바다의 여왕이네요"

나는 그녀에게서 선물이라도 받은 기분이었어요. 어깨에 손을 얹는 것처럼 소소한 몸짓 하나라도 신뢰가 필요한 법이니까요. 그녀가 나와 함께 있는 걸 안전하게 느낀다는 표시잖아요. 기쁘더라고요.

킷이 파도와 춤을 추는 동안 레미는 엘리자베스 이야기를 했어요. 엘리자베스의 계획은, 조용히 지내면서 남은 힘을 아껴뒀다가 전쟁이 끝나자마자 되도록 빨리 이곳으로 돌아오는 것이었대요.

"우리는 그게 가능할 줄 알았어요. 수용소 위로 연합군 폭격기가 날아가는 걸 고스란히 봤고, 그래서 연합군이 반격한 것도 알았죠. 베를린에서 어떤 일이 벌어지는지도 알고 있었어요. 감시관들은 두려움을 감추지 못했죠. 매일 밤 우리는 뜬눈으로 누워서 연합군 탱크가 수용소 문을 부수고 들어오는 소리를 기다렸어요. 내일이면 자유의 몸이 되리라 속삭이면서. 우리가 죽을 거라고는 꿈에도 생각지 않았어요."

내가 할 수 있는 말은 없었어요. 그저 속으로만 엘리자베스가 몇 주만 더 버텼더라면 이곳으로 돌아와 킷을 만날 수 있었을 텐데, 라고 생각했죠. 어째서, 도대체 어째서, 전쟁의 종말이 그토록 가까이 있었는데 왜 그때 감시관에게 덤볐을까요?

레미는 바다가 파도를 들이마시고 내쉬는 걸 바라보았어요. 그리고 말했어요.

"그런 용기가 없는 편이 엘리자베스에겐 더 나았을 텐데."

그래요, 하지만 우리 모두에겐 더 나쁜 일이었겠죠.

그때 파도가 밀려왔어요. 환호와 비명, 그리고 모래성은 사라졌어요.

사랑을 담아, 줄리엣

339

이솔라가 시드니에게

From Isola to Sidney

8월 1일

친애하는 시드니,

내가 '건지 감자껍질파이 북클럽'의 신임 서기가 되었어요. 이 몸이 처음으로 작성한 모임 기록을 당신도 보고 싶어 할 것 같았어요. 줄리엣이 흥미를 느끼는 거라면 당신도 무조건 흥미를 보이잖아요. 읽어보세요.

7월 30일, 오후 7시 30분

날씨 추움. 바다 요란함. 모임 장소는 윌 시스비네. 청소는 했지만 커튼은 빨아야 함.

윈즐로 돕스 부인이 본인의 자서전《딜라일라 돕스의 삶과 사랑》중 한 장(章)을 낭독함. 청중은 경청했으나 반응은 조용. 윈즐로만 예외. 이혼하겠다고 함. 모두 당황. 줄리엣과 아멜리아가 미리 만들어둔 디저트를 서둘러 내옴. 진짜 도자기 접시(보통 접하기 어려운 물건임) 위에 놓인 예쁜 리본 케이크.

마이너 양이 일어서더니, 모두 직접 글을 쓰기 시작할 것 같으면 자기도 자기 생각을 담은 책을 읽어도 되느냐고 질문함. 그녀의 저작 제목은 '메리 마거릿 마이너 비망록'. 메리 마거릿의 생각은 다들 이미 알지만, 모두 메리 마거릿을 좋아하기 때문에 "찬성"이라고 말함. 윌 시스비가 대담한 의견을 제시. 메리 마거릿은 말하면서 편집이란 걸 하는 법이 없는데, 글 속의 생각은 편집이 되어 있을 테니 그걸 듣는 것도 나쁘진 않을 거라고. 내가 제인 오스틴에 대해 빨리 발표하고 싶어서 다음 주에 임시 모임을 갖자고 제안. 도시가 동의함. 모두 "찬성". 모임 끝.

'건지 감자껍질파이 북클럽' 공식 서기, 미스 이솔라 프리비

이제 내가 공식 서기니까 당신도 회원이 되고 싶다면 내가 넣어줄게요. 섬 주민이 아닌 사람이 회원이 되는 건 회칙에 어긋나지만 내가 비밀로 처리해줄 수 있어요.

당신의 벗, 이솔라

줄리엣이 시드니에게

From Juliet to Sidney

8월 3일

시드니 오빠,

스티븐스&스타크에서 누군가, 나도 전혀 짐작이 되지 않

341

는 누군가가 이솔라에게 선물을 보냈네요. 1800년대 중반에 출간된《도해(圖解)가 있는 골상학 및 정신의학 신(新) 자가 학습서-크기와 형태에 관한 도표와 100장 이상의 도해 포함》이라는 책이에요. 이렇게 장황한 제목으로도 부족해서 무려 '골상학 : 두개골 융기를 해석하는 과학'이라는 부제까지 있군요.

에번이 어제저녁 킷과 나, 도시, 이솔라, 윌, 아멜리아, 레미를 식사에 초대했어요. 이솔라는 도표, 그림, 모눈종이, 줄자, 캘리퍼스(사물의 지름이나 두께를 재는 도구), 새 공책을 들고 나타났지요. 에번의 집에 들어서자마자 헛기침을 하고는 선물받은 책의 첫 장에 있는 광고 문구를 읽었어요.

"당신도 골상을 읽을 수 있습니다! 친구들을 놀라게, 적들을 좌절하게 하십시오. 그들에게 특정한 능력이 있거나 없다는 사실을, 반박할 수 없는 지식으로 알려주십시오!"

이솔라는 책을 식탁 위에 탁 내려놓고 선언했어요.

"난 전문가가 될 거예요. 추수감사절 축제에 맞춰서."

그녀는 엘스톤 목사님에게도 더는 축제 때 숄을 두른 채 손금을 읽는 척하지 않겠다고 말했대요. 이제부터는 과학적인 방법으로, 즉 골상을 해석해서 미래를 예견하겠다고요! 자기가 주관할 골상학 부스가 시빌 베도스 양의 '시빌 베도스의 키스를 받으세요' 부스보다 교회에 훨씬 많은 돈을 벌어줄 거라고 장담했다네요.

윌이 이솔라의 선언에 맞장구를 쳤어요. 베도스 양은 키스를 잘하는 편이 아니라면서, 아무리 아름다운 자선 행위라 해도 매년 축제 때마다 그녀와 키스하는 데 질려버렸대요.

시드니 오빠, 대체 오빠가 건지섬에 뭘 풀어놓았는지 알긴 알아요? 이솔라는 벌써 싱글턴 씨(시장에서 이솔라 옆 좌판 주인이죠)의 골상을 보고는 그의 '동료 피조물에 대한 애정 부위' 가운데가 약간 꺼져 있다고 말했대요. 그래서 개한테 먹이를 잘 안 주는 거라고요.

이제 상황이 어떻게 흘러갈지 알겠죠? 이솔라는 언젠가 누군가의 두개골에서 '잠재적인 살인자 결절'을 발견할 테고, 그 사람은 이솔라에게 총을 쏠 거예요. 베도스 양이 먼저 이솔라를 겨누지 않는다면 말이죠.

오빠의 선물 덕에 기대하지 않은 좋은 일도 있긴 했어요. 디저트를 먹은 다음 이솔라는 에번의 골상을 읽기 시작했는데 나더러 그 수치를 받아 적으라고 했어요. 나는 레미를 흘끗 쳐다봤어요. 머리카락을 쭈뼛 세운 채 긴장한 에번과, 그 머리칼 사이를 이 잡듯 샅샅이 훑는 이솔라의 모습을 레미가 어떻게 받아들일지 궁금했거든요. 레미는 웃음을 참으려고 무지 노력했지만 결국은 참지 못하고 웃음을 터뜨렸어요. 도시와 나는 놀라서 꼼짝도 못 한 채 그녀를 빤히 쳐다봤지요.

레미는 워낙 조용한 사람인지라 그토록 크게 웃을 수도 있다는 걸 아무도 상상하지 못했어요. 마치 물이 흐르는 듯한 웃음소리였어요. 그 소리를 다시 들을 수 있으면 좋겠네요.

도시와 나는 예전처럼 편하게 지내진 못해요. 종종 도시가 킷을 보러 오거나 레미를 데리고 찾아오긴 하지만. 레미의 웃음소리를 들었을 때, 2주 만에 처음으로 우리 시선이 마주쳤어요. 그렇지만 그의 시선은 아마 나의 '밝은 천성'이 어느덧 레미에게도 전염되었다는 사실에 감탄해서였을 거예요. 오빠, 정말 그런가 봐요. 몇몇 사람 얘기로는 내게 정말 '밝은 천성'이 있대요. 오빠도 알고 있었어요?

빌리 비가 피터에게 〈스크린 젬스〉지를 보냈어요. 리타 헤이워스의 사진과 기사가 실린 것으로요. 피터는 엄청 좋아하면서도, 사진을 보고 굉장히 놀라더라고요. 사진 속 리타 헤이워스가 잠옷 차림이었거든요! 그것도 침대 위에서 무릎을 꿇은 자세로! 세상이 어떻게 되려는 걸까요?

오빠, 빌리 비가 이렇게 개인적인 심부름을 계속해도 괜찮은 거예요?

사랑을 담아, 줄리엣

수전 스콧이 줄리엣에게

From Susan Scott to Juliet

친애하는 줄리엣,

사장님이 당신 편지를 혼자만 보고 몰래 숨겨두지는 않는다는 거, 줄리엣도 알죠? 책상 위에 보란 듯이 뒀기에 내가 기꺼이 봐드렸어요.

내가 편지를 쓰는 건 빌리 비가 하는 심부름에 대해 확실히 해둘 게 있어서예요. 사장님이 시키시는 게 아니에요. 사장님이나 당신, 아니면 '그 귀여운 아이'를 위한 것이라면 아무리 작은 일이라도 무조건 하겠다고 빌리 비 자신이 애걸한답니다. 그 여자는 사장님만 보면 살랑살랑 꼬리치고, 나는 그 여자만 보면 속이 뒤집혀 못 살겠어요. 턱에 묶는 끈이 달린 조그만 앙고라 털실 모자를 쓰고 다니는 여자라고요. 소냐 헤니(1912~1969. 노르웨이 태생의 미국 피겨스케이팅 선수이자 영화배우)가 스케이트 탈 때 쓰는 그런 모자 말이에요. 더 말해 뭐 해요?

그리고 또, 시드니 사장님이 뭘 잘못 알고 계신데 빌리 비는 하늘에서 내려온 천사가 아니라 '인력 파견 회사'에서 보낸 직원이라고요. 원래 '임시직'으로 들어왔는데 여기 온몸을 던져서 지금은 회사에 없어서는 안 될 '정규직'으로 자리 잡

345

았죠. 혹시 갈라파고스제도에 킷이 좋아할 만한 생물이 뭐 없을까요? 빌리 비한테 알려주면 당장 배를 타고 갈라파고스로 갈 텐데요. 그리고 몇 달 동안 내 눈에 띄지 않겠죠. 어쩌면 영원히 돌아오지 않을 수도 있겠군요. 그곳 동물에게 잡아먹혀서 말이죠.

당신과 킷에게 안부를 전하며, 수전

이솔라가 시드니에게

From Isola to Sidney

8월 5일

친애하는 시드니,

《도해가 있는 골상학 및 정신의학 신 자가 학습서-크기와 형태에 관한 도표와 100장 이상의 도해 포함》을 보내준 게 당신이라는 거 알아요. 아주 유용한 책이에요. 정말 고마워요. 굉장히 열심히 공부했고, 이제는 책을 서너 번 이상 들춰보지 않아도 한 사람의 골상 전부를 파악할 수 있답니다. 이번 추수감사절에는 교회 재정에 내가 크게 일조할 것 같아요. 골상학이라는 과학으로 자신의 가장 깊은 내부에서 일어나는 작용(좋은 것이든 아니든)을 밝히길 바라지 않는 사람이 어디 있겠어요? 아무도 없어요. 이게 정답이죠.

이 골상학이라는 과학은 진짜 번갯불과도 같은 도구예요. 지난 사흘 동안 나는 지금까지 평생 발견한 것보다 더 많은 사실을 알아냈어요. 길버트 부인은 성질이 고약한데, 알고 보니 그녀로서도 어쩔 수 없었어요. '자비심 부위'에 움푹 파인 곳이 있더라고요. 어렸을 때 채석장에 떨어진 적이 있다는데, 내 생각으로는 그녀의 자비심을 관장하는 부위가 그때 손상돼서 그대로 굳어버린 것 같아요.

가까운 친구들만 해도 놀라움의 연속이에요. 에번은 '수다스러운' 성격인 거 있죠! 그가 수다스럽다고 생각한 적은 한 번도 없었지만 눈 밑에 처진 살이 있으니 두말할 나위가 없겠죠. 에번에게는 조용히 사실을 알려줬답니다. 줄리엣은 자기 골상의 비밀을 알고 싶지 않다고 우기더니, 내가 과학의 발전을 방해하지 말라고 하자 결국 머리를 내줬어요. 줄리엣은 '연애 기질이 다분한' 사람인 데다가 '부부애가 돈독한' 것으로 밝혀졌어요. 그렇게 훌륭한 골상으로도 아직까지 미혼이라니 정말 의문이에요. 줄리엣에게도 그렇게 말해줬고요.

그러자 윌이 끼어들었어요.

"당신의 시드니 스타크는 행운을 잡은 거요, 줄리엣!"

줄리엣의 얼굴이 토마토처럼 새빨개졌고, 나는 시드니 스타

크는 동성애자니까 알지도 못하면서 떠들지 말라고 쏘아붙이고
싶은 충동이 일었지만 당신과의 약속을 떠올리며 꾹 참았어요.

  그때 도시가 일어나서 가버리는 바람에 그의 머리는 만져볼
기회가 없었지만 곧 그를 붙잡아 내 앞에 앉히고 말 거예요. 가
끔은 도시를 이해하기 어려워요. 한동안은 그렇게 말이 많더니
요즘은 한 번에 두 마디 이상 하는 법이 없다니까요.

  좋은 책을 보내줘서 다시 한번 고마워요.

                                        당신의 벗, 이솔라

                  시드니가 줄리엣에게 보낸 전보

                  Telegram from Sidney to Juliet

                          8월 6일

                            *

  어제 건서 악기점에서 도미닉에게 선물할 작은 백파이프를 샀다.

            킷도 하나 가지면 좋아할까?

          남은 게 하나밖에 없다니 빨리 알려주길.

              원고는 어떻게 돼가나?

            너와 킷에게 사랑을, 시드니

줄리엣이 시드니에게

From Juliet to Sidney

8월 7일

시드니 오빠,

킷은 백파이프를 무지 좋아할 거예요.

난 별로예요. 원고는 눈부시게 진행 중이라고 생각하지만, 첫 두 장(章)을 오빠한테 보내려고 해요. 오빠가 읽어보기 전에는 안심이 안 될 것 같아요. 읽어줄 시간 있어요?

어떤 전기건 그 대상이 살던 시대에, 그러니까 그 사람에 대한 기억이 생생할 때 써야 하는 법이죠. 내가 앤 브론테의 이웃 사람들과 얘기할 수 있었다면 글이 얼마나 달라졌을지 생각해봐요. 사실 앤 브론테가 그렇게 얌전하고 우울한 성격은 아니었을지도 모르잖아요. 어쩌면 화끈한 성격이라 일주일에 한 번씩은 그릇을 바닥에 내던졌는지도 모르죠.

매일같이 엘리자베스에 관한 새로운 사실을 알게 돼요. 내가 엘리자베스와 직접 아는 사이였더라면 얼마나 좋을까요! 글을 쓰다 보면 어느덧 그녀를 친구처럼 떠올리며 그녀가 한 일을 현장에서 직접 본 것처럼 회상해요. 엘리자베스에 대한 기억은 너무도 생생해서 그녀가 죽었다는 사실을 깨닫는 순간 심장을 쥐고 비트는 듯한 상실감에 젖고 말지요. 오늘은 그녀에 관한 이야기를 듣다가 그 자리에 누워서 울고 싶은 심정이 되었어요.

에번의 집에서 함께 저녁 식사를 했는데, 식사가 끝나고 엘리와 킷은 땅을 파헤쳐 지렁이를 찾아내겠다며 밖으로 나갔어요(달빛이 비출 때 하는 게 가장 성과가 높대요). 에번과 나는 커피 잔을 들고 밖에 서 있었고요. 그때 처음으로 에번이 엘리자베스 이야기를 털어놓더라고요.

엘리와 다른 아이들이 학교에서 피난선을 기다릴 때의 일이에요. 가족은 건물 안으로 들어갈 수 없어서 에번은 그 자리에 없었지만, 이솔라가 현장에서 그 일을 목격하고는 그날 밤 에번에게 얘기해줬대요.

교실 안에는 아이들이 가득했어요. 엘리자베스가 엘리의 코트 단추를 여며주는데 엘리가 배에 타는 거랑 엄마와 집을 떠나는 게 무섭다고 말했대요. 배가 폭격을 당하면 누구에게 작별 인사를 해야 하느냐고도 물었대요. 엘리자베스는 그 질문에 대한 답을 찾는 듯 시간을 끌었어요. 그러더니 자기 스웨터 안에 받쳐 입은 블라우스에서 브로치를 하나 뺐어요. 그녀의 아버지가 제1차 세계대전 때 받은 훈장인데, 엘리자베스는 그걸 항상 몸에 지니고 다녔다고 해요.

엘리자베스는 그 훈장을 손에 쥐고는 엘리에게 이건 마법의 배지라서 이걸 차고 있는 한 나쁜 일은 일어나지 않는다고 설명했어요. 그리고 엘리에게 배지에 침을 두 번 뱉으라고 하면서, 그래야 마법이 통한다고 얘기했어요. 이솔라가 엘리자베스의 어깨 너머로 엘리의 얼굴을 봤는데, 아직 때 묻지 않은 어린아이의 아름답고 순진한 표정을 짓고 있더래요.

전쟁 중에 겪어야 한 모든 일 중에서도 이건 정말 최악으로 끔찍한 일이었을 거예요. 자신의 아이를 안전하게 지키기 위해 멀리 떠나보내야 했다니. 부모들이 어떻게 견뎌냈는지 모르겠어요. 자식을 보호하려는 동물적 본능에 반하는 일이잖아요. 나부터도 킷과 함께 지내면서 점점 어미 곰이 되어가는 걸 느끼는걸요. 실제로 그 애를 지켜보지 않을 때도 그 애를 주시하고 있다고요. 그 애에게 일말의 위험이 닥치기라도 할라치면(킷은 여기저기 기어오르는 걸 좋아해서 꽤 자주 위험에 처하죠) 목덜미에서 털이 곤두서요.

전에는 내 목덜미에 털이 있는지도 몰랐어요. 그리고 나는 즉시 아이를 구하러 뛰어가죠. 킷과 앙숙인 목사님 조카가 그 애에게 자두를 던지면 나는 목사님 조카에게 으르렁댄다고요. 그리고 뭔가 신비한 직감이 있어서, 킷이 어디 있는지도 항상 알아요. 내 손이 어디 있는지 아는 것처럼요. 만에 하나 킷이 어디 있는지 모르면 걱정이 돼서 병이 날 거예요.

아마도 이런 식으로 종족이 번식하고 생존해왔을진대 전쟁이 이 모든 걸 파괴해버렸어요. 아이들이 어디 있는지도 모르는 채 건지섬의 엄마들은 어떻게 살았을까요? 나는 상상도 못 하겠어요.

사랑을 보내며, 줄리엣

추신. 백파이프 말고 플루트는 어때요?

줄리엣이 소피에게

From Juliet to Sophie

8월 9일

내 사랑 소피,

얼마나 기분 좋은 소식이니! 둘째를 가졌다니! 멋져!

이번에는 네가 퍽퍽한 비스킷을 먹고 레몬을 빨아 먹을 필요가 없기를. 너희 부부는 어느 쪽이든 상관 않는다는 걸 알지만 그래도 나는 딸이었으면 좋겠어. 딸이라 생각하고 분홍색 털실로 앙증맞은 유아용 카디건과 모자를 뜨고 있단 말이야. 알렉산더는 물론 기뻐하겠지만, 도미닉은 어떠니?

이솔라한테 네 얘기를 했는데 너한테 '산전 강장제'를 보낼까 봐 걱정이다. 소피, 제발 그거 마시지 마. 개 눈에 띌 만한 데

버리지도 말아줘. 이솔라가 만든 물약에 진짜 독성이 있는 물질이 들어가진 않았겠지만 만에 하나라도 잘못될 위험을 굳이 감수할 필요는 없잖아?

도시에 대한 너의 질문들은 방향을 잘못 잡았어. 킷한테 가야 한다고. 아니면 레미나. 요즘은 도시를 거의 만나지 못할뿐더러 아주 가끔 마주칠 때도 그 남자는 당최 말이 없어. 그것도 로체스터(《제인 에어》의 남자 주인공)처럼 로맨틱하게 생각에 잠겨 침묵하는 게 아니고, 반감을 표하는 근엄하고 냉정한 침묵이야. 뭐가 문젠지 모르겠어, 정말 몰라. 처음 건지섬에 왔을 때 도시는 내 친구였어. 함께 찰스 램에 대해 대화를 나누고 섬 여기저기를 산책했지. 나는 누구보다도 그 사람과 함께 있을 때 가장 즐거웠어. 그런데 해안 절벽에서의 그 끔찍한 밤 이후로 그가 입을 다물어버렸어. 어쨌든 나한테는 말을 걸지 않는다고. 지독하게 실망스러운 일이지. 서로 마음이 통하던 그 감정이 그립지만, 그 감정 역시 처음부터 나 혼자만의 착각이었다는 걸 깨달았어.

나는 그렇게 조용한 사람이 아니고 사람들에 대한 호기심도 왕성하잖아. 하지만 도시는 자기 얘기를 하지 않아. 나한테는 아무 얘기도 하지 않지. 그래서 도시의 과거에 대한 정보를 얻으려고 이솔라에게 그의 골상이 어떤지 물어봤어. 그런데 이솔라도 최근 들어 골상이 전적으로 들어맞는 건 아닐지도 모른다고 생각하기 시작했대. 그 증거로 도시의 '폭력 지향성 결절'이 그렇게 크지 않다는 사실을 들더라고. 도시가 에디 미어스를 죽도록 팬 걸 보면 분명 더 커야 한다고 말이야!!!!

여기서 느낌표는 내가 덧붙인 거야. 이솔라는 당연하다는 식으로 얘기했거든.

에디 미어스는 덩치가 크고 비열한 인간으로, 독일군에게 알랑방귀나 뀌며 정보를 주거나 팔아먹던 사람이었던 것 같아. 모두가 그 사실을 알았지만 그는 전혀 개의치 않았대. 그러다 어느 술집에서 뻐기면서 자기가 새로 얻은 물건들을 자랑하더래. 흰빵 덩어리, 담배, 실크 스타킹 같은 거. 실크 스타킹 정도면 섬의 어떤 여자라도 자기한테 넙죽 절하며 고마워할 거라면서.

엘리자베스와 피터가 체포되고 일주일 후, 에디 미어스는 은제 담뱃갑을 자랑하면서 자기가 피터 소여의 집에서 본 걸 밀고하고 받은 거라는 말을 흘렸대.

그 얘기를 들은 도시는 다음 날 밤 '크레이지 아이다'로 갔어. 술집 안으로 들어가서는 당당하게 에디 미어스 쪽으로 저벅저벅 걸어갔고, 바에 앉아 있던 그의 옷깃을 움켜쥐고 들어 올린 후 연신 이 더러운 잡새끼, 라고 말하며 그의 머리를 바에 내리쳤대. 그러고는 에디를 의자에서 끌어내려 바닥에서 뒹굴며 싸웠지.

이솔라 말로는 그때 도시의 상태는 엉망이었대. 코와 입에서 피가 흐르고 한쪽 눈두덩이는 눈을 덮을 정도로 부었고, 갈비뼈 하나에 금이 갔대. 하지만 에디 미어스 쪽이 더 엉망이었다는 거야. 두 눈이 다 멍들고 갈비뼈는 두 개나 부러졌고 상처를 꿰매야 했다나. 법원은 도시에게 건지 감옥 3개월 징역형을 내렸지만 한 달 만에 풀어줬대. 독일군에겐 더 심각한 범죄를 저지른 이들, 가령 암시장 상인이나 군용 트럭에서 석유를 훔친 도둑 같은 이들을 가둘 공간이 필요했던 거지.

이솔라는 "그리고 지금까지도 에디 미어스는 크레이지 아이다에 있다가 도시가 문을 열고 들어오는 걸 보면, 이리저리 눈치를 살피다 맥주를 쏟고는 5분도 안 돼서 뒷문으로 줄행랑을 친다고"라며 말을 마쳤어.

당연히 나는 야단법석을 떨며 더 얘기해달라고 졸라댔지. 골상에 대한 환상에서 깨어난 이솔라는 이제 사실만을 말해주었어.

도시의 어린 시절은 그리 행복하지 못했다나 봐. 열한 살 때 아버지가 돌아가셨고 그렇지 않아도 늘 병약하던 어머니는 점점 더 이상해지셨대. 공포증을 앓게 된 모양인데, 처음에는 시내로 나가길 거부하더니 나중에는 집 앞마당에 나가는 것도 마다했고 종내는 집 밖으로는 한 발짝도 나가지 않았다네. 그냥 주방 흔들의자에 앉아서 창밖의 무언가를 응시하시는데, 도시

눈에는 아무것도 보이지 않았대. 그러다가 전쟁이 일어나기 직전에 돌아가셨고.

이솔라 말이 도시는 이 모든 것(어머니, 농장, 한때 지독한 말더듬이였다는 점)때문에 늘 소극적이었고, 예번을 제외하고는 그 누구와도 좀처럼 친해지지 못했대. 이솔라나 아멜리아와도 그저 아는 사이일 뿐 그 이상은 아니었대.

그러던 중에 엘리자베스가 이 섬에 왔고 그와 친구가 된 거야. 엘리자베스는 거의 강제로 도시를 문학회로 이끌었어. 이솔라가 그러더라. 그러자 도시의 삶에 꽃이 피었다고! 돼지 콜레라 얘기 대신 책 얘기를 했고, 무엇보다 그런 얘기를 나눌 친구를 사귄 거지. 그리고 말을 하면 할수록 점점 더듬는 버릇도 사라졌대.

정말 알 수 없는 사람이야, 그치? 어쩌면 정말 로체스터처럼 비밀스러운 슬픔을 간직한 사람인지도 모르지. 혹시 지하실에 미친 아내를 숨겨둔 건 아닐까? 가능성이야 무궁무진하겠지만 그래도 전쟁 중에 배급만으로 미친 아내를 먹여 살리긴 어려웠을 것 같아. 아아 친구야, 난 정말로 그 사람과 다시 친구가 되고 싶단다(도시 말이야, 미친 아내 말고).

도시 얘기는 간결하게 한두 문장으로 끝내려 했는데 어느덧 몇 장이나 넘어갔네. 이제 서둘러서 외출 채비를 하고 오늘 밤 문학회 모임에 가야 해. 입을 만한 치마라곤 딱 하나뿐이라서 요즘은 왠지 촌스러운 여자가 된 기분이야. 레미는 그렇게 연약하고 깡말랐으면서, 어느 모로 봐도 세련돼 보인단 말이야. 도대체 프랑스 여자들은 어떻게 그럴 수 있는 걸까?

곧 다시 편지할게.

사랑을 담아, 줄리엣

줄리엣이 시드니에게
From Juliet to Sidney

8월 11일

시드니 오빠,

엘리자베스 전기의 진행이 만족스럽다니 나도 기뻐요. 하지만 이 얘기는 나중에 해요. 당장 오빠에게 알려주고 싶은 게 있거든요. 나로서도 정말 믿기 어렵지만, 엄연한 사실인걸요. 이 두 눈으로 똑똑히 봤다고요!

만약, 그야말로 '만약'이라는 걸 명심해야 해요. 내 판단이 옳다면 스티븐스&스타크는 세기의 히트를 칠 거예요. 논문 발표와 학위 수여에 이어 서반구의 모든 대학과 도서관, 돈이 남아도는 개인 수집가들이 이솔라를 찾을 거라고요.

무슨 얘기냐면…… 어젯밤 문학회 모임에서 이솔라가《오만과 편견》에 대해 발표할 예정이었는데, 식사 직전에 아리엘이 그만 이솔라의 발표 원고를 먹어버린 거예요. 그래서 이솔라는 제인 오스틴을 대신해 자신의 할머니 핀(조세핀의 애칭이죠)이 생전에 받은 편지 뭉치를 그러모아 왔어요. 일종의 이야기로 구성된 편지들이라더군요.

이솔라가 주머니에서 편지를 꺼내자 그 편지들이 분홍색 실크로 감싸고 새틴 리본으로 묶인 걸 본 윌 시스비가 큰 소리로 외쳤어요.

"연애편지다, 틀림없어! 그 안에 비밀이 숨어 있나요? 애정행각 같은? 신사분들은 자리를 비켜주는 게 좋을까요?"

이솔라는 윌에게 조용히 하고 앉으라고 했어요. 그리고 이 편지는 핀 할머니가 어린 소녀 시절 매우 친절한 낯선 남자에게서 받은 것이라고 설명했어요. 할머니는 이 편지들을 비스킷 통 안에 보관했고, 나중에 손녀딸 이솔라가 잠들기 전에 자주 읽어주셨대요.

오빠, 편지는 총 여덟 통이었어요. 하지만 내가 그 내용을 상세히 설명하는 건 포기할래요. 아무리 제대로 옮기려 노력해도 부질없는 짓일 테니까요.

이솔라가 사연을 얘기해줬어요. 핀 할머니가 아홉 살 때 그녀가 기르던 고양이를 아버지가 익사시켰대요. 고양이 머핀이 식탁 위로 올라가 버터 접시를 핥았다는 이유로요. 잔인한 아버지는 머핀을 마대에 집어넣고 돌을 채워 넣은 다음 입구를 묶어서 바다에 던졌어요. 때마침 학교에서 돌아오던 딸 핀과 만난 아버지는 방금 자기가 한 일을 자랑스럽게 말해줬지요.

아버지는 어슬렁어슬렁 술집으로 가버렸고, 그 자리에 남겨진 핀은 길 한복판에 주저앉아 가슴이 터지도록 흐느껴 울었어요.

멀리서 빠른 속도로 달려오던 마차 한 대가 소녀를 발견하고는 아슬아슬하게 멈췄어요. 마부가 몸을 일으켜 소녀에게 욕을 퍼부으려는 찰나, 마차 안에 있던 손님이 풀쩍 뛰어내렸어요. 모피 깃이 달린 짙은 색 외투 차림의 몸집 큰 남자였죠. 그는 마부에게 조용히 하라고 이르고는 핀 쪽으로 몸을 숙이며 뭘 도와줄까, 하고 물었어요.

어린 핀 할머니는 아니라고, 아무도 도와줄 수 없는 일이라고 대답했어요.

"고양이가 죽었거든요! 아빠가 머핀을 물에 빠뜨려서, 머핀이 죽었어요. 죽어서 영원히 가버렸어요."

그러자 그 남자가 이렇게 말했어요.

"물론 머핀은 죽지 않았단다. 고양이는 목숨이 아홉 개란 거, 너도 알지?"

핀 할머니는 그런 말을 들어본 것도 같아서 그렇다고 대답했어요. 남자가 말을 이었지요.

"있지, 나도 어쩌다 알게 된 건데 말이야, 머핀은 이제 겨우 세 번 살았다는구나. 그러니까 앞으로도 여섯 번은 더 사는 거야."

핀은 아저씨가 그걸 어떻게 아느냐고 물었어요. 남자는 그냥 안다고, 자기는 항상 알았다고, 태어날 때부터 그런 재능이 있었다고 대답했어요. 왜 어째서 그런지는 모르겠는데 종종 머릿속에 고양이들이 나타나서 자기와 대화를 한다는 거였어요. 뭐, 물론 말로 대화하는 게 아니라 마음의 영상으로 소통할 수 있다고요.

그런 다음 길 한가운데 있는 소녀 옆에 쭈그리고 앉더니 고양이와 대화하려면 결코 움직여서는 안 된다고, 꼼짝도 하면 안 된다고 말했어요. 그리고 머핀이 자기를 만나고 싶어 하는지 알아보겠다고 했죠. 소녀와 남자는 아무 말 없이 꼼짝 않고 앉아 있었어요. 그렇게 몇 분이 지났을까, 남자가 갑자기 핀의 손을 덥석 잡았어요!

"아…… 그래! 거기 있구나! 머핀이 지금 막 새로 태어나는 중이야! 어떤 대저택, 아니 궁전이네. 프랑스인 것 같아. 그래, 프랑스구나. 어린 소년이 고양이를 토닥이고 있어. 털을 쓰다듬는군. 이미 고양이한테 푹 빠졌네? 이제 이름을 지어주려나 봐. 어, 그런데 이상하다, 고양이한테 '솔랑주'라는 이름을 붙이려고 해. 고양이한테는 좀 특이한 이름이지. 솔랑주는 앞으로 오랫동안 신나는 모험이 가득한 멋진 삶을 살 거야. 고양이 솔랑주는 훌륭한 성품과 뛰어난 열정을 지녔어. 나한테는 벌써 다 보이는구나!"

핀 할머니가 이솔라에게 말씀하시길, 그때 머핀의 새로운 운명에 어찌나 열중했던지 우는 것도 잊어버렸대요. 그래도 머핀이 너무너무 보고 싶다고 얘기했지요. 그러자 남자가 핀을 일으켜 세우고는 보고 싶은 게 당연하다고, 당연히 머핀처럼 고결한 고양이를 위해 애도해야 하며 앞으로도 얼마 동안은 더 슬플 거라고 말해주었어요.

그러면서 남자는 자기가 가끔 마음속으로 솔랑주를 불러내서 그동안 어떻게 지냈는지 알아보겠다고 했대요. 소녀의 이름과 소녀가 사는 농장 이름을 묻고는 조그만 수첩에 은색 연필로 이름과 주소를 적었어요. 그리고 곧 소식이 들릴 거라면서 소녀의 손에 뽀뽀를 하고 마차에 올라 그곳을 떠났어요.

지금까지의 사연도 어처구니가 없겠지만 오빠, 핀 할머니는 실제로 편지를 받았어요. 1년에 걸쳐 배달된 장문의 편지 여덟 통은 모두 프랑스 고양이 솔랑주로 태어난 머핀의 삶을 담고 있었지요. 그 내용은 마치 고양이판《삼총사》같았어요. 솔랑주는 쿠션 위에 축 늘어져 크림이나 깨작깨작 핥는 게으른 고양이가 아니었어요. 별의별 기상천외한 모험을 헤쳐가며 살았고,

고양이로서는 유일하게 레지옹도뇌르 훈장(프랑스 최고 훈장)까지 받았답니다.

이 남자가 핀을 위해 지어낸 이야기는 정말 대단해요. 생생하고 재기 넘치고, 극적인 재미와 긴장감이 가득하죠. 그 이야기를 듣는 나와 우리 문학회 사람들 반응이 어땠는지만 얘기할게요. 우린 홀린 듯 앉아 있었어요. 윌조차 말을 잃었다니까요.

하지만 이 시점에서 밝히는데, 우리에겐 사리분별력 있는 두뇌와 냉정한 조언이 꼭 필요해요. 왜냐고요? 이솔라의 발표(그리고 엄청난 박수갈채)가 끝난 후 내가 이솔라에게 편지를 좀 보고 싶다고 얘기했고 그녀는 내게 편지를 건네줬어요.

시드니 오빠, 편지를 쓴 남자는 장중한 글씨체로 이렇게 서명했어요.

당신의 매우 진실한 벗
O. F. O'F. W. W.

짐작이 돼요, 오빠? 이솔라가 오스카 와일드의 편지 여덟 통을 유산으로 물려받았다는 게 가능한 일일까요? 오 세상에, 나 미칠 것 같아요. 난 이걸 믿고 '싶어서' 믿는 거예요. 하지만 오스카 와일드가 건지섬에 발을 들인 적 있다는 기록이 어딘가에 있긴 할까요? 오, 스페란자(오스카 와일드의 어머니)에게 신의 축복을!

그녀가 아들에게 '오스카 핑걸 오플래허티 윌스 와일드(Os-car Fingal O'Flahertie Wills Wilde)'라는 터무니없는 이름을 붙여주지 않았더라면 이런 서명을 어떻게 알아봤겠어요?

애정 어린 마음으로 제발 당장 조언해줘요. 지금 숨도 잘 못 쉬겠단 말이에요.

줄리엣

시드니가 줄리엣에게 밤에 쓴 편지
Night letter from Sidney to Juliet

8월 13일

믿어보자! 빌리 비가 조사를 좀 했는데, 오스카 와일드는 1893년에 일주일간 저지섬을 방문했다니까 그때 건지섬에도 들렀을 가능성이 있어. 저명한 필적 학자인 윌리엄 오티스 경이 금요일에 그곳에 도착할 거다. 자신의 대학 소장품 중 오스카 와일드의 편지를 빌려서 가져가겠대. 내가 로열 호텔에 방을 예약해두었다. 윌리엄 경은 굉장히 고상한 학자 유형이라

제노비아가 자기 어깨 위에 앉는 걸 용납할 것 같지 않구나.

혹시 윌 시스비가 자기 집 창고에서 성배를 발견한다 하더라도 이제는 나한테 말하지 마. 내 심장도 더는 못 견딜 거야.

너와 킷과 이솔라에게 애정을 보내며, 시드니

이솔라가 시드니에게

From Isola to Sidney

8월 14일

친애하는 시드니,

줄리엣이 그러는데, 당신이 핀 할머니의 편지를 살펴보고 오스카 와일드가 쓴 게 맞는지 확인해줄 필적 감정사를 보낼 거라면서요? 나는 오스카 와일드가 썼다고 장담하지만, 설령 그렇지 않다 해도 솔랑주 이야기를 들으면 당신도 분명 감탄할 거예요. 내가 그랬고 킷도 그랬고, 내가 아는 한 핀 할머니도 감탄했으니까요. 이렇게 많은 사람이 그 친절한 아저씨와 그분의 재미있는 이야기를 알았으니 무덤 속에 계신 우리 할머니도 행복해서 핑그르르 춤을 출 거예요.

줄리엣은 정말 오스카 와일드가 쓴 거라면, 수많은 학자와 학교와 도서관이 그 편지를 손에 넣기 위해 거액의 돈을 제시할 거라고 했어요. 편지는 안전하고 습기 없고 적절하게 냉방이 된 장소에 확실하게 잘 보관될 거라고요.

하지만 어림없는 소리! 편지는 이미 안전하고 습기 없고 선선한 곳에 보관돼 있다고요. 할머니가 비스킷 통에 넣어두었으니 편지들이 있을 곳은 언제까지나 그 비스킷 통이에요. 물론 편지를 보고 싶어 하는 사람이 찾아오면 언제든 기꺼이 보여줄 거고요. 줄리엣은 엄청나게 많은 학자가 올 거라는데 그러면 나와 제노비아도 환영이랍니다. 우리는 손님과 친구 들을 좋아하니까요.

만약 당신이 그 편지들로 책을 만들고 싶다면, 당신에게는 맡길 수 있어요. 대신 줄리엣이 말한 '서문'이라는 걸 내가 쓰게 해줘요. 나는 핀 할머니에 대해 얘기하고 싶고, 할머니와 고양이 머핀이 양수기 옆에서 함께 찍은 사진도 있거든요. 줄리엣이 인세 얘기를 해줬는데 그렇다면 나도 사이드카가 달린 모터사이클을 한 대 살 수 있겠네요. 레눅스 자동차 상회에서 빨간색 중고품으로 봐둔 게 있거든요.

당신의 친구, 이솔라 프리비

줄리엣이 시드니에게

From Juliet to Sidney

8월 18일

시드니 오빠,

윌리엄 경이 다녀갔어요. 이솔라가 나한테도 감정 현장에 와 달라기에 물론 한달음에 달려갔죠. 9시 정각, 윌리엄 경이 주방 쪽 현관에 모습을 드러냈어요. 근엄한 검은색 정장 차림의 그를 보니 덜컥 겁이 나더라고요. 만약 핀 할머니의 편지가 단지 상상력 풍부한 어느 농부의 글이면 어떡하지? 소중한 시간을 낭비한 윌리엄 경이 우리와 오빠에게 뭐라고 하려나?

그는 이솔라가 말리려고 묶어둔 독초와 허브 다발 사이에 무표정한 얼굴로 앉더니, 눈처럼 새하얀 손수건으로 자기 손가락을 말끔히 닦고 한쪽 눈에 작은 안경을 낀 다음, 비스킷 통 안에 든 편지 한 통을 천천히 꺼냈어요.

긴 정적이 흘렀어요. 이솔라와 나는 서로 쳐다봤지요. 윌리엄 경이 비스킷 통에서 편지를 또 한 통 꺼냈어요. 이솔라와 나는 숨을 멈췄어요. 윌리엄 경이 한숨을 쉬었어요. 우리는 초조해서 얼굴만 실룩거렸고요.

"흐ᅳ으으으음."

그가 낮고 길게 탄식했어요. 우리는 격려의 뜻으로 그를 향해 고개를 끄덕였지만, 별 소용은 없었어요. 또다시 침묵이 이어졌거든요. 이번에는 몇 주일이나 계속되는 것 같았어요.

마침내 그가 우리를 바라보며 고개를 끄덕였어요.

"맞아요?"

내가 물었어요. 어찌나 긴장했는지 숨이 꽉 막히더라고요.

"마담, 당신이 오스카 와일드가 쓴 편지 여덟 통을 소유했다는 사실을 확인하게 되어 기쁩니다."

그는 이솔라에게 말하며 살짝 고개 숙여 인사했어요.

"영광이 있을지어다!"

이솔라는 천둥 같은 목소리로 외치면서 식탁을 빙 돌아가 윌리엄 경의 어깨를 꽉 붙들더니 세차게 껴안았어요. 윌리엄 경은 처음엔 좀 놀란 듯하더니 이내 미소를 지으며 조심스레 이솔라의 등을 두드려줬어요.

그는 다른 와일드 전문가 학자에게 확증을 받겠다며 편지 한 통을 가져가겠다고 했어요. 하지만 확증 과정은 일종의 '쇼'일 뿐이라더군요. 윌리엄 경은 자신의 판단을 확신했어요.

아마 윌리엄 경은 이솔라에게 이끌려 모터사이클 시운전에 동참했단 얘기를 오빠에게 하진 않을 거예요. 이솔라가 운전하고 윌리엄 경은 사이드카에, 제노비아는 그의 어깨에 자리를 잡았죠. 결국 난폭 운전으로 소환장을 받았는데, 윌리엄 경은 본인이 '벌금을 내는 특권을 누리겠다'며 이솔라를 안심시

켰대요. 이솔라 말로는 윌리엄 경이 저명한 필적 학자치고는
꽤 재미있는 사람이라네요.

하지만 이솔라의 하숙생은 오직 오빠뿐이랍니다. 오빠는 언
제 편지를(부수적으로는 나를) 보러 올 거예요? 킷은 오빠를 위해
탭댄스를 출 거고 나는 물구나무서기를 하겠어요. 나, 아직도
그거 할 수 있다고요, 알죠?

이젠 아무 소식도 전하지 않을래요. 그래야 오빠가 궁금해서
미치지. 그러니까 직접 와서 알아봐야 할걸요.

사랑을 담아, 줄리엣

빌리 비가 줄리엣에게 보낸 전보

Telegram from Billee Bee to Juliet

8월 20일

*

친애하는 스타크 사장님은 급히 로마로 출장.

저에게 이번 주 목요일에 가서 편지를 가져오라고 하심.

괜찮은지 전보로 답장 바람.

사랑스러운 섬에서의 짧은 휴가를 기대하며,

빌리 비 존스

줄리엣이 빌리 비에게 보낸 전보

Telegram from Juliet to Billee Bee

*

기꺼이 환영해요. 도착 시간만 알려주면 마중 나갈게요.

줄리엣

줄리엣이 소피에게

From Juliet to Sophie

8월 22일

사랑하는 소피,

요즘 네 오라버니가 전반적으로 내 취향에는 너무나 고귀하신 몸이 되어가는 것 같은데? 오스카 와일드의 편지를 가져오라고 밀사를 파견하다니 말이야! 빌리 비가 아침 우편 수송선으로 도착했어. 뱃길이 험한 탓에 다리가 후들거리고 얼굴은 새파랗게 질렸더라고. 하지만 그게 그녀의 직업인걸! 점심은 못 먹더니 저녁 무렵엔 기력을 찾았고, 밤에 열린 문학회 모임에는 팔팔한 손님이 되어 나타났어.

그런데 난처한 순간이 있었어. 킷은 빌리 비가 마음에 들지 않는 모양이야. 빌리 비가 뽀뽀하려고 하니까 고개를 홱 돌리면서 단호하게 "뽀뽀 안 해"라지 뭐니. 도미닉이 무례하게 굴면 넌 어떻게 하니? 그 자리에서 혼을 내? 그러면 거기 있는 사람들이 다 당황할 것 같은데. 아니면 나중에 둘만 있을 때 야단치니? 빌리 비는 그 상황을 훌륭하게 모면했지만, 그건 그녀가 잘 대처했기 때문이야. 어쨌든 킷은 잘못했다고. 그 자리에서 킷을 나무라진 않았지만 네 의견이 듣고 싶어.

엘리자베스가 죽고 킷이 이제 고아라는 사실을 알고 나니 자꾸만 킷의 앞날이 걱정돼. 그 애 없는 나의 앞날도 함께. 이제 난 킷 없으면 못 살 것 같아. 딜윈 부부가 휴가를 마치고 돌아오면 딜윈 씨를 만나보려고. 지금은 딜윈 씨가 킷의 법적 후견인인데, 내가 킷의 후견인이 되거나 입양을 하거나 양육권자가 될 수 있을지 의논해보고 싶어. 솔직히 난 확실히 입양을 해서 명실상부한 엄마가 되고 싶지만 수입도 들쑥날쑥하고 주소도 불분명한 독신녀를 딜윈 씨가 바람직한 부모로 여겨줄지 의문이야.

이런 얘기는 여기 있는 사람들은 물론이고 시드니 오빠한테도 털어놓은 적 없어. 고민이 너무 많아서 말이야. 아멜리아는 뭐라고 할까? 킷은 좋아할까? 그 애가 스스로 결정할 만큼 컸나? 그럼 어디서 살지? 킷이 사랑하는 이 섬을 떠나 런던에 데려가도 되나? 배를 타고 나가거나 묘지에서 술래잡기를 하는 대신 답답한 도시 생활에 가둬도 괜찮을까? 잉글랜드엔 너랑 나랑 시드니 오빠가 있지만, 도시와 아멜리아를 비롯한 여기

가족들은 어쩌고? 건지섬 가족을 대신하거나 복제하기란 불가능할 거야. 런던의 어느 보육원에 이솔라 같은 선생님이 있겠느냐 말이야. 물론 있을 리 없지.

하루에도 몇 번씩 이런 질문을 처음부터 끝까지 되풀이한단다. 그래도 딱 하나 확실한 게 있다면, 내가 킷을 영원히 돌보고 싶다는 거야.

사랑을 담아, 줄리엣

추신. 딜윈 씨가 안 된다고 하면, 그냥 킷을 보쌈해서 너희 집 헛간으로 숨어들래.

줄리엣이 시드니에게

From Juliet to Sidney

8월 23일

시드니 오빠,

갑자기 로마로 불려갔다고요? 교황으로 선출되기라도 했나요? 최소한 그 정도로 중요한 일은 되어야 오빠 대신 빌리 비를 보내 편지를 가져오게 한 핑계가 될 거예요. 그리고 사본은 안 된다는 건 또 뭐예요? 빌리 비가 그러는데 오빠가 원본을 봐야겠다고 고집했다면서요. 이 세상 그 누구라도 그런 식으로 요청하면 이솔라에게 혼쭐이 날 테지만, 오빠만은 예외니까 이솔라는 편지를 내줄 거예요. 부디 아주 소중하게 조심해서 다뤄줘요. 이솔라가 진심으로 자랑스럽게 여기는 편지니까요. 그리고 돌려줄 때는 오빠가 '직접' 와서 전해주세요.

우리가 빌리 비를 좋아하지 않는다는 뜻은 아니에요. 그녀는 아주 열성적인 손님이랍니다. 지금은 밖에서 들꽃을 스케치하네요. 풀밭 사이에서 그녀의 조그만 털모자가 보여요. 어젯밤에는 문학회 모임에 손님으로 참석했는데 모임 자체를 무척 즐기더라고요. 모임 막바지에 짧게 발표도 했고, 심지어 윌시스비가 만든 한입 크기의 사과파이를 칭찬하며 요리법을 알려달라고까지 했어요. 그런데 이건 좀 오버였어요. 우리 눈에는 누리끼리한 물질에 감싸인 부풀지 않은 파이 반죽 덩어리에 불과했거든요. 게다가 온통 후추범벅에, 사과 씨도 그대로 박혀 있었다고요.

어제 모임에 오빠가 참석하지 못해서 유감이에요. 어제 발표자는 오거스터스 사르였는데, 오빠가 좋아하는 책 《캔터베리 이야기(중세 영국 시인 초서의 작품으로, 캔터베리대성당 순례 여정 중 어느 여관에서 함께 묵게 된 작중 화자 31명의 이야기 모음집)》에 대해 얘기했거든요. 그는 가장 먼저 '본당 신부의 이야기'를 읽기로 했대요. 책 속의 다른 인물들, 즉 '장원 청지기, 소지주, 소환리' 같은 이들은 뭘 하는 사람들인지 전혀 짐작이 되지 않는데 그나마 '신부'는 어떤 직업인지 아니까요. 그런데 그 '본당 신부의 이야기'가 하도 역겨워서 그만 책을 덮어버렸답니다.

오빠는 운이 좋은 줄 알아요. 오거스터스의 발표 내용을 내가 머릿속에 꼼꼼히 기억해뒀으니까요. 요점은 이거예요. 오거스터스는 자기 아이에게 결코 초서를 읽히지 않겠대요. 초서를 읽으면 넓게는 삶을, 좁게는 신의 뜻을 거스르게 된다나. 본당 신부가 하는 얘기를 들어보니, 삶이란 오물 구덩이(혹은 그 비슷한 것) 같은 것으로 인간은 최선을 다해 그 오물을 헤치며 힘들게 살아가야 한다는 거예요. 악(惡)은 끊임없이 인간을 노리고 또한 끊임없이 인간을 찾아내는 법이죠(오거스터스에게 시인 소질이 있는 것 같지 않아요?).

불쌍한 늙은이는 영원무궁토록 참회하거나 속죄하거나 단식하거나 매듭 달린 밧줄로 자신을 채찍질해야만 한답니다. 이게 다 '원죄를 갖고 태어났기' 때문이죠. 그렇게 고통스럽게 살다가 삶의 마지막 순간에야 비로소 신의 자비를 얻는다는군요.

오거스터스가 말했어요.

"생각해보십시오, 여러분. 단 한 번도 편하게 숨 쉴 틈을 주지 않는 신과 함께 평생 비참한 삶을 헤쳐가야 한다니요. 그러다가 최후의 순간에야 느닷없이 휙! 자비를 얻는대요. 감사할 게 없단 말입니다. 여러분, 그뿐만이 아닙니다. 인간은 결코 스스로 잘한다고 생각하면 안 된답니다. 그러면 '교만의 죄'를 짓게 되니까요. 여러분, 자신을 미워하는 사람이 있다면 제게 보여주십시오. 그러면 저는 자신의 이웃을 더 미워하는 사람을 보여드리겠습니다! 그렇게 될 수밖에 없어요. 스스로 가지지 못한 것을 다른 사람에게 줄 수는 없지 않습니까. 사랑도 없고 친절도 없고 존중도 없는데 말입니다! 그래서 하는 말입니다만, 신부는 부끄러운 줄 알라! 초서여, 부끄러운 줄 알라!"

오거스터스는 쿵 하고 자리에 앉았어요.

그 뒤로 '원죄'와 '운명 예정설'에 관한 논의가 두 시간 동안 활기차게 이어졌어요. 마지막으로 레미가 일어섰어요. 그녀가 이런 적은 처음이라 좌중이 순식간에 조용해졌지요. 레미는 낮은 목소리로 말했어요.

"만약 운명이 예정된 것이라면, 신은 악마입니다."

그녀의 말에는 아무도 토를 달지 못했지요. 대체 어떤 신이 라벤스부뤼크 수용소 같은 곳을 일부러 만들겠어요?

오늘 저녁 이솔라가 문학회 친구 몇 명을 불러서 같이 저녁을 먹기로 했어요. 빌리 비도 손님으로 초대됐고요. 이솔라는 낯선 사람 머리칼을 헤집는 건 좋아하지 않지만, 그래도 빌리 비의 골상을 보겠대요. 소중한 친구 시드니에 대한 호의라는군요.

사랑을 보내며, 줄리엣

수전 스콧이 줄리엣에게 보낸 전보

Telegram from Susan Scott to Juliet

8월 24일

*

친애하는 줄리엣, 빌리 비가 편지를 가지러 건지섬에 가 있다니

어이가 없네요. 안 돼요! 절대로.

다시 말하지만, 절대로 그 여자 믿지 마요. 아무것도 주지 마요.

신입 편집부원 아이버가 공원에서 길고 진한 키스를 나누는

빌리 비와 길리 길버트(《휴 앤드 크라이》의 기자이자 지난번에

당신이 던진 찻주전자의 희생양)를 봤대요. 그 둘이 함께라니,

역시 불길해요. 와일드의 편지는 빼고 당장 짐 싸서 내보내요.

애정을 담아, 수전

줄리엣이 수전에게

From Juliet to Susan

8월 25일 오전 2시

친애하는 수전,

당신은 영웅이에요! 이솔라는 당신에게 '건지 감자껍질파이

북클럽' 명예 회원 자격을 부여했고, 킷은 모래와 접착제로 만든

특별 선물을 보냅니다(선물 꾸러미는 실외에서 열어보는 게 좋을 거예요).

전보는 아슬아슬하게 도착했어요. 이솔라와 킷은 허브를 따러 일찌감치 나갔고 빌리 비와 나만 집 안에 있었어요. 적어도 나는 그런 줄 알았죠. 그런데 전보를 받자마자 쏜살같이 위층으로 올라갔더니 그녀가 없더라고요. 여행 가방도 핸드백도 편지도 없었어요!

난 완전 공포에 질렸죠. 당장 아래층으로 내려와 도시에게 전화를 걸었어요. 빨리 와서 그녀를 찾는 걸 도와달라고요. 도시는 집을 떠나기 전에 먼저 부커에게 전화해서 항구를 지키라고 일렀어요. 빌리 비가 건지섬을 떠나지 못하게 막으라고요. 무슨 수를 써서라도!

도시가 곧 도착했고 우리는 서둘러 시내로 향했어요.

나는 산울타리 안이나 덤불 뒤를 살피며 종종걸음으로 도시를 뒤따라갔어요. 이솔라의 농장을 뒤지는데, 갑자기 도시가 멈춰 서더니 웃기 시작하는 거예요.

거기, 이솔라의 훈제실 앞에 킷과 이솔라가 앉아 있었어요. 킷은 빌리 비에게 선물받은 족제비 누비인형과 커다란 갈색 봉투를 들고 있었죠. 이솔라는 빌리 비의 여행 가방 위에 앉아 있었고요. 둘 다 순진무구한 표정으로, 그야말로 한 폭의 그림 같더군요. 한편 훈제실 안에서는 괴상하게 꽥꽥대는 소리가 들려왔어요.

나는 그대로 달려가 킷과 봉투를 끌어안았고, 도시는 훈제실의 나무 빗장을 벗겼어요. 안에는 구석에 쭈그리고 앉아 욕을 퍼부으며 팔을 휘젓는 빌리 비, 그리고 그녀 주변을 퍼덕대며 날아다니는 이솔라의 앵무새 제노비아가 있었죠. 제노비아가 이미 빌리 비의 털모자를 잡아챈 후라 앙고라 털이 공중에 마구 흩날리고 있었어요.

도시가 그녀를 일으켜서 밖으로 데리고 나왔어요. 빌리 비는 시종일관 비명을 멈추지 않았고요. 자기는 어느 미친 마녀에게 당한 거라더군요. 친구라고 여긴 꼬마가 자기를 공격했대요. 틀림없이 악마의 자식일 거야! 당신들, 후회하게 될걸! 내가 고소하면 당신들 몽땅 감옥으로 끌려갈 거라고! 다시는 햇빛을 못 보게 해줄 테다!

"햇빛을 못 보는 건 당신일걸, 이 좀도둑! 강도! 배은망덕한 것!"

이솔라가 소리쳤어요.

"당신이 편지를 훔쳤잖아. 이솔라의 비스킷 통에서 편지를 훔쳐서 몰래 빼돌리려고 했어! 당신이랑 길리 길버트가 그거 갖고 뭐 하게?"

내가 소리 지르자 빌리 비는 날카롭게 대꾸했어요.

"당신이 알 바 아니잖아? 두고 봐, 당신들이 나한테 한 짓 다 폭로해버릴 테니!"

377

나는 "까짓것 맘대로 해!" 하고 받아쳤어요.

"당신하고 길리에 대해 세상에 떠들어보라고. 왜, 기사 제목이라도 뽑아줄까? '길리 길버트, 여자를 범죄의 길로 유혹하다!' '사랑의 보금자리에서 교도소까지! 3면에 계속!' 어때?"

이 말에 빌리 비는 입을 다물고 말았어요. 그리고 그 절묘한 순간에 우리의 위대한 배우 존 부커가 도착했죠. 오래된 군복 외투를 입어서 그런지 몸집도 거대해 보이고 왠지 공직 관리 같은 분위기도 풍겼어요. 레미도 함께 왔는데, 괭이를 들고 있더라고요! 부커는 현장을 스윽 둘러본 후 빌리 비를 사납게 노려봤는데 그 눈빛이 어찌나 무서운지 하마터면 내가 그녀한테 미안해할 뻔했다니까요.

부커는 빌리 비의 팔을 붙들고는 엄한 목소리로 말했어요.

"자, 이제 당신의 정당한 소지품을 챙겨서 떠나시오. 당신을 체포하지는 않겠소, 지금 당장은! 내가 항구까지 동행해서 잉글랜드로 가는 다음 배편에 내 손으로 직접 당신을 태우겠소!"

빌리 비는 비척대며 걸어 나오더니 자신의 여행 가방과 핸드백을 챙겨 들었어요. 그러고는 킷한테 성큼성큼 가더니 아이 품에 있던 족제비 인형을 홱 낚아챘어요.

"이런 걸 주다니 내가 미쳤지, 이런 땅꼬마 계집애한테."

진짜 한 대 때려주고 싶은 순간이었어요! 그래서 때렸죠. 어금니가 흔들릴 정도로 힘껏. 잘은 모르겠는데, 섬 생활을 하면서 나도 힘이 장사가 됐나 봐요.

눈꺼풀이 막 감기네요. 하지만 킷과 이솔라가 아침 일찍부터 허브를 따러 나간 이유는 말해줘야겠어요. 이솔라가 어젯밤 빌리 비의 골상을 만져봤는데 그 결과가 영 찜찜했대요. 빌리 비의 '사기꾼 부위'가 거위 알만큼이나 컸다는 거예요. 그러던 차에 킷이 이솔라의 주방에서 빌리 비를 봤다고 하더래요. 선반을 막 뒤지고 있었다고요. 그래서 이솔라는 심증을 굳히고, 킷과 함께 감시 작전을 펼쳤어요. 빌리 비에게는 허브를 캐러 간다고 연막을 치고 실제로는 숨어서 지켜보기로 한 거죠.

이솔라와 킷은 일찍 일어나 덤불 뒤에 숨었고, 빌리 비가 커다란 봉투를 들고 우리 집 뒷문으로 살금살금 빠져나오는 걸 봤대요. 둘은 빌리 비의 뒤를 몰래 밟았대요. 그러다 이솔라의 농장 옆에 이르자 이솔라가 확 덤벼들어 훈제실로 끌고 간 거죠. 킷은 바닥에 떨어진 빌리 비의 물건들을 챙기고, 이솔라는 폐소공포증이 있는 앵무새 제노비아를 빌리 비가 있는 훈제실 안에 넣고 문을 잠가버렸어요.

하지만 수전, 도대체 빌리 비와 길버트는 이 편지들로 뭘 할 생각이었을까요? 절도죄로 잡혀갈지도 모른다는 생각은 못 했을까요?

당신과 아이버에게 정말 고마워요. 아이버에게 그의 날카로운 관찰력, 의혹을 파고드는 지성, 훌륭한 판단력 모두 고맙다고 전해줘요. 나 대신 키스해주면 더 좋고요. 대단한 사람이야!
시드니 오빠가 그를 편집장으로 승진시켜야 되지 않나요?

사랑을 보내며, 줄리엣

수전이 줄리엣에게
From Susan to Juliet

8월 26일

친애하는 줄리엣,

그래요, 아이버는 대단한 사람이에요. 그에게도 그렇게 전했
어요. 당신을 대신해 키스하고, 그다음엔 내 몫으로 한 번 더
키스해줬어요. 승진도 했답니다. 편집장까지는 아니지만 차근
차근 잘해갈 겁니다.

빌리 비와 길리의 계획이 뭐였냐고요? '찻주전자 사건'이 신
문에 났을 때 당신과 나는 런던에 없었잖아요. 그 사건 때문에
야단법석이 난 걸 몰랐죠. 길리 길버트와 〈휴 앤드 크라이〉를 싫
어하는 모든 기자와 출판인이(꽤 많더라고요) 아주 신이 났대요.

다들 안 그래도 정말 웃기는 사건이라고 생각하던 차에 시
드니 사장님이 기자회견을 여니까 사건이 잠잠해지기는커녕

사람들에게 새롭게 웃어젖힐 소재를 안겨준 셈이 되었죠. 그런데 길리도 〈휴 앤드 크라이〉도 용서의 미덕을 믿지 않아요. 그들의 모토는 보복이죠. 조용히 참고 기다려라, 복수의 날은 반드시 올지니!

가련하고 어병한 바보이자 길리의 애인인 빌리 비는 한층 격한 수치심을 느꼈겠죠. 이제 빌리 비와 길리가 꼭 붙어 앉아 복수의 음모를 꾸미는 모습이 그려지죠? 빌리 비의 역할은 스티븐스&스타크에 들어가 환심을 산 후, 당신과 시드니 사장님에게 해를 입힐 일을 찾아내는 것이었어요. 당신을 웃음거리로 만들 일이라면 더더욱 좋고요.

당신도 알고 있겠지만 출판계의 소문이란 들불처럼 걷잡을 수 없이 번진답니다. 당신이 건지섬에서 독일군 점령기에 관한 책을 쓴다는 건 모두 알아요. 그리고 2주 전부터 사람들은 당신이 그곳에서 오스카 와일드의 저작을 새로 발견했다며 속닥거리기 시작했답니다(윌리엄 경은 저명하고 기품 있지만 입이 무겁지는 않죠).

길리에게는 참을 수 없는 유혹이었을 거예요. 빌리 비가 훔쳐 온 편지를 〈휴 앤드 크라이〉가 책으로 내면 당신과 사장님은 선수를 뺏기는 거잖아요. 얼마나 재미있겠어요! 고소당할 걱정이야 나중 일이죠. 물론, 이솔라가 받을 충격 따위는 안중에도 없었고요.

그들이 성공을 코앞에 두고 있었다는 걸 생각하면 속이 메슥거려요. 아이버와 이솔라 그리고 빌리 비의 '사기꾼 부위'가 있어서 얼마나 감사한지 몰라요.

화요일에 아이버가 편지 '사본'을 가지러 날아갈 거예요. 킷에게 줄 노란색 벨벳 족제비 인형도 벌써 준비해뒀대요. 야성적으로 번뜩이는 선녹색 눈에, 상앗빛 송곳니도 있답니다. 아마 킷은 선물을 보는 즉시 그에게 키스할 거예요. 당신도 키스해도 돼요. 다만 짧고 담백하게 하세요. 협박하는 건 아니에요. 하지만 아이버는 '내 것'이에요, 줄리엣!

사랑을 보내며, 수전

시드니가 줄리엣에게 보낸 전보

Telegram from Sidney to Juliet

8월 26일

*

다시는 런던을 떠나지 않으마.

이솔라와 킷은 훈장감이야. 너도 그렇고.

사랑을 담아, 시드니

줄리엣이 소피에게

From Juliet to Sophie

8월 29일

사랑하는 소피,

아이버가 왔다 갔고, 오스카 와일드의 편지는 이솔라의 비스킷 통 안으로 무사히 돌아왔어. 시드니 오빠가 그 편지들을 다 읽을 때까지는 가능한 한 차분하게 기다려야지. 실은 오빠가 어떻게 생각하는지 궁금해서 미치겠지만.

그날 빌리 비 사건 이후 나는 평정을 되찾았어. 그런데 킷을 재우고 나니까 갑자기 마음이 들뜨고 초조해져서 왔다 갔다 하기 시작했지.

바로 그때 현관문 두드리는 소리가 났어. 나는 깜짝 놀랐어. 좀 당황하기도 했고. 현관 창으로 도시 얼굴이 보였거든. 반가운 마음에 문을 활짝 열었더니 도시와 레미가 나란히 서 있는 거 있지. 내가 어떤지 보려고 왔대. 어찌나 친절하신지. 시시해 죽겠네.

지금쯤이면 레미가 프랑스에 대한 향수를 느낄 때도 되지 않았나 싶어. 요즘 내가 지젤 펠티에라는 여자가 쓴 글을 읽고 있거든. 정치범으로 잡혀서 라벤스부뤼크에서 5년간 지냈대. 강제수용소 생존자로서 살아가기가 얼마나 어려운지에 대해 썼

더라고. 프랑스에서는 누구도 수용소 수감자들이 어떻게 살았
는지 전혀 알고 싶어 하지 않는데. 친구는 물론이고 가족들조
차. 그리고 그런 일은 빨리 잊을수록(다시 말해서 자기들이 그런 얘기
를 듣지 않아도 되면) 더 행복해지는 법이라고 생각한대.

펠티에는 수용소에 대한 상세한 기억을 애써 떠올리고 싶어
서가 아니라 '저절로 그냥 떠오르기' 때문에 아닌 척할 수 없
다고 썼어. 프랑스 전체가 "모든 것을 과거로 묻어버리자"라
고 외치는 것 같대.

'모든 것이 이제는 지난 일이다. 전쟁도 비시정부(제2차 세계대
전 당시 프랑스 비시에 주재한 친나치 정권)도 민병대도 드랑시 수용소
도 유대인도 모두. 결국은 당신들만이 아니라 우리 모두가 고
통받지 않았나.'

이처럼 제도적인 망각증을 대하고 보면, 같은 처지의 생존자
들끼리 소통할 때만 유일하게 위안이 된다는 거야. 수용소에서
의 삶이 어떤지 다 같이 아니까. 서로 대화가 통하니까. 대화하
고 욕하고 울고, 각자 겪은 일을 이야기하고. 어떤 건 비극이고,
어떤 건 우습기도 하고. 심지어 가끔은 함께 웃을 수도 있지. 그
렇게 얻는 안도감이 어마어마하다고 펠티에는 썼어.

어쩌면 레미에게도 단조로운 섬 생활보다는 다른 생존자들
과 소통하는 게 더 나은 치유법일지도 모르겠어. 예전처럼 경
악스럽게 깡마르지도 않았고 건강도 많이 좋아졌지만, 여전히

몹시 불안해 보이거든.

딜윈 씨의 휴가도 끝났으니 얼른 약속을 잡고 킷에 관해 상의해야 하는데 마냥 미루는 중이야. 고려할 가치도 없는 일이라고 일축해버리면 어떡하나 겁이 나. 아아, '엄마스러운' 외모를 타고났다면 얼마나 좋을까. 아무래도 숄을 하나 사서 두를까 봐. 만약 딜윈 씨가 내 성품에 대한 증언을 요구한다면 소피네가 추천서를 좀 써줄래? 혹시 도미닉이 글씨를 깨쳤니? 그렇다면 다음 글을 베껴 쓸 수 있겠지.

친애하는 딜윈 씨 귀하,

줄리엣 드라이허스트 애슈턴은 아주 착한 숙녀입니다. 건전하고 깨끗하며 책임감이 있습니다. 킷 매케너가 줄리엣 이모를 엄마로 삼을 수 있게 해주셔야 합니다.

진실한 마음을 담아, 도미닉 스트라칸

킷이 물려받은 유산을 딜윈 씨가 어떻게 할 계획인지 아직 너한테 얘기 안 했지? 도시한테 일꾼을 한 명 뽑아서 둘이서 빅하우스를 보수하라고 했대. 난간을 교체하고, 벽과 그림에 있던 낙서를 지우고, 굴뚝과 통기관을 청소하고, 전선을 점검하고, 테라스에 깔린 돌은 줄눈을 메우거나 해서 깔끔하게 수리하고. 서재 패널 벽은 어떻게 할지 아직 결정 못 했다더라고. 과

일과 리본 모양이 아름답게 조각된 장식 띠가 둘러진 패널들인데, 독일군이 그걸 사격 연습용 과녁으로 썼다지 뭐니.

딜윈 씨 말로는 앞으로 몇 년 동안은 아무도 유럽으로 휴가를 가려고 들지 않을 것이기 때문에 채널제도에 관광객이 다시 몰려들 거래. 그러면 킷의 집은 근사한 휴양지 별장으로 가족 단위 관광객들에게 임대할 수 있겠지.

아, 이상한 사건이 있었어. 베누아 자매가 나더러 킷을 데리고 오늘 오후에 차를 마시러 오지 않겠느냐는 거야. 한 번도 만난 적 없는 사이인 데다가 초대 문구도 꽤 이상했어. 킷이 '눈빛이 흔들리지 않고 목표물을 정확히 맞히나요? 의식(儀式)을 좋아하나요?'라고 묻더라니까.

당황한 나는 에번에게 베누아 자매를 아느냐고 물어봤어. 그 사람들 제정신이냐고. 킷을 데려가도 괜찮은지도 물었어. 그랬더니 에번이 너털웃음을 터뜨리면서 "그럼, 베누아 자매는 정상이야, 안전하다고"라고 말했어. 제인과 엘리자베스도 어릴 적에 5년간 여름마다 그 자매의 초청을 받았대. 소녀들은 항상 빳빳하게 풀을 먹인 에이프런드레스를 입고, 반짝반짝 광을 낸 펌프스를 신고 앙증맞은 레이스 장갑을 낀 채 '의식'을 치르러 갔다는 거야. 나와 킷도 재미있는 시간을 보낼 거라며, 에번은 오랜 전통이 되살아나는 걸 보게 되어 기쁘다고 말했어. 푸짐한 대접을 받은 다음에는 놀라운 여흥이 기다릴 테니 꼭 가보랬어.

에번의 말을 듣긴 했어도 도대체 우리가 무슨 일을 겪을지는 전혀 짐작이 되지 않았어. 아무튼 나는 킷을 데리고 갔지. 베누아 자매는 80대에 접어든 일란성쌍둥이였어. 둘 다 아주 깔끔하고 새침한 귀부인 같더라고. 하늘하늘하게 얇은 면으로 된, 발목까지 내려오는 검은색 드레스를 입었는데 가슴 부분과 옷단은 흑옥 구슬로 장식돼 있었어. 새하얀 머리칼을 돌돌 말아 머리 위에 얹은 것이 꼭 휘핑크림 같더라. 황홀하게 아름다웠어, 소피. 죄의식이 느껴질 만큼 푸짐한 차를 대접받고 마침내 찻잔을 내려놓는데, 이본(10분 먼저 태어난 언니)이 이렇게 말하는 거야.

"이베트, 엘리자베스의 아이는 아직 너무 어린 것 같은데."

그러자 이베트가 대답했어.

"언니 말이 맞아. 그럼 애슈턴 양에게 부탁해볼까?"

도대체 어디서 그런 용기가 나왔는지 모르겠는데, 나는 "기꺼이 도와드릴게요"라고 말했어. 뭘 부탁받을지도 깜깜하게 모르면서 말이야.

"그렇게 해주시겠다니 정말 친절하군요, 애슈턴 양. 전쟁 중에 우리는 우리 자신을 부정했어요. 이런저런 사정으로 왕실에 대한 충심을 저버린 거죠. 그동안 관절염이 훨씬 심해진 탓에 당신과 함께 의식에 참여할 수도 없었답니다. 그저 바라보는 것만으로도 즐거울 겁니다!"

이본이 응접실과 식당을 구분하는 미닫이문 한쪽을 밀자 문에 가려 있던 벽체가 드러났어. 이베트가 벽체에 붙은 쪽문을 열었지. 그 안에는 신문에 전면 인쇄된 갈색 톤의 인물 사진이 붙어 있었어. 윈저 공작 부인이 '월리스 심슨 부인'일 때의 사진이었어. 추측건대 1930년대 후반 〈볼티모어 선〉지의 사회면에서 잘라낸 것 같아.

이베트는 끝부분이 은으로 되어 있고 정교하게 균형이 잡힌, 사악해 보이는 다트 네 개를 내게 건네고는 말했어.

"눈을 맞혀주세요."

그래서 눈을 맞혔지.

"훌륭해! 네 번 중에 세 번이나 맞히다니. 우리 사랑스러운 제인만큼 잘하는 것 같네! 엘리자베스는 꼭 마지막 순간에 실수를 했지! 줄리엣, 내년에도 와서 다시 해주겠어요?"

사연은 간단한데, 좀 슬퍼. 이베트와 이본은 영국 왕세자를 흠모했대.

"골프용 반바지 차림이 얼마나 귀엽던지!"

"왈츠 출 때는 또 어떻고!"

"야회복을 입으면 위엄이 흘러넘치셨어!"

그렇게 멋지고 고귀하신 왕세자님이, 저 염치없는 계집애한 테 코가 꿰신 거지.

"그분을 왕좌에서 끌어내렸어! 그분의 왕관이······ 사라졌다고!"

자매의 가슴은 무너졌어. 킷은 베누아 자매의 집에서 보고 들은 모든 것에 홀딱 반했어. 당연히 그랬겠지.

난 이제부터 과녁 맞히기 연습을 하려고. '백발백중'을 인생의 새로운 목표로 삼겠어.

소피, 우리가 어릴 적에 베누아 자매를 알았다면 좋았을 것 같지 않니?

사랑과 키스와 포옹을 보내며, 줄리엣

줄리엣이 시드니에게

From Juliet to Sidney

9월 2일

시드니 오빠,

오늘 오후에 일이 있었어요. 해결은 잘됐지만 자꾸 신경이 쓰여서 잠이 안 와요. 지금 소피가 아닌 오빠에게 편지를 쓰는 건요, 소피는 임신을 했고 오빠는 아니기 때문이에요. 오빠는 속이 뒤집는 예민한 상황이 없고 소피는 그러니까······. 이런,

나 지금 문법까지 틀리면서 횡설수설하네요.

킷은 이솔라 집에서 진저브레드맨(유럽 전래동화에 나오는 사람 모양의 생강 과자)을 만들고 있었어요. 레미와 나는 잉크가 필요하고 도시는 빅하우스 보수에 쓸 접착제가 필요해서, 다 같이 세인트피터포트로 걸어갔죠.

우리는 퍼메인 만의 벼랑길을 택했어요. 바다 쪽으로 툭 튀어나온 벼랑 위를 구불구불 지나가는 아름다운 산책로가 있거든요. 길이 좁아서 내가 도시와 레미보다 조금 앞서 걸었어요.

길이 꺾이는 지점에서 키 크고 머리칼이 붉은 여자가 커다란 바위를 돌아 우리 쪽으로 다가왔어요. 여자는 개를 한 마리 데리고 있었는데, 몸집이 큰 독일셰퍼드였어요. 줄에 묶여 있진 않았어요. 그런데 개가 나를 보고는 좋아서 마구 날뛰더라고요. 그 폼이 재미있어서 나는 막 웃었고, 여자는 "걱정 말아요. 절대 안 무니까"라고 소리쳤어요. 개는 내 어깨에 앞발을 올리고 얼굴을 핥으려고 했어요.

그런데 뒤에서 이상한 소리가 들리는 거예요. 헐떡대는 소리였어요. 숨구멍이 콱 막힌 듯 꺽꺽대는 소리가 계속 이어졌지요. 어떻게 표현을 못 하겠어요. 고개를 돌려 보니 레미였어요. 몸을 거의 반으로 접은 채 토하고 있더라고요. 도시가 그녀가 쓰러지지 않게 붙잡았지만, 레미는 몸을 부들부들 떨며 구토를 멈추지 못했어요. 레미는 물론이고 도시도 토사물로 범벅이 되었지요. 그 모습도 소리도 너무 처참했어요.

도시가 소리쳤어요.

"개를 치워요, 줄리엣! 당장!"

나는 정신없이 개를 밀쳐냈어요. 개를 데려온 여자도 거의 이성을 잃고 울면서 사과했어요. 나는 개 목줄을 붙잡고 계속 소리쳤어요.

"괜찮아요! 괜찮아! 당신 잘못이 아니에요. 제발 가세요! 가요!"

마침내 여자는 어리둥절한 채 애완견 목줄을 끌고 사라졌어요.

그때쯤 레미는 구토를 멈추고 숨만 헐떡이고 있었어요. 도시는 레미의 머리 너머로 나를 보며 "당신 집으로 갑시다, 줄리엣. 가장 가까우니까"라고 말했어요. 그는 레미를 일으켜 부축했어요. 나는 속수무책으로 겁을 집어먹은 채 그 뒤를 따라갔지요.

레미가 오한으로 오들오들 떨기에 나는 목욕물을 데워 몸을 녹일 수 있게 한 다음 침대에 눕혔어요. 그녀는 이미 반쯤 곯아떨어진 상태였어요. 나는 레미의 옷을 둘둘 뭉쳐서 아래층으로 내려왔어요. 도시는 창가에 서서 밖을 보고 있었죠.

고개도 돌리지 않고 그가 말했어요.

"전에 레미가 수용소 감시관들이 큰 개로 겁을 줬다고 얘기해준 적이 있어요. 개를 화나게 만들어놓고는, 점호 줄을 선 여자들 앞에서 일부러 풀어놨다는군요. 그저 재밌는 광경을 구경하려고 말입니다. 제길! 내가 무지했어요, 줄리엣. 그녀가 여기서 우리와 함께 있으면 과거를 잊는 데 도움이 될 거라 믿었다니. …… 선한 의도만으로는 충분치 않아요. 그렇죠, 줄리엣? 결코 충분치 못해요."

"……그래요. 선의만으로는 안 돼요."

내가 말했어요. 도시는 더는 아무 말도 하지 않았어요. 그저 나를 향해 고개를 끄덕이고는 나가버렸죠. 나는 아멜리아에게 전화를 걸어 레미가 여기 있다고 자초지종을 설명한 후 빨래를 시작했어요. 이솔라가 킷을 데려왔고, 나와 킷은 저녁 식사를 마치고 카드놀이를 하다 각자 잠자리에 들었어요.

하지만 나는 잠들 수가 없어요.

나 자신이 너무도 부끄러워요. 과연 나는 레미의 상황을 충분히 생각하고 그녀가 고향으로 돌아가야 한다는 결론을 내린 걸까요, 아니면 그저 그녀가 떠나기를 바란 걸까요? 나는 어떤 근거로 그녀가 프랑스로 돌아갈 때가 되었다고 생각한 거죠? 난 그녀가 돌아가서 '그것'을('그것'이 무엇이든 간에) 지닌 채 살아가게 떠밀려고 했어요! 그래요, 그랬어요. 이런 나 자신이 넌더리가 나요.

사랑을 담아, 줄리엣

추신. 고백하는 김에 이 얘기도 할게요. 엉망이 된 레미의 옷을 안고, 역시 엉망인 도시의 옷에서 풍기는 냄새를 맡으며 그곳에 서 있는 건 고역이었어요. 하지만 진짜 고역이 뭔지 알아요? 그 와중에도 머릿속엔 '그 사람이 말했어. 선한 의도…… 선의만으로는 충분치 않다고' 하는 생각만 맴돌았다는 거예요. 그렇다면 그가 레미에게 품은 감정은 '선의'가 전부라는 뜻일까……? 나요, 이런 잘못된 생각을 저녁 내내 곱씹었어요.

시드니가 줄리엣에게 밤에 쓴 편지
Night letter from Sidney to Juliet

9월 4일

사랑하는 줄리엣,

그 모든 잘못된 생각은 네가 도시를 사랑한다는 뜻이다. 놀랐냐? 난 아니다. 다만 네가 그걸 깨닫기까지 왜 그토록 오래 걸렸는지 모르겠다. 바닷바람을 쐬었으면 머리가 맑아졌어야 하는 거 아니냐? 섬으로 가서 너도 보고 오스카의 편지도 직접 보고 싶구나. 그렇지만 13일까지는 떠날 수 없어. 괜찮겠니?

사랑을 담아, 시드니

줄리엣이 시드니에게 보낸 전보

Telegram from Juliet to Sidney

9월 5일

*

시드니 오빠, 오빠 정말 참아줄 수 없는 사람이야.

특히 옳은 말을 할 때는. 여하튼 13일에 만날 수 있다니 기뻐요.

사랑을 담아, 줄리엣

이솔라가 시드니에게

From Isola to Sidney

9월 6일

친애하는 시드니,

줄리엣이 당신이 직접 핀 할머니의 편지를 보러 올 거라기에, 내가 이제 그럴 때도 됐다고 말해줬어요. 아이버가 못미더워서 그러는 건 아니에요. 그는 괜찮은 친구였어요. 하지만 머리핀에나 어울릴 것 같은 쪼그만 넥타이는 제발 하지 말라고 전해주세요. 그런 넥타이는 전혀 어울리지 않는다고 물론 나도 얘기해줬어요. 그런데 그 친구는 내가 어떻게 빌리 비를 의심했고 어떻게 그녀를 미행해서 훈제실에 가뒀는지에만 더 관심을 보이더라고요. 아이버는 그 작전이 실로 뛰어난 탐정의 솜씨였고 미스 마플(애거사 크리스티의 추리소설에 자주 등장하는 아마추어 탐정 할머니)도 그보다 잘하진 못할 거랬어요!

알고 보니 미스 마플은 그의 친구가 아니더군요. 탐정소설 속 인물이고, '인간의 본성'에 관한 지식을 총동원해서 추리를 하고 경찰이 풀지 못하는 범죄 사건을 해결한다면서요?

아이버의 말을 듣고 나니, 내가 직접 추리로 사건을 해결하면 얼마나 근사할까 하는 생각이 들어요. 물론 내가 아는 사건이 있다면 말이죠.

아이버는 부정행위란 어디에나 있게 마련이며, 나에겐 타고난 소질이 있으니 연습만 잘하면 제2의 미스 마플이 될 수도 있다고 하더군요.

"이솔라는 확실히 관찰력이 남달라요. 그러니까 필요한 건 연습뿐이죠. 모든 걸 주시하고 적어두세요."

나는 아멜리아에게 미스 마플이 등장하는 책을 몇 권 빌렸어요. 미스 마플은 참 신통한 할머니예요, 그렇죠? 뜨개질이나 하며 조용히 앉아 있을 뿐인데 남들이 놓치는 것들을 보잖아요. 나도 잘 들리지 않는 것들에 귀를 열어두고 곁눈질로 사물을 볼 수 있을 거예요. 그런데 우리 건지섬에는 풀리지 않은 사건 같은 건 하나도 없어요. 그렇다고 영원히 없을 거란 보장도 없으니, 때가 되면 나는 준비가 돼 있겠죠.

그래도 당신이 보내준 골상학 책은 여전히 즐겨 읽어요. 그러니까 내가 다른 분야의 부름을 받았다 해서 서운해하지는 말아요. 나는 지금도 골상의 진실을 믿어요. 단지 내가 관심 있는 사람들의 두상은 당신만 빼고 다 봤기 때문에 이제 흥미진진한 단계는 지나버렸을 뿐이에요.

줄리엣은 당신이 다음 주 금요일에 온다더군요. 내가 비행장으로 마중 나가서 줄리엣 집까지 태워줄게요. 다음 날 밤에 에번이 해변에서 파티를 여는데, 당신도 꼭 데려오라네요. 에번이 파티를 여는 일은 정말 드문데 이번에는 우리 모두에게 행복한 발표를 하는 자리가 될 거라는군요. 축하 파티라니! 도대체 뭘 축하하려는 걸까요? 결혼 발표라도 하려나? 하지만 누가? 에번 자신이 결혼한다는 얘기는 아니었으면 좋겠어요. 아내들은 보통 남편이 저녁에 외출하는 걸 허락하지 않는데, 에번이 결혼한다면 이제 저녁 모임에서 그를 만날 수 없게 되잖아요. 그가 그리울 거예요.

당신의 친구, 이솔라

줄리엣이 소피에게

From Juliet to Sophie

9월 7일

사랑하는 소피,

드디어 용기를 내서 아멜리아에게 말했어. 킷을 입양하고 싶다고 말이야. 나한텐 아멜리아의 생각이 몹시 중요하거든. 그녀는 엘리자베스를 정말 소중하게 아끼고 킷을 아주 잘 알고, 나에 대해서도 꽤 많이 아니까. 아멜리아가 찬성해주길 얼마나 바랐는지 몰라. 하지만 찬성해주지 않을까 봐 걱정이 태산이었다고. 차를 마시는데 목이 멜 지경이었지만 결국은 얘기를 끄집어내고야 말았지. 그랬더니 아멜리아가 어찌나 안심을 하던지 오히려 내가 놀랄 정도였어. 그동안 아멜리아도 킷의 미래를 무지하게 걱정했다는데 나는 전혀 몰랐지 뭐야.

아멜리아는 "만약 내가 아이를-" 하고 말하다가 끊더니 다시 이렇게 말했어.

"그렇게만 된다면 두 사람 모두에게 더없이 좋을 것 같아. 그게 최선이겠지, 불가능한 일을 제외하고는……"

그녀는 더는 말을 잇지 못하고 손수건을 꺼냈어. 그리고 나도, 손수건을 꺼냈단다.

한바탕 울고 난 다음 우리는 계획을 세웠어. 아멜리아가 나와 함께 딜윈 씨를 만나주기로 했지. 아멜리아가 그러더라고.

"난 그가 반바지를 입던 꼬맹이 때부터 알고 지냈다고. 감히 내 말을 거절하진 못할걸."

아멜리아가 내 편이 되어준다면 제3군(제1차 세계대전에서 서부 전선을 방어한 영국 군대)을 등에 업은 것이나 다름없지.

하지만 정말 굉장한 일이 일어났어. 아멜리아의 후원보다도 더 멋진 일이! 내가 품어온 마지막 의심이 핀으로 찍은 점보다 더 작게 쪼그라들 만한 일이었어.

내가 전에 킷이 노끈으로 동여맨 상자를 들고 다닌다고 얘기한 거 기억해? 죽은 족제비가 들었을지도 모른다고 한. 오늘 아침에 킷이 내 방으로 들어와서 내 얼굴을 계속 두드리며 잠을 깨웠어. 일어나보니 아이가 그 상자를 들고 있더라고.

킷은 아무 말 없이 상자의 끈을 풀고 뚜껑을 열었어. 그리고 덮어놓은 포장지를 벗겨내더니 나한테 상자를 내미는 거야. 소피, 아이는 뒤로 물러서서 내가 상자 안을 뒤적이며 그 안에 든 물건들을 모두 꺼내 침대 위에 늘어놓는 동안 계속 내 표정을 살폈어. 상자 안에는 이런 것들이 들어 있었어. 구멍 장식이 촘촘히 난 아주 조그만 아기용 베개, 밭일을 하다가 도시를 향해 웃음을 짓는 엘리자베스의 사진 한 장, 희미하게 재스민 향이 나는 여성용 리넨 손수건, 남자 것인 도장 반지, 그리고 작은 릴케 시집이 한 권 있었는데 가죽 표지에 이런 문구가 새겨져 있었어.

'엘리자베스, 어둠을 빛으로 바꾸는 그대에게. 크리스티안.'

책갈피에 여러 번 접힌 쪽지가 있었어. 킷이 고개를 끄덕이기에 나는 조심스럽게 쪽지를 펼쳐 읽었지.

'아멜리아, 아기가 깨어나면 나를 대신해 뽀뽀해주세요. 6시까지 돌아올게요. 엘리자베스가. 추신, 우리 아가 발이 세상에서 제일 예쁘지 않아요?'

그 아래에는 킷의 외할아버지가 제1차 세계대전에 참전해 받은 훈장이 있었어. 엘리가 잉글랜드로 피난 갈 때 엘리자베스가 마법의 배지라며 달아준 것 말이야. 오, 착한 엘리, 잊지 않고 킷에게 돌려준 모양이야.

소피, 킷은 자기 보물을 나에게 보여준 거야. 아이는 한순간도 나에게서 시선을 떼지 않았어. 우리 둘 다 굉장히 신성한 의식을 치른 셈인데, 이번만큼은 나도 울음을 터뜨리지 않았어. 대신에 팔을 내밀었지. 킷은 곧장 침대 위 이불 속으로 기어들어와 내 품에 안기더니 이내 쌕쌕 잠들었어. 난 깨어 있었어! 잠들 수 없었어. 평생 킷과 함께할 앞날을 생각하니 너무 행복해서 잠이 오지 않았어.

런던에서 살긴 싫어. 나는 건지섬을 사랑해. 엘리자베스에 대한 책을 끝낸 후에도 여기 머무르고 싶어. 킷이 런던에서 산다는 건 상상도 할 수 없어. 항상 신발을 신어야 하고, 뛰고 달리는 대신 얌전히 걸어 다녀야 하고, 구경할 돼지도 없잖아. 에번과 엘리를 따라 고기잡이를 하러 갈 수도, 아멜리아를 따라 여기저기 놀러 다닐 수도, 이솔라와 함께 물약을 만들 수도 없고 무엇보다도 도시와 함께 산책하고 놀고 나들이할 수가 없잖아.

만약 내가 킷의 보호자가 된다면 이곳 엘리자베스의 농가에서 계속 살아도 될 것 같아. 빅하우스는 한가한 부자들이 휴가용 별장으로 쓰게 놔두고.《이지 비커스태프, 전장에 가다》로 번 돈이 꽤 되니까 그걸로 런던에 아파트를 한 칸 살 수도 있겠다. 킷이랑 런던에 갈 때마다 지낼 수 있게 말이야.

여긴 킷의 고향이니까 내 고향도 될 수 있어. 건지섬에 있어도 글은 얼마든지 쓸 수 있어. 빅토르 위고를 보라고. 런던에 살지 않아서 내가 진심으로 아쉬워하는 점이 있다면, 시드니 오빠와 수전이 런던에 있다는 것, 네가 있는 스코틀랜드와 더욱 멀어진다는 것, 최신 연극을 볼 수 없다는 것, 그리고 헤로즈 백화점 식품 매장이 없다는 것 정도?

딜윈 씨가 부디 양식 있는 사람이길 빌어줘. 나는 그가 양식 있는 사람인 걸 알고 나를 좋아하는 것도 알아. 그 사람도 알거야. 킷이 나와 함께 살면 행복할 거고, 내가 당장은 두 명을 먹여 살릴 능력이 된다는 것도 말이야. '당장은'이란 단어가 좀 걸리겠지만 요즘처럼 다들 힘든 시기에 누가 '당장 능력이 된다'는 것보다 더 좋은 조건을 내걸 수 있겠어? 아멜리아 말로는 나한테는 남편이 없으니까 어쩌면 딜윈 씨가 입양을 허락하지 않을 수도 있지만, 그래도 기꺼이 후견인 자격은 줄 거래.

다음 주에 시드니 오빠가 건지섬에 다시 오기로 했어. 너도 오면 좋을 텐데……. 보고 싶어, 소피.

사랑을 담아, 줄리엣

줄리엣이 시드니에게
From Juliet to Sidney

9월 8일

시드니 오빠,

킷과 함께 목초지로 소풍을 다녀왔어요. 도시가 빅하우스의 돌담을 다시 쌓기 시작했거든요. 그거 보러 나간 거예요. 나한테는 도시가 어떻게 일하는지 엿볼 좋은 핑계였지요. 그는 돌을 하나하나 요리조리 살펴보고, 무게를 가늠해보고, 곰곰이 생각한 다음에 담 위의 적당한 위치에 올렸어요. 그렇게 쌓은 것이 머릿속으로 그린 모습과 일치하면 미소를 짓고, 그렇지 않으면 그 돌을 치워버리고 다른 돌을 찾아 나섰어요. 전혀 서

두르지 않고 침착하게 단단히 쌓기로 한 모양이에요.

우리의 감탄 어린 시선에 적응이 됐는지 도시가 불쑥 저녁을 함께 먹자고 했어요. 킷은 아멜리아와 선약이 있었지만 나는 전혀 아랑곳 않고 냅다 초대에 응해버렸어요. 그러고는 그와 단둘이 있을 생각에 혼자 흥분해서 어쩔 줄을 몰랐죠. 내가 그의 집에 도착했을 때는 우리 둘 다 조금 어색했는데, 다행히 도시가 요리를 마저 해야 한다며 주방으로 가서는 내가 돕겠다는 것도 마다했어요. 나는 그 틈에 도시의 책장을 슬쩍 훑어봤어요. 책이 많지는 않았지만 취향이 고급이더라고요. 찰스 디킨스, 마크 트웨인, 발자크, 보즈웰(1740~1795, 영국의 전기 작가), 그리고 친애하는 리 헌트까지. 《코벌리의 로저 경(조지프 애디슨이 1711~1712년 〈스펙테이터〉에 연재한 풍자 칼럼 모음집)》과 앤 브론테의 소설 몇 권(도시가 왜 이런 책을 가지고 있는지 모르겠어요)과 내가 쓴 앤 브론테 전기도 있었어요. 도시가 내 책을 가지고 있는 줄은 몰랐어요. 한 번도 말한 적 없거든요. 아마 그 책이 싫었나 보죠, 뭐.

저녁을 먹으면서 우리는 조너선 스위프트와 돼지와 뉘른베르크 재판에 대해 이야기했어요. 관심 범위가 정말 입이 떡 벌어지게 넓지 않아요? 난 그렇다고 보는데. 우린 꽤 편하게 대화했지만 둘 다 음식에는 별로 손대지 않았어요. 그가 만든 괭이밥 수프가 (보통의 내 요리보다 훨씬) 맛있었는데 말이에요. 커피를 마신 후, 함께 그의 축사로 가서 돼지를 구경했어요. 어른 돼지는 사교성이 별로 없지만 새끼들은 그렇지 않아요. 도시의 새끼돼지들은 여기저기 흩어져 놀면서 까부는 장난꾸러기랍니다. 매일 울타리 밑에 구멍을 파놓는데, 표면상으로는 도망치려고 그러는 것 같지만 사실은 도시가 그 구멍 메우는 걸 지켜보는 게 재미있어서예요. 도시가 울타리 쪽으로 접근할 때면 돼지들이 싱긋 웃는 게 보인다니까요.

도시의 축사는 무지무지 깨끗해요. 건초 더미도 보기 좋게 쌓아놨더라고요.

오빠, 나 점점 불쌍해지는 것 같아요.

그래도 계속할게요. 나는 꽃을 키우고 목공예를 하는 채석공 겸 목수 겸 돼지 치는 농부를 사랑한다고 믿고 있어요. 실은 믿는 게 아니라 아는 거죠. 내일이면 이 남자도 날 사랑하진 않는다는 생각에, 혹은 어쩌면 이 남자가 레미를 사랑할 거라는 한층 괴로운 생각에 완전히 비참한 기분이 될지도 모르지만, 지금 이 순간만큼은 행복한 도취감에 푹 빠져 있어요. 머릿속도 배 속도 이상한 게 묘하고 야릇한 느낌이에요.

금요일에 봐요. 내가 도시를 사랑한단 사실을 알아냈다는 이유로 거드름을 피울 작정이라면, 마음대로 해요. 이번 딱 한 번은 괜찮아요. 앞으로는 국물도 없어요.

사랑과 키스와 포옹을 보내며, 줄리엣

줄리엣이 시드니에게 보낸 전보

Telegram from Juliet to Sidney

9월 11일

*

비참해서 죽을 것 같아.

오늘 오후 세인트피터포트에서 도시를 봤는데,

여행 가방을 사는 중이었고 레미가 그의 팔에 기대 있고.

둘 다 환하게 웃는 얼굴. 혹시 신혼여행 준비?

난 정말 바보천치야. 이게 다 오빠 때문이라고요.

불쌍한 줄리엣

미스 이솔라 프리비의 탐정 수첩

∞

비밀문서.
사후에도 절대 공개 불가!

이 공책은 내 친구 시드니 스타크에게 받은 것이다. 어제 우편으로 도착했다. 표지에 금박으로 '팡세(PEN-SÉE)'라고 찍혀 있었지만 내가 긁어내버렸다. 팡세는 프랑스어로 '사상, 생각'이라는 뜻인데 나는 '사실'만을 적을 것이기 때문이다. 처음부터 내 자신에게 많은 것을 기대하진 않는다. 차차 관찰력을 키워야 하리라.

이제 오늘 관찰한 사실을 기록한다. 킷은 줄리엣과 함께 있는 걸 굉장히 좋아한다. 줄리엣이 방에 들어오면 킷의 표정이 평온해지며, 더는 사람들 뒤에서 인상 쓰거나 하지 않는다. 요새는 귀를 움직일 수 있게 됐는데 줄리엣이 오기 전에는 그런 재주가 없었다.

내 친구 시드니가 오스카 와일드의 편지를 읽으러 올 예정이다. 이번에는 줄리엣과 함께 지낼 것이다. 줄리엣은 엘리자베스가 저장고로 쓰던 곳을 깨끗이 치우고 침대를 하나 들여놓았다.

대프니 포스트가 페르 씨네 느릅나무 아래를 파헤치는 걸 보았다. 달이 뜨는 밤이면 항상 그런다. 우리가 다 함께 가서 대프니에게 은 찻주전자를 하나 사줘야 그녀가 그 짓을 그만두고 밤에 집에서 기어 나오지 않을 것 같다.

월요일

테일러 부인의 팔에 발진이 돋았다. 무엇 혹은 누구 때문일까? 토마토? 아니면 남편? 좀 더 살펴봐야겠다.

화요일

특별히 기록할 게 없다.

수요일

오늘도 없다.

목요일

레미가 찾아와서 프랑스에서 온 편지에 붙어 있던 우표를 주었다. 영국 우표보다 더 화려해서 잘 보관하려고 풀로 붙여두었다. 레미는 작게 뚫린 곳이 있는 갈색 편지 봉투를 가지고 있었는데, 발신인은 '프랑스 정부'였다. 이번이 네 번째 편지라던데 프랑스 정부는 레미에게 뭘 원하는 걸까? 알아봐야겠다.

오늘은 샐 씨의 시장 좌판 뒤에 숨어서 무언가를 관찰하기 시작했지만, 지나가는 사람들이 나를 보고 멈춰 서기 일쑤였다. 상관없다. 토요일에 에번이 해변에서 파티를 연다고 했으니 분명 그곳에서 관찰할 게 있을 것이다.

요즘 나는 화가들이 그리고 싶은 대상을 어떻게 찾아내는지에 관한 책을 보고 있다. 예컨대 화가가 오렌지에 집중하고자 한다고 치자. 그럴 때 오렌지의 형태를 있는 그대로 관찰할까? 아니, 그렇지 않다. 화가는 자신의 눈을 속이고 그 옆에 있는 바나나를 응시하거나, 머리를 숙여 다리 사이로 거꾸로 관찰한다. 오렌지를 완전히 새로운 방법으로 보는 것이다. 이를 '관점 구축'이라 부른다. 따라서 나도 새로운 방식으로 사물을 보려 노력할 것이다. 다리 사이로 뒤집어 볼 생각은 없지만, 무엇이건 똑바로 혹은 직접적으로 바라보진 않으려 한다. 눈을 조금만 내리깔면 남몰래 곁눈질을 할 수 있다. 이걸 연습하자!

<u>금요일</u>

역시 된다. 똑바로 쳐다보지 않는 것은 효과가 있다. 도시, 줄리엣, 레미, 킷과 함께 도시의 짐수레를 타고 시드니를 마중하러 비행장으로 나갔다.

오늘 내가 관찰한 것은 다음과 같다.

줄리엣이 달려가 시드니를 껴안았고, 시드니는 오빠가 여동생을 대하듯 그녀를 안고 빙글빙글 돌렸다. 시드니는 반갑게 레미와 인사했는데 그 역시 나처럼 곁눈질로 그녀를 관찰했다. 도시는 시드니와 악수를 했지만 줄리엣의 집에 도착해 다 함께 사과케이크를 먹을 때는 오지 않았다. 사과케이크는 가운데가 약간 꺼졌지만 맛은 훌륭했다.

잠들기 전에 눈에 안약을 넣어야겠다. 하루 종일 눈알을 양옆으로만 휙휙 돌렸더니 무리한 것 같다. 또한 계속 눈을 반쯤 내리깔고 있다 보니 눈꺼풀도 아프다.

토요일

레미, 킷, 줄리엣과 함께 해변으로 가서 저녁 파티에서 쓸 장작을 모았다. 아멜리아도 밖으로 나왔다. 요즘 더욱 편안해 보이는 그녀의 모습이 아주 보기 좋다. 도시와 시드니와 엘리가 에번의 큼직한 무쇠 솥을 끌고 왔다. 도시는 항상 시드니에게 친절하고 공손하며 시드니도 그에게 최대한 살갑게 굴지만, 시드니가 도시를 바라보는 눈길에는 좀 의아한 구석이 있는 것 같다. 왜일까?

레미가 장작을 내려놓은 후 에번과 이야기를 하러 갔고, 에번은 그녀의 어깨를 토닥였다. 무슨 일일까? 에번은 좀처럼 다른 사람의 어깨를 토닥이는 법이 없는데. 그 후로도 둘은 한동안 이야기를 나누었지만, 슬프게도

411

너무 멀리 있어서 아무것도 들을 수 없었다.

준비가 끝나고 점심을 먹으러 집으로 돌아갈 때가 되자 엘리는 파티 장소를 떠나 해변을 샅샅이 뒤지기 시작했다. 줄리엣과 시드니는 킷의 양손을 나누어 잡고 "한 걸음, 두 걸음, 세 걸음- 이제 점프!" 하는 놀이를 하며 절벽 오솔길을 걸어 올라갔다.

도시는 그들이 오솔길로 오르는 것을 보았지만 따라가지는 않았다. 오히려 해안 쪽으로 내려가서는 우뚝 선 채 하염없이 바다만 바라보았다. 문득 도시가 외로운 사람이라는 생각이 들었다. 그는 언제나 고독했지만 아마도 전에는 스스로 깨닫지 못하다가 이제야 새삼 절감하게 된 것 같다. 왜 하필 지금?

토요일 밤

해변 파티에서 무언가 중요한 장면을 목격했다. 그리고 존경하는 미스 마플처럼, 나도 그에 따른 행동을 취해야만 한다. 날씨는 쌀쌀했고 하늘은 우중충했다. 하지만 괜찮았다. 우리 모두 스웨터와 재킷을 잔뜩 껴입은 채 바닷가재를 먹고 부커를 보며 웃고 있었다. 부커는 바위 위에 서서 자신이 마치 자기가 열광하는 그 로마 시인이라도 되는 양 일장 연설을 했다. 나는 부커가 걱정된다. 이제 세네카 말고 다른 책을 읽어야 할 텐데. 아무래도 제인 오스틴의 소설을 빌려줘야겠다.

나는 촉각을 곤두세운 채 모닥불 가에 앉아 있었다. 옆에는 시드니, 킷, 줄리엣, 아멜리아가 있었다. 우리는 막대기로 불을 들쑤시고 있었는데, 바닷가재 솥을 지키는 에번을 향해 도시와 레미가 다가갔다. 레미가 에번의 귀에 대고 뭔가 속삭이자 에번의 얼굴에 미소가 번졌다. 그는 주걱을 집어 들더니 솥을 뎅뎅 두드리고는 소리쳤다.

"여러분, 주목하세요! 모두에게 할 말이 있습니다."

모두 조용해졌다. 줄리엣만 빼고. 그녀는 숨을 크게 들이마셨는데, 하도 세찬 소리를 내서 내 귀에도 들릴 정도였다. 줄리엣은 다시 숨을 내쉬지 않았고 몸도 얼어붙은 듯 꼼짝하지 않았다. 턱까지 뻣뻣하게 경직돼 있었다. 도대체 왜 저러지? 나는 전에 맹장염으로 쓰러진 적이 있기 때문에 그녀도 그런 게 아닌지 몹시 걱정되었다. 나는 줄리엣에게 신경을 쓰느라 에번이 말한 첫 부분을 놓치고 말았다.

"……그래서 오늘 밤은 레미를 위한 환송회가 되는 셈입니다. 레미는 다음 주 화요일에 이곳을 떠나 파리로 가서 자리를 잡을 예정입니다. 친구들과 함께 살면서 파리의 유명한 제과점 라울 기예모에 견습생으로 지낼 거라고 합니다. 레미는 건지섬으로 돌아올 것을 약속했습니다. 그때는 나와 엘리가 함께 사는 집에 머무르기로 했어요. 그러니 우리 모두 레미의 행복한 앞날을 기쁘게 빌어줍시다."

그러자 모두 한꺼번에 환호성을 질렀다. 사람들이 레미에게 몰려가 축하해주었다. 줄리엣만 빼고 모두. 줄리엣은 후우- 한숨을 내쉬고는 마치 낚싯바늘에 걸린 물고기처럼 모래 위에 털썩 드러누워버렸다.

나는 도시를 관찰해야겠다고 생각해 주위를 둘러보았다. 그는 레미에게서 멀찍이 떨어져 있었지만 얼마나 슬퍼 보이던지. 그때 갑자기, 나는 깨달았다! 드디어 알아낸 것이다! 도시는 레미가 떠나기를 원치 않는다. 그녀가 다시는 돌아오지 않을까 봐 두려운 것이다. 그는 레미를 사랑하지만 천성이 수줍은 탓에 고백하지 못한다.

하지만 나는 도시와 다르다. 내가 레미에게 도시의 마음을 전하면 된다. 레미는 프랑스 여자니 어떻게 대처해야 할지 알 것이다. 레미는 자기도 도시에게 호감이 있다는 걸 알릴 것이다. 그러면 둘이 결혼할 수 있고, 그녀는 파리로 떠나 살 필요가 없다. 나에게 상상력이 없다는 것이, 그렇기 때문에 사물을 명확히 볼 수 있다는 것이 얼마나 다행한 일인지.

시드니가 줄리엣에게 다가가 발로 쿡쿡 찔렀다.

"좀 나아졌냐?"

줄리엣이 그렇다고 답하기에 나는 그녀에 대한 걱정을 덜었다. 시드니는 줄리엣을 레미에게 데려가서 축하와 작별 인사를 건네게 했다. 킷이 내 무릎 위에서 잠들었기 때문에 나는 그대로 모닥불 옆에 앉아서 신중하게 생각에 잠겼다.

프랑스 여자들이 대개 그러하듯 레미 역시 현실적이다. 그러므로 대책 없이 계획을 변경하기에 앞서 도시의 감정에 대한 증거를 원할 것이다. 내가 그 증거를 찾아내야 한다.

잠시 후 와인 병을 따서 다 함께 잔을 들고 건배할 때, 나는 도시에게 다가가 이렇게 말했다.

"도시, 당신네 주방 바닥이 더럽던데. 내가 가서 청소해줄게. 월요일 괜찮지?"

그는 짐짓 놀란 것 같았지만, 괜찮다고 대답했다.

내가 다시 말했다.

"좀 이른 크리스마스 선물이야. 그러니까 나한테 돈 줄 생각은 절대 하지 마. 그냥 현관문만 열어두라고."

이렇게 사전 준비를 해놓고, 나는 모두에게 잘 자라고 말한 후 집으로 돌아왔다.

일요일

내일 작전 계획을 세웠다. 긴장된다.

도시의 집을 쓸고 닦으면서, 그가 레미를 사랑한다는 증거를 찾아 샅샅이 살필 것이다. '레미에게 바치는 시'를 쓰던 종이가 구겨진 채 쓰레기통에 들어 있을지도 모른다. 아니면 레미의 이름을 빼곡히 낙서한 식료품 명세서가 있을지도. 도시가 레미를 사랑한다는 증거는 의외로 눈에 잘 띄는 곳에 있을 게 (거의) 확실하다. 미스 마플은 남의 비밀을 몰래 캐고 다니는 사람이 아니었으니 나도 그러진 않을 것이다. 도시가 잠가놓은 자물쇠를 부수는 일은 없으리라.

하지만 일단 내가 도시가 품은 애정의 증거를 레미에게 보여주기만 하면, 레미는 화요일 아침 파리행 비행기에 오르지 않을 것이다. 어떻게 해야 할지는 그녀가 잘 알 테고, 도시는 행복해지겠지.

월요일 하루 종일

심각한 오류, 행복한 밤

너무 일찍 일어나는 바람에 도시가 빅하우스로 일하러 나갔겠다 싶을 때까지 닭들을 돌보며 시간을 보냈다. 그런 다음 도시의 농장으로 급히 가는 와중에도 모든 나무를 일일이 살피며 하트 모양을 새긴 자국이 있는지 확인해보았다. 하나도 없었다.

　　도시는 집에 없었다. 나는 걸레와 양동이를 들고 뒷문으로 들어갔다. 두 시간 동안이나 쓸고 닦고 먼지를 털고 왁스칠을 했지만 아무것도 찾지 못했다. 이렇게 포기해야 하나 생각하던 찰나, 그의 책장에 꽂힌 책들이 떠올랐다. 그래서 책을 한 권 한 권 꺼내 탈탈 털어봤지만, 책갈피에서 떨어지는 종이 한 장 없었다. 한참을 그러고 있는데 갑자기 붉은 표지의 작은 책, 찰스 램 전기가 눈에 들어왔다. 대체 이 책이 왜 여기 있담? 엘리가 생일선물로 만들어준, 나무로 된 보물 상자에 이 책을 집어넣는 걸 내가 봤는데. 그런데 이 책이 여기 책장에 꽂혀 있다면 그 보물 상자에는 뭐가 들어 있단 말인가? 그리고 그 상자는 어디에 있지? 나는 벽을 두드려보았다. 벽 안쪽에 빈 공간이 있으면 텅텅 울리는 소리가 나야 하는데 어디에서도 그런 소리는 들리지 않았다. 그의 밀가루 통 안으로 팔을 넣어보았다. 그냥 밀가루뿐이었다. 혹시 헛간에 감춰놨을까? 쥐가 갉아먹으라고?

그럴 리 없다. 그렇다면 남은 장소는……? 그래, 침대, 그의 침대 밑이다!

나는 그의 침실로 달려가 침대 밑을 뒤져서 보물 상자를 끌어냈다. 뚜껑을 열고 안을 들여다보았다. 딱히 눈에 띄는 게 없기에 아예 상자를 뒤집어 침대 위에 내용물을 몽땅 쏟았다. 그래도 별게 없었다. 레미에게 받은 메모도, 그녀를 찍은 사진도, 둘이 같이 가서 봤다는 '바람과 함께 사라지다' 영화표도 없었다. 대체 도시는 그런 물건들을 어떻게 처리한 걸까? 구석에 레미의 이니셜 'R'이 박힌 손수건도 없었다. 손수건이 하나 있긴 했지만 줄리엣의 향수 냄새가 나고 'J'라고 수놓인 것이었다. 도시가 돌려주는 걸 잊은 것 같다. 다른 물건들도 있었지만 레미에 관한 것은 하나도 없었다. 나는 물건을 모두 상자 안에 다시 넣고 침대보도 정리했다. 나의 임무는 실패했다!

레미는 내일 비행기를 탈 것이고 도시는 외롭게 살아갈 것이다. 가슴이 쓰라렸다. 나는 걸레와 양동이를 챙겨 밖으로 나왔다.

무거운 발걸음으로 돌아오다가 아멜리아와 킷을 만났다. 그들은 새를 관찰하러 가는 길이라고 했다. 나한테도 같이 가자고 했지만, 새들의 노래를 들어도 기분이 나아지진 않으리란 걸 나는 알고 있었다.

하지만 줄리엣이라면 위로가 될 것 같았다. 그녀를 만나면 언제나 기분이 좋아지니까. 오래 머물러서 줄리엣의 집필을 방해할 생각은 없지만 그녀도 커피 한잔 정도는 대접해주겠지. 시드니가 아침에 떠났으니까 줄리엣도 허전한 기분을 달래야 하지 않을까. 나는 그녀의 집 쪽으로 발길을 재촉했다.

줄리엣은 집에 있었다. 책상 위에 종이가 어지럽게 널려 있었지만, 그녀는 아무것도 하지 않은 채 그저 자리에 앉아 창밖만 바라보고 있었다.

"이솔라! 그렇지 않아도 마침 친구가 필요했어!"

자리에서 일어나려던 그녀의 시선이 내 걸레와 양동이에 와 닿았다.

"우리 집 청소해주려고 온 거야? 청소는 잊어버리고 이리 와서 나하고 커피나 마셔."

줄리엣은 내 얼굴을 한참 살펴보더니 "도대체 무슨 일이야? 어디 아파? 이리 와서 앉아"라고 말했다.

나에겐 과분한, 더없이 상냥한 그녀의 태도에 그만 무너지고 말았다. 그리고 부끄러운 말이지만, 목을 놓아 엉엉 울기 시작했다.

"아냐, 아냐, 아픈 게 아냐. ······실패했어. 임무 수행

에 실패했다고. 이제 도시는 계속 불행하게 살아갈 거
야."

줄리엣은 나를 소파로 데려가 앉히고는 내 손을 쓰
다듬어주었다. 나는 울기만 하면 딸꾹질을 하기 때문
에 줄리엣이 뛰어가 물을 가져왔다. 결코 실패하지 않
는 그녀만의 딸꾹질 치료법이었다. 양 엄지손가락으로
코를 막고 나머지 손가락으로 양쪽 귀를 막은 채 친구
가 먹여주는 물을 쉬지 않고 삼키는 것이다. 숨이 막혀
죽을 것 같으면 발을 굴러 표시하고, 그러면 친구가 물
잔을 치운다. 이 방법은 언제나 효과가 있다. 기적처럼
딸꾹질이 멎는다.

"이제 말해봐. 임무가 뭐였는데? 왜 실패했다는 거
야?"

나는 줄리엣에게 모두 털어놓았다. 도시가 레미를 사
랑한다고 생각해서 그의 집을 청소한다는 핑계로 증거
를 찾으려 했다고. 증거를 찾으면 레미에게 도시의 사
랑을 대신 전해주려 했다고. 그러면 레미도 떠나지 않
을 거고, 어쩌면 레미가 먼저 도시에게 사랑 고백을 해
서 일이 더 쉽게 풀릴 수도 있었을 거라고.

"도시는 너무 소심해, 줄리엣. 항상 그랬지. 지금껏 도
시가 누구를 사랑하거나 누가 도시를 사랑하거나 한 적

이 없어서, 이럴 때 어떻게 해야 하는지 모를 거라고. 추억거리를 어딘가에 숨겨놓고 겉으로는 한마디도 내색하지 않는 게 정말 그 사람다워. 내가 얼마나 실망했는지 알아? 이제 완전 포기했어, 정말이야."

줄리엣이 말했다.

"남자들은 대개 추억을 간직하지 않아, 이솔라. 모두 기념품 같은 건 사양한다고. 꼭 무슨 의미가 있어서 그러는 건 아니야. 그런데 도대체 도시 집에서 뭘 찾으려고 한 거야?"

"증거. 미스 마플도 증거를 찾잖아. 하지만 없었어. 레미 사진은 한 장도 없더라고. 줄리엣과 킷 사진은 무지하게 많았는데 말이야. 줄리엣 혼자 찍은 사진도 몇 장 있었고. 자기가 '죽은 신부' 놀이를 하면서 저 레이스 커튼을 뒤집어쓰고 있는 사진도 있던데? 줄리엣이 보낸 편지는 모두 보관했더라고. 파란색 머리끈으로 묶어서. 왜 있잖아, 자기가 잃어버렸다던 머리끈. 그리고 레미가 요양원에 있을 때 도시랑 둘이 편지를 주고받았잖아? 그런데 그것도 없었어. 레미한테서 온 편지는 없었다고. 하다못해 레미의 손수건 한 장 없었어. 참, 자기가 잃어버린 손수건을 도시가 찾아놓은 것 같더라. 돌려달라고 해, 꽤 예쁘던데."

줄리엣은 일어나서 책상 앞으로 갔다. 한동안 그렇게 서 있더니, 책상 위에 놓인 '카르페 디엠'이라는 라틴어 문구가 새겨진 그 크리스털 물건을 집어 들었다. 그녀는 그 문구를 유심히 들여다보았다.

"오늘을 잡아라. 이 말을 들으면 왠지 용기가 생기는 것 같아. 안 그래, 이솔라?"

"그런 것도 같고. 자극을 받아 용기 낼 일이 있다면 말이지."

그러자 줄리엣은 나를 놀라게 했다. 나를 향해 몸을 돌리고는 씨익 웃었다. 내가 첫눈에 그녀를 그토록 좋아한 것도 바로 저 웃음 때문이었다.

"도시는 지금 어디 있어? 빅하우스에 있지?"

내가 고개를 끄덕이자마자 줄리엣은 현관문 밖으로 튀어나가 빅하우스를 향해 쉼 없이 달려갔다.

아하, 역시 대단한 줄리엣! 도시에게 용기를 내어 레미에게 고백하라고 격려해줄 생각인 것이다.

미스 마플은 결코 뛰지 않는다. 그저 천천히 뒤따라갈 뿐이다. 그녀는 할머니니까. 그래서 나도 그랬다. 내가 도착했을 때 줄리엣은 이미 집 안으로 들어가 있었다.

나는 서재 바깥쪽 테라스에서 발끝을 세우고 벽에 몸을 바짝 붙였다. 서재에서 테라스로 통하는 유리문은 열려 있었다.

줄리엣이 서재 문을 열고 들어와 인사하는 소리가 들렸다.

"안녕하세요, 여러분."

"안녕하세요, 애슈턴 양."

테디 헤키드(미장이)와 체스터(목수)가 인사했다.

도시도 "안녕, 줄리엣" 하고 말했다. 그는 커다란 사다리 꼭대기에 올라가 있었다. 나중에 그가 사다리에서 내려올 때 엄청 시끄러운 소리가 났다.

줄리엣은 도시에게 할 말이 있으니 나머지 분들은 잠시만 자리를 비켜달라고 말했다. 그들은 물론이죠, 하고 말하고는 방에서 나갔다. 도시가 물었다.

"무슨 일이에요, 줄리엣? 킷한테 무슨 문제라도……?"

"킷은 잘 있어요. 내 문제예요. 당신에게 물어볼 게 있어요."

나는 생각했다. 그렇지, 줄리엣은 그에게 소심한 겁쟁이처럼 굴지 말라고 말하려는 거야. 용기를 내 당장 레미에게 가서 청혼하라고 하겠지.

그러나 줄리엣은 그렇게 말하지 않았다. 대신 이렇게 말했다.

"나랑 결혼해줄래요?"

나는 그 자리에서 심장이 멎는 줄 알았다.

침묵이 흘렀다. 완벽한 침묵이. 아무 소리도 들리지 않았다! 그렇게 한마디 말도 없이, 아무 소리도 들리지 않은 채 시간이 흘렀다.

하지만 줄리엣은 아랑곳 않고 말을 이었다. 그녀의 목소리는 확고했다. 하지만 나는, 나는 숨조차 제대로 쉴 수 없었다.

"나는 당신을 사랑해요. 그래서 물어봐야겠다고 생각했어요."

그러자 도시가, 우리의 도시가 대답했다. 아무 소용도 없이 신의 이름을 부르며.

"오, 하느님! 그래요, 좋아요!"

도시는 울부짖듯 외치고는 삐걱삐걱 소음을 내면서 사다리에서 내려오다가 뒤꿈치로 가로대를 밟았다. 도시가 발목을 삔 건 그 때문이다.

나는 방 안을 들여다보고 싶었지만 양심상 그러지 않았다. 방 안에서는 아무 소리도 들리지 않았기 때문에 나는 집으로 돌아와서 생각했다. 관찰 훈련을 그렇게 했는데 도대체 나아진 게 뭔가? 상황을 올바로 보지도 못하면서.

나는 모든 걸 그릇된 시선으로 바라봤다, 모든 것을. 다행히 결말은 해피엔딩이지만 그건 내 덕이 아니다. 나에게는 사람의 마음을 꿰뚫어보는 미스 마플의 통찰력이 없는 것이다. 슬프지만, 이제는 인정하는 편이 최선이리라.

윌리엄 경이 잉글랜드에서 모터사이클 대회가 열린다고 말해주었다. 속도 승부, 험하게 몰기, 떨어지지 않기 등 부문별로 은잔을 준다고 한다. 아무래도 그 대회를 준비하며 연습하는 편이 좋겠다. 모터사이클은 이미 있으니 이제 헬멧만 구하면 된다. 아, 고글도 필요하겠지.

지금 내가 할 일은 킷을 불러서 저녁을 함께 먹고 오늘 밤 여기서 자게 하는 것이다. 줄리엣과 도시가 '숲속의 자유'를 누릴 수 있게……. 미스터 다아시와 엘리자베스 베넷처럼 말이다.

줄리엣이 시드니에게

From Juliet to Sidney

9월 17일

시드니 오빠,

가자마자 다시 해협을 건너 돌아오게 해서 정말 미안해요. 하지만 오빠가 없으면 안 돼요, 내 결혼식에는: '카르페 디엠- 오늘을 잡아라.' 내가 오늘을 잡았어요. 낮도, 밤도.

결혼식은 이번 주 토요일 아멜리아네 뒤뜰에서 열려요. 내 손을 잡아 신랑에게 넘겨주는 역할을 맡아주겠어요? 신랑 들러리는 에번이, 신부 들러리는 이솔라가 맡을 거고(그녀는 이 행사를 위해 드레스를 직접 만들고 있어요), 킷은 화동이 되어 장미 꽃잎을 뿌릴 거예요.

신랑 역은 도시랍니다.

놀랐어요? 아마 아니겠죠. 하지만 나는 놀랐어요. 요즘은 끊임없는 놀라움의 연속이에요. 약혼한 지 딱 하루가 지났을 뿐인데 내 삶 전체가 그 스물네 시간 안에 녹아든 것 같아요. 생각해봐요! 우리는 서로를 원하면서도 '영원히' 서로 눈치 채지 못한 척 세월만 흘려보냈을지도 모르잖아요. 체면에 대한 강박증에 사로잡혀 있다가는 인생을 망칠 수도 있다고요.

결혼을 이렇게 서두르는 게 꼴사나운가요? 내가 기다리기

426

싫어서 그래요. 지금 당장 시작하고 싶어요. 지금껏 살아오면서 나는 남자 주인공과 여자 주인공이 무사히 약혼하면 그걸로 이야기가 끝인 줄 알았어요. 결국 제인 오스틴이 만족한다면 누가 봐도 만족스러운 일일 테니 말이죠. 하지만 아니었어요. 이야기는 거기서부터 시작이에요. 앞으로 하루하루 새로운 줄거리가 되는 거고요. 어쩌면 내가 쓸 다음 책은 환상적인 신혼부부가 시간이 지나면서 서로에 대해 알게 되는 것들에 관한 내용이 될지도 몰라요. 약혼이 집필에 미치는 긍정적인 효과가 놀랍지 않아요?

도시가 빅하우스에서 방금 돌아와서 나를 찾고 있어요. 명성이 자자하던 도시의 수줍음은 멀리멀리 훨훨 날아갔어요. 그럼 그 수줍음은 나의 연민을 자극하기 위한 작전이었나?

사랑을 보내며, 줄리엣

추신. 오늘 세인트피터포트에서 애들레이드 애디슨과 마주쳤어요. 나에게 축하한다며 이렇게 말하던데요. "당신하고 그 양돈 농부가 관계를 공식화하기로 했다면서요? 오오, 신을 찬양할지어다!"

나는 이야기와 함께 자랐다. 우리 집안은 '예' '아니요' 같은 단답형에 만족하거나 밋밋한 사실만을 말하는 분위기가 아니었다. 식사 시간에 버터를 건네는 짧은 순간에도 이야기꽃이 피었고, 명절이면 언제나 식탁에 둘러앉아 함께 울고 웃으며 담소를 나누었다.

우리 가족 중에 훌륭한 이야기꾼이 많은 건 확실히 그런 분위기 속에서 숱한 '연습'을 거쳤기 때문이리라. 그렇지만 특히 메리 앤 섀퍼 이모님은 우리 중에서도 가장 빛나는 보석이었다. 이모님은 내가 만난 사람들 중 가장 재기 넘치는 분이었고 그분이 지닌 재능의 본질은 단순한 재기를 넘어서는 것이었다. 이모님의 언어는 특별했고, 이야기하는 타이밍 또한 기가 막혔으며, 그 내용 역시 무한히 아름답고 즐거웠다. 그러나 이 모든 것도 이모님의 이야기에 담긴 매력의 본질은 아니다. 내가 느낀 그 이야기들의 진정한 매력은 사람(저마다의 사연, 존재의 유한함, 순식간에 지나가는 위대한 추억)에게서 기쁨을 얻고자 한 그분의 마음이었다. 이모님은 그러한 기쁨을 언제나 우리와 나누고 싶어 했다. 그래서 우리에게 이야기를 들려주고 우리의 이야기를 들어주었으며, 그러한 시간을 촘촘히 쌓아 자신의 재능을 물려주었다.

사실 말솜씨와 글솜씨는 별개의 문제다. 내가 기억하는 한 메리 앤 이모님은 언제나 글을 썼지만 자신이 만족할 만한 작품은 좀처럼 완성하지 못했다. 그러다 마침내 《건지 감자껍질 파이 북클럽》을 완성했다.

이 이야기의 시작은 1980년으로 거슬러 올라간다. 메리 앤 이모님은 남극 탐험가 로버트 팰컨 스콧의 아내인 캐슬린 스콧에게 매료되었고, 그녀에 관한 글을 쓰기로 작정하고 자료를 찾기 위해 영국 케임브리지로 갔다. 그러나 그곳에 도착해 찾아낸 자료는 낡아빠진 단편들에 불과한 데다 연필로 마구 휘갈겨 써서 알아보기도 힘든 지경이었다. 완전히 낙담한 이모님은 이 구상을 포기하기로 결심했지만 그대로 집으로 돌아오기엔 마음의 정리가 되지 않았다. 그래서 알 수 없는 충동에 이끌려 건지섬으로 가보기로 했다. 채널제도 최남단의 작은 섬으로.

이모님은 건지섬으로 날아갔고, 그곳에도 이야기는 존재했다. 섬을 떠나려 하는데 (이모님 표현에 따르면) '엄청난 안개'가 바다에서 피어오르더니 섬 전체를 허옇게 감싸고 말았다. 음침한 도개교가 끼이익 소음을 내며 열렸고, 마지막 택시도 떠나버렸고, 그래서 이모님은 건지 공항에 남을 수밖에 없었다. 추위가 뼛속까지 파고드는 공항에 홀로 갇혀버린 것이다. 그곳에서 시간은 째깍째깍 흘러갔고, 이모님은 남자 화장실 건조기 바람 아래 쭈그리고 앉아(여자 화장실 건조기는 고장 났기에) 명멸하는 생명의 빛을 놓치지 않으려 애를 썼다. 생명의 빛을 지키려면 몸의 양식(자판기에서 뽑은 사탕)뿐 아니라 영혼의 양식, 즉 책도 필요했다. 메리 앤 이모님은 하루라도 책을 읽지 않으면 입안에 가시가 돋는 분이었다. 그래서 스스로 목숨을 구하기 위해 건지 공항 내 서점을 찾아갔다. 1980년에 이 서점은 제2차 세계대전 당시 독일군 점령기에 관한 책들이 주류를 이루었다. 안개가 걷히고 섬을 떠날 수 있게 되었을 때, 메리 앤 이모님의 팔은 책으로 가득했고 머릿속은 온통 건지섬이 전시에 겪은 일들로 가득했다.

그로부터 20여 년이 지난 후, 메리 앤 이모님이 속한 글쓰기 모임 회원들이 이모님에게 글을 쓰라고 재촉하기 시작했다. 그리고《건지 감자껍질파이 북클럽》의 씨앗이 탄생했다. 소설 속 문학회 회원들이 혹독한 시련을 겪는 와중에 발견한 것은, 어떤 힘든 장벽이든 우정의 힘으로 넘어설 수 있다는 사실이었다. 이모님의 글쓰기 모임도 그랬다. 친구들의 칭찬과 비평과 감탄과 조언 덕에 이모님은 고통스러운 창작의 과정을 이겨내고 생애 최초로 한 편의 원고를 마지막 줄까지 완성했다.

언젠가 이모님이 이런 얘기를 하신 적이 있다.

"내가 원하는 건 누군가가 출판하고 싶어 할 책을 쓰는 것

뿐인데."

　이모님의 바람대로 아니 그 이상으로, 원고를 책으로 내고 싶다는 출판사가 구름떼처럼 몰려들었다. 대단한 영광이었다. 이모님에게는 물론이고 오랫동안 이모님의 이야기를 들어온 우리에게도 그러했다. 우리가 '이 시대의 세헤라자드(《아라비안 나이트》의 이야기꾼)'로 인정하던 이모님의 재능을 온 세상 사람들과 공유할 수 있었으니 말이다. 실로 자랑스러웠다.

　그러나 호사다마라 했던가. 영광의 순간은 그리 오래가지 못했다. 이모님의 건강에 적신호가 켜진 것이다. 하필 그때 담당 편집자가 원고를 좀 고쳐야겠다고 얘기했다. 메리 앤 이모님은 그 일을 할 만큼 기력이 충분치 않았기에 나에게 도움을 청했다. 가족이자 작가라는 이유로 말이다.

　나는 기꺼이 돕고 싶었다. 작가라는 사람이 누군가의 문제 해결에 일조하는 일은 정말 드문데, 이건 그저 누군가가 아니라 내가 몹시도 사랑하는 이모님의 문제를 해결하는 데 도움이 될 절호의 기회가 아닌가. 하지만 내심 불안하기도 했다. 감히 내가 이모님의 목소리를, 개성을, 이야기를 풀어나가는 호흡을 이어받아 완성한다고? 그건 불가능한 일인 것만 같았다.

　그러나 달리 뾰족한 수가 없었다. 내가 나설 수밖에. 그리고 막상 작업을 시작하고 보니 걱정한 것보다는 쉬웠다. 언제나 메리 앤 이모님의 이야기를 들으며 자랐기에 가능한 일이었다.

그동안 이모님에게 들은 이야기들은 내 삶을 에워싼 세상 그 자체였다. 식사 시간에 나눈 이야기들은 신기한 표현과 별난 묘사로 가득했고, 이모님이 이야기를 전개하던 방식에 나도 자연스레 물들어 있었다. 사람들이 환경의 영향으로 특정한 말투나 정치 성향을 받아들이듯, 나는 이야기를 받아들였다.

이모님과 마주 앉아 이야기를 나누듯 소설을 고쳤다. 이모님이 만들어낸 인물들은 모두 나도 아는 사람들이었다. 소설 속 인물이 아무리 미친 짓을 해도 나는 그 이유를 충분히 납득할 수 있었다.

2008년 초 이모님이 돌아가셨을 때, 이 책은 나에게 큰 위안이 되었다. 책 속에 이모님이 살아 계셨기 때문이다.《건지 감자껍질파이 북클럽》은 이모님의 재능과 넓은 마음을 담뿍 담은 역작이다. 이 책에는 이모님이 아끼던 것들이 가득하다. 이모님을 매료한 괴짜 캐릭터, 이모님이 좋아한 표현들, 그리고 무엇보다도, 이모님이 가장 소중히 여기고 사랑한 책들.

이모님도 이 책이 독자들의 사랑을 받으리라는 걸 아셨을 것이다. 그렇지만 이처럼 전 세계 출판계가 쌍수를 들고 환영하며 들썩일 줄은 아무도 몰랐다. 처음엔 서점 관계자들이, 그리고 기자와 평론가 들이, 마침내 진정한 독자들이 고맙게도 이 책을 무척 칭찬해주셨다. 독자들의 평에서 빠지지 않고 등장하는 표현들은 '기발하다, 독특하다, 유쾌하다, 생생하다, 재기 넘친다' 등이다. 한마디로 '메리 앤 이모님'답다는 의미다. 나와 우리 가족이 평생 누린 이야기 잔치, 메리 앤 이모님의 이야기를 들으며 다 함께 울고 웃고 즐거워하던 잔치에 느닷없이 전 세계 독자들이 한 자리씩 차지하고 들어왔다.

이야기의 유일한 단점은 '끝'이 있다는 사실이다. 램프의 요정 지니가 나타나 소원을 딱 하나만 들어주겠다고 한다면, 나는 '끝이 없는 이야기'를 달라고 빌겠다. 나와 같은 소원을 지닌 이들도 무척 많은 것 같다. 전 세계 애독자들이 보내온 수많은 편지를 보노라면 책이 끝나는 게 속상하다고 적은 이가 부지기수다. '이야기가 영원히 이어졌으면 좋겠어요, 나도 건지섬으로 가서 감자껍질파이 북클럽 회원이 되고 싶어요.' 그런 독자들에게 이렇게 이야기하고 싶다. 물리적인 시간을 초월해보라고. 책에 관해 이야기하는 사람들이 있는 한 책은 영원히 계속된다고. 책을 읽고 즐기는 독자가 한 명 늘어나면 건지 감자껍질파이 북클럽 회원도 한 명 느는 셈이다. 책이 지닌 놀라운 힘이 바로 이런 것 아닐까. 건지섬 주민들이 독서를 은신처 삼아 독일군 점령기를 견뎌냈듯이, 독서는 시간과 공간과 이해를 초월해 이야기 속 세계로 빠져들게 해준다.

책 출간 후 전쟁을 직접 겪은 사람들을 만나 이야기할 기회가 많았다. 실제 건지섬 주민 중 한 명은 독일군이 쳐들어오기 일주일 전 아이들 수백 명과 함께 잉글랜드로 피난을 간 이야기를 들려주었다. 그는 검은 소를 봤을 때가 가장 떨리는 순간이었다고 회상했다. 세상에 검은색 소가 존재한다는 사실을 처음 안 것이다. 또 다른 독일 여성은 전쟁 당시 아이였는데, 자기 집 다락방에 숨은 프랑스 병사에게 먹을 것을 가져다준 이야기를 해주었다. 체구가 작은 그녀만이 유일하게 다락방으로 이어지는 쪽문을 통과할 수 있었다고 했다. 전쟁 이야기만 들은 게 아니다. 어떤 독자들은 메리 램이 정말 친어머니를 칼로 찔렀느냐고 물었다(정답은 '예스'다!). 감자껍질파이 조리법을 문의하는 독자들도 있고(웬만하면 시도하지 말라고 말리는 편이다), 서간체 형식의 다른 소설을 추천해달라는 독자들도 있다(그렇다면 단연 《키다리 아저씨》가 최고다!).

이처럼 다양한 질문과 이야기, 칭찬과 비평이 오가는 것, 바로 이것이 일종의 '문학회'가 아니겠는가. 회원은 전 세계 독자들이다. 책을 사랑하는 사람들, 책에 대해 이야기하는 사람들, 같은 책을 읽은 사람들이다.

사랑하는 이에게 책을 건넬 때마다, 책에 관한 질문을 던질 때마다, "이 책이 재미있었다면 저 책도 분명 좋아할걸" 하고 말할 때마다 우리의 문학회는 마법처럼 성장하고 풍성해진다. 독서에서 기쁨을 찾고 그 기쁨을 공유하고픈 마음이 싹틀 때마다 우리는 계속되는 '건지 감자껍질파이 북클럽' 이야기의 주인공이 되는 것이다. 메리 앤 이모님이 그러했듯이.

건지 감자껍질파이 북클럽 회원들이
사랑한 작가, 그리고 사랑한 책들

제인 오스틴《오만과 편견 Pride and Prejudice》
이솔라가 북클럽 모임에서 이 책에 관해 발표하려 하지만 발표내용
을 정리해둔 메모지를 염소가 먹어버린다.

에밀리 브론테《폭풍의 언덕 Wuthering Heights》
이솔라가 좋아하는 소설. 앤 브론테와 샬럿 브론테에 대해서도 이야
기하지만 정확한 작품명은 언급하지 않는다.

토머스 칼라일《과거와 현재 Past and Present》
윌 시스비가 좋게 본 최초의 책으로 그가 '신앙을 종잡을 수 있게'
도왔다.

제프리 초서《캔터베리 이야기 The Canterbury Tales》
시드니가 굉장히 좋아하는 책. 북클럽 모임 주제로 등장한다.

찰스 디킨스《픽윅 페이퍼스 The Pickwick Papers》
아멜리아가 좋아하는 책으로, 그녀는 독일군 점령기에 이 책으로

위안을 얻었다.

찰스 램《엘리아 수필 선집 Selected Essays of Elia》
예전에 줄리엣의 것이었던 책이 도시의 손에 들어왔다. 도시가 줄리
엣에게 처음 편지를 쓴 계기가 된다.

《엘리아 수필집 후편》《찰스 램 서간집》
줄리엣이 도시에게 보내준다.

윌프레드 오언《윌프레드 오언 시선집》
오언의 시는 클로비스 포시가 제1차 세계대전 당시의 경험과 느낌
을 대변한다.

라이너 마리아 릴케《시집》(정확한 도서명은 등장하지 않음)
크리스티안이 '엘리자베스, 어둠을 빛으로 바꾸는 그대에게'라는
문구를 새겨 엘리자베스에게 선물로 주었다.

세네카《세네카 서간집 The Letters of Seneca》
존 부커는 세네카와 북클럽 덕에 알코올 중독에서 벗어날 수 있었다고 말한다.

윌리엄 셰익스피어《셰익스피어 선집 Selections from Shakespeare》
에번 램지가 아끼는 책으로 그는 독일군이 건지섬에 상륙하던 때를 회상하며 셰익스피어를 인용한다.

오스카 와일드
이 책 속에서 큰 비중을 차지하는 주요 작가이지만(이솔라의 할머니에게 여덟 통의 편지를 써서 보냈다), 그의 작품은 특별히 언급되지 않았다.

그 외 책들

《엘리자베스와 그녀의 독일식 정원 Elizabeth and Her German Garden》

《잃어버린 시간을 찾아서 Remembrance of Things Past》

《데이비드 코퍼필드 David Copperfield》

《비밀의 정원 The Secret Garden》

《마르쿠스 아우렐리우스의 명상록 The Meditations of Marcus Aurelius》

《코벌리의 로저 경 The Sir Roger de Coverley Papers》

《아그네스 그레이 Agnes Grey》

《셜리 Shirley》

《와일드펠 홀의 소유주 The Tenant Wildfell Hall》

《제인 에어 Jane Eyre》

《도해(圖解)가 있는 골상학 및 정신의학 신(新) 자가 학습서-크기
와 형태에 관한 도표와 100장 이상의 도해 포함 The New Illustrated
Self-Instructor in Phrenology and Psychiatry》

《와인 애호가 입문 The Wine-Lover's Companion》

《옥스퍼드 현대 시선 The Oxford Book of Mordern Verse 1892-1935》

《블랙히스의 주인님 The Master of Blackheath》

《혀 짧은 토끼 엘스페스 Elspeth the Lisping Bunny》

건지 감자껍질파이 북클럽

초판 1쇄 발행 2010년 2월 22일
개정판 1쇄 발행 2018년 7월 30일
개정2판 1쇄 발행 2025년 6월 16일

지은이 메리 앤 섀퍼, 애니 배로스
옮긴이 신선해
펴낸이 이범상
펴낸곳 ㈜비전비엔피·이덴슬리벨

기획편집 차재호 김승희 김혜경 한윤지 박성아 신은정
디자인 김혜림 이민선 인주영
마케팅 이성호 이병준 문세희 이유빈
전자책 김희정 안상희 김낙기
관리 이다정
인쇄 위프린팅

주소 우) 04034 서울시 마포구 잔다리로7길 12 (서교동)
전화 02)338-2411　**팩스** 02)338-2413
홈페이지 www.visionbp.co.kr
인스타그램 www.instagram.com/visionbnp
이메일 visioncorea@naver.com
원고투고 editor@visionbp.co.kr

등록번호 제313-2009-000096호

ISBN 979-11-91937-56-5　03840